BLACK ROSE

BLACK ROSE

BLACK ROSE

BLACK ROSE

漫娱图书
SINCE BOOKS

U0845630

BLACK
ROSE

BLACK ROSE

青梅酱 著
乖，大神别闹
GUAI
DA SHEN BIE NAO
长江出版社
CHANGJIANGPRESS
漫娱图书

“你能不能为自己考虑下？”
“不能，因为我是队长。”

L&Y
10， 4425 likes

目录

BLACK
“我要跟你享受同样的荣耀。”
ROSE

CHAPTER 01

他不会输

1

Y 国。

《Zone》电竞顶级赛事——GDL 世界总决赛现场。

万人场馆盛况空前，绚烂夺目的灯光投射在场中，穿着统一队服的五个人走上了领奖台，成千上万的电竞玩家们抑制不住地疯狂呼喊，震耳欲聋的声音久久回荡在竞技场馆的上空。

领奖台上的五人高高地举起奖杯，在聚光灯下露出荣耀与欣慰的笑容。

国内竞技史上首枚全球电竞赛事金牌，在这一夜，由黑玫战队收入囊中。

……

这样的场景，在林肖的脑海里一遍又一遍地重复着。

林肖眯了眯眼睛，“啪”的一下把手机扔到了床边，把整个人都揉进了被子里。

手机屏幕上的光依旧亮着，可以清晰地看到报道上的字——黑玫战队队长老鬼于 Y 国夺下国内电竞首个冠军奖杯后，在前往机场途中不幸遭遇车祸……

报道时间，五年前。

林肖翻了个身，忍不住抬手揉了揉自己的碎发。

从醒来到现在已经过了好多天了，脑海里总是会不时地浮现出一段奇怪的记忆，让他到现在还有点怀疑自己是谁。

记忆里的“他”也叫林肖，是一个狂热的电竞爱好者，把所有的积蓄都投在了追星以及周边产品的收集中。只可惜没有电竞天赋，只能成为《Zone》这款游戏中的一个普通玩家。

在最后的记忆中，“他”因为在一场粉丝见面会里和一位男神级的全明星选手激动拥抱而发生了一些肢体碰撞，被当事人派人从会场中轰了出去。与偶像之间因为发生误会而遭到嫌弃，让“他”回家之后产生了避世的念头，不知为何，阴差阳错地让拥有电竞天赋的林肖和“他”的命运就此交织在了一起。

经过几天的回忆了解，林肖发现，在这个五年后的世界里，电竞联盟的整体环境比起当年可以说是有了翻天覆地的变化。当年电竞选手们住杂物间、吃方便面的光景都成了尘封的历史，如今的职业选手们一个个都是俱乐部的宠儿，从联盟赛事出场到个人包装，再到各种广告代言，身价甚至堪比当红的影视明星。

这对从电竞萎靡年代辛苦熬过来的林肖而言，无疑是梦寐以求的大环境，随便想想，林肖都忍不住感到有些兴奋。

虽说以前的“他”几乎已经挥霍完了全部的家当，但多少还留下了一些饭钱，现在的他只要能在信用卡完全透支之前重返联盟，成功找个俱乐部签约，即将面临的生活问题也就能迎刃而解。

林肖从旁边摸了件衣服套上，在屋里溜达了一圈。

明明就没有多大的单身公寓，一大部分的空间还都被手办给占据了，只留下一个狭小的空间摆了一张电脑桌，上面放了一部台式电脑。

即便是一个一无是处的宅男，好歹林肖现在需要的“求职”工具还算是有的。

林肖跷着二郎腿在电脑前面坐下，随手点开桌面上的浏览器，进入《Zone》的官网浏览了起来。

这五年里，《Zone》早已经更新过很多个版本。他花了两天的时间简单了解了一下这些年里游戏内容和数据的调整和改动。到了第三天，他终于慢悠悠地点开了游戏登录界面。

那个老鬼的账号肯定是不能用了，林肖想了想，最后还是决定使用自己很早以前鬼道士角色，ID：鬼萌萌。由于太长时间没有登录，原本天梯二阶的角色，现在已经掉到了十阶，竞技分八百分，比新玩家初始默认的一千分还低了整整二百分。

这两天林肖早就已经拟定好了计划。在现在这个电竞行业如日中天的年代，想要进俱乐部新手训练营的小年轻几乎要挤破了头，没点亮眼的成绩人家肯定看都不看你一眼，现在他需要做的，就是尽快把天梯的积分冲上去。

只要他可以重新刷回到二阶，就不怕吸引不到那些到处狩猎新人的俱乐部的注意。

游戏大厅里充满了各种团本的组人喊话，很显然在这五年期间，游戏开发团队又新增了很多新的副本地图，同时也多了各种新属性的装备需要去收集和养成。

根据前两天的了解，这些装备与当年相比，搭配组合方式也更加多样，从可操作性到战略性上都做了大幅度的提升。这让他这个老古董号的装备库一眼看过去，感觉格外简陋穷酸。

不过，就《Zone》这款以积累各种装备为目的的游戏而言，新装备的收集培养并非一朝一夕可以完成的，不说需要根据装备的属性进行筛选，光是每件新装备到底选择哪个方向进行培养，就需要再花费一番心思。

林肖决定先不管副本刷装备的事，一点鼠标离开了大厅，进入竞技界面。

要想更快地熟悉游戏现在的战斗风格，直接打两把天梯感受下技能上的调整，无疑是最好的选择。

他调了几个顺手的快捷键设置，就按下了准备按钮，进入了队列。

与此同时，在某平台直播间里，也有人几乎在同一时间开始了排队匹配。

GY 直播平台的 1001 房间里，观众人数已达四万人，知名搞笑主播小猴爷正在积极地跟弹幕进行着互动："很高兴大家准时来观看《猴爷讲堂》，今天猴爷我将给大家演示召唤师这个职业。为了能更好地让大家领略到这个职业的精髓，猴爷我纡尊降贵，搞了一个十阶段位的小号，来给大家做详细精确的技能分析。"

屏幕上的弹幕顿时刷开了——

"猴爷居然去虐新人！"

"打不过高段位的拿十段开刷，羞羞羞。"

"今天血虐对象太低端，差评，退票！"

……

小猴爷心情颇好地看着他们刷屏，随手确认了进入房间的窗口提示。慢悠悠地在准备阶段跟敌方各自禁掉了两个对战地图后，就在装备库里翻出几件召唤师的常用搭配装备穿上。确认后，他表情"娇羞"道："看到大家这么热情，猴爷今天一定拿满一百滴血让大家过过瘾。"

公屏上的弹幕顿时嘘声一片。

在双方的互相调侃之间，游戏已经读条结束了，两边的角色各自进入自己的复活点。

屏幕的两个角落里显示出了对战双方的头像。

小猴爷随手点出了对方的全身造型，习惯性地对对方的外观造型进行吐槽："大家可以看到，对面鬼道士是一个'小正太'（年纪很小，很可爱的男孩子）的角色造型，还是一身黑漆漆的装扮，跟只小乌鸦一样。居然还戴了一顶小红帽，穿着红色长筒靴？他以为自己是在扮演小红帽吗！他的名字叫……哦，叫'鬼萌萌'，还真贴切，确实挺可爱，估计操作者本人也是个新手。"

小猴爷一边跟观众们进行互动，一边心里却不由犯起了嘀咕。

他接触《Zone》这款游戏也算很久了，因为个人爱好，对官方出的时装造型一直比较关注。而现在眼前的这套时装，分明是七年前出的小红帽限量版，当时也只销售了短短一个月，现在早就已经买不到了。

对面居然还是一个老玩家？

小猴爷被自己的想法给惊到了。

玩了七年以上还停留在十阶？这游戏天赋得有多差啊！

直播间里有一些是老玩家的观众也已经发现了这点，纷纷刷屏起哄。小猴爷被他们的活跃给逗乐了，有意在公众频道里打字调侃。

【地图】陆大厨:嗨,对面的兄弟是老玩家吗？爬天梯冲分不容易啊，要不要给你放点水？

几乎在文字发出去的瞬间，就收到了对面的回复。

【地图】鬼萌萌：不要想太多。

看到这几个字的时候，他的心头不由一跳。

对面的这个人，手速好快……

这时候，数万个看到小猴爷被秒打脸的观众们顿时又开始起哄——

“猴爷被人歧视了，哈哈哈哈！”

“小猴爷你行不行啊，十阶的都瞧不上你啊！”

“心疼我猴，不要想太多。”

“不要想太多 +1。”

“不要想太多 +2。”

“不要想太多 + 身份证号。”

……

就刚才那打字的速度来看，对面的玩家恐怕并不是什么老菜鸟，倒更像是某个高手的小号。

今天直播第一把就碰到这种身份不明的隐形高手，小猴爷有一种莫名的不安。不过毕竟他也是个天梯二阶的高手，只要不是职业选手或者食物链顶端的路人王，他并不怎么把普通的路人高手放在心上。于是小猴爷黑着一张脸，默默删掉已经输入到对话框里的“不用谢”，重新打了三个字发了出去。

【地图】陆大厨：你等着！

屏幕那头，林肖看着公共频道上的字，一脸茫然地摸了摸下巴。

难道现在连低段位的玩家说话都已经变得这么猖狂了吗？话说上一次有人跟他说这三个字是什么时候的事呢？太久了，好像都有些记不清了。

两个角色载入的地图是“荒野森林”。

这个地图最大的特点就是大。

一望无际的热带雨林几乎遮挡住了角色全部的视野，地上的泥泞和水迹格外逼真，对移动也造成了一定程度上的干扰。也正因为地图太大，敌对双方相遇的概率也变得低了很多，这使“荒野森林”在游戏中，特别是在 1V1 单挑赛里，几乎成了一个必禁的地图。

然而这次，因为小猴爷有意增加直播互动的趣味性，禁用地图的选择是按照随机选号来的，至于林肖——由于对所有的地图都太熟悉，准备阶段时他一门心思地在翻看自己的装备库，潜心搭配，压根没有多注意，也是随机点选的地图。

这样一来，“荒野森林”成了那条漏网之鱼，就这样极少见地出现在了围观群众的眼前。

原本大家对这张很少出现在画面中的地图抱有很大的兴趣，然而在看着屏幕中那个名为陆大厨的召唤师，有如猫捉老鼠一样地在丛林里来回转悠上数圈之后，弹幕终于彻底爆发了——

“无良主播直播地图散步月入百万！”

“论方向感对于一个主播的重要性。”

“史上最无聊捉迷藏对决赛到底多久能结束，下注啦下注啦！”

“我压一小时！”

“我压两小时！”

……

小猴爷放在桌子上的手重重一抖，终于在想到自己这套电子设备昂贵的价格之后，忍住了掀桌的冲动，主动出击，试图挽回一点面子。

【地图】陆大厨：兄弟，是男人就别藏了，站出来堂堂正正地打一架！

【地图】鬼萌萌：你迷路了？

【地图】陆大厨：……

小猴爷憋在胸前的一口气终于忍不住了。迷路？你难道是有读心术吗？

【地图】鬼萌萌：地图太大，不熟悉路线，迷路很正常，坐标给我，我来找你。

【地图】陆大厨：……

【地图】陆大厨：(78，-168)。

小猴爷默默无视了弹幕上再度爆发的嘲笑，秉着出门在外必须心生警惕的原则，这边报完坐标，当然不可能就这样在原地耿直地等着对方找上门来，而是手脚利索地在旁边找了个树木茂密、特别隐秘的地方藏了起来。

2

他一边用热带雨林的地理优势将游戏角色“陆大厨”遮挡得密不透风，一边在直播间开始了对战教学：“大家看到了，在对战过程中，根据不同的地图要对其优势进行适当的利用。像荒野森林这个地图一样，复杂的地势就是它的特色，当对方像刚才这样，诱导你给出坐标的时候，请一定不要相信他是准备跟你堂堂正正地进行对决。为了防止对方偷袭，我们有必要先埋伏在这，以便见机行事地去破除对方的奸……呃……计？”

话音未落，小猴爷就当着数万观众的面，呆滞在了摄像头前。

说好的偷袭呢？说好的阴险诡计呢？兄弟你就这么从大路上大摇大摆地走过来是个什么情况？！这么没有对战常识就玩你的 PVE (玩家对战游戏系统) 副本去，别来 PVP (玩家对战玩家) 天梯找存在感好吗！

林肖这边到了坐标地点却没看到人，就已经明白过来发生了什么事。

这种埋伏作战的方式，是很多主流召唤师都喜欢用的。

在桌子上支着手，他懒洋洋地勾起唇角笑了笑，另一只手慢悠悠地敲着键盘，很快打出一行字来。

【地图】鬼萌萌：兄弟，别怕啊，我又不会吃了你。

小猴爷做主播那么多年，当然也不至于会被这么几句挑衅的话给激到，只是有些惆怅地摆正了心情，就开始施法召唤出了第一只召唤兽——翠绿菇。

在陆大厨的控制下，一只跟周围地图色调几乎混为一体的绿油油的蘑菇状召唤兽，开始一摇一摆地钻过茂密的树林，朝着小红帽正太慢慢逼近。

鬼萌萌显然没有意识到危险的到来，直到被翠绿菇粘上，血条渐渐地被吸掉了一小格后，才反应过来。但翠绿菇也很快就被他举起武器给三两下消灭掉了。

小猴爷一边操作一边跟直播的观众们解说："刚才我放的翠绿菇是初级召唤兽，自带吸血技能。虽然吸收的血量不多，但可以给召唤师角色恢复相应百分比的血量。大家也看到了，这种低级召唤兽本身也很脆弱，所以很容易被对方集中火力干掉，但是对应需要的技能点并不多，也是过渡技能，对召唤师玩家而言，可以说是必备的一个召唤兽。"

由于已经对敌方的手速有过一些了解，虽然翠绿菇死亡的速度比预料中快很多，但也并没有引起小猴爷的太多关注。几乎在翠绿菇死亡的同时，他就召出了下一个召唤兽——冰冷树精。

比起翠绿菇的脆弱好欺，冰冷树精张牙舞爪地冲过去，直接施放了一个冰冻，将鬼萌萌冻结在了原地。

接着小猴爷又召唤出了一个液态史莱姆，特意操控它在冲上去之前往左侧稍微绕了一下远路，这才飞扑上去，扒拉住了对手的身体。在唾液的攻击下，对方血条又开始继续下降。

"刚才我使用的是迂回术，是很多召唤师玩家喜欢用到的策略。毕竟召唤师属于远程脆皮职业，召唤兽就是该职业最后的屏障。一个好的召唤师可以做到始终保持召唤兽的刷新，使对手持续受到干扰而没办法判断出自己的准确位置。大家可以看到，现在对方鬼道士的血已经被磨下一半了，而我们陆大厨，现在还是满血状态。"

说到这里，小猴爷忍不住对着摄像头妩媚一笑："此处可以为主播的技术砸一些深水鱼雷。"

看着屏幕上响起的悦耳动听的雷声，小猴爷顿时感觉心情大好，眼见自己刚丢出去的召唤兽又被清理了个干净，他一边做着解说，一边继续源源不断地进行着读条。说到底他也是天梯二阶的老手，虽然不是本职的召唤师玩家，但操作起来驾轻就熟，没有露出半点慌乱的样子。

然而，随着一个接一个召唤兽的进军，他的脸色却是越来越难看了起来。

虽然对方的血仍然在掉，但总感觉下降的速度变得越来越慢了，而且，要知道他现在发出的召唤兽可是比一开始的要高阶很多，这样的情况显然很是诡异。

小猴爷这边感到诧异，屏幕对面的观众们看在眼里，心里忍不住一阵强烈吐槽——这么多召唤兽放出去了，结果半天还没弄死这个鬼道士，反而召唤兽还被一个个打死在场？！

小猴爷心里的疑惑越来越重，正决定要速战速决时，却发现自己使用的召唤技能按了半天居然都没有使用出来。

怎么回事，BUG（故障）了？他低头看去，却看到技能栏上的图标一片暗淡，再瞅了眼蓝条，还留有几乎大半。皱了皱眉，强烈的不安感顿时泛了上来，召唤师不能继续施放召唤技能的可能性只有两种：一种是没有魔法值了；一种则是在场的召唤兽数量已经满足七个而不能再继续召唤了。而他现在，俨然是第二种情况。

居然在不知不觉间，他的节奏已经乱到了有七个召唤兽在场，自己却毫无察觉的地步？

虽说他始终在持续不断地使用召唤技能，但是分明也没有漏下指挥召唤兽进攻的操作，之前几个无法进攻的提示让他下意识认为召唤兽已经濒临死亡，然而现在看来并不只是这样。

那些召唤兽过了那么久都还活在场上，而那个正太鬼道士却没有再继续掉血……

慢着，鬼道士？！

小猴爷脑海中有什么一闪而过，想要扒拉开挡住视野的叶子去看外面的战斗情况，然而就在动身往外挪步的瞬间，眼前就率先闪出了一个身影。

眼见一棒子当面抡过来，他坐在电脑跟前的身子下意识一歪，重心不稳直接从椅子上摔了下去：“怎么可能！”

他明明躲得那么隐蔽，而且让召唤兽做足了迂回，这个鬼道士到底是怎么发现他的藏身位置的？！

然而更让他震惊的，是看清远处自家被稳稳控制在远处的召唤兽时，得到印证的那个想法——这套路，好脏啊！

鬼道士这个职业，可走输出流的“血鬼”、控场流的“咒鬼”，以及辅助流的“祷鬼”三个方向。而由于后两者更适合团体路线，在1V1的天梯对战中，就只剩下输出高、爆发足的血鬼可以使用。而现在，既然对面能无限循环地死死封锁住自己七个召唤兽，足以让人确定他的技能就是咒鬼路线。

至于咒鬼那少得可怜的输出技能？害怕在1V1的过程中杀不死人？不要紧，刚才那当头抡过来的棒子就已经足够说明一切了，那可是实打实的物理武器才能砸出的伤害！

其实，要是一开局就知道对方是个咒鬼，小猴爷但凡稍微控制一下召唤的节奏与数量，都不会落得现在这么一个放不了技能，只能被人砍得到处逃窜的狼狈场面。

此时此地，俨然已经成了一面倒的局势。

不只是小猴爷忍不住震惊，当看到一个鬼道士贴身平砍地将人贴身到死，直播间的所有人都沉默了——在1V1对抗中玩个咒鬼也就算了，身为一个法术系的鬼道士，你这样带着个增加物理伤害的棍棒作为主武器真的合适吗？鬼道士这职业居然还可以这么玩？！

林肖感受不到屏幕那头众人的震惊，就这样抡着棍子干脆利落地清空了召唤师陆大厨血槽里最后的那点血。

【系统】FIRST BLOOD（一血诞生）！

林肖不清楚对面的情况，当然小猴爷也不会知道，自己刚才那种无脑丢召唤兽的打法外加醒目的十段标识，已经让他被对方默默打上了一个新手菜鸟的标签。

稍微离开一段距离之后，鬼萌萌在旁边找了棵大树就跳了上去，在上面盘腿坐下。这样隐秘的地理位置可以让他不会在第一时间暴露踪迹，这样一来就能多争取到一些回复的时间。

他一边看着血蓝条慢慢地回复着，一边饶有兴趣地看着对方还在死撑面子。

【地图】陆大厨：你等着！

【地图】鬼萌萌：放心，原地等着呢。

过了一会儿，林肖又补充了一句。

【地图】鬼萌萌：还认得路吧?

对方压根就是在用一种哄小孩的语调在跟自己交流吧?这回没有让他不要想太多，反倒关心起他会不会迷路来了?好歹有那么明显的一个坐标在那，他是路痴不是白痴好吗!

小猴爷手上一哆嗦，终于彻底放弃了跟对面交流的念头，原本想问的那句“你是不是小号”也就迟迟没有再输入进去。毕竟直播间里那么多人看着，他这种明显强撑脸面给自己死找借口的询问方式，要是对方承认是小号也就算了，万一不承认，这脸打得可谓响彻天地。

小猴爷复活后重新找到了坐标附近，让陆大厨缩在了一棵大树的后面，遥遥召唤了一个翠绿菇，操控着往坐标点的方向移去。

然而过了很久，直到翠绿菇到了存活时限自动消失，依旧没有发生任何战斗。

然后第二只、第三只、第四只、第五只……

召唤兽陆陆续续地被放出，在坐标点附近地毯式搜查了好几圈，依旧没有找到那个鬼道士的影子。

难道对方换地点了?还是在附近埋伏着?

小猴爷心里顿时警惕起来。

经过了第一次交手的失败，他已经实打实地确认了对方的高手身份，这个时候自己已经仅剩最后一次机会，不敢再怠慢，谨慎地决定自己也先藏起来。

周围丛林密布，他估计了一下地势，操控着陆大厨开始沿着树干往上面爬去。

这个时候攀爬的精准度与流畅度就足以显示出一个玩家的操作水平。小猴爷这一连串爬树的动作显得麻利至极，每个落脚点都掐算得格外精确，甚至没有用到多少体力值，英姿飒爽地借了几个力，转眼就已经快要爬到树顶。一系列精准的操作几乎弥补了前一次死亡给粉丝带来的落差，弹幕上顿时一片叫好。

按照小猴爷的原意，是想居高临下更方便地打量周围的地势。然而当拨开最后一片树叶，一个红通通的东西落到眼前的时候，他终于连吐槽的力气都没有了。

这样万翠丛中一点红，当然不可能是游戏设计师有意为地图添色的成果，这根本就是那个正太鬼道士啊！难怪自己刚才指派召唤兽探查了半天都没找到人，敢情就藏在自己的头顶上看着自己演独角戏呢？

这样当面一棒子抡过来的画面格外眼熟，小猴爷顿时无语——不带这么玩的！

前面林肖看到对方在自己眼皮子底下召唤探路的召唤兽时，就已经很无奈了，后来看他突然往树上爬，本来以为是自己藏身的地方暴露了，正要警惕起来，才发现根本不是自己想的那样。

接下来对方那一系列爬树的操作手法，显然是在有意卖弄技术，这使林肖很快察觉出这个召唤师原来也是个高手，与此同时，他感到愈发无语了——虽说是个高手没错，可惜就是蠢了点……

本来他只想单纯拖延时间回个血条和蓝条而已，然而谁能料想，对方居然会就这样毫无察觉地爬到了自己的面前。一时按捺不住抬手就一个寒冰咒丢了过去，瞬间封住了陆大厨所有可以操作的动作，原本欢脱蹦跶的身影就这么僵硬在了那里。

仅仅两秒的控制时间里，陆大厨就在鬼萌萌的撞击下，呈坠落的姿势直直地朝着地面扑去。他满眼树叶翩飞，最后沉沉地落在了地面上，身上还端端正正地压了一个四肢短小的正太，伴随而来的还有直线下降几乎见底的血条，以及屏幕正中正太软萌可爱的五官。

小猴爷已经什么都不想再说了，一动不动地躺在那里，眼睁睁地看着正太手脚利索地收割掉他全部的血条。

【系统】SECOND BLOOD！

【系统】DEFEAT！

3

看着屏幕中央弹出的“失败”字样，小猴爷重重地吸了口烟，在缭绕的烟雾中露出忧伤的神情。

而另外那边，林肖仔细研究了一下胜利奖励界面的几件装备属性，最后选择了领取“吸血鬼权杖”。十阶天梯奖励的装备都是一些常见的紫装，并不能算是什么极品，吸血鬼权杖的特殊属性是增加 10% 的法术吸血，官方推荐职业则是咒术师，偏偏林肖一直以来都对这种吸血属性喜欢得很。

小猴爷退出了对战界面后回到了大厅，没有理会变得疯狂的直播间，而是随手发去了一个好友申请。

【系统】抱歉，您查找的玩家不在线。

连下线的手速都比他快！

为了继续直播，小猴爷再次进入了队列。只不过接下来的直播都显得有些平淡，后面碾压的对局显然已经吸引不了观众们的兴趣，弹幕也始终围绕着第一场的闹剧展开。但凡有新人进入直播间，看完全场的老观众们总会不厌其烦地向他们重复一遍。当无数次地看到新人从好奇到爆笑到心疼到安慰的一系列全套反应之后，他终于彻底麻木了。

直播结束，小猴爷关上了摄像头平躺在沙发上，深感疲惫。

这个时候，聊天软件上一条消息弹了出来。

陆大厨：侯浩，直播结束了吧？今天我要的素材都给我录好了吗？

陆行是电竞圈内小有名气的视频剪辑师，也是今天使用的那个召唤师账号的持有者。因为他平常是一个纯 PVE 的副本玩家，所以自己绝对不去天梯找虐，导致账号一直处在十阶这个外人看起来很尴尬的段位。然而他本人对自己的段位倒是并不怎么在意，所以在直播需要的时候经常把号借给小猴爷使用。

侯浩理了理心情，又来到电脑前。

大猴子：录了，但是我可以不给吗？

陆大厨：怎么了？虐人虐得太平淡了，没有激情？

大猴子：不，一言难尽……

陆大厨：？

大猴子：算了……你自己看。

【系统文件，请接收。】

陆行在那头接收了文件，侯浩一脸漠然地盯着屏幕发呆，过了大概二十分钟……

陆大厨：哈哈！哈哈哈！

大猴子：你能不能笑得含蓄点……

陆大厨：这是哪来的牛人呢？猴戏耍得简直出神入化啊！

大猴子：明明只是我自己倒霉！

陆大厨：所以我说的就是耍猴出神入化。

大猴子：……算了，当我没说。

侯浩原本正满脸郁闷地准备要关机，眼不见为净，忽然一句话跳进了他的视野。

陆大厨：你这是要火！

陆行作为圈内的一把好手，轻易不会说这样几乎是打包票的话，但是他既然敢放话出来，就代表着绝对不是空口无凭。虽然他的人气一直以来在直播平台都属于第一梯队，但他知道陆行说的绝不只是这样程度而已。

所以，他小猴爷真的要火了？

林肖并不知道自己一不小心造就了业内的一大传奇，只因这边刚好有人敲门，就干脆直接关了游戏。

打开门，一个身材高挑的男人出现在了门前，白 T 袖搭配牛仔裤，一身装扮看起来很是干净利落。

由于对方戴着鸭舌帽，加上林肖对“他”的记忆还没有完全融合，站了一会儿依旧没有认出来：“你是谁？”

男人对他冷淡的态度并没有显出不悦，将鸭舌帽摘下，露出一张阳光帅气的脸庞，满脸哀怨地说：“林肖，你少来装傻充愣的这套。最好老实交代，你是不是真的跑去尤景的粉丝见面会了？”

林肖看着这张有些熟悉的脸愣了一会儿，半天才从记忆中的犄角旮旯里把这人找出来，是和“他”自小穿着同一条裤子一起长大的发小——雁凌江。

但对方可比林肖幸运多了。由于天分突出，雁凌江在游戏公会里一直是核心主力的存在。后来被俱乐部看中当了职业选手，由于稳定的发挥以及这张邻家男孩般阳光的脸，如今已经小有名气，也算得上是个粉丝众多的人气选手了。

现在的电竞选手与明星相比也不遑多让，难怪来找他都要跟做贼一样顶个鸭舌帽。

林肖看了他一眼，理清楚了两人的关系，为避免不必要的麻烦，干脆开门见山："我现在不追星了。"

雁凌江已到嘴边的话顿时噎了回去。

由于一直在俱乐部里参加内训，雁凌江也有很长一段时间没有见过林肖了，这次刚一出来就听说了黑玫战队粉丝见面会上的闹剧，从那张报道上面的照片里一眼就认出了自己的这位发小来。

现在眼前的人，穿着和照片里面一模一样的黑色衬衫，勾勒出漂亮的肩颈线条，一直延续到微微凹下的腰脊处。下身一条随性至极的牛仔裤和脚上穿着的一双拖鞋，使得他整个人显得格外得不修边幅。发丝凌乱地散落着，又因为常年不晒太阳，整张脸透着一些病态的白皙，却有一双非常深邃的眸子，与之对视的一瞬就让他下意识地移开了眼。

看林肖半天没再吭声，雁凌江沉着脸掏出了手机，拨弄几下将照片递到了他跟前："别告诉我这个人不是你！林肖，不过一个不留神没看着你，居然就给我闹出这种事来！"

林肖将手机上面的照片放大了一些，盯着那个渺小的人影仔细地看了看，好奇道："你到底是怎么从这张没有脸的照片上认出我来的？"

雁凌江瞪他："问这句话之前你是不是应该至少先换一身衣服？"

"哦，抱歉。"林肖往自己身上看了一眼，顿时笑了起来，将手机丢回给了雁凌江，摆起认真严肃的脸又重复了一遍，"你放心，我现在真的已经不追星了。"

雁凌江："那你现在追谁？"

林肖不解地看着他："既然不追星了，难道不是应该回归现实生活吗？"

雁凌江："……"

林肖懒洋洋地靠着门槛，见雁凌江不说话，忍不住问："你今天找我就为了问这个？现在的俱乐部选手都像你这么闲吗？"

"全天下最闲的也就只有你了吧？"雁凌江回过神来，一把将他推进了屋里，随手关上了门，"你不是一直想进电竞圈吗？这回有个绝佳的机会，我刚得到消息就马上赶来找你了。”说着，就从包里掏出一沓东西来，“你自己看看。”

这是一套俱乐部战队训练营的纳新计划，也不知道雁凌江是从谁手上弄来的，居然详细到连内部测试流程都写了个一清二楚。

林肖粗粗扫了几眼就已经看了个大概，蹙起了眉头若有所思。这很显然是一个重返联盟的大好机会，只不过这流光俱乐部就……

雁凌江原本已经摆好了姿势，准备看林肖喜极而泣的样子好好调侃一番，然而等了半天也不见他有什么大的反应，忍不住善意地询问道:“你是不是没有看懂？”

林肖抬头看着他，语调很淡定：“纳新条件很诱人。”

雁凌江看着他平静得略显过分的表情，有些蒙：“这么好的机会，你难道不高兴吗？”

林肖想了一会儿，慢慢地把那沓资料认认真真地整理整齐，慢慢地又搁回了他的手上：“不过很可惜，我不准备去流光俱乐部。”

雁凌江：“……”

林肖：“怎么了？”

雁凌江一把抓过资料，一页一页翻给林肖过目：“这可是我们俱乐部有史以来门槛最低的纳新了，虽然流光俱乐部只能算得上半个豪门，但好歹我们流云战队也是目前夺冠的热门战队之一。你既然也知道可惜，那就更要好好把握，保不定以后还有没有这个机会！”

但是林肖的本意其实在为流光俱乐部感到可惜……他抬了抬眼皮，打消了纠正对方说法的念头，慢悠悠道：“大雁，那个……我是真的不准备去流光俱乐部，我有自己想加入的战队。”

雁凌江的介绍戛然而止，抬头看他：“不来流光，那你想去哪？”

林肖避开了他的视线，仰头看着天花板，轻咳了一下，道：“黑魂俱乐部。”

话落半晌，没有什么其他的动静，但是落在他身上的视线明显古怪了起来，他当即又象征性地清了清嗓子，试图解释：“我是想加入黑玫战队没错，但我要说清楚，绝对不是为了追星那个什么尤……”

雁凌江的声音顿时一高：“你果然还是一门心思想着追星！”

很好，意料中的没有给他把话说完的机会……林肖有些头疼地揉了揉太阳穴，然而又不知道怎么说可以让对方相信自己，总不能告诉他因为黑玫战队是自己一手创办的老队伍吧？他思考了一下，终于找出了一个解释的理由："其实吧，真的不是你想的这样，是有一个很重要的原因让我这么决定的。"

雁凌江深吸了一口气："你说。"

林肖一脸真挚道："因为近。"

……

片刻的沉默之后，雁凌江怒气冲冲地将东西塞进了包里，径直摔门而去，遥遥丢下一句话："下次我再闲得没事帮你张罗，我就跟你姓！"

林肖搓了搓发线，有些无辜地想着，怎么说呢，其实"林"这个姓吧，真的是挺好听的。

流云战队，一楼训练大厅。

雁凌江坐了一天的火车终于风尘仆仆地在第二次集训开始之前赶了回来，刚拎着背包进来，没留神直接撞进了一个人的怀里，一抬头，就看到了一张神情冷淡的脸，以及缓缓拧起的眉心。

他慌忙往后跳了两步，叫道："章副队！"

章封煜看了眼他闷闷不乐的样子，问："怎么，没见到你朋友？"

雁凌江撇了撇嘴，答道："见到了，不过……"

章封煜淡淡地"哦"了一声，道："既然他对这次纳新没有兴趣，就不要强人所难了。"

雁凌江抬头看他："章副队你怎么知道他拒绝了？"

章封煜扫了他一眼，语调平静："不难猜。"

雁凌江苦了一张脸："章副队你不只数据运算厉害，原来连算命也那么准啊！你要早知道就该拦着我让我别跑这一趟了，来回两天的车程，我都快散架了！"

章封煜嘴角微微一撩，没再说话。

训练大厅的角落里忽然爆发出了一阵震耳的哄笑声，围在那里的人回头发现了雁凌江，顿时手舞足蹈地招呼道："大雁你快来看，这个人才主播可真是逗死我了！”

雁凌江一听，顿时将背包甩到旁边的沙发上，也好奇地围了上去。

他们在看的视频名为“主播快醒醒，十阶神秘高手血染丛林事件”，是在昨晚贴出的。短短半天的工夫，播放量就已经破了两百万，甚至还在一路飙升，在网站首页的人气排行榜上进了前三。

雁凌江凑上去的时候，正好看到召唤师被鬼道士一棒子从树上推下来的画面，还没来得及笑就先被正太手上的棍子给吸引住了：“这是怎么回事？这个鬼道士带了一根索迪亚巨棍？”

章封煜之前就已经看过这个视频了，这时候站在旁边解释道：“那个鬼道士点的是咒鬼的路线，但是只是点满 5 个高阶的控制技能，另外过渡的 3 个简单单体控制应该只加了需求的 2 点，因而刚才的冰封控制时间其实只有 0.2 秒。而他一共留了 5 点额外技能点，全部用来触发了被动物理伤害加成。”

“5% 的增益虽然不是很多，但是索迪亚巨棍是纯增加 200 点物理伤害的武器而没有额外物理穿透，因而可以将加成的增益实现到最大。这样额外增益的 210 点攻击力，面对召唤师这种防御不会高于 200 数值的脆皮职业来说，已经足够造成可观的伤害，只要能贴身，想要将他完全磨死并不是不能做到的事。”

“不过，刚才见面的瞬间两人都只有 0.1 秒的反应时间，从施放技能到直接将人击倒，一系列动作都在 0.5 秒的时间内完成，这个鬼道士的操作者应该也是个高手。”

话落，周围一片寂静。

章封煜低头看到雁凌江瞠目结舌的表情，问：“怎么了？”

雁凌江扯了扯嘴角：“章副队，身为你的队友真是我这辈子最幸福的事之一！”要是做你的敌人，遭到这样详尽的分析，那实在是太可怕了。

章封煜微微一愣，淡淡勾起了嘴角：“我也这么觉得。”他将视线转向了视频，表情上再没有其他的波动，“只可惜这个视频把两个人的 ID 都给隐藏了，要不然，说不定还可以挖掘出一个路人高手。”

雁凌江不由诧异：“真有这么厉害？我还以为只是因为那个主播自

己蠢呢！”

随着视频的疯狂传播，终于在凌晨越过了一千万播放量的大关，一举跃上了周点击排行第一的宝座。与此同时，社交软件上的话题＃小猴爷，你不要想太多！＃也成了头条，曝光了视频主播的真实身份，小猴爷的名号被《Zone》的粉丝纷纷转发。而“不要想太多”这句话，也一度成了游戏中互相挑衅的潮流用语。

陆行看着自己一手促成的效果很是满意，靠在椅子上点开了那个熟悉的猴子头像。

陆大厨：大红猴，现在的感受怎么样啊？

大猴子：今天来观看直播的观众整整翻了两倍！这感觉很好！很爽！

大猴子：但是，还有一丁点莫名的感伤……

陆大厨：怎么？

大猴子：你不觉得那天跟我对战的那个人很诡异吗？你说，这人到底是从哪里冒出来的呢？

陆大厨：不清楚，不过应该很快就会知道了。

大猴子：真的吗？你认识他？

陆大厨：不需要认识，只要是人才，那几个战队可比我们急多了。

慢悠悠地敲上最后一句话，陆行悠闲地跷着腿，看着窗外的夜空，眼里一闪而过一丝好奇。

说真的，他也已经很久没有在来稿的视频录像里，看到过这么有趣的路人角色了。

总感觉，很有意思的样子。

4

红色警戒：哥们，你不要想太多。

林肖看到这句话的时候，不知道为什么感觉有点眼熟。不过一时半会儿又想不起来在哪里看到过，他懒洋洋地将身子埋在了椅子里，又把刚才的话重复了一遍。

鬼萌萌：掉了索菲亚利刃给你，其他的都归我。

红色警戒：不要想太多好吗？虽然只是个过时的小副本，但想要两个人速刷简直做梦，快醒醒！

鬼萌萌：掉了索菲亚利刃给你，其他的都归我。

红色警戒：……你是用了“CTRL+C”和“CTRL+V”吗？！

鬼萌萌：没。掉了索菲亚利刃给你，其他的都归我。

红色警戒：……

他因为一不小心将原来的索菲亚利刃当成了废品融给了新装备，导致现在不得不重新刷上一把。奈何这个副本实在是有些低级，他建立房间后等了一整天，硬是没有一个人进来。刚准备放弃时，终于进来一个人，却要求两个人速刷！

虽然两个人速刷三人本也不是没有的事，但前提是这个队伍要有一个治疗职业外加一个强力 MT（前排肉盾职业）。然而，他身为一个血脆皮薄的暗杀者，怎么可能配合一个不能回血的脆皮鬼道士速刷通关？双人速刷？比谁被 BOSS 秒杀的速度快吗？

红色警戒：你是我哥！我这就去公会找个奶妈来，我们马上就开刷！

林肖对这个人的执着也有些无语了。

鬼萌萌：好吧。可惜了，装备又要多一个人分了。

红色警戒强忍住，才没有动用房主权限把人踢出去。好不容易有个愿意来打的 DPS（输出职业），他实在是没有精力再去等上一天。慌忙换到了帮派频道招人，生怕这个鬼道士一个不耐烦跑了，连哄带骗地终于在帮里找了一个牧师妹子帮忙。

鬼萌萌：你什么帮派的啊，人靠谱吗？

红色警戒一眼瞥见房间频道冒出来的话，差点一口血喷出来：“我是黑玫军团的，黑色黎明公会的强势大帮，还有谁能比我们帮派更靠谱吗！”

林肖没想到居然会直接撞到黑玫战队直属公会的人，可真是踏破铁鞋无觅处，得来全不费工夫。

他的嘴角微微勾起，看着屏幕的那双黑眸里也多了几分深邃的笑意："挺好的。"

看到这三个字的时候，红色警戒莫名感到全身泛上了一股子冷意，但见妹子进了房间，也就没多想，顿时心情迫切地招呼上了："猫妹妹，准备，准备，快准备！"

鬼萌萌：需要开语音吗？

红色警戒：小副本而已！不用！

林肖倒是无所谓，不开语音反倒乐得清闲。

房间里的全员进入了装备状态，作为房主的红色警戒正式开启了副本，进入了读条界面。没多会儿，三个角色出现在了副本地图的出生点。几乎在这同时，红色警戒将绒绒猫单独拉进了一个语音房间。

绒绒猫好奇道："你这是做什么呢？为什么不拉他一起进语音？"

红色警戒语调忧郁："唉，一言难尽。你不知道这个鬼道士有多坑！"

绒绒猫看了眼鬼道士的装备："是挺坑的，装备分只有 3200，小号？"

红色警戒："而且是一个很牛的小号！"

绒绒猫："怎么说？"

红色警戒："你要是没来，他估计得拉着我两个人速刷这个本！"

绒绒猫："他疯了吧！"

这个鬼道士有没有疯，红色警戒是不知道，但是他很清楚自己刚才在他的精神摧残下已经快疯了。

为了避免被对方知道自己偷偷开了语音小队，他在队伍里打字催促道：赶紧速刷，速战速决！

然而林肖却是不动了："多了一个人，装备怎么分？"

红色警戒有些无语，估计也就他对这个副本的装备宝贝得紧了。

照理说野队刷副本的装备都是随便 ROLL（掷骰子）点的，但是他刚才已经表明了不要其他东西，自然不好又改口。原本绒绒猫作为后来的队员倒是可以加入装配的分配，然而游戏中女生本来就少，更何况是绒绒猫这样的软妹子，在帮派里更是众星拱月般的存在，这种三人队的小副本掉落的装备，还真没有可以让她瞧上眼的。

红色警戒沉默了，绒绒猫倒是自己开了口："我就要个绿鹰权杖，其他归你。”

林肖淡淡地“哦”了声，就再没有其他的表示了。

红色警戒当然知道绒绒猫是有意不想让值钱的东西落进外人的手里，见林肖没什么意见，只以为他不懂行，自然也不会多说什么，一头钻进第一个传送阵里解锁了第一个 BOSS。

林肖慢悠悠地跟在最后面，打量起了绒绒猫这个牧师角色。

光从外观造型上，就基本可以推断出一个号的装备，更何况这么醒目的 6300 的装备分，很显然不可能对这个副本还有需求。本来别的装备也没什么，不巧的是，绿鹰权杖这东西，他正好也想弄一把。

这个低级副本确实很简单，一共五个 BOSS，三个人很轻松地就打掉了四个。

红色警戒看着输出统计板块，终于忍不住开了口：“哥们，最后一个 BOSS 可没前面的那么简单了，你的输出可要给点力啊！”

林肖依旧不咸不淡地回了句“哦”。

绒绒猫有些不高兴了，在与红色警戒的语音小队里吐槽：“我怎么觉得有点悬啊？这哪里是 DPS 啊，看这输出统计，我们根本就是在带小号嘛！装备还都归了他，待遇简直比包团的老板还好呢！我们是闲着没事来给人打工？”

红色警戒一头汗地安慰道：“好歹也是有些输出的，总比没有强，等会儿开了 BOSS 你主要看好我的血吧。反正这个副本值钱点儿的也就那两样东西，不论出了哪个，也都是归我们的，那些垃圾装备就都给他吧，就当日行一善了。”

绒绒猫哼了哼，没有再出声。

发完团队确认之后，红色警戒一个飞镖射出，远程地开了怪。

这个 BOSS 比前面其他的怪显然要强劲很多，虽然红色警戒一直在走位躲技能，但毕竟是个脆皮，偶尔被碰到一下，就几乎掉了大半血条的血。

绒绒猫第一时间把他的血量抬回去，林肖操纵着鬼萌萌也跟在后面输出，但是因为 BOSS 被拉得满场乱跑，读条技能几乎没法读完，对方就又被红色警戒拉出了吟唱范围。他忍不住一头黑线地打字：“我说，拉怪专业点啊。”

绒绒猫前面就被他极低的输出给气到，这时候见他还有时间抱怨，终于忍不住打字骂他：“说别人之前先管好自己吧，这种残废 DPS，我玩个奶妈都能打得伤害比你高。”

林肖也不否认，反而很认真地答道：“确实，如果来个暴牧的话，效率应该可以快很多。”

绒绒猫被他一噎，差点气得背过去。

她这一走神的工夫，红色警戒血条就见了底，不得不操作着角色朝她冲过来，语音频道里喊得声嘶力竭：“奶我！奶我啊，大姐！”

红色警戒身上拉着 BOSS 的仇恨，这么一冲，连带着把 BOSS 都拉了过来。林肖顿时进了 BOSS 的攻击范围，在几个技能扫来的瞬间侧身一躲悉数避开，却是把旁边牧师的血给炸去了一半。

绒绒猫慌忙吟唱群体增益大招，结果还没等读条结束，忽然一道黑色光束劈过来，直接落在了她的身上，把最后的一半血量也一并带走了。

看着暗下的电脑屏幕，她忍不住骂道：“有病啊！”

地图频道，林肖有些无奈地说道：“我都说了，拉怪需要专业点。看到没，治疗都被你害死了。”

“不刷了！”绒绒猫这回完全没法反驳，气得直接退出了副本。

队里的牧师没了，红色警戒没挣扎多久，也被 BOSS 一把给拍死了，仇恨顿时就转移到了林肖这个仅存的队员身上。

这是要团灭啊……红色警戒眼看绒绒猫已经退队退语音，正心灰意冷地准备离开，无意中一瞥，却看到鬼道士带着 BOSS 上蹿下跳地玩起捉迷藏来。他忍不住在队里说：“哥们，别折腾了，放弃吧，重新出去开下一场了。”

林肖一边遛着 BOSS，却还有时间腾出手来打字：“你还能找到别的治疗继续？”

红色警戒：……

这个估计还真没有，他忍不住有些怀疑人生。

正郁闷着，却看到在那个戴着红帽子的小正太引领下，BOSS 在原地转了几个圈后忽然猛地一冲，然后……整个身子就卡进了两棵大树中间，不动了。

红色警戒看着鬼萌萌就这样优哉地往后退了几步，走出 BOSS 的攻击范围之后原地打起了坐，忍不住说："这都可以？！"

林肖很理所当然地回归到了最初的话题："两个人速刷多好。红色警戒半天说不出话来。"

红色警戒：……有这卡 BOSS 的技巧，你自己一个人刷不就行了？

鬼萌萌：开副本必须三个人，首先我没有小号，其次我的电脑太破不能三开，再者我一个人输出有些慢，两个 DPS 可以快很多，时间很宝贵。

红色警戒无话可说，原来前面根本不是错觉，这个人从头到尾就是把他当成了一个打工的！

林肖回满蓝后远远地开始读条，把所有的技能一股脑儿地往那个 BOSS 身上甩去，因为输出太低的关系，大约过了 5 分钟才把 BOSS 慢慢磨死。

装备掉落，没想到还真出了红色警戒想要的匕首。

没有掉落绿鹰权杖啊，早知道就不用引导刚才 BOSS 乱射害死奶妈了……林肖翻着掉落列表，感到有些惋惜，自觉地放弃了匕首的投点，然后"需求"了其他的全部装备。

退出副本的时候理所当然地收到了红色警戒的好友申请，他微微一笑，点下了"通过"。

《Zone》与市面上大部分游戏最大的不同，就在于它独特的装备系统。

整个游戏公司的策划人员俨然都是走火入魔的装备控，每次推出新装备的时候，不仅在装备独有属性、附属技能以及掉落方式上都做有严谨独特的规划，就连造型设计也充满着奇思妙想的大触情怀。以至于每次有新武器推出之后，不仅 PVP 的天梯狂魔们绞尽脑汁地想要补充装备库，就连 PVE 的那些休闲党们，即使花钱请工作室代练帮忙收集，也不愿意放过任意一款。

林肖也几乎对全职业的所有装备都进行过细致的了解。他倒不是那种外观收集控，作为资深的 PVP 对战选手，他更多的精力是集中在了装备的培养与搭配战略上面。

《Zone》的所有装备在获取后都可以放入玩家的装备库中以供选择，然而即便每个玩家都拥有了同一款武器，也会因玩家的喜好不同而有截然不同的使用效果。

因为游戏中的每件武器都借助八种不同的器魄，可以有八个不同的培养方向，分别是血魂器魄（物理攻击）、魔魂器魄（魔法攻击）、坚盾器魄（物理防御）、守神器魄（魔法防御）、腾体器魄（血蓝上限）、疾风器魄（速敏）、固元器魄（抗性）以及聚凝器魄（冷却缩减）。

也正因为这样，每个玩家可以根据自身的特性拥有一定的发挥空间，也让对战过程中选择不同装备的搭配战略更加的错综复杂。在不管是国内还是国际的职业对抗联赛中，每位选手的装备搭配策略，也都是比赛过程中最吸引人的一大看点。

退出副本之后，林肖直接打开了装备库，将随身包裹里的装备都倒了进去。他随便翻看了一下，没挑选出具有长期培养潜质的装备来，就全部丢进了拆解系统，拆分成了培养冷却缩减体系的聚凝器魄。

林肖加了红色警戒之后，也没有再去主动联系，而是一门心思地刷各种副本。他需要尽早进入天梯提升自己的段位，但如果想要借此来获取新装备，就必须先培养出一整套完整的基础装备来。

现在孤身一人的林肖只能刷一刷野队，副本里的BOSS也不是每一只都可以被随便卡位的，所以一来二去刷的效率并不太高。最终用了整整一个星期，才拆分出了培养一套装备所需的足够数量的聚凝器魄。

以冷却缩减方向为主的装备培养方式，在《Zone》世界中统一称为冷却流，也就是走极致的技能缩短方式的流派。但是，一般冷却流的玩家在八个部位的装备选择中，都会有选择地培养其中四件，即使放在职业联盟的选手中，也最多使用六件。而像林肖这样把全身八件装备都准备往极致冷却方向培养的，恐怕只能用“丧心病狂”来形容了。

基础的器魄准备好了，接下来空缺的就是主培养装备了，由于条件有限，他暂时选择了几款现在方便获取的装备。

林肖手上拥有的成品已经有五件，计划中的另外三件，则需要从几个难度较高的十人本里获得。这种副本，各大公会倒是都有组织固定的副本团，但是现在他既然想要混进黑玫战队的公会“黑色黎明”，自然不可能随便加一些其他的公会。

正翻看着副本频道列表寻找合适的副本队伍，忽然听到“啪”的一声，电脑屏幕闪了几下后突然暗了下去。检查后发现是跳闸，但等他把闸门扳上想重新开机的时候，弹出的一连串字母明晃晃地霸占着背景漆黑的屏幕。

得，电脑坏了。

“有点倒霉啊。”林肖嘟囔了一句，两三下就把电脑拆了，扛上电脑，下楼打个出租车直接去了电脑城。

抱着身子缩在后座上的他忍不住打了几个哈欠。接连几天不眠不休的副本生活确实让他感到疲惫，托这破电脑的福，他决定给自己先放个小假。

5

“开不了机，可能是硬件的关系，你在这里等会儿啊，我拿进去仔细看看。”电脑店老板检查后丢下这句话，就叫人把机子给搬进了屋里。

林肖有些百无聊赖地在周围转了转，最后锁定了一把椅子准备坐下休息，正要走过去却忽然听到有人说：“这回真有好戏看了！”顺着声音看去，就见旁边的桌子上摆了一台笔记本电脑，透过几个人之间的缝隙，可以看到屏幕上熟悉的场景。

他这时才记起来，现在应该是国内联赛 LPP 春季赛常规赛期间。

屏幕上两边的队徽很清晰地落入林肖眼中，很巧，今天的对战双方是黑玫战队和流云战队。林肖远远看了一会儿，双手插着裤袋慢悠悠地走了过去。

正在直播的是 1V1 对战的第二场，黑玫战队沈常与操作的召唤师“时节雨”，对战流云战队章封煜操作的黑法师“疯鱼”。

由于双方都是各自战队的副队长，这场对决自然而然地被提升到了副队之间的较量，全场的氛围顿时燃了起来。

就连电脑店里的围观群众也都一个个摩拳擦掌、兴奋无比。因为在场观众有些是两队粉丝，他们一边看一边激烈地讨论着，一言不合就暴跳如雷，差点撩袖子直接打起来。

林肖还从来没有尝试过这种跟观众们一起围观比赛的感觉，现在身临其境才能真的体会到，这些粉丝实在是太热情了！

林肖好笑地看着眼前那全体疯魔的场面，摸了一根烟叼在嘴上，吸上一口后眯了眯眼，视线落在屏幕中央解说席前的那个人身上。

许擎笠，当年傲天战队的队长。

作为联盟里的一员，他虽然并不像很多选手一样拥有天赋，但也一直拼搏努力，在电竞圈子里也算得上是中上游的水平。然而因为当时各战队的队长皆出类拔萃，而他担任队长的傲天战队一直不温不火，一直以来颇是遭人诟病。但林肖心里却很欣赏这位正能量十足的队长，在当年没落的电竞行业里，他就像是一股奇特的清流，励志且鼓舞人心。

只是没想到现在过了五年的时间，许擎笠居然选择了退役。

不过仔细想想，当年已经 22 岁的他，如今到了 27 岁的年纪，在电竞选手中间倒也确实算得上高龄，为了未来的发展，做出这个选择其实无可厚非。毕竟官方解说也不是随便什么人都可以担当的职业，许擎笠对各个战队的作战风格及战术策略都颇有研究，这个位置确实很适合他。

林肖有些唏嘘地叹了口气。

外面的躁动惊动了里屋的人，里屋顿时传来老板的一声怒吼：“不干活都在吵什么，再吵吵信不信直接把你们都炒了！”

仿佛按下了静音键，整个电脑店里顿时寂静一片，只剩下了笔记本里解说的声音。

林肖好笑地看着那些人一哄而散，自己拉过来一把椅子，坐在电脑前面看了起来。

要说沈常与跟章封煜这两个人，如果真的追溯起来，可以算得上是宿敌。俩人从性格到作战风格都以严谨稳重著称，又是同期进入联盟，偏偏还恰好都是两个顶尖战队的副队长，不可避免地会被人放在一起做比较。

这两个人对于林肖而言，都不陌生。

当年林肖担任黑玫战队的队长时，沈常与还只是个坐板凳的替补选手，那时候的章封煜已经在职业联盟大放异彩，风头盛起。

后来黑玫战队的队员陆续做了几次更替，让所有人始料不及的是，就在 LPP 的第二个赛季，作为蝉联两季冠军的战队队长，林肖一举将沈常与推上了副队的位置。

当时的沈常与不过是个籍籍无名的替补选手，正当所有人对他的任职感到质疑的时候，面对摄像机镜头的林肖只是轻轻一笑："沈副队是个不可多得的人才，我会给你们一个满意的答复。"

这话在当时看起来不过是一句官方措辞，因此在黑玫战队经历了第三赛季的落败之后，不出意外地引发了众多战队粉丝更加极致的不满。

但在第四赛季，林肖终于带领着黑玫战队站上了 GDL 世界赛事冠军的领奖台，与沈常与一同举起了冠军奖杯，为当年做出的决定交了一份满意的答卷。

然而就在那年赛事落幕之后，足以被称为电竞里程碑的"老鬼"林肖，在归来途中出了车祸。

想到这里，林肖不免感到有些可惜，当年他还许诺自己的副队要带着他一起三连霸来着……

现在看来，黑玫战队虽然稍有没落，但依旧是以豪门战队的姿态存在。只不过让林肖没想到的一点是，他不在的这五年里，身为副队的沈常与依旧留在副队的位置，而他当年的队长工作，则是由新一代崛起的神级选手——牧师"繁景缭乱"的操作者尤景，正式接手。

可他从来没有听说过这个人物的存在。

这时双方的选手已经介绍完毕，屏幕上的画面一转，掠过一个人影的时候镜头象征性地微微一顿。虽然只是短短几秒的画面停顿，现场就已经被铺天盖地的尖叫声淹没，声势浩大得几乎要把整个场馆掀开。

林肖双耳被震得发疼的同时蹙了蹙眉，视线落在那个穿着黑玫队服的侧影上。

这个侧影对林肖而言并不陌生，然而并不是出于当年自己本身印象深刻，而是在"他"的记忆深处。关于这个人的所有资料，早就已经有如烙印一样直接地印在了脑海里，甚至不需要在网上做任何的搜索，他都可以倒背如流。

只不过，这个时候透过屏幕看到的尤景，又与藏在“他”记忆深处的感觉并不一样。

林肖不知道“他”是怎么做到把这个人想象成那么一个温柔体贴的人的。至少，这个人由内而外透露出的气质没有半分温暖的成分。

此时他只是这样一动不动地坐在那里，修长白皙的指尖放在身前漫不经心地敲击着，穿着与旁边的队友一样的黑色制服，里面的白色衬衫微散开，露出半截衣领。侧颜的弧度一直延续到秀颀细致的锁骨，那双狭长的桃花眼微微眯起，分明是一种对周围的喧闹格外不耐烦的表现。

在他身后不远的观众席，狂热粉丝们高举着LED灯牌，字体闪耀——“尤景我永远支持你”“有尤景在的黑玫战队战无不胜”……

随着解说对狂热粉丝们的几句调侃，镜头再次切换回了场上，比赛正式打响。

沈常与跟章封煜两人之间的对决，数年来已经进行过太多次，各有胜负，就连在当年各战队选手间曾经发起过的“最不想对战的选手”投票活动中，这两人的票数皆是遥遥领先，稳居前五。

两人之所以可以双双入选，无疑是因为他们相近的“数据流”作战风格，但凡与他们进行过一次对决的选手，只要稍稍感受过这一流派的精髓，就足以拥有痛彻心扉的领悟。

不过虽然同是数据流选手，但沈、章二人的关注重心其实并不一样。

章封煜作为目前联盟学历最高的选手，同时也具有足够让所有人叹为观止的高智商。不管对手选择什么样的装备进行搭配，在几次的碰撞与互相试探之后，他都可以对对方面板的数值做出偏差不超出1.5的精密估算，从而将每次做出的伤害精确计算到小数点后两位。

一局下来，章封煜通常就可以完整地记录下对方在本轮对战中所有装备的完整数值资料。

换句话说，不管是谁与他对战，所有的装备搭配策略只适用一次，这迫使很多战队为了严守新战术，有意避开与他的对战。

至于沈常与，虽然同样是数据流选手，却更加侧重于对双方“微操”（细微操作）的把控计算。他通常可以将地图的所有优势发挥到最大，根据对地势的精密掌控来诱导对手改变对战节奏，同时经过对双方每一个操作的计算，人为控制对方发生操作失误的频率，寻求致命一击的机会。

从某方面来说，他比章封煜更适合做团战选手。

随着两人的出场，现场声势浩大，如山海呼啸一般，两队的粉丝相互叫嚣，呐喊声震耳欲聋。

要是按照以往的惯例来说，沈常与跟章封煜都属于喜欢互相试探的选手，开场本该是先发生一些小规模的碰撞，谁料这回双方角色一见面就一言不发地直接厮杀在了一起，互不退让。

在场的观众们纷纷一愣，欢呼声静下片刻，旋即又响起，其声势比之前还要高出数倍，几乎要把屋顶彻底掀翻了。

“实在没有想到，今天对战双方的副队都火力全开啊……”新晋解说陈小言有些咋舌。

“如今联盟新秀层出不穷，又有新战队不断加入联盟，各个战队的老成员压力都很大啊。看来，如今双方为了自己的战队，都在有意识地尝试转型。”解说席上的许擎笠不似新解说的一惊一乍，判断要沉稳客观很多。

林肖看着屏幕中央缠斗在一起的两个人，眼睛微微眯起，视线落在左下角镜头中神色认真的沈常与身上。

从近年来的联赛成绩来看，他当然也知道现在黑玫战队有下滑趋势，许擎笠说得没有错，场上的两个人确实都在做更多的尝试，但是这样的转型实在是……

看着召唤师时节雨在紧密的对战中倒下，他有些无奈地轻叹了口气：“还是有些太着急了啊……”

“VICTORY”与“DEFEAT”的字样同时占据了两边的屏幕，双方礼节性地握手，相互说了些什么，摄像机隔了太远没办法听清，就看到两人各自回了自己战队的选手席。

随着沈常与的落败，目前双方的比分停在了1 ∶ 1，然而第三场比赛展开之后，流云战队一鼓作气，再次拿下一局，最终以1 ∶ 2的比分在个人赛赢得了领先的地位。

联盟赛事有规定，参加过个人赛的选手不可重复参加小队赛。

黑玫战队选择让许一辰、许一鸣这对双胞胎选手，配合柳泽俞操作的圣骑士“择木而栖”组成暴力输出组合，而流云战队则是以雁凌江的魔剑士“雁不留痕”作为主力，与牧师、影剑客形成双剑组合。

黑玫战队这边没有派出牧师的想法让所有人都感到不解，然而暴力输出组合打起来格外声势浩大，眼花缭乱的技能让人看得应接不暇，虽然最后还是输了比赛，却因为精彩的过程没有让粉丝产生太大的不满。

所有人将关注的重点放在了最后5V5的团体赛上，毕竟现在的比分虽然是1 ∶ 4，但是团队赛作为每场比赛的重头戏才是胜负的关键，高达5分的积分数值足够让败局彻底翻盘。

有旁边的人凑过来，一脸怒其不争地说：“现在黑玫战队感觉不太行啊，今年从春季赛开始就一直有些低迷，这轮该不会又要输了吧！”

林肖双指夹着香烟漫不经心地晃了晃，貌似随口地答道：“输不了。”

仿佛为了印证他的观点一样，在尤景的战术指挥以及沈常与随时根据地图做出的微调之下，流云战队双向包围的计划以失败告终。随着队形被彻底冲散，被击杀的成员重新复活后再也找不回原来的节奏，终于被黑玫战队乘胜追击，各个击破，成功拿下5滴血获得胜利。

最终本轮比赛，黑玫战队VS流云战队，以比分6 ∶ 4告终。

小伙子目瞪口呆地看着团队赛干脆利落地结束，一脸哑然地看向林肖：“哥们，你怎么知道黑玫会赢？”

林肖看了他一眼，淡淡地“哦”了声：“虽然双方都在尝试着改变自己的风格，但是沈常与毕竟是团队赛中万中无一的辅助好手，流云战队只要使用还不怎么熟悉的新战术就难免会显得有些急躁，我记得我们的尤队应该最擅长抓这种漏洞了才对。”

顿了顿，他扫了一眼屏幕，轻轻地笑了起来：“至于季前赛的低迷，从前几场比赛来看，不是早就应该已经慢慢习惯了吗？”

虽然听不太懂，但是好像很厉害的样子。小伙子听得一脸蒙。

这时候老板从屋子里面走了出来，一脸无语：“这个电脑都这么旧了怎么还不舍得换一台呢？年代实在有点久远了！那配套的硬盘型号太老没有现货，还需要去外市调货过来。我刚才已经打过电话了，最快也需要两三天后才可以拿。”

“哦，这没关系，我过两天再来。”作为一个绝对没钱买新电脑的穷人，林肖对此倒是一点意见都没有。

临走时回头默默看去，屏幕上恰好是结束对战后双方握手的画面，那张足够引发女人尖叫的脸在镜头下异常醒目。想起之前团队赛里看到的几个操作，他微微皱了皱眉，尤景这种级别的选手，对战里好几次失误是本来不该存在的。

这时画面恰好切到尤景身上，看着他用右手接过背包的动作，林肖眼里的神色不可察觉地一闪。

如果没有记错的话，这人应该是个左撇子才对。

CHAPTER 02 独一无二

1

没了电脑，回家后的林肖有些百无聊赖，叼着一根香烟在阳台上抽着，整个人埋藏在夜色中，颇有一番忧郁的气质："今年的 LPP，黑玫战队看样子又悬了啊……"

回来的一路上他都在思考尤景的状态问题——这个人的左手受伤了。

作为职业选手，高强度密集的训练经常会导致一些关节上面的伤病，因而平时对于训练计划的安排通常都会经过严格的把控。但即便如此，因伤退役的职业选手依旧不计其数，当年联盟的第一格斗家张宣年就是因伤被迫退役，转而以教练的身份继续为原战队效力。

很显然，今天的这场对战，3V3 的小队赛之所以没有派尤景上场，并不单纯是为了尝试新的输出战术，更是为了不给他的手增加更多的负荷，以保证他在团队赛中可以有最好的发挥。

不可否认，整场比赛下来尤景发挥得很好，不管是临战指挥还是全场走位都堪称完美。

这个人拥有绝佳的操作技术以及临危不乱的极强心理素质，这些都是担任战队队长所需的条件。

当真正亲眼看过他的现场操作之后，即使是林肖，也不得不对那简单精练得几乎没有一丝瑕疵的精致操作感到叹服。

出于牧师对于一个团队的重要性考虑，纵观整个联盟，没有任何一个队的队长甚至于副队会选择牧师作为职业。原因很简单，完全是因为这个职业的特殊性导致的。网游中打架先杀奶妈的说法并不是没有原因的，不管是在小队赛还是团队赛，牧师选手永远都是一个队伍战术体系的核心，其是否在场甚至足以影响整场比赛的最终胜负。

在这样几乎是夹缝中求生存的环境里，尤景作为团队的核心能有足够的精力去关注全局，并对战队进行严谨细致的战术布置，即便有沈常与在旁协助，依旧是一件常人几乎无法想象的事。

这个人不论操作还是大局观，都细致得可怕。

看尤景的表演，很容易会被他变幻莫测的战术走位，以及时常将人从命悬一线的瞬间彻底救回的精妙操作所吸引。

林肖今天也曾一度沉醉在他华丽的手法之中，要不是敏锐地洞悉到那几处微乎其微的失误，根本看不出这人居然是带伤上阵。

手伤对于一位职业选手而言，影响可大可小。如果只是小伤的话也就罢了，但要是影响到了筋骨，一不小心就会是影响职业生涯的大事。不懂自爱的选手不在少数，包括林肖也曾经干过这种不计后果的蠢事。尤景虽然冷情冷性，不像是个冲动的人，但也并不好说，毕竟在电竞这个圈子里，最不缺的就是疯子。

好在，不管怎么样，这一场比赛黑玫赢了。

今日还是他苏醒后第一次接触到职业联赛，看着那曾经格外熟悉的作战场馆，林肖心里总有一种说不清楚的情愫。

林肖幽幽地吐了一口烟，进屋默默地掐灭了烟头，在一片黑暗中，无声地将自己的右手举到了跟前，看着模糊的轮廓有些出神。

就这样在家里休息了两天，林肖吃饱睡足就去电脑城把终于修好的电脑搬回家，组装好后便直接进了游戏。

刚切换到副本频道准备找个合适的房间刷本，就先收到了来自红色警戒的好友消息：“哥们，打 3V3 组排天梯吗？江湖救急啊！”

红色警戒可是看过他那惨绝人寰的装备分的，林肖可不认为当时出神入化的卡 BOSS 技术能让他看出自己是个 PVP 高手来，想都没想就敲了一行字回去：“这么着急啊，不会有什么阴谋吧？”

红色警戒没想到对方居然会这么直白地说破，被噎了一下，顿时发了一连串哭的表情：“兄弟，真的是江湖救急！ 3V3 战队，冲刺天梯三阶，只要你有足够的时间在队里挂个名，我保证带你躺赢！这装备可比一般的副本装要好多了！”

林肖笑道：“这么厉害？”

红色警戒顿了顿，在莫名的压力下一五一十地招了。

原来他在平时玩游戏之余，偶尔也喜欢接几个代练的单子，跟几个兴趣相投的朋友赚些外快。因为黑色黎明这种正式战队旗下的大公会需要保证门面，并不允许这种做代练的行径出现，所以这些私单一直以来都是偷偷进行的。

正好前两天，红色警戒又接了个不错的单子，需要把一个 3V3 战队打到三阶的段位。

本来战队在三个人的冲刺下已经打到了五阶，谁料其中一个朋友因为老婆待产期出了状况，不得不在医院里全天陪着，队伍里顿时就少了一人。后来也试过随便招个路人来打，奈何进来的人一个个都不按套路出牌，而且并不稳定，让人很是崩溃，就在红色警戒身心俱疲的时候恰好看到林肖上线，不得已只能病急乱投医了。

作为别无选择的情况下才被乱投医的对象，林肖用两分钟时间将副本的产出跟天梯 3V3 的装备奖励做了对比，立刻爽快地答应了：“成交。”

红色警戒不放心地叮嘱道：“兄弟，我还有最后两天的时间就要交单了，既然说定了，那你这两天可要做好通宵的准备啊！”

林肖看了眼电脑屏幕上的时间：“不要紧，也就一个通宵的工夫。”

红色警戒没心情纠正到底是通宵一天还是通宵两天这个问题，生怕林肖反悔，赶紧把他拉进了 3V3 战队中，然后发去了一个语音邀请。

林肖点下接受后进了团队房间，这才慢吞吞地去旁边堆积着的杂物里翻出个麦来，等戴上后坐下，听到那边已经不耐烦地嚷嚷成一片了：“喂喂喂？萌萌你在吗，你在吗萌萌？”

"在。"林肖难得无语了下，纠正道，"我叫鬼萌萌。"

"哦，好的，你玩什么流派，咒鬼还是祷鬼？让我看看你的装备啊！咦，这几天收获不错啊，装备分都已经有 4800 了啊！我说你……哎哟！"

红色警戒冷不丁地怪叫一声，把房间里另外一个牧师玩家"空泉"给吓了一跳，问："怎么了？"

"萌鬼，你这装备是怎么弄的啊，不会'出装'（选择装备）可以问下我啊！这 6 套全堆了冷却缩减，技能用得过来吗你，属性都白白浪费了啊！"红色警戒很无语，但也不得不勉为其难接受了这个事实，"算了，你就玩咒鬼吧，技能 CD（冷却时间）短点也好，到时候冷却一好记得往对面脸上糊就行。"

不再叫"萌萌"，但是又成了"萌鬼"，怎么听起来就这么别扭呢？林肖懒得再去纠正称呼上的问题了，道："我本来就是玩的咒鬼，不过……"

见他没有反对，红色警戒稍微松了口气，顺着问道："不过什么？"

林肖道："不过，我打的是输出。"

"输出个头啊！"只听那边"嘭"的一声巨响，也不知道红色警戒是用什么磕的桌子，声音听起来咬牙切齿的，"你玩一个咒鬼，强化了一身冷却缩减属性的装备，然后说要打输出？"

林肖道："对，没错。"

红色警戒一口气没顺上来，差点就要在语音房间里直接骂人。

空泉在一旁打起了圆场："行了，本来就是随便喊个固定的人而已，到时候萌鬼想怎么玩就怎么玩吧，我们好好打就是了。"

毕竟是自己喊来的人，再不靠谱也得忍了，谁让自己刚才吹牛要带对方躺赢呢？红色警戒回想起下副本那天鬼萌萌的技术，终于没再说什么。

而事实证明，林肖确实没有让他们失望。

每次进入游戏后，他就找个丛林猫起来，任凭外面打得天翻地覆都不出来，看得红色警戒很是抓狂。

这边在外面浴血奋战着，偶尔一回头，就可以瞅见自己队里萌萌的小红帽正太在树丛里跟人家玩躲猫猫，虽然明知是自己的队友，心里依然忍不住有种想要到对面把这人逮出来揍一顿的冲动，仇恨值简直比对方还要高。

奈何，林肖对每个地图都太过了解，藏身的地方看起来很简单，偏偏一次都没有让人给逮出来过。

就这样安安分分地从六阶战队躺赢到了四阶，林肖全程看着视频嗑着瓜子，玩得不要太惬意。尽管偶尔在屏幕上发句加油顺便带一个微笑的表情时，队友始终没有回应，林肖却也很满足于这种单纯美好的小幸福。

难怪总有人喜欢找人带躺赢呢，这感觉实在是棒呆了啊！

不管是 3V3 的小队战还是 5V5 的团队战，四阶前后就是一个明显的分水岭。要是说在这之前遇到的几乎都是临时组队随便玩玩的闲散玩家的话，到了四阶之后，就很可能碰到各个帮会的固定队伍，甚至是没事干直播组排玩的娱乐主播了。

战队再次进入了队列匹配对手，双方结束了禁用地图之后，开始读条进入对战地图。

林肖终于取消了房间的静音，刚摆正耳机，就听到红色警戒有些低沉的声音：“真倒霉，没想到遇到了他们两个，有些不妙啊……”

空泉也一副无奈的样子：“听说他们在 3V3 带妹子玩呢，没想到居然在这遇见了。现在怎么办，要直接投降吗？”

红色警戒哼道：“投什么啊！哎哟我这暴脾气，还就跟他们对上了！反正我们现在开着老板的号也没人认识，那个破天成天就知道在帮里装高手，早就看他不顺眼了。不是带了个八阶的妹子冲分吗，我们这边的拖油瓶就算是个坑，但至少还能强点吧？等会儿打字跟他说一下，躺了一晚上了，也该活动活动了嘿。”

他之前在语音房间叫过林肖无数次，始终没有得到过回应，就知道这是把房间的声音给关了。心里清楚对方反正听不到，这个时候说话也格外地直接，然而刚准备等读条结束在队伍频道里打字，就听到耳机里传来一个幽幽的声音：“哦，确实。”

红色警戒身子顿时一直，插在电脑机箱上的耳机线冷不丁地勒了耳朵一下，疼得他有些龇牙咧嘴，但这个时候只能一阵干笑："呵呵，萌鬼你回来了啊。"

林肖倒是没有追究红色警戒在他背后说坏话，懒洋洋地打了个哈欠，道："躺了一晚上有些无聊，准备来稍微活动下筋骨，不然就真的要睡着了。"

红色警戒一阵无语，一晚上打得身心俱疲，倒是连想要揍人的冲动都没有了。

听刚才的对话，对面小队的应该是黑色黎明公会里的老熟人。林肖扫了一眼对战列表——战斧斗士"破天"、格斗家"乐得思蜀"以及牧师"风花雪月"。其中风花雪月应该就是刚才说的八阶妹子了。能带个菜鸟牧师打到这个段位，另外两个应该都算得上是高手。

导入界面结束后，三个人刷新在了己方复活点。

红色警戒还是忍不住交代了两句："等会儿空泉跟我会先去把对面牧师'集火'（集中火力攻击）掉，萌鬼你自己小心，对面的那个破天最喜欢抓人短板杀，如果有人追你，一定要记得赶紧跑！"

林肖："知道了。"

见坑自己了一晚上的人这个时候终于"正常"了一点，红色警戒稍微松了口气，操作着暗杀者在前面带路迂回去了。

这本来是很常见的一种对战战术，但是也因为太过常见了，迂回到一半的时候，对面的三个人就出现在了视野中。很显然，对面也做出了同样迂回绕后的打算，直接结果就是双方不约而同地选择了同一个方向，以至于在半路就撞上了。

两边的人在意料外地碰头之后，都愣了一下。

反应过来后，双方都下意识地走了个位，直接朝着选中的目标集火，顿时一片技能连天。

林肖自然知道对面的牧师是被优先集火的对象，看着红色警戒带着空泉冲上去也没怎么在意。但是一抬头，居然看到对面的破天和乐得思蜀也朝他扑过来，嘴角不由勾起一抹笑来。

他操作着鬼萌萌当机立断一个转身，做出了和对面治疗如出一辙的举动，脚底抹油，跑得那叫一个干脆利落。

这个时候红色警戒虽然没有准备英雄救美，但是难得地跟他格外心意相通，一边举着小刀片追着对面的牧师狂奔，一边在语音里喊得声嘶力竭：“萌鬼，跑！快跑！有多远跑多远！赶紧跑别回来！”

这撕心裂肺的呼喊，就跟一些影视剧里生死离别的经典桥段似的……

林肖看着对面的战斧斗士和格斗家一前一后地冲上来，果断利用幽灵疾步加速拉开了与两人的距离。

在疾速跑动的过程中，他微微侧了侧角色的视野，透过屏幕看到格斗家乐得思蜀手上一亮，一个空气弹甩来。鬼萌萌脚上的方向忽然一转，往前的姿势诡异地顿了下，就见那道光束擦面而过，血条纹丝不动，没有受到一点伤害。

乐得思蜀看清过程后心下一惊，忍不住在语音房间跟队友道：“那个鬼道士刚才的走位你看到了没？感觉是个高手啊。”

破天不以为意地回道：“估计是刚好手滑了一下，凑巧的吧！你也不是没看到他的装备分，要真是个高手也不至于混得惨成这个样子啊。我们这里得赶紧速战速决，雪月还在被那两个禽兽追，等着我们去营救呢，你说是不是啊雪月？”

房间里一个妹子用柔软的声音轻轻地“嗯”了一声后就没有再说什么，看起来在两人的追击下她确实跑得很是辛苦。好在追她的一个是牧师，还有一个是近战职业暗杀者，一时半会儿也还没有什么生命危险。

破天：“思蜀，抓紧点儿了。这样跑下去什么时候是个头啊，直接冲上去！”

说着，战斧斗士的身上红光一闪，开启了大招嗜血狂徒，借着移动增益同时开了幽灵疾步，跟对面的人拉近了距离。

他几乎是在手中的狂斧投掷出去的瞬间按下了飞跃步，然而就在这个时候，脚下忽然绽开了一个冰花。

破天忍不住在语音房间说了句：“我去！”

战斧斗士所有动作在原地僵硬了 0.2 秒，手上的斧头飞出后凌空一个气势雄浑的弧度，就深深嵌入了极地冰原晶莹厚重的冰封之中。这个位置离那个目标鬼萌萌生生差了 9 米远，恰好是没有使用出来的飞跃步的位移距离。

在飞跃步施放的瞬间用控制技能封锁移动动作，这是高端玩家才会的精妙操作。

虽然作为一个近战职业，一个寒冰咒的伤害掉不了多少血，但是看着这样一个低级技能轻松地浪费了他的一个飞跃步，破天的脸色顿时难看了起来：“还真的是个高手，看样子要好好打了。”

乐得思蜀知道他是碍于在妹子面前要保留面子，轻轻地笑了笑也不揭穿，看着前面那个戴着小红帽的鬼道士，神色也严肃了起来：“2V1，他不可能跟我们正面打的，走咒鬼路线的鬼道士单挑就是个废物，找机会近身就行。”

破天嘟囔道：“他也得肯给我们近身啊，真是见了鬼了，也不知道他身上到底带了几件冷却缩减装备，连幽灵疾步都冷却得那么快。”

好像听到了他们的诉求，就在话落的时候，一直在前面跑得比兔子还快的鬼萌萌忽然停了下来。

黑色的法杖在手上不停地转着，周身顿时被一片黑色的骷髅头影子笼罩，配合着忽隐忽现的小红帽，画面说不出的诡异。

破天见状顿时大喜:“居然在这个时候开‘万鬼虚空’？他傻了吧！”

乐得思蜀见破天已经扬起斧头冲了上去，也只能给自己套了一个怒气盾，朝正在读条的鬼萌萌连放了三段虚空波，企图打断他的技能施法。

在虚空波眼看就要命中的时候，鬼萌萌忽然朝右侧跨出了一步，技能就这样再一次落了空。

施法的过程中除非玩家自己强行取消，否则不能再做任何移动。万鬼虚空是鬼道士的大招，施放时间根据自身的冷却缩减属性平均在 4 到 6 秒之间，这样移动的动作怎么看都应该是取消施法后的结果，但是乐得思蜀心里却莫名有种不好的感觉，下意识脱口而出道：“破天你回来！”

但为时已晚，四面黑色屏障拔地而起，瞬间将两个人都笼罩在了里面。

整个屏幕里一片漆黑，角色的视野顿时只剩下了 4 米的距离。

破天一愣，差点摔电脑："2 秒时间就读完了大招？！"

附近频道里出现了林肖的话，在一片黑暗的画面中格外醒目。

【附近】鬼萌萌：是不是很惊喜呀！

【附近】破天：惊喜个头！

还没等他继续开撕，只听轰然的一阵声响，身上的血条顿时下降了一格。很显然，对方已经到了施法距离，对他展开了攻击。

咒鬼的伤害毕竟有限，技能甩在他这个近战身上算不上有多疼。

破天本来还想要等待身上的减益效果结束后一雪前耻，但当感受到对方几乎无缝衔接，甚至穿插而至的密集攻势之后，放在键盘上的手彻底僵住，已经几乎忘记要怎么去操作了。

这得要多短的技能冷却 CD 再配合上怎样变态的手速，才可以将鬼道士这个法术职业玩出枪弹师的错觉啊？！

这人……开挂了吧！

还没来得及等屏幕恢复正常，短短的 10 秒钟虚弱致盲的减益效果属性结束之前，战斧斗士的气血就已经彻底清空。

【系统】FIRST BLOOD！

乐得思蜀好不容易重见光明，冷不丁看到身边的队友躺地，一脸茫然："你怎么死得那么快？"

更让他感到茫然的是，作为两人中相对脆皮的格斗家，同时中了万鬼虚空之后，一般来说对方首要攻击的对象应该是他才对吧，怎么反倒先攻击了战斧斗士？对面的那个鬼道士，完全不按套路出牌啊！

破天直勾勾地看着屏幕上的复活倒计时，在这样的疑问中好不容易回神，扯了扯嘴角："一言难尽，有种被秒的酸爽感，谁试谁知道……"

2

黑色黎明作为黑玫战队旗下的直属公会，像角色"黑夜"这种以"黑"字开头的管理层，几乎都是由黑魂俱乐部中公会体系的工作人员组成。公会发展至今已经甚有规模，即使时常会清理一些长期不玩游戏的僵尸号，也会有很多排着队想加入的黑玫粉丝，几乎呈随时满员的情况，并不是什么人都可以混得进去的。

“黑夜”的操控者叶辰，作为公会会长，每天都会接到不少数量的成员推荐，本来对红色警戒提到的鬼道士并没怎么在意，直到看到对话框里的视频，才不得不重视起来。

所谓外行看热闹，内行看门道，那段在普通玩家看来很普通的视频，在俱乐部人员眼里就不一样了。虽然还不至于说是惊为天人，至少不能否认的是，放在《Zone》整个游戏中看来，如果只从对装备的搭配运用上来说，对方绝对是个高手。

“这样吧，你把他的ID给我，等他上线了我单独和他谈谈。”叶辰思考了一会儿，最后做出了这样的决定。

“嗯，他的ID叫‘鬼萌萌’，大概晚上之前会上线。”红色警戒知道自家公会一位难求，倒很是体谅会长大人的苦衷，末了，不怀好意地补充了一句，道，“昨天萌鬼兄弟好像在3V3天梯碰到过破天和乐得思蜀他们，会长你不如去问问他们，毕竟双方正面对战过，水平怎么样应该会清楚很多。”

不动声色地给两人捅完了刀子，他就心满意足地下线睡觉去了。

叶辰在公会里喊了一声，把破天和乐得思蜀给喊进了语音房间，开门见山地问道：“你们昨天去打3V3组排了？”

破天愣了一下，满是委屈地道：“会长，我们只是组排套套近乎，不需要这么严肃地把我们单独叫来吧，你以前也没说过不许在公会里追女孩子啊……”

叶辰没好气地道：“谁问你们追女孩子的事了，我就想问一下你们组排的时候是不是碰到过一个鬼道士？”

乐得思蜀道：“昨天我们打了一整个晚上的天梯，好多场都有鬼道士，会长说的是哪个？”

叶辰道：“戴小红帽的那个。”

话落，整个语音房间顿时陷入了一片寂静。

电脑屏幕前的破天和乐得思蜀听到“小红帽”三个字的时候，因为不好的回忆，脸上都露出了无比痛苦的表情。

最后，还是乐得思蜀先收敛住了自己内心激荡的情绪，回道：“碰到了……会长你认识他？”

叶辰道："不认识，就是有人推荐他入帮，找你们了解下情况。"

乐得思蜀无语："……会长你可真是太会找人了。"

叶辰察觉到了他语调的异样："怎么，那场输了？"

乐得思蜀深吸了一口气，尽量客观地叙述道："当时我们带着雪月妹子打组排呢，然后碰到了那个小红帽的队伍。这边是我、破天和雪月，那边是小红帽，外加暗杀者和牧师。那局我们确实输了。"

"带着妹子总归吃亏一些。"叶辰表示谅解，随口问道，"对面暗杀者和牧师的水平怎么样？"

乐得思蜀顿时噎了一下："这个，恐怕不大清楚。"

叶辰："不是对过战吗，怎么会不清楚？"

乐得思蜀："那个……我们全程去追那个鬼道士去了，没有和他们交到手。"

叶辰留意到了他的用词："你们？你跟破天 2V1？"

乐得思蜀脸上一红："是的，2V1……结果，还被对面拿了双杀。"

这一回的沉默比先前的那一次还要来得持久。

乐得思蜀和破天因为感到羞愧当然不会主动开口，叶辰则是因为对这个结果的震惊，沉默了许久，才又开口问道："你们估计一下，那个鬼道士大概是什么水平？"

这次回答的是破天："恐怕……差不多有职业水平。"

"知道了。"留下这样一句话，叶辰退出了语音房间，迟疑了一下，对"鬼萌萌"的 ID 发去了好友申请，收到的却是不在线的系统提示。

他看着屏幕微微有些出神，过了片刻，对担任副会长的周志招呼道："小志，记得前几天网上很火的那个十阶打脸视频吗？下载下来拷贝一份给我。"

周志道："叶哥，你不是说十阶的对战没有参考价值吗，怎么忽然间又感兴趣了？"

叶辰道："俱乐部新手营最近挺缺人的，能挖一个是一个吧。动作麻利点儿，赶紧的！"

破天虽然是网游里面不错的高手，但不排除因为输给对方而高估了敌人的可能性。

虽然游戏里不乏有技术高端的路人王，但那些路人高手早就已经被玩家们都熟悉了，要找到拥有职业水平的新面孔，可不是那么容易的事。

叶辰当然不可能会根据他的一面之词而作出判断，只是综合目前几方面的资料而言，已经确定这个人至少就技术而言，足够归纳在可以被笼络加入公会的行列。至于是否达到了可以让他向俱乐部引荐的水平，需要进一步接触过之后再做判断。

林肖并不是经常通宵的人，虽然一整个晚上就是在电脑前坐着而已，但对嗜睡成性的他来说也已经累得够呛，几乎是到了床上倒头就睡，等醒来差不多已是晚上。慢吞吞地吃了晚饭打开游戏上线，几乎在同一时间弹出一条好友申请来。

一看对方的名字，他不由笑了起来。哟，黑夜，这不是黑色黎明的会长吗？

他点下了好友确认，在对话框里发去一个微笑的表情，谁料对面更加直接，干脆利落地发来一个入会邀请。

林肖也不客气，直接选择了接受。

几乎在加入公会的同时，一直以来空空如也的公会频道顷刻间被刷屏的信息给霸占了，数量之多差点把他那台破电脑卡得再次死机过去。

林肖瞥了一眼，发现自己这个新人的加入并没有引起其他人的注意，正准备屏蔽频道，就看到有人忽然发了一句："是谁把这个鬼道士加进来的！"

一看ID，他顿时乐了。"绒绒猫"，这不是那天被自己气跑的牧师妹子吗？于是礼尚往来地发了一个微笑的表情。

【公会】鬼萌萌：猫妹妹好巧啊，我们又见面了。

【公会】绒绒猫：谁是你的猫妹妹！这种3200分的小号谁给放进来的啊，怎么什么人都可以往公会里加了！

【公会】鬼萌萌：这就是你的不对了，我可不是小号，我现在装备分已经有5200分了。

【公会】绒绒猫：我连小号都已经5800分了好吗！5200分有什么好得意的！管理呢？到底谁加的人啊！

【公会】黑夜：我加的，谁有意见吗？

【公会】绒绒猫：……

【公会】鬼萌萌：看到我有这么强大的后盾，猫妹妹有没有忽然对我刮目相看啊？

【公会】绒绒猫：……

众人内心：“……”

自从会长出现后，原来一片活跃的公会频道忽然间寂静一片，林肖这种死不正经的调戏显得格外惹眼。

围观的人显然没想到新人不只是被会长亲自邀请进来的，甚至连向来谁都不服的破天居然也没有发声，顿时对林肖的来头都充满了好奇。但是很快，注意力就被黑夜接下来宣布的话给吸引了去——这周的公会战又要开始了。

【公会】黑夜：本周六晚上八点会有公会的攻防战，这次我们匹配到的对手是天域公会，等会儿我会把这周参加公会战的名单发布到公告区，参加的成员没有特殊情况不许请假，无故缺席照例按会规处置，都互相转告一下。

刚发完通知，周志就拿着一张名单递交给了叶辰，道：“叶哥，上周人员变动有些严重，这次名单上的人缺了几个，偏偏这周还是跟天域对战，我又不敢随便安排人凑数，你看现在应该怎么办啊？”

叶辰接过名单看了一眼，蹙眉稍微想了一会儿，余光瞥到还停留在公会频道的那个名字，顿了顿，提笔在上面补了“鬼萌萌”三个字。

将名单还给周志，道：“你先按照这个公布出去吧，还少的名额暂时先空着，战队那边……这周可能会有人想来玩玩。”

周志闻言一愣，眼睛顿时亮了起来：“战队的人亲自来参加？我的天啊，那不是赢定了吗！都有谁要来！尤队！尤队来吗？沈副队呢？”

叶辰被这样迷弟的反应弄得有些无语，看了他一眼，笑了笑：“这个，我现在也不太清楚。”

看着周志用“黑咒”这个副会长账号将帮会战的名单公布出去，叶辰抱着一沓资料穿过几条走廊，来到了战队区。

由于刚结束一场比赛，队员们暂时处在休整期，训练大厅显得空空荡荡的，只有中间的一台电脑屏幕上透着光亮。

坐在前面的人一头干净的短发，容貌清秀，二十出头的年纪，已经有一种让人放心的沉稳气质，此时正神色专注地看着屏幕上播放的比赛录像，并没有留意到有人进来。

直到二十分钟之后视频放完，沈常与回过头来才发现等在身后的叶辰，神色间显得有些抱歉，道："叶经理，来了怎么不说一声，让你等这么久，真是抱歉。"

"没事。"叶辰刚才就已经留意到了录像画面上的内容，笑了笑，"沈副队是在分析跟章封煜的对决？那场比赛我有看，过程很精彩。"

沈常与随手关掉录像，站了起来："只是看起来阵仗大而已，那一局我和章副队打得都很乱，转型期彼此之间都缺乏了很多章法。不过很显然，章封煜在后半段的调整和把握程度，比我要精准得多。所以，最后我输了，并不冤枉。"

毕竟是一场败仗，面子上总会有些过不去，但沈常与的语调轻描淡写，似乎显得一点都不在意。

叶辰知道自家副队随遇而安的淡泊性情，闻言轻轻拍了拍他的肩膀："下次赢回来就是了。"

"我也是这么想的。"沈常与笑了笑，视线落在叶辰手上拿着的文件上，"周末公会战的事已经安排好了？"

叶辰点头："就看战队这边具体需要几个名额了，我也好提前安排账号。"

沈常与想了想，道："准备一个召唤师、两个枪弹师和一个牧师吧。"

叶辰闻言有些诧异："怎么，尤队也要来？"

沈常与沉默了片刻，道："你先这么准备着吧，尤队具体来不来，我再去确认一下。"

看着叶辰回去安排，沈常与的视线在人影渐渐消失的走廊上顿了顿，伫立片刻，转身往战队休息区走去。

到房间前敲了敲门，推门进去，他一眼就瞥见电脑屏幕上的游戏界面，不由皱起了眉："不是让你好好养手伤吗？怎么还在上游戏？"

电脑桌前的男人蜷着身子缩在椅子里，修长的纤指捂着杯子，灯光投射在他身上让整体的五官有一种说不出的魅惑。此时闻言抬起狭长的眼看来，语调淡淡地："哦，随便看看，不会伤到筋骨的。"

沈常与看着他这样的神色，忍不住提醒道："我现在帮你分担工作是为了让你好好休息，手伤的事可大可小，可别不当一回事。要是之后的情况依旧不容乐观，我会去向教练申请让你停赛，去医院做一次全面检查。"

尤景应了一声，面上有些许不耐烦的神色："沈副队，以前怎么没发现你这么婆妈？"

沈常与道："可别忘了，当年是你说要还黑玫一个'王朝'我才选择继续留下的。"

"不需要你提醒。"尤景不咸不淡地打断了他的话，这才将视线在他身上多停留了片刻，唇角勾了起来，"说起来，你对你家林队还真是忠心不二。到底是你想要获得一个王朝，还是想替林队完成这个王朝呢？就算我当了那么久的队长，但在你心里，黑玫战队的队长依旧只有林队一人吧？"

沈常与沉默，抿了抿唇没再说话。老队长的事，他并不喜欢别人随便提起。

尤景打量了一眼他的神色，"啪"的一声关上了笔记本电脑，将椅子转了过来："说吧，找我什么事？"

沈常与这才正了正神，淡声道："刚才叶经理跟我来确认周末公会战的名额，我想了下，还是觉得由我和双胞胎去就够了，以你现在的情况没有必要去参加，要知道，万一有什么事影响到之后的赛事的话……"

尤景不以为意地打断了他的话："只是这事的话不需要担心，我去观察下最近公会里有没有可以挖掘的新人而已，并不准备参战。"末了，他稍稍顿了顿，眼里带上了一抹似有似无的浅笑，"当然，最主要的原因你应该知道的，最近我有些无聊。"

沈常与看着他，一时间对这个理由无法反驳。

他很清楚，如果拒绝了尤景现在的提案，这个男人绝对可以想出更多其他的方法来"消磨无聊"，恐怕还不如当前的这个选择。

《Zone》联盟中每个战队有自己独特的风格，而这些风格很大程度取决于自己的队长。当年在“老鬼”的带领下，黑玫战队一贯以幻化莫测的诡变风格著称，到了尤景成为队长之后，才因他本身超凡的领导力和决断力，转变成了现今有如艺术品般精致奢华的战术风格。

然而很多人并不知道的是，黑玫战队如今的这位尤队，不只是令各大战队敬畏的存在，即便是在战队内部，也因太过孤傲任性而让身为副队的沈常与感到格外头疼。

“很好，看来你明白了。”尤景貌似漫不经心地拍了拍沈常与的肩膀，垂眸看了他一眼，唇角勾起一抹优雅的弧度，“手伤的事也最好少在我面前念叨，言多必失，小心受伤的事被更多人知道。沈副队，有那么多工夫操心闲事，不如多想想自己眼下的问题，你这次转型的方向，恐怕行不通？”

沈常与在他这样的神色下，沉默了片刻：“知道了。”

最近黑魂俱乐部陷入了一个怪圈，因为一部分队员将解约离开，而新人训练营中却没有可以替补上来的后续力量，导致眼下的体系中存在着一个很大的漏洞。沈常与原本想尝试改变自己的风格来掩盖当前的不足，但从之前那场战斗看来，并不合适。

正因为可以顶替上来的人员缺乏，所以他想借着这次公会战看看能不能从游戏里挖掘出一些有潜力的新人来，这才有了现在这样的安排。

尤景对这次活动的重视程度表现得很清楚，然而现在手伤的事毕竟瞒着大多数的人，难免让人有些不太放心。

看着眼前再次坐回电脑桌前的背影，沈常与的神色微微动了动，虽然明明是两个完全不一样的人，却不由使他想起当年的队长来。

那个时候的联盟正处在非常尴尬的地位，游戏产业初步发展，电子竞技赛事刚刚起步，并没有现在那么多粉丝观众的追捧，想要为战队找一个合适的俱乐部赞助都有些举步维艰，很多选手甚至保证不了自己的温饱。

林肖作为联盟里资历最老的第一批选手，就是在这样恶劣的环境里，带着自己一手组建的队伍，一步步走过来。

从当时到现在，黑玫战队的队长，人称“老鬼”的林肖，一直是联盟中如同传说般的存在。

那个时候，就是他一直仰望着的这个人看似漫不经心地把自己提拔到了身边，携手并战。

即便现在的他已经到了一个很多人难以企及的高度，但沈常与的心里一直是遗憾的。

当年黑玫战队一举夺得世界冠军奖杯，为联盟的发展奠定了不可磨灭的基础,才可以有现在这样如日中天的态势。然而他最尊敬的那个人，在度过最艰难的时期之后，并没有享受到本该属于他的荣耀。恐怕没有人比沈常与更不能接受林肖离开的事实了，要不是想要替林队守好一手创立的王朝基业，他甚至一度决意就此结束职业生涯。

直到后来遇到了尤景，沈常与毫无怨言地继续屈居副队的位置，在一片质疑声中，让一位新秀选手直接接手了黑玫战队队长的重任。

这样的决定只是因为，他很清楚尤景比自己更适合做团队的核心，这个选择不带丝毫个人的情感色彩，一切仅是为了可以实现当初和自己队长做下的约定。

而后来尤景在联盟赛事中的表现，也确实没有让他失望。

这个人有着与林队截然不同的华丽技巧，也同样拥有着让很多人只能遥遥仰望而无法得到的才华，仅用一年的时间，便已经在联盟中大放异彩，稳稳占据了一席之地。

转眼已经过去五年，在此期间沈常与甚至无数次想过——如果没有当年那场车祸的发生，可以同时拥有“老鬼”和“女王”的黑玫战队，到底可以强大到什么样的地步？

虽然知道这只是他不可能实现的遐想，但不管联盟中这些年来怎样地人才辈出，林队永远是他心中最崇高的存在。

这份特殊性独一无二，即便是被人称为当今联盟第一人的“阎王”阎独舟也无法比拟林队。

3

当林肖看到发布出来的公会战公告时，也感到有些出乎意料。

虽然他原本的计划就是借着红色警戒的推荐进入黑色黎明公会，但最初乐观的想法也是慢慢打入公会内部，再找机会进一步接触到战队。现在倒好，居然直接跳过了获得会长青睐的过程，一举进入了公会的主力构架？

诧异归诧异，公会战嘛，虽然很久没玩了，但也实在不是什么大事。

他把仓库里的装备整理了一下，就直奔天梯频道单排去了——冲分模式正式开启。

有了基础装备在手，林肖的个人天梯段位几乎可以用青云直上来形容。

只一天的工夫，就从十阶一路晋级到了六阶，直到周六临近公会战，已经一举跻身准高手水平的四阶行列了。

在此过程中当然也收获了不少装备，整理几件品阶更高的替换了基础装，装备分终于破了 6000 分大关。

公会战准备期间，叶辰在公会列表中一个个点名，勾选确认最后的成员名单。当点到鬼萌萌的时候，无意中瞥过名字后面显示的段位，顿时愣了一下。下意识地揉了揉眼睛再做确认，才发现真的是四阶段位无疑，忍不住惊叹一声。

在旁的周志听到动静，凑过来看了一眼，紧接着也跟着惊叹出声："这人到底怎么做到的！如果我没记错的话，前几天叶哥你拉他进帮派的时候明明才十阶吧？现在才过两天啊，居然就被他冲到四阶去了？"

叶辰道："看来我之前的推断没有错，这人只是因为装备没有跟上才停留在十阶，应该是个刚刚回归的老玩家。可以这么快速地一路晋级，确实是个高手。"

周志问："要把他分配到一团吗？"

叶辰摇头："一团是公会战输出的主力，到时候绝对不能出一点乱子，还是让以前的老成员参加更保险一些。这个鬼萌萌就安排去二团吧，正好重重也在那里，可以让他看着点。毕竟职业是鬼道士，到底是个什么水平他的判断可以比我们精准很多。"

周志点头："成！"

就在公会两大会长忙碌地进行最后的成员分组时，公会区办公室的门忽然被推开了。

叶辰听到了脚步声，转头一看，顿时从椅子上站了起来，笑着迎了上去："尤队，沈副队，你们来了！噢，二许也来了啊！"

四个人走进来的时候把所有人的注意力都吸引了过去，原来有些嘈杂的环境瞬间一片寂静。

沈常与穿了一件干净的白T袖，态度温和地跟叶辰客套了两句，简单了解了下公会战安排的情况。许一鸣则是笑盈盈地搭着双胞胎兄弟许一辰的肩膀，一点也不在意后者满是嫌弃的脸色，饶有兴趣地打量着周围环境。

尤景慢悠悠地走在最后面，脸上没有什么情绪，等两人谈得差不多了，才抬眸看了叶辰一眼，语调淡淡："号都准备好了？"

叶辰回头看向周志，然而对方显然没有留意到他的视线。

虽然同在一个俱乐部，但黑玫战队的人却极少出现在公会区这边。今天除了性格迥异的许氏双胞胎兄弟外，就连身为正副队长的尤景跟沈常与都突然亲临，这让作为黑玫真爱粉的周志一时激动万分，还没来得及保存刚选择记录的名单，就手上一抖把整个游戏界面给关了。

叶辰等了半天没见反应，看到周志盯着几人一脸呆滞的样子，不由没好气地推了他一把："愣着做什么，还不快把之前让你准备的账号拿过来。"

"啊？哦！哦哦！"周志这才反应过来，慌忙把记录着账号密码的笔记本递了上去。

尤景接过来翻了翻，靠着椅子在旁边的电脑前坐下，长长的双腿随意地交叉在身前。用牧师账号登录游戏，看着眼前那个名叫"哈喽凯蒂"的妹子，他的眉梢轻轻挑起，不咸不淡地道："叶经理，下次如果要搭配时装，先注意下审美。"

看着尤景一脸平静地把御姐角色身上的比基尼沙滩时装换回了装备本身的外观造型，叶辰在旁边干笑了两声，真是连掐死周志的心都有了。

站在后面不远的周志感受到这种带着杀气的氛围，哭丧着脸很是无辜。

当时叶辰找他的时候也没说这些账号具体做什么用，要是知道这是给自家战队队员用的，他怎么也不会丢给帮派里的那位管理妹子去搞定啊！

看着另外三个人也都坐到了电脑前陆续登录游戏，他更是恨不得找条缝直接钻下去——从尤景的“哈喽凯蒂”到沈常与的“去吧皮卡丘”，再到许一鸣、许一辰两兄弟使用的“叮当不是喵”和“蛇精没有病”，无一不是御姐角色，就连身上穿着的比基尼款式都是一个系列的！

很好，至少确保了画风的整体性……周志自欺欺人地想着，但是眼前诡异的画面还是让他忍不住撇开眼去，根本没办法把角色和操作者们联系到一起！

叶辰只感到有些无力吐槽，看着几人专心翻看着角色的装备库，除了不约而同地屏蔽了时装造型之外并没有什么不满的样子，才不由得暗暗松了口气，小心翼翼地问道：“这边公会战的人都已经准备好了，我等会儿就把几位都拉到一团里去？”

沈常与道：“不用全部，把我和双胞胎拉进去就行。”

叶辰愣了下：“那尤队？”

尤景用右手随意地拨弄了下鼠标，接话道：“今晚我不参战，进二团就可以了。”

叶辰从他平静的侧脸上看不出什么情绪，倒是被这样淡淡的语调激得有些背脊微凉，忙乖乖应道：“好的，我这就通知二团团长拉人！”

“嘿，尤队，你有些吓到他了。”看着叶辰拉着周志仓皇离开的背影，许一鸣回过头来，笑得有些花枝乱颤。

尤景看了他一眼，淡淡地“哦”了声，并没多少诚意：“那很抱歉。”

许一辰一把将许一鸣拉了回来，替他正了正戴在头上的耳机，皱眉道：“别贫了，还不趁现在快点熟悉下手上的号，别到时候发现配错了装备。”

许一鸣朝他吐了下舌头：“我的装备早就搭配好了，你以为每个人都像你这么慢？”

许一辰看了他一眼，将注意力放回了屏幕上，一脸拒绝再与他沟通的神色。

沈常与又好气又好笑地看着这两人顶着一模一样的脸在那斗嘴，转身对靠在电脑椅上的尤景提醒道：“记得你答应的事。”

尤景微显懒散地抬起眼扫了他一下，眼里流光一转透出了些许不耐烦，算是答复。

林肖被拉进团队的时候，整个二团已经只留下了最后一个位置，扫了一眼团队成员的列表名单，他在公会里仅有的几个熟人都不在这里。

身为团长的“血光重重”在团队频道问他：“新来的鬼道士，玩的是什么流派的？”

林肖：“咒鬼。”

血光重重回了句“哦”，就没其他话了。

没多会儿，最后空缺的一个人被拉了进来——“哈喽凯蒂”，一个牧师妹子。

这回血光重重倒是没有多问什么，团队频道里一片清静。没人知道的是，电脑屏幕前的他看着团队列表上刚进来的俩名字，却有些犯愁。

虽然说公会二团不如一团这样全是精英骨干，但在公会里也绝对是举足轻重的存在，以往参加公会战的都是精挑细选出来的成员，也已经很久没有变动过了。然而，今天却突然给他空降了两人来，加上会长黑夜莫名其妙的嘱托，让他感到一头雾水。

如果说把这个新入帮的鬼道士安排进他的团，是为了让他方便对鬼道士的水平做出评估的话，那么这个不知道从哪里冒出来的牧师，则是让他完全摸不着头脑。

当时黑夜给他的叮嘱只有八个字——不用多管，放养就好。

这种莫名其妙的情况，让血光重重并不怎么八卦的头脑不可控制地开始飞速运转，渐渐只能归纳出仅存的一种猜测来——也许他们公会，就快有会长夫人了？

好在叶辰并不知道自己的举动给二团团长带来了这样的遐想，要不然迟早要吐出一口老血来。

林肖传送进备战区地图的时候，里面已经密密麻麻站满了人。

他操作着角色向周围看了一圈，最后的注意力落在站在不远处的那个牧师妹子身上。这个身材高挑的御姐牧师头顶上的“哈喽凯蒂”四个字，因为刚刚进团的时候见过而显得无比眼熟。

知道是自己团里的人，林肖百无聊赖下，笑眯眯地上前搭了个讪：“哈喽，凯蒂妹子，我们是同个团的，等会儿多看着我一些啊！”

电脑屏幕前的尤景看到了这句话，好看的眉梢轻轻地挑了起来，白皙细长的指尖在键盘上一个一个地敲着字：“没空。”

林肖操作着鬼萌萌在牧师身边滴溜溜地转了几个圈，一副格外灵活的样子：“不要紧，我战斗力比较持久，什么时候有空什么时候喂我口奶就好！”

尤景的眼睛微微眯起，从眼前那一团红扑扑的东西中终于看清楚了对方的职业，眸色不易察觉地晃了晃，唇角微微勾起，在“当前”频道回道：“可以。”

林肖看着这样言简意赅的回复，莫名觉得眼前这个全身上下都散发着生人勿近气场的妹子，很是有趣。

尤景看着小正太顶着呆萌的小红帽在自己面前蹦跶，闲来无事，随手点开了对方的属性面板。

本来只是轻描淡写地随便看上一眼，但当看清楚对方的属性搭配模式时，他握着鼠标的手忽然就顿在了那里，眼底晃过一道深长的眸色。

这种极端的冷却缩减流的鬼道士，他在很多年之前，只在一个人身上看到过……

尤景一直记得，第一次看到那个人的操作，是在一场国内联赛的直播上。

当时他并不知道《Zone》这款游戏，更加不知道电竞这个项目的存在，但是透过冰冷的屏幕，依旧可以感受到那个男人眼里透出的对胜利的极度渴望。

彼时灯光打上侧脸，虽然只是简单地凝视着屏幕的动作，却有种让尤景从来不曾感受过的专注。

画面忽然拉近，一个特写落在快速操作着鼠标的手上，修长的手指灵活得几乎张扬飞舞，因紧绷而可以清晰地看到分明的骨节，整个构图的轮廓好看到近乎完美。

直到“胜利”的字样在屏幕上弹出，前一刻的激扬渐渐沉静在深邃的眸底，有一种顺理成章的淡然。

那人缓缓地从座位上站起，唇角是不羁自傲的弧度，跟对手一一握手致意。此时此刻，全场的呐喊和欢呼属于他，如此自然，如此夺目。

尤景被这一瞬毫无预兆地彻底吸引。短短的一场比赛，让从小到大什么都唾手可得的他，第一次有一种热血滋长的感觉，第一次有一种想要享受同样荣耀的莫名憧憬。

这是尤景第一次与电竞接触，也是他与电竞牢牢连接的最初开端。在那之后，他开始一点一点地了解电竞联盟，开始一路关注黑玫战队的发展，开始留意那个男人的一举一动……

不论胜利还是失败，在尤景的印象中，身为黑玫队长的“老鬼”，永远都是赛事舞台上最光彩夺目的那个。直到终于走上世界电竞的冠军领奖台，那一瞬仿似万众臣服，他，就是电竞领域当之无愧的最强之王。

如潮的往事就这样突如其来地涌入脑海，尤景的眸色在一瞬略微黯然，缓缓闭了闭眼，默不作声地关上了眼前的装备面板。

这种近乎极限的冷却缩减流，多年以来并不是没人尝试过，却最终没有一个人敢于选择使用。

并不是因为“不能”复制，而是因为“无法”复制。

4

公会战将在晚上八点正式开始，在七点半的时候传送通道提前关闭，所有人已经传送进了备战地图，五个团队整装待发，紧锣密鼓地进行最后的调整。

叶辰让各团团长清点完在场人数之后，开启了公会战内特有的公众语音频道，惯例做起了战前动员：“今天我们的敌对方是老对手天域公会，在前一次公会战中我们已经输过一次，因此，今天我们更要认真对待，严格服从指挥，给他们点颜色看看，绝对不能给他们再次获胜的机会！毕竟，我们归属黑玫战队，一荣俱荣，一损俱损！”

虽然以前的公会战中，会长也会说一些激励人心的话，但这次的话听起来显得格外地冠冕堂皇且字正腔圆，反倒是让一干群众听得一头雾水，不知道自家会长今天是不是吃错了什么药。

叶辰好不容易说完了前一天准备好的慷慨陈词，暗暗地瞥了眼另外一侧坐成一排的背影，心虚地回想了一下自己刚才的表现，如释重负地暗擦了一把冷汗。

还好，总体而言，感觉自己发挥得还不错的样子。

收拾了一下自己有些激昂的心情，叶辰才继续下一步的部署：“今天晚上一团团长由我担任，二团团长血影重重，三团团长黑咒，四团团长破天，五团团长阿影。等会儿进入地图之后所有人听我整体指挥调度，各团长重点负责各团的行动落实，在此过程中除个别人外，必须全程遵从指挥。”

众人内心：“……”

除个别人外？这是什么？！

公会区的房间那头，许一鸣听着语音频道里的话，忍不住笑出声来，捅了捅旁边的沈常与，道：“沈副队，看样子我们来这里，给叶经理带来不少压力呢。”

许一辰接话道：“有压力是好事，总比不上心要来得好。”

沈常与笑道：“叶经理压力大，恐怕跟我们没什么关系，全是因为某个人。”

说完，他似有似无地朝旁边那人瞥了一眼，却见尤景并没有听到他们对话的样子，甚至连耳机都搁在一旁的桌子上，好看的眉心微微拧起，也不知道在想些什么。

沈常与微微有些诧异。难道，这么快已经就有目标了？

就在说话期间，叶辰已经分配好了五个团的具体安排。

公会战的地图上，双方各自拥有三个据点，分别是“力之领域”“智之领域”与“神之领域”。每个领域都拥有独有的守护屏障，并在附近拥有相应的守护使者 BOSS。每一边在进攻期间必须消灭各领域中所有的守护使者，才可以对该领域进行攻破。

当“力之领域”与“智之领域”悉数被占领之后,通往“神之领域”的通道才能打开，直到有一方将三大领域悉数占领，则判定获得胜利。

为了增加公会战活动的可玩性,《Zone》的官方策划们可谓费尽了苦心，自游戏问世的第一年起，几乎每个月都会推出一到两款全新的公会战地图。并且每场公会战的地图一概随机，到目前为止全部地图数量已近两百款之多，以至于每周传入对战副本之前，谁都不知道这周将面临什么样的场景，甚至很可能是一张从未见过的全新地图。

这种以往而言让人感到很刺激的未知性，搁在今天，让叶辰有种格外七上八下的难熬感。

毕竟对面的天域公会是天启战队的直属公会，不只公会与黑色黎明竞争激烈，就连战队本身也是跟黑玫战队自联盟开办以来一直对战到现在，可谓是宿敌。而今自家队长正坐在旁边听着自己的全程指挥，如果今天赢不下来的话……简直不敢想象。

【系统】公会战即将开始，领域之光属于你们！一起决战亚特兰·空之界！

晚上八点整，当系统公告刷出的瞬间，公会战正式开启，所有在备战领域的玩家瞬间被传送到了公会对战的地图副本之中。

这一回黑色黎明处在蓝色阵营，占据了地图右上的半面领域，看着屏幕左上方的小地图，叶辰的脸上不由露出了一抹痛苦的神色来。

“亚特兰·空之界”是前不久刚刚公布出来的新对战地图，官方当时为了保密而特意卖了个关子并没有提前透露具体场景，谁料好巧不巧的就在这回赶上了。

整个地图呈一片云海环绕的碧蓝景象，就如空之界这个名称一样，是由一片悬浮在半空中的岛屿组成的。每个岛屿之间都由白色浮云构造的桥梁连接，一眼看去，只觉扑面而来的蓝白色调绵延不绝，就连小地图也被各种标志路径的线条密集占据，更像一个一眼看去完全分不清方向的迷宫。

这个全新的地图之前谁都没有接触过，偏偏路径烦琐得足够让人抓狂，叶辰只能凭直觉初步判断了下另外两个领域的大致方向，安排了两个团分别朝两个方向分散探路，剩下两个团则统一从正面推进。

林肖所处的二团分成了四个小队，队伍是按照所在的列表分的，由于他进来得晚，跟最后进来的另外四个人组成了一组，其他成员分别是：羽箭手“神射手”、圣骑士“多肉肉多”、净导士“蓝天不蓝”，以及最后进团的牧师“哈喽凯蒂”。总体而言有前排有输出有辅助有治疗，可以说得上是完美配置。

遵从组织上的安排，小分队们朝着地图上方的四条岔路，分散探索双方的领域 BOSS 所在地。公会战双方都拥有 100 人的名额，如今既然是没人接触过的新地图，较量的重心自然是从组织策略上转移到了对新地图的探索速度上了。

圣骑士多肉肉多身为四分队的小队长又是前排肉盾，自然而然地走在了最前面，其余的人陆续跟在后面，一行人很快穿过云桥踏上了第一座浮空的岛屿。

林肖边走边打量着，默默将来时的路跟小地图上的路线记在心里，视野随着他的操作一直在来回地移动着。只是一转头，屏幕中央就出现了御姐牧师的身形，第二次转头，依旧是牧师，第三次转头，还是牧师……这正太造型什么都好，就是身高始终是硬伤，被人挡到就看不到周边环境了……

林肖不得不直面一直像幽灵一样跟在自己身后的御姐牧师：“……凯蒂你能不能换个人自动跟随？”

尤景刚倒上了一杯茶，回头扫到“小队”频道弹出的话，随手回道：“不行。”

……

算了算了，好歹是个妹子，离得近点也好，万一碰到敌人了还可以做下护花使者。林肖这个时候还是挺乐意表现下自己的风度的，也就不纠结视野问题了。

带着身后的“天然屏障”，他灵活地用走位引导着御姐牧师的移动路线，技巧性地避开了所有阻挡视线的角度，不慌不忙地跟在队伍的最后面。

接连两个岛屿都没有什么收获，一行人很快又继续往前登陆了第三个岛屿。

这边多肉肉多向团长汇报完进展后，切进了小队频道，语音说道："从地图看这里已经是离出生地比较偏远的位置了，好像跟红方地图交界处很近，最好都小心着点，会碰到敌人也说不定。"

空之界的地图很大，而且分支极多，照理说并不是那么容易碰到对手的，但小队长的分析又有理有据，确实不排除这样的可能，林肖心里也就暗暗留意了起来。

就在这个时候，神射手忽然在队里喊了一句"有情况"，瞬间就拎起飞箭直接朝远处的那团密林里面一箭射了过去。

几乎与此同时，多肉肉多在原地转了一个大圈，全身金光大作。

林肖下意识地一个走位拉开了距离，往周围看了一圈并没有看到什么敌人，不由满头黑线："队长你跟我们表演四小肉鹅？"

多肉肉多一动不动地在原地站了一会儿，好半天才在队伍频道里说出一句话来："别乱射啊，神射手！刚才一激动没切出聊天框，把大招给浪费了，等会儿可别碰到天域公会的人，不然真得跪！"

然而好的不灵坏的灵，正当话落的时候，刚才神射手射箭的方向忽然蹿出一道红光，直接就拍在了多肉肉多的身上。

很显然，有敌情！

林肖看着小队里其他三个人乱成一团，顿时有些无语，这圣骑士的嘴真够邪门的啊。

他留意了下周围的地形，往后拉开了一点距离，看着出现在视野中的几个红色 ID 正准备应战，一转头，就又看到了跟随着的御姐牧师。

林肖不由无语了一下："……妹子快醒醒，打架了。"

然而屏幕那头，尤景慵懒地靠在椅子上，细长白皙的指尖捂着温暖的茶杯，跟前是空落的键盘和鼠标。他的唇角轻轻勾起，并没有半点想要操作角色的意思，反倒看着屏幕中央，一副事不关己却饶有兴趣的样子。

哈喽凯蒂没有半点反应，一副临时离开的状态。

身后跟着个疑似自动跟随的拖油瓶，让林肖感到有些无奈，而更让他无奈的是，作为一个看起来结实强壮的大肉盾，多肉肉多的表现实在让人失望透顶——在身上被套上一个虚弱 BUFF（增益效果）之后，没有了大招圣光庇护的圣骑士，居然就这样在天域公会的轮番集火下，甚至连挣扎都没有就第一个宣告退场了。

肉盾死了，但信念还在，躺在地上不忘继续磨灭自己队友的意志，死后手速反而暴增，在队里叫道："是天域公会的笑苍穹小队啊！你们快跑，再不跑就一个都跑不掉了！"

其实根本不需要他招呼，其他人早就已经在看清对方头上顶着的 ID 之后，压根没有半点想要拯救自己队长的意思，转眼间就一哄而散了。

神射手显然没有想到自己这一箭居然插出这么一个比 BOSS 更恐怖的小队出来，边脚底抹油地跑着，边在队里哭诉："大肉我对不起你啊！刚才是条件反射，真的是条件反射，信我！要知道笑苍穹在那里，我肯定一早就绕着走。"

林肖带着跟随在身后的牧师在路上畅通无阻地奔跑着，渐渐跟后面追杀的人拉开了距离，还有闲心在队里八卦了一句："笑苍穹是谁？"

蓝天不蓝发了个惊恐的表情："不是吧你连笑苍穹都不知道？人家可是现在天梯当之无愧的路人王啊，兄弟你外星来的吧？"

林肖："真聪明，这都被你说对了。"

蓝天不蓝："……"

这个时候几个人的队形被一冲，已经四分五裂了。

那边多肉肉多向团长汇报了下这里的情况后选择了回营地复活，重新刷新在了出生点。看了看小地图上几个人的位置，他叮嘱道："你们几个先找个地方藏起来，记得千万别出来，团长正在派人过来支援。"

其他两个人顿时听话地找了个地方龟缩了起来，恨不得头上长几颗蘑菇扮树墩。

林肖带着哈喽凯蒂跑了一段距离后停了下来，回头见没有人追来，站在大路中央就不动了。

看起来，情况不太对？

虽然公会战的主要目的并不是比哪方杀人更多，但毕竟敌人相见分外眼红，如果双方真的只是探路的小队的话，这边队形既然已经被打乱，那就万万没有像现在这样轻易放过的道理。

想到刚才那些人出现的位置，那一大片隐秘的树林，林肖粗粗估摸一下，就想到了唯一的一种可能性——这些人刚才恐怕是猫在那里偷偷打蓝方的守护使者 BOSS 呢！要知道，现在他们所处的这个岛屿离各自的出生点尚且有些距离，况且普通领域的守护使者其实并不是什么难以推翻的大 BOSS，要是等到双方援军闻讯赶来的话，恐怕早就已经被干掉了。

这种眼睁睁地看着人家在自己眼皮子底下抢 BOSS 的情形，让林肖俨然有种羞辱感。虽说他对公会的荣辱没有什么太大的概念，但毕竟公会战获胜的大把贡献值奖励太过诱人，能不能兑换到最心仪的法杖就看今晚的成败了，如果输了，就意味着需要多打一周天梯。

至于那个路人王笑苍穹？到底有多厉害他是不知道，反正肯定没他厉害。

在这种财富与利益的双重驱动下，林肖一点都不在意自己身后还跟着一个了，操作着鬼萌萌掉头转身，一蹦一跳地回头走去。

尤景自始至终都在留意着小正太的每一个操作，眼底的眸色在不知不觉间已经沉凝了起来。此时透过哈喽凯蒂的视野，可以看到鬼萌萌这样毫无顾忌地原路返回，不用多想就足以领会这人的意图。

他终于把杯子搁到了桌上，将键盘缓缓拉到了身前。

刚才在被对方追击的过程中，带着哈喽凯蒂的小正太借着走位避开了追踪的远程攻击，不只是鬼道士本身，就连牧师角色的血都没有掉过一小格。

毕竟是有些远的距离，如果只是单人的躲避，并不能代表着什么，然而这人却是连同双人在同时操控，这就证明每一步的移动过程中，他已经清晰地计算出了对方技能的落点，以及角色在跟随状态下同步的所有轨迹。

这是需要严密的思维规划以及精准的预判才可以完成的操作，不管这身冷却缩减装备只是因为对老鬼的崇拜还是误打误撞的选择，眼前的这个人，确实是个高手。

小树丛中的抢 BOSS 行动还在进行中，在几个人的围攻下，技能绚烂一片。

既然已经暴露行踪，不用再小心谨慎的笑苍穹小队把技能施放得越发眼花缭乱，短短几分钟的时间，就已经把“守护使者·力”的血条又压下去了三分之一。

然而正打着，魔剑士的脚底下忽然腾起了一团黑色的火焰，在炸开的瞬间缠上他的身子，顿时让界面上所有的技能图标都一片灰暗。

被“沉默”了？有人偷袭？笑苍穹愣了下，万万没料到对方居然还有胆子去而复返。

一回头，就看到不远处站了个戴红帽子的小正太，手里的法杖上还冒着黑光，显然就是让他沉默的罪魁祸首。

咒鬼对于团队而言，骚扰起来总是无止无休，虽然现在对面看起来只有一个鬼道士和一个牧师，但也不能置之不理。

为了能让队伍在援兵到来之前推倒 BOSS，笑苍穹制止了其他成员想要追击的动作，让他们继续集中火力保持输出，自己则是举着重剑迎了上去。在逼近的瞬间，他开启了幽灵疾步，大剑迎面斩去的目标不是鬼道士，而是几乎贴在后面站着的牧师哈喽凯蒂。

林肖在看到笑苍穹冲过来的时候就早有准备，提早一步已经迈开了步子。

自动跟随的牧师开始尾随移动，在接触的一瞬，哈喽凯蒂正好擦着重剑的边缘生生避过。

然而就在技能落空的一瞬，笑苍穹开启了弧光步，一个 180° 的回旋之后又已经近了牧师的身。

不愧是路人王，操作确实很快。林肖在心里暗暗赞叹了一句，有些惋惜恐怕不能力挽狂澜地护下这位“划水”的牧师妹子了。

就在这个时候，哈喽凯蒂朝着远离林肖的方向动了一步。

这一步迈得并不大，但很刁钻。

从移动的这个角度上，刚好避开了弧光斩的所有群伤范围，虽然稍微被蹭掉了一点血，但也在身上套了个小复活术，血槽又一点一点地重新回满。

“走位漂亮啊妹子！”林肖在附近频道赞了一句，与此同时也已经开始了技能吟唱。

看着脚下蔓起一个血红色的漩涡，笑苍穹当机立断用一个飞跃步瞬间移动一段距离，避开了1秒后在原地酿开的血池。

然而就在他刚落地的时候，脚下的地面化成了一个泥潭，犹如鬼魅般地探出几只干瘦的枯手将魔剑士的脚牢牢抓住，原地定身效果3秒。

猩红之池和炼狱锁魂两个技能一前一后毫无缝隙地使出，居然利用施法位置的诱导，预判到了他后续的动作甚至落脚点而让他彻底中招……不管是牧师的走位还是鬼道士的算计，对面的两个人都不简单。

笑苍穹莫名感到了一种沉重的压力，当即在语音频道里道：“黑杰克留下拖住使者，其他人全部过来帮忙！”

听到这个命令的时候，小队里的其他成员不无意外地愣了一下，一边丢下使者BOSS朝笑苍穹的位置赶来，一边有人在频道里面问道:“苍穹，对面刚才不是只有两个人吗？怎么，来援兵了？”

笑苍穹：“就是两个，都是高手。”

其他人闻言都是心头一凛，能让自家固定队的队长大人自愿低头，可不是那么容易的事。

在3秒的原地禁锢时间过后，笑苍穹顶着身上的血毒效果抡起重剑就朝着鬼萌萌劈了过去，当即将对面砸出了一个眩晕效果。

在近身后凭借近战的优势，他一阵手速爆发，压着鬼道士不给对面分毫施法的机会。

天梯一阶有很多民间的路人高手，这些人中不乏超越职业水平的顶尖玩家，只是因为对职业选手没有兴趣才没有接受各个俱乐部的招揽。

笑苍穹作为眼下最热门的路人王，只就挑战赛而言，绝对是一等一的好手，此时在手速的爆发下，接连打断了林肖后面的几次技能读条，紧接着贴身上前，一通凌厉的攻势。

他瞥了一眼旁边牧师的位置，确认了对方并不在施法范围之内，深吸了一口气。

屏息凝神，手上的操作愈发速度，精准无误地把控着鬼萌萌的所有动作意图，准备一举将对方剩下的血条彻底带走。

这时，眼见鬼萌萌又尝试拉开距离进行技能吟唱，笑苍穹当即甩去一个影斩击想要将他打断，不料对方的动作忽然一变，发出一道蓝光来。

有种不安的感觉萌生了上来，笑苍穹想要向后退去，然而已经晚了。

小红帽正太忽然逼近，几乎是面对面地直接用寒冰咒甩了他一脸。接着就在他全身彻底僵硬的一瞬间，鬼萌萌跟他擦肩而过，退出了魔剑士的所有技能范围，保持回了安全距离。攻势阻断。

鬼萌萌这个时候的状态有些惨烈，毕竟被一个近战压着打了那么久，气血已经只剩下一半。但也亏得林肖凭借走位消去了大部分的伤害，要是换成其他人，恐怕早就死了。

不得不说可以被封为路人王确实是有两把刷子的，光说这手速，就算放眼联盟也算是能排得上名次的了。

这人从操作而言实在很有天赋，如果受过专业训练想必会更加恐怖，不做职业选手确实可惜。

林肖心里莫名升起一种爱才的情绪来，一边往后退着，一边留意着周围环境。只见哈喽凯蒂站在旁边不远的地方又不动了，好像刚才那惊鸿一瞥的操作只是出于他自己的遐想一样。再往后面看去，遥遥可以看到往这边飞奔过来的人影。

意识到对方已经喊了人来支援，林肖顿时做出了速战速决的决定，跑了几步后停下步子，转身开始释放技能。

笑苍穹此时也已经紧逼了上来，借助走位接连躲开了脚下升起的几道修罗血咒，就在即将近身的时候，视野忽然一片黑暗。

这是致盲！他的心头陡然一凛，然而手上的操作却没有停止，依旧在一片黑暗的屏幕中操作着角色继续冲刺。

林肖看着对方居然肆无忌惮地直接冲了过来，心头不禁有些赞叹，然而嘴角的弧度却是在这一刻微微勾了起来。

手上的法杖被一片诡异的黑红气息笼罩，一个接着一个技能几乎毫无缝隙地被释放。

虽然全是需要吟唱的预判技能，但每一个都可以精准地落在笑苍穹的身上，就像是双方拿着台本在默契地搭戏，悉数命中。

只是装备的差距终归导致差了一丝的伤害，笑苍穹的血条最后还剩四分之一，正当他视野转为清晰的瞬间，看到已经近在咫尺的那个小红帽正太后，二话不说就是一个横扫万钧逼近到了鬼萌萌的跟前。

这个时候鬼萌萌的血毒技能也恰好吟唱完毕，魔剑士的身上紧跟着红光一闪，血条在吞噬下一点点地缓慢下降。

对此，笑苍穹并没有半分犹豫，直接开了大招无踪剑影，准备一举将对方剩下的血条给彻底清空。

就在这个时候，他的身前升起了一片屏障。

这个屏障不偏不倚地阻隔在了两人之间不足 1 米的位置。

——鬼道士最终极的防御技能浮屠门，可以吸收 5 秒内来自正面的所有伤害。

一片应接不暇的剑影刀光之后，鬼萌萌的气血仿佛就此凝固一般，没有下降分毫。

这是个鬼道士常用的技能，但是笑苍穹见过用来挡羽箭手的，挡黑法师的，挡枪弹师的，但像眼前这种居然能准确到把几乎近战的贴身技能一个不漏地彻底挡下的，还是有生以来第一次遇到！

眼睁睁地看着大招结束却没有给对面造成半点伤害，笑苍穹不由有些愣神，有一种不愿承认但很清晰的感觉顿时涌上了脑海——对面的这个人，他赢不了。

5

只这么一瞬招式没有接上的工夫，林肖已经敏锐地拿回了先机，一连串的技能再次糊了魔剑士一脸。

笑苍穹很郁闷，他已经很久没有在单挑中打得这么憋屈了。

如果说一开始还在忌惮对面牧师的存在的话，在之后他几乎是发挥了自己的全部水平。抛却之前在打使者的时候的那一丁点消耗之外，他初始的状态是近乎完好的。然而即便是这样完好的状态，在对方变化莫测的技能以及精准的计算之下，他一直以来引以为傲的手速也好像变得没了任何意义。

看着屏幕一片灰暗，笑苍穹默默记住了鬼萌萌这个名字，选择了回营地复活。

其他人刚跑到跟前，就看到笑苍穹躺在地上从视野中消失的画面，顿时都不由自主地停下了步子。

有人在语音频道里连喊了几声却没有得到回应，只听到另外的人无奈地说了一句："别喊了，苍穹都已经退出语音房间了。"

众人傻眼："那还打不打？"

牧师"大懒虫"看了一眼鬼萌萌的血量，下了决定："对面也就两个人，我们人多，直接把他们挂了给苍穹报仇。黑杰克你也过来，守护使者先不要了，灭了黑色黎明的人再说！"

林肖刚击杀笑苍穹，看着对面几个人如狼似虎地冲过来，从装备外观大概判断出了二到三阶的平均天梯段位。他转视角往后看了看，心里估摸着对面这阵仗基本已经算是放弃打守护使者了，既然目的已经达成，好汉不吃眼前亏，也该功成身退了。

然而这时鬼萌萌的身上忽然白光一闪，已经空得快要见底的血槽顿时恢复了一大格，与此同时在小队频道里跳出哈喽凯蒂的话来："跟他们打。"

自从多肉肉多死后，这个频道已经安静很久了，这个时候忽然冒出这么一句，队里本来并没有注意到两人血条变化的其他人顿时也发现了异样，纷纷问道："怎么回事，你们被发现了？在哪里打？"

林肖并没有搭理那些人你一言我一语的提问，看着哈喽凯蒂那句没头没脑的话却是笑了起来。不管怎么说,这妹子在旁边看了半天的好戏，这是终于准备大发慈悲地跟他并肩作战了？

仿佛是为了印证他的猜测，哈喽凯蒂三两下刷满了鬼萌萌的血，默不作声地站在了他的身后。

林肖看了看那比自己高挑很多的身影，也就站在原地不动了。

那些人本来看着对方要跑正准备追击，但见对面不知道为什么突然间又格外镇定地留了下来，一副要与他们正面对战的样子。一时间被轻视的感觉油然而生，顿时气不打一处来，张牙舞爪地悉数冲了上去。

谁料，就在几个人逼近跟前的时候，那两人又不约而同地转身撒腿就跑。

“追！”有人在频道里喊了一句，当机立断穷追不舍，见对面钻进了灌木丛，二话不说也跟着冲了进去，其他人不甘示弱也紧随其后。然而在片刻之后，整个小队的语音房间里顿时充满了一片此起彼伏的咆哮声。

“这么多人追着人家妹子跑，知不知羞哪？”随着当前频道的一句话，鬼道士的大招万鬼虚空将整片灌木丛连带所有人都包围在了中间，一时间乱成了一团。

鬼萌萌则是站在不远处的一棵大树后面，开始不疾不缓地吟唱技能。

技能一个接一个地释放，并没有打笑苍穹的时候那么紧凑，但落点极其准确。等 DEBUFF（减益效果）的时间结束时，笑苍穹小队里的牧师已经正式宣告死亡。

剩下的两人怒火中烧，一声暴吼地直冲而上。然而，在发现不管怎么进攻都无法使对方掉一滴血的时候，终于默默地选择了放弃挣扎。

眼前的鬼道士和牧师一高一矮地站在那边，前面的人疯狂输出，后面的人冷静续航，默契得有如一道无法逾越的屏障，丝毫找不到击破的契机。

毫无悬念的，笑苍穹小队，灭队。

当蓝天不蓝和神射手根据小地图找来的时候，鬼萌萌和哈喽凯蒂正并排坐在草坪上，守护使者・力就在视野可及的不远处安静悠然地散着步。

这一片祥和的景象让他们面面相觑，一脸茫然地问：“天域公会的人呢？”

林肖心情不错：“都回家去了。”

当二团大部队赶来的时候，整个小队依旧处在一脸蒙的状态，对所有问题一问三不知。直到问到林肖的时候才可以得到一些回应，当然也只是言简意赅的一句“打回家了”。

依照这个守护使者・力所在的岛屿再往下找去，很快就找到了力之领域的据点，与此同时，五团那边也传来了发现智之领域据点的消息。

按照以往的经验，为了保证公会战的公平性，官方安排在两方的地图通常都是相对统一的。因而，在摸透己方的地形之后，几乎可以推测出对面领域的相应位置。

叶辰当机立断，指挥四团尽快前去替换二团镇守力之领域，同时将三个精英团集中在中路，准备集结后对天域公会正式展开进攻。

身居公会会长职位多年，叶辰对公会战的战略部署一如既往地清晰："各团团长注意，一团负责正面推进，二团从旁侧的岛屿绕道包抄，先将天域公会地图上方的力之领域攻占，再进军下方的智之领域。三团利用小道迂回绕后，务必阻断天域公会的后援力量，拦住出生地复活回来的道路。在对战过程中随时注意整体指挥调度，留意频道里的具体指令，如果需要转移目标，所有人必须第一时间服从命令进行转移。"

在他的指令下，二团、三团的团长在确定己方成员的完整性后，按照他的部署开始具体落实。一时间声势浩大的黑色黎明大部队行动显得格外统一，充分彰显了大公会严苛整齐的纪律性。

天域公会的人显然没有黑色黎明的好运气，在尚且没有找到智之领域的情况下，全员正地毯式地在地图各处积极搜查。他们留在正中道路上的仅有一个团的成员，当看到对方攻势逼近的时候已经来不及通报，很快就被正面突破了。

随着黑色黎明军团以迅雷不及掩耳之势飞速碾压力之领域，匆忙集合过来的天域公会众人因太过凌乱而被彻底压制，不消 5 分钟的工夫，天域公会的力之领域就已经被黑色黎明彻底占领。

【系统】黑色黎明已成功占领天域力之领域！曙光就在眼前！

看着屏幕中接连刷出了三条系统消息，叶辰终于暗暗地松了一口气，一开始因为全新地图而带来的担忧终于烟消云散。虽然没人接触过的新地图是一把双刃剑，但很显然，今天对方公会的运气实在比他们差太多了。因为运气而取胜，他一点都没有胜之不武的感觉，反而格外心情愉悦。

看着眼前一面倒的局势，沈常与淡淡地舒了一口气，转头看着双胞胎战斗中一副神挡杀神佛挡杀佛的样子，忍不住笑道："你们都悠着点，小心玩太嗨了被人家扒出真身，到时候头条写篇《职业选手公会战无情虐菜》的报道，看你们怎么去跟李经理交代。"

也不知道是不是真的受到了沈常与的"恐吓"，许一鸣闻言手上一抖，正准备收割人头的扫射顿时一歪，硬生生让对方被牧师再次把血加了回来。

瞥了眼屏幕角落上的击杀数据，他咧开嘴笑了起来："怕什么？这才40个人头呢，我已经很收着了。安啦！绝对没那么容易被人发现的。"

说着，下意识地就往旁边许一辰的电脑屏幕上看去，当瞥到对方的数据之后顿时没忍住："你怎么可以不声不响地就拿了56个人头？作弊啊你！不行不行，我得多杀几个，要不输给你这个闷葫芦，回去被他们问起估计得被笑死。"

许一辰手上的操作没停，闻言只是瞥了他一眼，淡淡地"呵"了一声："没人那么无聊。"

"你给我等着！"许一鸣顿觉不服，操作着枪弹师开启了幽灵疾步，径直就冲进了战场的最中央，肆无忌惮地开始血虐屠杀。

沈常与无语地看着两人莫名又陷入了一场毫无意义的比拼中，只能无奈地摇了摇头。

正准备继续操作自己的召唤师，他的余光忽然在屏幕上瞥到一个ID，全身陡然间犹如遭到雷击地站了起来。几乎是在一瞬间冲到了许一鸣跟前夺过鼠标，枪弹师的视野在他的操控下飞速地旋转着，然而满眼都是绚烂刺目的技能，眼花缭乱地迷了整片视线。

那么多混乱打斗的人群，转眼间早已将那个昙花一现的身影席卷掩盖。

许一鸣被沈常与突如其来的反常举动给吓了一跳，看着跟前神色冷峻的侧颜，只觉整张脸比平日里显得煞白了许多，忍不住讷讷道："沈……沈副队……如果你不想我杀太多……我，不杀就是了……你，别激动啊……"

许一辰也被这边的动静引来了注意，微微皱了皱眉，手上的操作节奏也跟着缓了下来。

放在鼠标上的手渐渐握紧，沈常与一贯沉着冷静的作风在这一刻显得有些动摇，仿佛在压抑某种情绪，指尖不易觉察地有些微微颤抖。发线掩住了他的情绪，宛如过了半个世纪，直到深深地吸了一口气，才让语调听起来尽可能地平和了一些：“抱歉，应该是认错人了。”

似是没有感受到两人投来的视线，他就这样坐回了自己的电脑桌前。

召唤师在紧密的操作下忽然间攻势凛然，漫天绚丽的技能掩住了眸底依旧难以按捺的波动，只有眼底的眸色越发地深邃低沉，及至最后，化成了嘴角一抹苦涩的自嘲。

这样一个明明已经彻底尘封的 ID，怎么可能会再次突然出现？说到底还是没有彻底放下过，始终耿耿于怀，才会出现这样不切实际的错觉。

公会战最终以黑色黎明大获全胜的结局收尾，当天域公会的神之领域被彻底攻破的时候，黑色黎明这边仅仅被破了一个力之领域，高低立现，可谓完胜。

随着公会战的结束，所有参战的成员都被陆续传出了对战地图，原本寂静一片的公会频道顿时又是一片喧闹，一个个都迫不及待地分享今天赢得的战绩。

林肖出来后的第一件事是给哈喽凯蒂发去一个好友邀请，当看着好友列表里亮起了一个妹子头像，顿时心满意足地发去一条消息：“妹子你操作很厉害啊，有空一起去天梯打组排吧。”

哈喽凯蒂：“可以，下了。”

一晚上已经深切感受到了这位牧师妹子深入骨髓的高冷气质，林肖对这种冷淡的态度可谓彻底免疫。看着对方的头像暗下，转身就乐呵呵地领取了今天公会战的奖励，翻看着帮派物资列表兑换自己心仪的法杖去了。

叶辰这边安排了人员进行最后的统计整理，一回头看几个人已经关机站了起来，顿时迎了上去，客套道：“尤队，沈副队，二许，各位都辛苦了！”

尤景道：“叶经理，那个牧师的账号我暂时要了，有问题吗？”

叶辰愣了一下，当即应道：“没问题，尽管拿去用就行。”

许一鸣惊奇道：“尤队，你要这个破牧师账号做什么？”

尤景没有回答，反倒是看向沈常与道：“今天二团有个鬼道士感觉还不错，让新手营的人留意着一些。”

叶辰闻言不由心头一凛，二团的鬼道士，难不成是……

沈常与此时才刚刚关了电脑，显得有些心不在焉地随口问道：“叫什么名字？”

尤景道：“鬼萌萌。”

话落的瞬间，沈常与拿在手上的文档在全身瞬间的僵硬下，“哗”的一声全部散落在了地上。

这样一动不动地站在那里，分明是静止的动作，却让人感受到一种席卷翻涌的暗波。直到最后，他才仿似不确信地回过神来，抬头看来的视线里透着一丝让所有人无法品读的混乱情绪：“你是说，鬼……萌……萌？”

尤景点了点头，看着他的这副神态不由得皱起了眉：“有什么问题吗？”

“不，没有……”沈常与应声后陷入了沉默，双手渐渐地紧握成拳，甚至因太过用力而隐隐有些颤抖。片刻之后，忽然疾步走出了公会区的办公室，没有再说一句话。

留下其他人望着文件散落的狼藉场面，面面相觑。

许一鸣看着那渐渐远去的背影有些讷讷，满脸茫然道：“沈副队今天，到底是怎么了啊……”

CHAPTER 03

欢迎回来

1

公会战结束后，林肖没有去参加所谓的庆功活动，而是随便翻了件外衣穿上出了门。在楼下的面馆叫了一份海鲜拉面，填了填冲分一整天后早就已经饥肠辘辘的肚子。

吃完面去结账的时候，无意中瞥到收银小哥柜台前的电脑上居然放着 LPP 联赛的直播，他不由搭了句腔："哥们，领域粉啊？"

Zone 这个词翻译过来有很多的含义,但国内的玩家更喜欢叫它"领域"，有种我的地盘我做主的感觉，听起来很有感觉。

一句"领域粉"成功地吸引了小哥的注意，随手找了零钱给林肖，朝他友好地咧了下嘴："兄弟，看样子也是同道中人？我喜欢天启战队，你喜欢哪个队啊？"

"巧了，我喜欢黑玫。"林肖早就瞥见了那段剪辑视频上醒目的天启字样，这时半开玩笑地回道，"宿敌啊！需不需要直接在这里干一架？"

小哥被他逗乐了，笑着摆了摆手道："天启跟黑玫的恩怨又不是一天两天了，哪至于在这里较劲呢，回头比赛场上见真章！"

哟，还是个理智的粉丝。林肖慢悠悠地把零钱装进口袋里，叼了根香烟在嘴上，也不点着，随着说话的节奏一上一下地慢慢晃着，语调显得有些感慨："不知不觉都那么多年了，真没想到，联盟居然也有那么多人关注了……"

小哥笑道："电竞都是走出世界的项目了，能不叫人关注吗？现在在外头随便拉一个人来，十个里面就算没九个，肯定也有七八个是领域粉的。这年头，出去说不懂电竞联赛，谁还敢说自己是年轻人啊！"

林肖叼着香烟的动作微微一顿，片刻后，也跟着笑了起来："可不是吗，都走出世界了。"末了，瞥了眼电脑屏幕上闪过的联盟图徽，双手插着口袋，慢悠悠地走了出去。

迎面的风把头发吹得有些乱，林肖慢吞吞地走在街道上，看着满目的灯红酒绿，有些懒散地眯了眯眼。

虽然只是五年的时间，却仿佛像置身在一个完全不一样的年代。当时被视为玩物丧志的电竞已经被人彻底接受，他曾经被人视为笑柄的坚持，如今也已经拥有了那么多真正热爱电竞的粉丝的支持。没有质疑，没有嘲笑，是一种简单纯粹至极的热情。

不得不说，这样的感觉，真的很好。

再回到房间的时候，电脑屏幕的光线依旧幽幽地亮着。刚才林肖出门时并没有关机，游戏也一直挂在大厅界面上，长期没有操作的情况下，角色已经呈现了离开状态。

他走过去正准备下号关机，却被足足有三十多条的未读消息给吓了一跳。

第一条打开，是来自笑苍穹的好友申请。

林肖点了通过，好友列表并没有亮起新的头像，显然是已经下线了。

回想到晚上单挑时的画面，他不由笑了起来，要说之前在对战的过程中只是有些惜才，那么现在倒确实对这位路人王多了几分兴趣。

这种被对方单杀后还有心情加好友的，心理素质恐怕并不逊于其操作的犀利程度。

继续又点开后面几条好友申请，分别来自血光重重、多肉肉多、神射手和蓝天不蓝。

林肖也不矫情，一一选择了通过，直到点开下一条系统消息，握着鼠标的手难得地僵硬了一下。

这也是一条好友申请，然而发申请的是《Zone》玩家都非常熟悉的ID——时节雨。

林肖没有点下通过，反而是继续点开了后面的其他系统消息。

一条接一条，足足二十余条全部都来自同一个人。最后的一条停滞在十点十分，离现在已过去了半个小时。

《Zone》的系统并不允许玩家重名，每个人创造的名字注定独一无二。鬼萌萌这个在他进入联盟前就在使用的私人ID，知道的人其实并不多，恰好，他曾经的这位副队，就是其中一个。

如果说之前的第一条消息是试探的话，那么后面不依不饶的申请，无疑可以让林肖确定，沈常与已经发现了他的存在。

虽说林肖在决定使用这个角色的时候，本身也有想过凭着这个ID稍微走点后门，但他现在的这种情况太过离奇，还没来得及准备一个稍微让人好接受一点的说辞，就突然被昔日的老队友盯上，实在有些猝不及防。

同时，这些突如其来的好友申请，实在给他一种身份暴露的不爽感。

林肖坐在电脑前盯着“接受”与“拒绝”两个按钮，拧着眉一动不动地纠结了很久，瞥了眼右下角已经过十一点的时间，最后长长地舒了口气，将鼠标移到了确认的选项上，敲击了下去。

就在确认的一瞬间，一个头像霍然在好友列表里亮了起来，然后，就因对方飞速发来的消息，开始不安分地上下跳动着。

很好，果然没有按照以往习惯的作息去休息，而是一直在电脑前面守着他呢！林肖莫名联想到了“守株待兔”，挑了挑眉，随手点开了对话框。

时节雨：你是谁？

隔着屏幕看不出对方的语调，林肖盯着这个万分熟悉的ID，忽然间所有的迟疑和犹豫也在这一瞬烟消云散。来都来了，还矫情个什么劲呢？

鬼萌萌：这么晚还不睡，以前反复叮嘱的规律作息是不是又都成耳旁风了？

这一回间断的时间显得有些格外漫长，整整过了十分钟，对方的头像才再次跳动起来，内容只有短短两个字："队长。"

林肖看着话语最末处仿佛表达着某种含义的句号，轻轻地笑了起来："抱歉，让你久等了。我，回来了。"

黑魂俱乐部选手宿舍。

沈常与坐在桌前，死死地盯着聊天框里的对话内容，难得地有了那么一丝做梦一样的感觉。

整个身子感觉有些虚浮，甚至到了此时依旧有一种不可置信的感觉。

这种异样的感觉从听到"鬼萌萌"三个字的时候就操控了他的思维，直到现在看着那人一字一句地向他解释，脑海中也已经混沌得几乎连震惊和惊喜都分辨不出了。

就如对话框里的那句话一样，恍惚间他只有这么一个念头——当年的林队，回来了。

甚至没有心思再仔细去看对方的解释，沈常与飞速地开了个语音频道，当即将鬼萌萌给拉了进来。

"喂，喂喂？有听到我说话吗？"不一会儿，有个声音在语音里响了起来。

这是跟印象里不一样的声音，但因为同样有些散漫的语调，莫名地就跟记忆深处的那个人交叠在了一处，毫无违和感。

"听到了。"沈常与感到自己的嗓子莫名一紧，整个声音听起来有些生涩。

"我说小沈啊，你们对战流云的那场比赛我看了，你还是有些太着急了啊。"

语音那头，林肖突然的话题转换让沈常与愣了下，随后嘴角的弧度不由自主地扬了起来。不管在什么时候、什么场合，第一时间想到的总是《Zone》，果然还是以前的林队啊……

他淡笑着"嗯"了一声："确实。"

"你毕竟跟章封煜不一样。他的个人特色太过鲜明，适度的调整有利于个人赛里更好地发挥，而且对他原来的战斗方式无疑是很好的提升。但对于你这种团战选手来说，太过谋求改变怕是会影响整个队伍的全体发挥，与其尝试去谋求作风锐利的单挑，倒不如在团队赛里选择新的方式，来追求精益求精。”

在这样与几年前一样不留情面的直面剖析下，沈常与没有分毫恼意，反而陷入了沉思：“可是，目前队里并没有可以坐镇个人赛的选手。”

不等他话落，林肖笑眯眯的声音就透过耳麦传了过来：“眼前不就有一个吗？”

沈常与愣了下神，语调里透着一丝惊喜：“队长，你是准备归队吗？”

林肖“嗯”了一声：“不过还不是时候，我现在的身份，恐怕不怎么方便。”

沈常与原本想反驳说“不会不方便”，但话到了嘴边却停了一下，过了片刻转了转话锋道：“你现在在哪里，我去找你，具体见面说。”

林肖被他这见风就是雨的性格弄得有些无语：“我说你……别告诉我现在俱乐部的假期都很多？下一场比赛马上就要开始了吧，来见我，你以为自己很空啊？”

沈常与很坚持：“我要见你。”

只是四个字，却让聊天室陷入了一片沉默。

林肖有些头疼地揉了揉耳边的穴位，对自家副队偶尔会有的倔强念头有些无奈，看了眼日历上的日期，叹气道：“我在 N 市。正好你们下周的比赛需要来我这边，等结束后碰个面吧。”

听着沈常与没有异议地应了一声，他又忍不住嘀咕道：“话说小沈，你是不是缺根筋呢？我突然活蹦乱跳地出现在你面前，你就一点都不怕？”

沈常与闻言，唇角的弧度渐渐清晰了起来：“只要你能回来，别的什么都不重要。”

LPP 联赛的每场赛事对决，都会在不同城市的不同场馆举办，这一回恰好在林肖所处的 N 市，倒是为他们的见面提供了契机。

一周时间很快过去，N 市因为前几天下雨，虽然阳光明媚，却依旧泛着一层浅浅的湿气，风吹在身上，有种格外清爽的感觉。

嘉乐电竞馆离林肖住的地方并不远，他慢悠悠地一路走过去，渐渐发觉前方的交通越来越拥挤，直到快到目的地的时候，寸步难移的交通几乎可以用全面瘫痪来形容。

“哎呀呀，有点厉害啊。”周围此起彼伏的喇叭声让林肖不禁揉了揉耳朵，再次感受到了电竞粉丝的狂热。

这哪里像是个竞技项目的比赛现场啊，根本就是万人演唱会的现场嘛！

这个时候离比赛开始还有两个小时，但因为场馆外面太过拥挤，赛事组的人已经开始安排观众陆续入场，一时间人声沸扬，显得格外热闹。

林肖在门口的地方看到了一个贩卖周边的铺子，上面摆满了粉丝追星用的各种道具，从 LED 牌，到角色 COS 服应有尽有。因为今天的比赛是黑玫战队对战九天战队，甚至还有各队成员的巨型海报，大得几乎可以把整个人彻底挡住。

林肖看得有趣，到了摊子前面随便翻了翻，最后乐呵呵地指着沈常与那张占满了整个画面的脸，道：“老板，给我一份沈大大的海报，谢谢啊。”

老板拿起旁边的另一幅全身照，问：“沈副队的粉丝啊？来，看看这张，这张海报可是现在卖得最好的。”

林肖瞥了一眼海报上的人英姿飒爽的造型，摆了摆手：“还是我刚才选的那张吧，毕竟脸大，可以看得仔细点，我就喜欢这样的沈大大。”

老板被他的话一噎，表情古怪地多打量了他两眼。

心满意足地接过卷好的海报，林肖往场馆走去，一路上左看右看一副兴趣盎然的样子，随着人流一路检票进了赛场。等按照票号入座后，从口袋里摸出了手机，发了条消息过去：我到了。

不多会儿，收到了对方的回复：嗯。

看起来是在做赛前准备，还挺忙。林肖挑了挑眉，虽然九天战队在联盟里属于二线队伍，照理说对黑玫战队并没有太大的威胁，不过在尤景手伤的情况下，沈常与作为副队，压力想必还是很大的。

场馆后台，黑玫战队休息室。

沈常与刚回完消息，一抬头见其他人都盯着自己看，不由问道：“怎么了？”

许一鸣左右看了看别人的脸色，终于忍不住八卦道：“沈副队居然在战术布置过程中看手机啊，这可是有史以来第一次！最近大家可都觉得你怪怪的，老实交代，是不是交女朋友了？”

“瞎猜什么。”沈常与没好气地打断了他的臆想，感受到四周狐疑的视线，下意识地轻了轻嗓子，“别贫了，刚才说的都听到了吗？”

柳泽绅虽然也很好奇自家副队的私生活，但此时也正了正思路，想了下，问道：“真的要让我打个人赛吗？”

沈常与点头：“对面的赵空明特别擅长近身格斗，你来对付他再好不过。”

这么一说，柳泽绅顿时了然地勾起了嘴角，推了推鼻梁上的金属镜框：“别人不好说，赵空明只要能让我对上，绝对让他自己选择“GG”（GOOD GAME 的缩写，意为你打得很好，我认输）。”

“如果连个暗杀者都打不过，你那圣骑士也不用玩了。”一个声音从外头传来，房门也随之打开，尤景悠悠然地走进休息室，淡淡地扫了一圈周围，“九天这个赛季虽然已经加强，但还是算不上什么一线强队，今天这场比赛，我们必须 10 分全下，都明白吗？”

LPP 联赛中的八支队伍虽然有强有弱，但毕竟是经历过重重筛选后才获得的席位名额，10 分全下，这是不管放在哪支队伍都不敢过分自信的事。但从这个人的嘴里说出来，显得格外轻描淡写，甚至是理所当然。

“必须啊，10 分全下！”许一鸣被这一激，顿时激情澎湃地也跟着喊了起来。

“旁边休息室还有九天的人，你收敛着点。”许一辰一把捂住了他的嘴，低声道，“不过这赛季，我们确实该让别人尝尝吃零蛋的滋味了。”

因为之前队伍内部调整的关系，黑玫战队在整个 LPP 联赛里的表现并不尽如人意，沈常与知道队友们一直都憋着一口气，这时候也就没有打断他们，而是看向尤景，问道：“小队赛加上团队赛，确定可以吗？”

尤景把披在身上的队服稍稍往上拉了拉，淡淡地说："你说呢？"

是问句，但显然已经有了答案。

沈常与微微皱了皱眉，没有再说什么。

他很清楚，以现在黑玫战队的总体积分而言，要想进入季后赛的四强，在面对九天这种二线战队时，必须尽可能地抢分。不管尤景现在的状态怎么样，作为战队的队长兼治疗，这个时候他必须站出来，没有其他选择。 也不知从什么时候开始，支撑全队的重担已经默默转移到了这个男人的身上……沈常与看着尤景慵散地靠上旁边的沙发，心里不无感慨地想着。

沈常与打量着他平静的神色，才稍稍放下心来。看样子，前两天的检查结果，应该没有什么大碍。

LPP 联赛的比赛现场，整个场馆内充满着两个战队粉丝团的热烈呐喊声，不管是场中央还是在过道上，无处不被欢呼声覆盖。所有人都沉浸在这种热情澎湃的氛围里，虽然剑拔弩张，却犹如一场盛宴。

"喂，你挡到路了。"

林肖用海报盖在脸上闭目养神，冷不丁听到一句冷冰冰的话，瞬间睡意全无。迷迷糊糊地揭开海报看去一眼，在看清对方样子的瞬间，整个人顿时彻底清醒。

双马尾、平刘海、迷你裙，但因为对方低沉阴暗的脸色，以及森然幽幽的语调，无处不透着一股子生人勿近的诡异气息。

林肖一时间哑然。陈安琪？她怎么会在这？

对方等了半天不见他有反应，阴恻恻地扫了一眼过来，语调低沉得像个咒语："这位帅哥，你是不是想找事呢？"

条件反射般地，林肖在听到这句话的一霎，前一刻还笔直地摆在过道上的腿"嗖"地收了回来。

看着阴沉着脸的妹子目不斜视地从跟前走过，他不由默默擦了把汗。

原先还以为这位大小姐已经彻底隐退了呢，没想到作为联盟里的老前辈，她居然还这么有雅兴地买票来观看比赛？一早就知道她喜欢看人被血虐的那种畅快感，现在看来，真是到现在都还没有戒掉这个恶趣味！

要说当年联盟里哪几人是林肖都不敢多招惹的，陈安琪绝对排得上前三。并不是说这位女选手有多强的实力，而是因为她本人自带的特殊能力，使得联盟里着过她道的人不计其数。

这个能力就是——乌鸦嘴。

但凡与她对战，整场下来，来自她的“诅咒”远远比所有的技能伤害来得更加丧心病狂。更可怕的是，这种“诅咒”的力量并不仅限于游戏，即便是在生活中也一样有效。

感受过惨痛经历的老选手并不止林肖一个，以至于当年整个联盟曾经一度对“哥特萝莉”四个字都闻之色变。

遥遥地看着陈安琪渐渐走远的背影，林肖忍不住伸出手指默默数了起来。要说当年这位大小姐已经二十岁了的话，那么到现在，怎么的都有二十五岁了吧？可是，她刚才的模样怎么看都还和当年一样，才十四五岁的样子……

林肖惶恐：“……真的是妖怪啊！”

就在林肖这暗自思考的工夫，场馆内通明的灯光霍然暗下，周围在片刻的寂静后霍然爆发出比之前还要疯狂热情的呐喊声。

比赛，终于开始了。

2

随着两队选手的入场，场馆里的气氛俨然被推向了一个新的高潮。粉丝们用力呼喊着战队以及选手们的名字，更有情绪激动的粉丝甚至企图越过护栏奔上战台，被早有准备的保安一把拦下。

林肖的视线落在场中央相互握手致敬的两队选手身上，只觉得自己最近感慨得有些频繁，就跟个七老八十喜欢感慨人生的老人似的，但却也是眼下他最真切的感受。

虽然目前电竞圈的发展日渐趋向商业化，但归根到底，之所以会吸引那么多的投资商来鼎力推进，必然是因为其广泛而庞大的群众支持。同样的，借助群众的力量来抬高圈内商业氛围的同时，整个电竞行业又何尝不是借助这些高速地发展，来吸引越来越多的人加入呢？

林肖没有经历之前飞速发展的五年，却有些迫不及待地想要感受此时渐渐走向鼎盛巅峰的五年。

他不懂商业也不懂粉丝经济，但有一点却是他一直以来都很坚信的：电子竞技的发展绝对不会仅此而已。这是他的信仰，应该拥有更广阔的舞台，达到足以让所有人仰望的高度。

选手介绍过后，双方各自进入了比赛席做最后的状态调整。

本场比赛双方的实力看起来着实有些悬殊，看点几乎是落在了黑玫战队到底能从九天手上抢多少分上。

观众席里渐渐有了一些窃窃私语，大家都很兴致盎然地猜测着双方选手的出场顺序，直到席位上的人起身站了起来，有人诧异地“咦”了一声。

“相信没人能猜到，黑玫战队这边会派出柳泽绅来出战个人赛事的第一场，这恐怕是这个赛季以来，第一次看到圣骑士站上个人赛的对战台了吧？”负责这场赛事直播的官方解说小舞看清出战选手后，也感到有些出乎意料。

“圣骑士这个职业，从某方面来说确实不适合个人赛上场，但是小舞你看对面的出场选手，黑玫战队这是出了一手妙招啊。”搭档毛豆接下了她的话。

“哦，九天战队居然派出了赵空明？这下估计有好戏看了！”小舞看了眼另外一位站上对战台的选手，不由跟着笑了起来，“看样子黑玫战队这是在跟九天玩套路啊？如果对手是柳泽绅，就算是素有‘影子杀手’称号的赵空明也没那么容易进行暗杀了吧！”

场上的选手调试着跟前的电子设备，并不能听到解说的对话，但此时此刻，赵空明的脸色确实不太好。

一直以来压轴个人赛的他在这场对决中选择调到了第一顺位，原本就是为了杀对方一个措手不及，但是怎么也料想不到，原本极好的如意算盘就这样被对方轻而易举地给看破了，甚至还玩了一手将计就计。

柳泽绅的角色圣骑士“择木而栖”，恐怕是整个黑玫战队里他最不想碰到的人了。就算是跟尤景的牧师“繁景缭乱”来进行一场持久战，恐怕也比让他跟一个肉盾对战要好得多，至少前者还有让他完成一击必杀的机会。

别看柳泽绅平时看起来斯斯文文的一副绅士样子，真对战起来，是让人想象不到的凶悍！

赵空明默默地在心里腹诽着，一抬头恰好跟对方的视线对上，看着那副笑眯眯的样子只觉得全身鸡皮疙瘩掉了一地，顿时撇开眼去。

黑玫战队一个个全是大尾巴狼！

比赛正式开始，场馆正中央的大屏幕上显示出了备战画面，下侧的两个角落上分别播出了双方选手的镜头以及第一视角的操作画面，引起粉丝们的阵阵尖叫。

在本场的禁用地图环节，为了避免对方借助地形太过复杂的地图藏身，柳泽绅陆续禁用了“熔岩炼狱”与“荒野森林”，而赵空明则恰好相反，禁了“极地冰原”跟“大漠迷城”这两个相对不便藏身的地图。最终随机到了“古墓惊魂”作为对战地图。

场内的灯光彻底暗下，只留下屏幕上的画面吸引众人瞩目，随着游戏的导入，圣骑士“择木而栖”跟暗杀者“空白格”刷新在了地图两端的复活点。

几乎在同一时间，双方就已经在地图上飞速地移动了起来。

【地图】择木而栖：好不容易可以打上一场个人赛，如果有得罪的地方，在这里先提前说声抱歉了啊。

向来文质彬彬的柳泽绅在开场的时候一如既往地客气。

然而看着地图频道上这句礼貌至极的话，看台上的九天粉都忍不住发出一阵嘘声。

这位不论言谈举止都格外绅士的柳选手的比赛，只要看过其中一场，没人会不清楚这人对战风格里的不留情面和残暴。

【地图】空白格：谁跟谁说抱歉还不一定呢！

赵空明回了一句，观察了一下周围的地形，借着环境埋伏进了夜色里，小心翼翼地藏住自己的身形。

不得不说面对圣骑士这个职业，作为暗杀者选手的赵空明已经在对战过程中表现出了足够多的积极性。奈何，就如赛事一开始的时候小舞所分析的一样，面对这种职业本身带有的压制性，这场比赛他确实不太好打。

经过几次技巧性的偷袭之后，空白格非但没有占到丝毫好处，反而让择木而栖开启圣光护甲之后反弹了相当多的伤害，直到最后被抓到近身缠斗，被对方长矛扎倒在地上狠戳了一通，献出了宝贵的第一滴血。

回到复活点的空白格没有再次出击，而是在半分钟的犹豫之后，在屏幕上打出了 GG，选择了投降退出。

这是第一场比赛，十分影响队伍的士气，在断然赢不了的情况下，与其为了面子硬撑，倒不如像这样来个痛快。

赵空明的举动引起了全场的哗然，虽然对第一场个人赛就出现 GG 的情况表示震惊，但是前面他的努力大家有目共睹，粉丝们依旧对他的退场给予了热烈的掌声。

双方选手在台中握手致敬的时候，柳泽绅依旧温文儒雅地笑着："表现得不错。"

GG 等同于表现不错？看着那一脸格外人畜无害的笑，赵空明只能在镜头前强撑着咬牙道："你也不错。"

两人握手之后各自回了战队的选手席。

黑玫战队在这场比赛中先下了一分，而个人赛的第二场，则是在两位枪弹师之间展开。两人是同样的职业，自然就会在硬实力中分出高下。

九天战队的孙勤是这个赛季的新人，操作的角色"散弹乱斗"在联盟的舞台上也才初露锋芒。虽然在之前的赛事里有过一些亮眼的表现，但这一场碰上许一鸣这种一言不合就喜欢飙手速的乱来达人，顿时在眼花缭乱的飞弹下乱了手脚，分分钟就死了。

相较于第一场的出人意料，第二场的结果显得格外地情理之中。以至于当选手握手谢幕的时候，除了黑玫自家粉丝的热情欢呼，其他人都显得有些兴致缺缺。

小舞不得不努力活跃场内的气氛，甚至把大家私下对许一鸣的昵称都给叫了出来："虽然第二场比赛结束得有些迅速，但过程还是很精彩的。大家可以看到许小弟的手速依旧惊人，操作比以前犀利了不少，等赛委会统计过后让我们看看，他的'APM 值'（即每分钟内所有游戏操作的总和，用于评判操作速度）这回是不是又有了提升。"

刚走到选手席的许一鸣脚下一个踉跄险些栽倒，抬头看向解说台，满脸不悦地想去抗议："这小舞姐不厚道啊，我明明对外宣称了很多次了，我是哥哥好吗！许小哥！什么时候就成许小弟了！"

准备上场的许一辰恰好经过他身边，淡淡地"嘁"了一声："幼稚。"

眼尖的观众们已经看到了这边的动静，看着双胞胎的互动尖叫了起来。直到许一辰上台，全场都还充斥着"二许""双枪"的呐喊声。

许一鸣刚被沈常与按回席位上，抬头看这场景，脸顿时又耷拉了下来，语调有些委屈："明明都是一样的脸，凭什么小辰上去就那么受欢迎啊，这不偏心嘛！"

柳泽绅靠在旁边的椅子上喝着水，闻言推了下眼镜，笑道："人家喊着'二许'呢，就是因为刚才没看过瘾，现在看到一辰才这么兴奋。"

许一鸣对这样的说法欣然接受："刚才的小子有点弱，我也没有办法，那就让小辰给他们多表演一会儿好了。"

此时场上设备调试妥当，比赛开始。

然而在观众激情呐喊中展开的这一场对决，结束得甚至比前面两场都要来得速度。

看着许一辰面无表情地从台上走下来，观众们看着 3 ∶ 0 的比分不禁面面相觑——同样都是在 LPP 联赛里占有一席之位的战队，这两个队伍之间的水平，难道就真的相差那么大吗？

对于黑玫战队来说，前面的三场个人赛赢得干净利索，然而这样一来，双胞胎是注定不能再参加 3V3 的小队赛了。他们二人本来算是黑玫战队的主要输出，某种程度而言，算是变相削弱了黑玫在小队赛对战中的实力。

稍作休息后，小队赛开始，场中的大屏幕上显示出了双方出战选手的名单以及角色信息。

九天战队出战的是队长周拾亦的影剑客“周十一郎”、高俊的圣骑士“帅破天际”，以及苏辰杰的牧师“晨曦”。

黑玫战队出战的则是队长尤景的“繁景缭乱”和副队长沈常与的“时节雨”，以及近期刚从新手训练营被挖掘出来的新秀——秦磊的重炮手“火壁垒”。

从两队的配置来看，同样是剑系职业，影剑客虽然不如魔剑士适合牵制对手，但其近身后的爆发力在3V3的小队战中不容小觑。而圣骑士对治疗职业而言，可以造成的骚扰几乎如同梦魇。很显然，九天战队配置的职业体系是想要跟黑玫战队进行一对一的贴身近战。

反观黑玫战队，虽然尤景和沈常与都是各自职业中数一数二的好手，但召唤师这个职业在团队赛中更适合于策应辅助，整体而言缺乏爆发力。即便有尤景在背后支持，但将所有的输出重心累积在秦磊这个初出茅庐的新秀身上，不管怎么看都是一次很大的冒险。

“放松心情，不用那么紧张。”在台上调试着自己的设备，沈常与回头看到秦磊有些僵硬的表情，了然地拍了拍他的肩膀，“前几次你个人赛的表现都不错，小队赛照常发挥就行，别有压力。”

“嗯。”秦磊深吸了一口气，感受着周围的灯光，依旧觉得手指有些僵硬，不由畏畏缩缩地将视线投到尤景的身上，“尤队我……”

尤景指尖灵活地敲击着键盘，没有半点停顿地做着最后的按键调试，余光冷冷地瞥了他一眼，语调平静：“按照之前的安排作战，输了的话就重新回新手训练营去，赛场不适合你。”

秦磊闻言身子一震，皱眉看着屏幕，眼里的斗志渐渐激扬了起来。

沈常与把一切看在眼里，笑着戴上了耳机。

如果说尤景是因为略显女性化的阴柔外貌以及高贵气质被人称为“女王”的话，那么就是这种冰冷得甚至有些刻薄的性格使其前面更多了“冰山”这个前缀。

“冰山女王”，却出乎意料地适合现在的黑玫战队。

不论是老队员还是新秀，战队里的每一个人都不需要博取温柔的怜悯，而更愿意获得这种无情得近乎残忍的鞭笞。

随着双方的调试完成，解说也已经做完了双方阵容的介绍，比赛正式开始。

禁用地图的环节双方的选择过程都显得很是果断，最后留下的地图是“极地冰原”，配置好装备之后，开始加载进入对战副本。

当最后选定地图的时候，周拾亦不由皱起了眉头，在小队语音里道：“为什么我总觉得黑玫是有意留下冰原地图的？”

高俊笑道：“周队你想多了，面对我们这种配置还选择冰原？又不是傻！”

这番话不无道理，毕竟“极地冰原”是所有地图中遮挡物较少的地图，除开上下地势的高度差距之外，可以用来掩护的地形很少。黑玫战队要想借助重炮手的火力实现最高伤害的话，这种一览无余的地图不管从哪方面来说，都极难展开部署。相反的，对于拥有双近战职业的九天而言，却是绝佳的地理优势。

这些周拾亦自然都很清楚，但是对于这种天生克制己方的地图黑玫没有选择禁掉，总让他莫名不安。

转眼间地图加载完成，双方都开始有了动作。

对经历过无数次对战的职业选手而言，不论哪一张地图都很是轻车熟路。观众透过大屏幕的上帝视角，可以很清楚地看到两队飞速游走的画面。

不同于九天战队三个人的齐头并进，秦磊操作的重炮手火壁垒在行进的过程中渐渐脱离繁景缭乱和时节雨的步伐，借由一处冰崖断裂的缝隙跳了下去，沿着冰壁开始进行绕后。

这种对战过程中迂回的策略，不只在平常的网游中，就算在电竞赛场上也很常见，然而这也仅限于5V5的团队赛中。

要知道，3V3的小队赛因为人数原因，在对战过程中不论少了哪个，少人的一方注定需要承受更多的火力压制。这也是为什么说小队赛中最先减员的一方，极大概率会输掉整局的对战。

解说台上的小舞为观众们做着分析：“大家可以看到，双方在作战策略上一开始就显示出了不同。但有趣的是，最先做出变通的不是拥有地理优势的九天战队，反而是我们原以为会伺机而动的黑玫战队。”

毛豆点头道："黑玫战队一如既往地秉承了积极主动的作风，只是不知道能不能借着个人赛的气势，一鼓作气掌握赛场节奏，继续拿下小队赛的 2 分。"

此时恰好镜头扫过尤景的身上，导播组还特地拉近给了个特写，引得粉丝们一阵疯狂地尖叫。

小舞被这热闹的气氛弄得有些哭笑不得："现场的粉丝们都很热情啊！如果我没记错的话，上一场小队赛中，尤队并没有出场，不知道是不是在为这场的对决秘密做准备呢？让我们继续期待吧！"

林肖并没有太留意解说的内容，只觉得被坐在身边的那位女粉丝喊得耳朵疼。他伸手揉了揉耳朵，视线落在大屏幕上火壁垒消失的位置，眉头却是皱了起来。

其实从最初的个人赛他就已经看出了一些端倪，直到小队赛的名单出来，心里才最终确定——黑玫战队这是进入抢分节奏了。

在 LPP 联赛的季前赛期间，很多队伍会根据自身情况，利用赛事过程来进行最直观的调整评测，在最后几轮的赛事中凭自身实力将落后的积分一口气追回来，这是很多豪门战队常会使用的抢分策略。

黑玫战队作为老牌战队，使用这种方式并不奇怪。但是，现在队伍里很显然因为队员的更新换代而存在着断节问题。老成员退伍而新血液没有及时补充,直接导致了在抢分期注定吃力的现状。面临这种情况，解决的唯一方式，就只能靠队伍的明星选手凭自己的个人实力，强行将队伍支撑起来了。

林肖的视线落在了屏幕中那个疾速行进的牧师身上。

正常比赛而言，进行到目前为止一切都很顺利，如今唯一需要关注的点恐怕就在于——这个人目前的状况，到底能不能连续支撑两场高密度的多人赛了。

片刻间，对战双方已经在场中央碰面。

"对面怎么只有两个人？这是走散了？"周拾亦看清来人后微微愣了一下，虽然这样说着，但其实并不认为对方真的会犯"开场走散"这种低级错误。

他一边留意着周围的情况，一边直接操作着角色朝着时节雨冲了过去，转眼间就缠斗到了一起："高俊，一定记得看好尤景。"

"交给我吧！"高俊了然地应着，圣骑士帅破天际一个刺突，就直接冲到了繁景缭乱面前。什么输出技能都还没用，先迎面甩去一个嘲讽，将刚往后退去一步的牧师又拉回到了自己的身边。

很显然，九天战队确实准备在小队赛里进行 1V1 的贴身肉搏战术，然而谁都没有料到，一开局就会是眼前这种二对三的局面。

圣骑士作为控制技能最多的近战职业，被称为治疗职业的克星，但凡被近身，几乎只有见缝插针才可以找到施放技能的机会。

繁景缭乱被帅破天际近身后就是一通暴打，顿时技能施放得一片炫目。

血条以极高的频率上下跳动着，却还能做到几乎保持在一个平衡的数值上，不得不让人对其缜密的操作手法感到叹服。

而另外一边的时节雨也在对方牧师晨曦的短控制之下，被影剑客周十一郎完成了近身，在对方突如其来爆发的手速下，几乎被打断了所有技能的召唤施法，看起来情况比繁景缭乱还要来得糟糕。

更惨的是，即便控制距离借机唤出召唤兽，人家剑客还带了个贴身牧师，无人看管的牧师能够心无旁骛地治疗，将他好不容易压下的血量又不动声色地抬了起来。

看着自家战队在战况激烈下身处劣势，黑玫战队的粉丝们顿时有些坐不住了，那个新秀到底搞什么鬼？

就在这个时候，导播很识趣地将大屏幕的镜头调节到了火壁垒的角色视角，全场透过这个画面看去，陡然一静。这个角度是……

3

从火壁垒这个角度看去，前面横亘着几个突兀的山丘，透过中间的缝隙，可以清楚地看到远处几个人影缠斗在一起的景象。很显然，绕后迂回的操作已经完成，他现在所处的位置对重炮手这个职业而言几乎可以算得上是最完美的地势。

秦磊这个时候很是紧张，在远离战场的地方完成两个炮台搭建之后，又选择了一处略微凹陷的冰窟，开始埋下第三个重型火炮。直到再三检查好位置后，这才紧着嗓子在语音频道里说道：“我……我准备好了。”

尤景：“准备开始。”

话落，画面上繁景缭乱在避开帅破天际的一下矛击之后，在自己身上套了一个回复术的瞬间，又甩出一个定身术来，将他定在了原地。

只有 0.4 秒的时间，幽灵疾步几乎在同一时间开启，他用余光瞥见时节雨利用飞跃步避开周十一郎的万剑魅影后向自己这里靠来，在进 36 米施法范围的瞬间，当即开始了圣光祷言的吟唱。

糟糕！高俊这时已经感受到了不妙，帅破天际当机立断地追着繁景缭乱一个矛击冲去。眼看就要直接将对方按在地下,却在攻击到达之前，看到对方法杖上的白光一闪。

随着圣光祷言的读条完成，在层层白光的包围下，时节雨原本已经见底的血条以肉眼可见的速度回升，转眼间已经恢复了一大半。

“吟唱时间怎么可能这么短！”高俊在小队频道里忍不住叫出声来，回想前面双方交手的过程，感到有些蒙。他明明已经摸透了对方所有技能 CD 的时间才对，刚才那 1 秒的过程中，照理说根本不可能完成施法操作！

“怎么回事？”周拾亦皱起了眉，看着好不容易快被磨死的时节雨转眼又再次生龙活虎，有一种吃下奇怪东西的憋屈感。

苏辰杰一直在旁边保证着自家队员的血量，将发生的一切看在眼里，心里一琢磨，最先反应了过来：“前面从尤景的技能频率来看，装备提供的冷却缩减的增益确实不高。但现在看来，之前的情况恐怕只是他在控制节奏故意诱导，就是为了让我们做出错误的数值判断……”

高俊领会过来他话里的含义，脸色顿时有些不好看了：“你是说他在被我贴身缠斗的情况下，不只稳定地保证了自身血量，甚至还有意放慢了施法频率？这是人做的事吗？！”

一想到这种操作背后需要拥有的恐怖计算以及严密的操控能力，他不由缩了下脖子，头皮发麻。

苏辰杰懂得自家队友的心情：“赛场上不可能出现程序错误，裁判组既然没有喊停，那么这就是唯一的解释。认清现实吧，你被耍了。”

高俊泪目："还真是感谢你的直白啊！"

"能把技能的操作运用完美到这个程度的，全联盟恐怕也数不出几个来吧？"震惊过后，苏辰杰不无感慨地道，"不愧是联盟评封的首席牧师。不得不承认，在尤景操作下的繁景缭乱，确实是当之无愧的神级治疗啊……"

"别聊了，都被人绕后了！"周拾亦操作着影剑客一个侧翻，避开了身后的偷袭。

随着炮火的爆炸声结束，前一刻他所处的位置，此时已经赫然被炸出了一个巨大的冰窟窿。

导播将画面拉开到了上帝视角，观众们可以清楚地看到，一直抛弃队友的火壁垒终于完成了火力线的布置，开始了第一轮的炮火轰炸。

一击未中，第二波重型炮弹轰然而至。

高俊在漫天的火力下逃窜得有些狼狈，忍不住叫道："3V3还跟我们玩个人绕后？黑玫的心真大！"

话是这么说着，但此时不得不面对的现实是，在三打二过程中并没有把握时机完成击杀的他们，此时此刻已经完全落入了被动的情势。

苏辰杰的牧师也在中了几发流弹后掉了不少血，忙给自己丢了个小回复术，皱眉问道："周队，现在怎么办？"

周拾亦几乎没有迟疑，当机立断："辰杰找机会对时节雨做一下骚扰。高俊，直接开大招，跟我一起集火繁景缭乱！只要能带走治疗，他们也玩不出什么花来！"

高俊："明白！"

前一刻在炮击的轰炸偷袭下七零八落的三人忽然势头一转，在如雨的炮火之中疾速行进，各自朝两个方向直奔而去。

解说小舞看清形势后不由"咦"了一声："作为治疗，晨曦居然选择去对付时节雨这个召唤师？看起来九天战队是想要集火击杀牧师啊！现在不只是圣骑士，还加上了一个影剑客，被这样左右夹击，繁景缭乱的情况恐怕不妙。"

毛豆点头："很明显九天战队这时是决定要放手一搏了，这场比赛成败的关键，恐怕就看繁景缭乱到底能不能挺过这轮攻势了。"

小舞笑着侧头看了他一眼："那么依你看来，哪队能赢呢？"

毛豆知道她是故意挖坑，乐呵呵地也不计较："尤景虽然是联盟首屈一指的明星选手，但圣骑士对牧师的克制实在太明显了，现在再加上一个周十一郎，恐怕很难撑得过去。你说呢，小舞美女？"

场内的黑玫粉们听到这丧气话顿时嘘声一片，小舞作势清了清嗓子，笑道："我倒觉得不一定。要不我们来打个赌，如果这场是黑玫战队赢了，今天的晚饭就你请了？"

毛豆爽快应道："没问题，成交！"

解说台上和乐融融地下着赌注，场内的局势却已经到了白热化的阶段。

晨曦这个牧师虽说并没有什么实质性的伤害技能，用以辅助的干扰技能倒是点出了很多。几个虚弱、定身、减速等技能轮番甩到时节雨身上，虽然都是零点几秒的"软控技能"（即限制技能，与强制控制的硬控技能相对），在接连使用的情况下，依旧十分有效地限制了对方的行动。

尤景灵活地控制着自己的位移，利用微操技巧接连闪避着面前两人无比密集的攻势，指尖在键盘上各个按键间游离的动作越发迅敏。

他狭长的眼微微眯起，关注着屏幕上角色的动静，忽然眼里的神色一闪，声音在小队语音里清冷沉静地响起："时机差不多了。"

沈常与"嗯"了声，手上的操作并没有停，注意力的重心则是从对面的近战选手身上，转移到了附近看起来一望无垠的冰川上，眼里光色一闪，沉声道："（236，-78）。"

正当全场屏息凝神地关注战局变化的时候，繁景缭乱忽然在周十一郎身上套了个虚弱效果，同时侧身避开了帅破天际的英勇冲击。

尤景的注意力始终落在帅破天际身上，忽然眸色一凛，就在他使用嘲讽技能的瞬间，利用飞跃步脱离了技能的施法范围，朝着火壁垒的方向而去，跟对方拉开了距离。

在嘲讽技能失效后，帅破天际当机立断，也飞速跟着冲了上去，直接朝着繁景缭乱使用了大招灵魂践踏。

他的整个角色在圣光中投射出了一个骑马长啸的影像，周身的铠甲开始闪耀着耀眼的金光。在冲锋的瞬间，将繁景缭乱再次击倒在了地上，在面板上全部数值翻倍提升的 2 秒时间内，飞速地把对方的血量压在了一半以下。

眼见后方周十一郎也飞速赶来，帅破天际将所有击倒技能一个不漏地全甩在了繁景缭乱身上，再没有给他半分起身逃脱的机会。

这样把对方踩在脚下，高俊心里正高兴，然而不经意地一瞥，却看到身上不知道什么时候挂上了一个 1 分钟的致残 DEBUFF。

这是只有牧师的祷告类技能才能产生的持续性 DEBUFF。

他莫名有了一种不好的预感。

就在这个时候，帅破天际的脚底忽然冒出一只黑漆漆的小手一把将他抓在了原地，定身。

周拾亦在小队语音里叫了一声："黑耗子怎么会在这里！"

所谓的"黑耗子"，是大家对召唤师的召唤兽遁地兽的别称，现在场上只有时节雨一个召唤师，罪魁祸首显而易见。

地下莫名钻出的两个遁地兽将帅破天际和周十一郎束缚在了原地，2 秒钟内无法移动，所有的位移技能图标顿时一片灰暗。

就在这时，有一片黑影从天而降，将三个人彻底笼罩在了阴影中……

"这是什么鬼！"高俊惶恐地大叫了起来。

随着他的话落，两枚重型机甲弹伴随着无数的散弹雨轰然坠落。浓重的烟雾随着剧烈的爆炸声响彻了整个场馆，弥漫的硝烟腾起，片刻之后才慢慢散开。原本一片坦途的冰原此时只留下了一个巨大的深窟，周围是密集的炮火过后留下的坑坑洼洼的沟壑，三个人的身影在这一片狼藉的废墟残骸中显得格外突兀。

在遁地兽的流血 DEBUFF 加上两人身上带有的致残效果之下，正中的密集炮轰一瞬间带走了周十一郎所有的血条，只留下了地上一个横躺着的人影。

而另一边，帅破天际即使身为一个大肉盾，在一次性"享受"过重炮手几乎所有技能的洗礼之后，也被炸得只剩下了一丝血皮。

在晨曦急匆匆赶来救援之前，繁景缭乱借用牧师为数不多的伤害技能彻底清空了圣骑士的最后一丝血条。

没有了队友的晨曦无处可逃，在被围攻之下，很快就献出了本场赛事的第三滴血。

这一刻，仿佛整个世界都安静了。

小队赛结束。黑玫战队 VS 九天战队，5 ： 0。

九天战队的比赛间中一片安静，看着失败的字样在灰暗的屏幕上弹出，三个人一脸蒙地坐在椅子上，久久没有回过神来。

不只是他们，因为太过震撼，就连整个会场都陷入了一片诡异的沉默。

刚才的情景像极了世界战争的时候硝烟弥漫的战场，那破天而来的轰炸场面，简直可以说是把赛事提升到了军事演习的高度！

看着屏幕上弹出的黑玫战队获胜的消息，很多人还没有回过神来，依旧沉浸在刚才那天衣无缝、近乎完美的配合之中。

导播切出了最后一刻精彩画面的镜头，解说开始剖析战术的展开方式。

众所周知，重炮手是技能距离最远的输出职业，从某方面而言，在《Zone》的所有职业中，也是伤害最高的存在。正是因为其表现出来的强大，为了平衡，官方在创造这个角色的同时，也为其设置了一个极其致命的缺陷，那就是极差的机动性，以及极不稳定的未知性。

重炮手的战斗必须建立在已经搭建完成炮台的前提下，这大幅度地局限了他使用技能的区域。而所有技能也必须在完成填弹的操作后才可以使用，这就注定在团队赛中重炮手格外依赖队友的保护。

同时，正是由于每个导弹在射击之后，还会根据落点的远近在空中拥有相应的飞行时间，虽然杀伤性极强，却因为严重的技能滞后性而很难命中，因此在对战过程中，多会用于掩护和切割战场。

从导播调出的慢镜头画面来看，很显然火壁垒确实是在第一时间发射了自己全部的炮弹，但让人有些不解的是，在他发射的同时，战场那边依旧战况激烈，甚至没有任何端倪。

直到弹道在空中飞行过 1.5 秒之后，黑玫战队的另外两人才陆续有了动作。

首先时节雨提前一步先后召唤出两个遁地兽做好了埋伏，继而繁景缭乱在成功给两人套上致残 DEBUFF 之后，利用脱围行动将对方诱导到了（236，-78）的坐标点，紧接着借助遁地兽的定身技能将两人束缚在原地，短短半秒之后，准确无误地让帅破天际和周十一郎享受了重炮的洗礼。

“所以，这其实是一个有预谋有计划的陷阱。实在是没想到，这局小队赛居然会以这样的方式结束……本场 MVP 应该会颁给沈常与吧？这样根据炮弹轨道时间来做出精密准确的落点判断，恐怕也只有他能做到了。”看着大屏幕上的回放录像，小舞尽可能语调平静地为观众们做着讲解，心里却激荡不已，这段视频绝对可以编入季前赛十大精彩视频集锦！

在结束详尽的分析后，观众们将视线落在九天战队的选手席位上，不免带上了一些同情。这种输法，实在有种还没开始就突然结束的憋屈感。

在这样异常的氛围里，赛事进入了 5V5 的团队赛环节。

黑玫战队出场阵容为，尤景的牧师“繁景缭乱”，沈常与的召唤师“时节雨”，双胞胎二许的“一鸣见血”跟“一触即发”，以及柳泽绅的圣骑士“择木而栖”。

而九天战队出战的则是周拾亦的影剑客“周十一郎”，赵空明的暗杀者“空白格”，高俊的圣骑士“帅破天际”，袁佳志的战斧斗士“墓志铭”以及苏辰杰的牧师“晨曦”。

两边的阵容大多都是延续了前一场小队赛的选手，连续出战不可避免地会非常考验体能，如何合理分配精力就成了至关重要的一点。

选手致敬后进入比赛席，为自己的设备进行最后的调试。

“前一场的对战状况很是精彩，尤景作为牧师职业的首席选手，在长时间的一对二作战中表现出了强劲的硬实力。但是这种高强度的节奏必然会为选手造成很大的负担，从画面上可以看到我们的尤队正在抓紧时间休息，希望之前的战斗不会给接下来的团队赛带来太大的影响。”

说话间，导播将画面切换到了尤景身上，从这个角度看去，可以看到他靠在椅子上闭目养神，微垂的眼睫透着一丝隐约的疲惫。

沈常与调试好了自己的设备，侧头留意到尤景的神色，不由担心地皱起了眉：“没事吗？”

尤景闻言睁开眼来，平淡地瞥了他一眼，依旧是不咸不淡的语调：“当然。”

沈常与正准备继续问些什么，却见尤景又慢悠悠地坐直了身子。

他的双腿优雅地交叉在身前，在画面上调出文档之后，指尖流畅地敲击着键盘，转眼间一连串字母占满了整个画面。

末了，仿似昭示什么般，一只手随意地搁在椅子的扶手上，就这样侧身看来，唇角微微勾起一抹极淡的弧度。

这一刻，从这人的举止与态度中，沈常与忽然觉得再没有什么好问的了。

4

各队成员陆续加入了相应的小队语音，团队赛正式打响。

也不知道是不是因为小队赛的惨败而留下的阴影，这回的九天战队比有史以来任何时候都要来得直接，一开场就积极地搜寻对方队伍的行踪。

这种直奔对面大本营的豪放作风，引得全场议论纷纷，直到双方碰面之后，九天战队的四个人有如带着仇恨一般直奔繁景缭乱而去，议论顿时成了一片哗然。

看起来，对于上一场没有成功击杀繁景缭乱这件事，九天战队真的很是耿耿于怀啊……

毕竟是正规联赛，这种全队同仇敌忾地选择意气用事，实在可以说得上是百年难得一遇。虽然这样的场面让赛事看起来很不正经，但是却更加激发了观众们看热闹的热情。

在这样混乱的追击下，尤景的操作显得格外地不徐不疾。从导播的镜头中不难看出他凝视着屏幕的专注，灵动的指尖敲击键盘的姿势一如弹奏一首华丽高雅的舞曲，一起一落都显得非常的好看。

在万千人的呼喊声中，林肖坐在人群中凝视着大屏幕上的一举一动，并没有太过注意那吵闹得近乎搞笑的场面，而是将视线锁定在左下角镜头中的那个人身上，眉心渐渐皱起。

尤景的操作看似稳健流畅，但在收尾的时候总有那么一丝不易觉察的颤抖，分毫不差地落入了他的视野中，眼底的深沉渐渐化作了凝重。

黑玫战队在季前赛的现状林肖也了解，虽然很清楚这个时候抢分的必要性，但依旧不能认同现下使用的这种方式——在重大压力下强行加重首席选手负担这种事，在日后的赛事中绝对不能再继续了。

即便掩饰得再好，他依旧看出了这个人看似无波无痕的表象下藏着的，到底是怎样的隐忍。

刚才 3V3 小队赛的作战方式，已经给尤景的手造成了太大的负荷。之后的常规赛还将持续一个半月，林肖虽然并不清楚这人的手伤到底是怎样的情况，但此时至少可以判定，如果要按照眼下的强度撑过整个季前赛，绝对太过乱来。

这份为了造就战队而可能付出的代价，对尤景本身而言，几乎可以说得上是一种赌上未来职业生涯的残忍。

赛场上，随着空白格的失败，九天战队已经彻底落入了被动的局面，不出意料地被黑玫战队逐个击杀，接连拿下五血。

比赛结束，黑玫战队以 10 ∶ 0 的完胜优势，拿下了最终的胜利。

在全场爆发的掌声与欢呼声中，双方选手从比赛间里走出，相互握手致意。

林肖整了整衣衫从椅子上站了起来，在全场粉丝震耳欲聋的呐喊声中，步履艰难地挪动到了门口。回头瞥一眼台上熟悉至极的队服，幽幽叹了口气，踱着步走出了会场。

随着林肖渐走渐远，所有的嘈杂声都被隔断在了身后。

因为对联赛组委会的安排太过了解，林肖在外面溜达了一圈后，就直接锁定了供选手们出入的专用通道。趁着保安不注意，他一偏身溜进了旁边的侧门，确定周围没人后，找了个角落就蹲在了那里。

随着赛事的结束，远远传来沸沸扬扬的声音，显然是观众们开始退场了。

林肖见时间差不多了，慢悠悠地将进场前在路边买来的海报展开，一人高的长度正好将他盖住。这时正巧收到沈常与问他位置的短信，林肖嘴角微微勾起，快速地回了一条："你出来就能看到了。"

消息发出去的时候遥遥听到了走廊上一阵越来越近的脚步声，还听到有人调笑道："沈副队，那里怎么有一张你的海报啊！难不成哪个工作人员是你的粉丝？"

话落，几个高挑的身影陆续走出门外。

沈常与无奈地打断了许一鸣的滔滔不绝，一抬头恰好看到自己那张几乎占据了整张海报的大脸，也是有些失笑。视线微微滑落，在看清海报后面的那人后，嘴角的弧度顿时僵在了那里。

许一鸣此时也已经看到了林肖，嬉皮笑脸的表情顿时一变，扬声叫了起来："他是怎么混进来的！"

林肖感受到落在自己身上的不友好视线，有些无奈地揉了揉散乱的头发。

他当然没忘自己跟这些人之间的"渊源"，但是从现在的情景来看，这些人对他的印象也是出乎意料地深刻啊……

有一道目光夹杂在当中透着一种寒意，他抬眸看去，只见那人面上没有半分多余的表情，一双眸清冷得犹如万年寒冰，清晰分明地让人感受到一种溢于言表的厌恶。

林肖却没有感到半分恼意，反倒是漫不经心地将视线从那张脸上慢慢地掠过，不论从哪个角度看过去，那张脸的轮廓依旧好看得近乎完美。

他的视线就这样自那人发梢开始一点一点地下移，到下颌、到颈、到腰、到腿，再到纤尘不染的鞋。末了，淡淡地勾了勾嘴角。

近看起来，尤景比屏幕上的他显得更加单薄，虽然随意地披着黑玫战队的队服，但这并不影响整个人那种难以接近的高冷气质。眼前这样随便一站，给人的感觉有种说不出的高贵优雅。

这样的对比，让此时站在他跟前的林肖，尤其相形见绌。

“这位帅哥，你是自己离开呢，还是想要我们叫保安来‘送’你离开呢？”柳泽绅脸上的笑容充满善意，如他话中的含义一样友好。

“别啊，我是来找人的！”林肖看着他掏出了手机，忙阻止道。

“我们都知道你是来找人的，我说你这个人到底能不能知道点羞啊！”许一鸣被他这种不当一回事的语调给气得炸毛，下意识拦在了他跟尤景之间，话里透着几分威胁道，“你要是再像上次那么乱来的话，可别怪我不客气了！”

“上次？上次我怎么就乱来了啊？”林肖的语调微微扬起，歪着头作一副想不起来的思考状。

“你上次……”许一鸣的话到底还是没有说完，被许一辰适时地捂住了嘴巴，硬生生给拽到了旁边。

尤景冰冷的语调阴恻恻地响起：“在这里站着做什么，回去了。”

众人只觉得全身一冷，当即不再说话，跟着他往外走去。

尤景没有再看林肖，旁若无人地从跟前走过，仿佛这个人根本不存在一样。然而就在擦身而过的瞬间，忽然有只手突兀地握上了他的左手腕。

感受到手腕上的微热温度，尤景的步子骤然一顿，无波的语调里含上了一层威胁：“放手。”

奈何林肖在这样低沉的气压下仿佛毫无自知，手上的力量反而默默加重了起来。微微俯身到了他的跟前，用低得只有两人可以听到的声音，散散地擦过耳旁：“尤队，不要以为热敷就够了，必要的时候一定记得要去上点伤药啊……”

在他的话语下，尤景眸底的神色微微一晃，侧首看去，视线恰好在这一瞬触上对方的眼睛，只看到那满眼浓郁散漫的笑里，透着极度的真诚。

然而这种真诚，让尤景感到厌恶。

唇齿微启，尤景吐字清晰，声音里的寒意越发浓郁：“滚。”

“为什么叫我滚？”林肖被他这不识好人心的举动弄得有些哑然，语调也不由挑高了起来。不过，他还来不及进一步解释，便见对方的脚忽然一抬，就这样毫不留情地径直踹来。

林肖吓了一跳，慌忙往后连跳几步避开偷袭，语调也不满了起来：“别以为你长得好看我就不敢打你啊！”

闻言，旁人的脸色顿时都是一黑。

然而林肖说着，又扬起手上的海报在跟前晃了晃：“我知道你不待见我，但你好歹对自家战队的粉丝温柔一点吧，要不要这么狠啊！”

“最后说一次，离我远点。”尤景冷冷地扫了他一眼，径自转身走了。

几乎在同一时刻，其他几人下意识地往前拦了几步，彻底断绝了他追上去死缠烂打的机会。

林肖看着那背影越走越远，再瞅瞅跟前这一个个如临大敌的样子，无奈地叹了口气，莫名有些为日后同一屋檐下的生活感到发愁。照现在的情形看起来，等他日后进了战队，怎样跟队长相处，恐怕会是个十分复杂的课题啊……

许一鸣张开双臂挡在最前面，直到尤景走远了，默默瞥过一眼海报上沈常与的那张大脸，终于忍不住吐槽：“我说你，自认是粉丝就专业点，居然连海报都可以带错。”

林肖正准备将海报卷起，闻言动作一顿，就又“哗啦”一声展开在了众人的跟前，指着不远处的沈常与，他挑了挑眉，道：“谁说我带错了，我今天本来就是来找沈大大的啊。”

而沈常与则在四面八方笼罩来的视线中，彻底僵硬在了原地。

林肖朝他露出了一抹笑来：“沈大大，我说得没错吧，你出来就能看到我了。”

沈常与在漫长的沉默之后，语调不明地“嗯”了一声。

两人之间的互动让其他人感到一片愕然，不由面面相觑，一时间有些适应不过来剧情的转变——这个之前对自家队长纠缠不休的粉丝，怎么忽然一副跟自家副队很熟的样子了？

没见过大场面的秦磊最先憋不住了，转着头在两人之间来回看了好几圈，弱弱地问道：“沈副队，这到底是怎么回事啊？”

“对啊，这到底怎么回事啊！这人突然转粉了？”许一鸣觉得自己的脑子有些不够用。

“副队之前说有约的对象，该不会就是他吧？”之前一直沉默不语的许一辰忽然道。

“副队，你认识他？”柳泽绅话里的“认识”显然并不是跟其他人想的那样只有一面之缘的意思。

你一言我一语的提问终于让沈常与回过神来，他顿了一会儿，声音里听不出太多情绪:“我有些事要跟他说，你们先回酒店吧，不用等我了。”

说完，也不再对那些问题做出解释。

许一鸣显然憋得难受，但在许一辰的强拽硬拖下依旧一步三回头地走了。

柳泽绅走在最后面，临走时深深地看了两人一眼，最后交代道:“早点回来。”

林肖看着几人一副放心不下的样子，难免感到有些好笑。直到身影都彻底消失在了转角，这才转回了身子，对上了那道自刚才起就一直落在身上的视线。

他微微侧了下头，勾起了嘴角："我说，别这么看我啊！事先申明，上次跟尤景发生碰撞的那个人，可不是我！”

沈常与被他噎了一下，神色有些复杂："我知道不是你……”

林肖把海报搁到了旁边，忽然朝他张开了手臂，笑了起来："那么，这么久没见，要不要先来个拥抱？”

沈常与微愣，片刻后忽然大步向前，用紧紧的拥抱表达了自己内心如同惊涛骇浪的复杂情绪。

林肖拍了拍他的后背，嘴角的笑在此时比任何时候更要来得简单而灿烂："虽然已经说过了，但忍不住还是想说，沈副队，我回来了。”

这样的话语落入耳中令人百感交集，沈常与的嘴角终于勾起了一抹温和的弧度："欢迎回来。”

CHAPTER 04

双向试探

1

两人之间虽然有很多话需要说，但都默契地选择了暂且不提。

林肖本想在附近找一家饭馆，结果沈常与却坚持要去他现在住的地方看看，不得不买来帽子口罩把他捂得个严严实实后，一路做贼一样地回去了。

在楼下随便买了两份炒米线，就一起上了楼。

林肖现在住的地方是一个老旧的单身公寓，一室一厅一卫的结构，在过道的地方随便放个灶子就可以当厨房用的那种，难免有些寒酸。

林肖将米线搁在桌子上，一抬头见沈常与格外沉默，不由问："怎么了？"

沈常与皱了皱眉："林队你就住在这样的地方？"

林肖顺着他的视线往周围看了一圈，耸了耸肩，将筷子递到了他手里："简单干净，一目了然，除了乱一点不都挺好的吗？想想当年我们住过的仓库，这都不知道好上了多少倍。"

沈常与没有接话，扒了几口米线，只觉得索然无味。过了片刻，忽然抬起头问："要不明天你跟我回 H 市吧，如果是我举荐的话，李经理应该会破格让你直接进队。"

林肖想都没想就直接拒绝了："现在还不是时候。"

沈常与脱口问道："为什么？"

林肖看了他一眼，道："首先，回归联盟的话，我想继续使用'鬼萌萌'那个号，但现在装备库有些缺乏，还不足以应对职业赛场。然后，就是我现在的这个身份……"他没有继续说下去，眼里的神色带上了几分意味深长。

话说到这里，沈常与自然也已经明白了。

当时"林肖"在粉丝见面会上的所作所为实在容易引起误会，今天突然跟这个在队友们眼里如同敌人的人成了"朋友"，他回去后已经注定要被审问一番，如果真要直接带去俱乐部引荐入战队，估计还真的是……

什么身份回来不好，为什么偏偏成了这个人呢……沈常与只觉得头大，深深地叹了一口气："那么，你准备什么时候归队？"

林肖留意到他下意识使用的"归队"这个词，嘴角不由微微地勾了起来，一边大口大口地吃着米线，一边漫不经心地问："新手训练营那边，下一次纳新是什么时候？"

沈常与道："大概半个月后吧。"

林肖点头："那够我到天梯一阶了。"

沈常与留意到他话里的含义，诧异道："林队，你准备去新手训练营？"

林肖解释道："不管怎么样，俱乐部招人都有一定的流程，虽然你的推荐确实有效，但难免会造成一些不必要的麻烦。到时候我自然有办法进训练营去，以我的水平想要脱颖而出，应该并不难吧？"

说到最后一句的时候，他的语调悠悠扬起，微侧着头看来，嘴角勾起的一抹弧度，透着一种不容置疑的自信。

沈常与一愣之后，也温和地笑了起来："当然。"

两人一边吃着饭，林肖一边询问着国内电竞的现状，随口问过当年的几位老朋友的情况后，不由有些感慨："所以说，张宣年现在是各大战队抢破头的王牌教练，葛翰甚至混进了联盟的组委会？都出息了啊！”

沈常与道：“大多老选手退役后去各平台做了主播，除了个别彻底告别联盟的，其他大多依旧在从事电竞相关的行业。”

“想不到现在在家玩游戏都当工作了，啧啧。”林肖不由赞叹了一下，语调忽然一转，“所以，直播真的很赚钱吗？”

沈常与噎了一下，迟疑道：“应该……很赚吧？林队你现在很缺钱吗？你缺的话，其实我这还有些存款，你看……”

房子的陈旧情况，不得不让人往这方面做猜想，要不，怎么第一反应就是赚不赚钱呢？他不由开始考虑，是不是有必要出资接济一下自己的队长大人。

“不不不，我就随便问问，才没有缺钱！啊哈哈！”开玩笑，作为老前辈他怎么可以花自家孩子的积蓄呢？林肖摆了摆手，当即把话锋又收了回来，正经道，“听你刚才说的意思，当年很大一批老选手已经退役了，除了当时的那些新秀，只有老阎还在继续坚持了是吗？”

沈常与点头：“阎队很值得人敬佩。他当时在记者会上说，我们国内的战队在当年的世界联赛之后，还欠国内的电竞粉们一个冠军奖杯，在此之前，他不会选择退役。”

提到阎独舟，林肖也不由叹了口气：“真是固执，偶尔服下老又有什么关系呢。”

算起来，这个男人今年也已经有二十八岁了吧？虽然大多数选手退役后依旧进行着电竞相关的工作，但跟阎独舟的坚持比起来，总让人感到有些唏嘘。这个时候就算林肖自己扪心自问，如果是已经到二十七岁的他还会不会如这个男人一样选择坚持，老实说，他也不敢肯定……

当年黑玫战队的夺冠虽然促进了国内电竞行业的发展，但也为选手们带来了巨大的压力。

在之前的五年时间内，与国内发展态势形成鲜明对比的，是电竞行业在国际领域停滞不前的尴尬局面。别说冠军，最好的成绩也就只进入过四强赛，甚至连半决赛都不曾进过。在媒体舆论的连番质疑下，每一位职业选手的担子都很重，更何况被寄万千希望于一身的阎独舟了。

林肖道："不过，对于老阎这种国家荣誉感格外爆棚的人来说，老喜欢把责任往自己身上扛，压力确实很大。"

沈常与道："阎队要是知道你回来了，一定会很高兴。"

当年的阎王和老鬼是战场上的死对头，战场下的挚友，两人就像无数影片中那样英雄之间惺惺相惜，关系看起来很复杂，实则很纯粹。

林肖笑了笑："不着急，等我拿着鬼萌萌这个账号回联盟的时候，他自然会知道的。"

沈常与想起了一周前自己的感受，忍不住对毫不知情的阎队感到同情："……倒不叫惊喜，恐怕该叫惊吓了吧？"

吃完饭后两人把桌子收拾了一下，沈常与一眼瞥见了摆在房间里面的电脑，打开后摆弄了一会儿，眉头就皱了起来："林队，这么破的设备怎么不换掉？鼠标和键盘的灵敏度都那么差，不会觉得很影响发挥吗？"

"不会啊，技术到了一定层面，用什么都一样虐菜。"林肖才不会当着自己老搭档的面承认自己穷，懒洋洋地靠在沙发上面，回答得脸不红心不跳。

沈常与翻了翻鬼萌萌这个账号的装备库，不由无奈："这号到底是有多久没玩了啊？仓库里的东西摆出去可以办古董博物馆了吧？"

"你懂什么，里面还有好多绝版装备，放现在可都是宝贝。"放眼现在，联盟里恐怕没人敢和沈常与说"你懂什么"这四个字，但是在林肖这里却是说得格外地顺口。

瞥了眼电脑前认真摆弄着的背影，沉默片刻后，林肖忽然开口道："今天的比赛打得不错。"

沈常与闻言，手上的动作停了下来，满脸认真地转过了身。

每当林肖说这句话的时候，往往还有下文，这样虚心听取是当年留下来的习惯，直到现在已经过了那么久，依旧犹如条件反射般做得这样自然至极。

林肖从沙发上坐了起来，看着他，难得收敛起了脸上散漫的神色："不过，今天这种强度过高的战术，以后还是别用的好。关于尤景手伤的事，可不能再由他自己乱来了。”

尤景的手伤一直都瞒着其他队员，除了沈常与，就只有负责战队的经理李博川知道。沈常与没想到林肖居然从观战中就发现了这件事。

“但说实话，你家尤队从长相到技术都没得说，就是脾气实在是差了点。当时我只是好心提醒他回去记得好好敷药，谁知道他居然想要踹我！”

“可能有些误会。”沈常与不由失笑，末了，认真地应道，“刚才说的我都知道了，回去后就去做战术调整，今天这种强度的对战策略，不会再有第二次了。”

林肖满意地拍了拍他的肩膀，语调里颇有一股自家孩子长大成人一般的欣慰，满是感慨：“小沈，你现在都已经是个非常可靠的副队了。”

沈常与：“……”

林肖一如既往地欣赏他无语的样子，朝他露出一抹笑来：“这几年，辛苦你了。”

这一回，沈常与的嘴角微微动了动，百感交集下摇了摇头：“应该的。”

林肖掏出烟来，抽出一根递去，见对方拒绝，笑着叼到了嘴上：“真没想到，这么多年了，你居然还没有学会抽烟。”

沈常与道：“有段时间抽过，后来还是戒了。”

林肖没有问他那时候为什么会开始抽烟，吸上一口后缓缓地吐出烟雾，忽然记起一件事来：“话说回来，我今天在赛场看到陈安琪了。”

沈常与：“……”

林肖笑眯眯地看着他：“你说她买票看比赛是为了谁呢？没记错的话，当年在联盟里，她可最喜欢盯着你下‘诅咒’，简直惨不忍睹啊，啧啧……”

沈常与仿佛回忆起了什么不堪的往事，脸色顿时透出几分痛苦：“林队，我们能不提这些吗？”

林肖看着他这样的表情，不由得愉悦起来，瞅了眼墙上的时钟，道：“得，已经九点多了，我送你下楼吧。今天的比赛辛苦了，早点回去休息。”

楼梯口的灯光有些昏暗，两人到了楼下，沈常与看着跟前这人显得有些模糊的轮廓，说不出是什么滋味。

林肖站在光线中间，一只手插着裤子，另一只手朝他挥了挥，道："下个月俱乐部见。"

沈常与对上那双含笑的眼睛，也挥手道："我等你。"

随着出租车的开动，那人的身影越来越远，最终撤出了视线。

虽然沈常与的心里难免会有不舍，但今天已经得到了足够让他满足的答案，半个月的时间并不久，相信很快就可以再次见面了。

到酒店的时候，已经差不多快十点了。

沈常与本以为大家已经休息了，结果一推门进去，被满满当当的一房间人给吓了一跳。仔细一看，除了尤景之外几乎全员到齐，看这情形，倒像是故意不睡在这里守着他的。

沈常与无语："刚打了一场比赛，你们还真是好精力啊……"

柳泽绅朝他露出了一抹诡异的微笑来："沈副队，我们还不都是为了等你吗？"

许一鸣看向沈常与，满脸质问："副队你快告诉我，你跟那个奇怪的粉丝到底是怎么回事吧？你要不跟我说，我估计今晚都睡不着觉。"

秦磊没有说话，坐在旁边的床脚上，默默地点头表示认同。

"真是败给你们了……"沈常与不知道还能说什么，但关于他跟林肖的事实在不怎么好解释，思考了许久才想出个可以说得过去的理由来，从某方面来说，又确实是他的初衷，"林……林肖的技术很强，我今天约他见面，本意是想要借机邀请他加入战队。"

话音落下，整个房间诡异地安静了好一阵，许一鸣的一声大喊率先打破尴尬的氛围："沈副队你疯了吧！把那个人加进战队？尤队一定会先弄死你，然后再分分钟弄死他的！"

在场的人不由想象了一下尤景在俱乐部里看到这位铁粉的情景，莫名感到仿佛有一层寒冰霍然笼上全身，纷纷打了个寒战。

秦磊默默抬头，嘟囔了一句："前辈，空调温度是不是打得有些太低了？忽然感觉好冷呢……"

柳泽绅拿着遥控器随手调高了几度，依旧赖在靠枕上没有起身，微微皱起了眉头，问："你是认真的？"

沈常与点头："认真的，不过对方已经拒绝了。"

许一鸣一口气没接上来，猛烈地咳嗽了几声："拒绝？！沈副队，今天你拿门缝挤他脑袋了吗？他凭什么拒绝？"

秦磊暗暗拉了下他的衣角："前辈，怎么听起来你像是很想他加入的样子啊？"

"谁说的！"许一鸣瞪了他一眼，但琢磨了下自己刚才的话确实有些不妥，干脆闭了嘴。

沈常与清了清嗓子，暗自思考怎么解释："其实……他也不是你们认为的那样……"

许一辰不徐不疾地开口，打断了他的话："跟踪、寄些快递以及粉丝会现场试图对队长做出的过激行为？"

沈常与不说话了，心里不由地想：林队，看情况日后你只能自求多福了。

好在因为林肖的拒绝，这个话题自此打住也没有再继续深入下去。

直到十一点才将全部人都送出房间，关上门的瞬间，沈常与前所未有地感受到了一种虚脱感。

回头看了眼无聊地看着电视的柳泽绅，他从行李箱中翻出一沓文档丢了过去："我去洗个澡你先考虑着，等会儿我们重新制定一下对战策略，之后的所有作战模式估计都需要推翻重来。"

说完，他也不看对方目瞪口呆的模样，走进了浴室。

隔着门，依旧可以听到这位绅士难得失态的叫声："全部修改？你疯了吧！"

2

林肖送走沈常与之后，当即就投身到了天梯的1V1对战当中。

接连几天的不眠不休之后，终于一口气把段位从四阶成功提升到了二阶，自此也算是跻身天梯排名靠前的高手行列。

转眼间又赢了一局，林肖看着自己的连胜战绩颇是满意，有些疲惫地打了个哈欠，一抬头见弹出一条好友申请，没看一眼就随手关闭了。

他最近在天梯的表现有些狠，以至于经常会遇到一些技不如人就骂人的喷子，往往会选择屏蔽对方的所有喊话。奈何有的人气不过，非得要在结束对战后继续加好友接着骂。

每每碰到这种人，林肖就会在爆发手速完成一秒十喷的壮举之后，不给对方任何反应机会直接拉黑。

一来二去玩厌了这种无聊的事，就变成了现在这种看都不看直接拒绝好友申请的情况。

这回被拒绝的 ID 叫“时空缝隙”，职业：祭祀。

如果是别人，恐怕对这个名字都不会感到陌生，可惜，刚巧遇上了不了解领域现状的林肖。

这边毫不在意地拒绝了，电脑另一边的七星战队选手宿舍里，蒋时启此时显得格外地不淡定：“居然拒绝了我的好友申请？”

虽然他是今年刚加入电竞联盟的，但好歹也是一位职业选手，更何况在此之前也是风靡一时的路人高手，多是被人想方设法地讨好，这样不被当一回事倒还真是头一次遇到。

“也许人家还真就不认识你呢？”同宿舍的唐谦刚好倒完水回来，走过来瞥了一眼屏幕，发现是个陌生的 ID，“咦，这名字没见过啊，刚上二阶的？”

“嘁，谁知道呢！也许是瞎猫碰上死耗子，运气好给挤上来的，说不定过上几天就又得被人挤回去了。”蒋时启不以为意地说着，随手在战斗信息里面点开了对方的对战记录，顿时整个人愣在了那里。他不确定地揉了揉眼睛，看到的却依旧是那一排全胜的战绩。

他握着鼠标的手抖了一下，往前面继续翻去，越翻脸色越凝重。拖到最后一页见依旧没有一场败绩，一个没忍住，差点就把鼠标直接给丢了出去：“三页全胜？骗人的吧！”

站在他身后的唐谦把一切都看在了眼里，面上也是不相信的神色，却依旧不忘调侃自己的队友：“我说，看来对面赢你靠的是实力啊，可不像你说的是什么运气。”

蒋时启嘴角抽了一下，却又想不出辩驳的话来，毕竟这样的战绩至少他没办法保证打得出来。盯着屏幕看了半天，他皱眉道：“虽然不是一阶的段位，但这胜率实在是有些吓人啊！你说，会不会是哪个选手的小号？”

唐谦用看傻瓜的眼神瞥了他一眼：“现在是联赛期间，你觉得会有哪个职业选手有空到游戏里练小号？”

蒋时启被噎了一下：“如果不是职业选手的话，要不要告诉队长？如果能挖进战队的话，指不定会是块宝呢！”

唐谦看着屏幕上的角色信息沉默了一会儿，道：“这人现在是黑色黎明公会的，还说不好到底跟黑玫战队有没有关系，先放着观望一阵子吧。眼下一切以联赛为重，队里也没太多精力去关注别的事情。”

蒋时启点头:“行。我把这份对战记录保存一下，回头再留意留意。”

与此同时，林肖倒了杯水后又坐回了电脑前面，并不知道自己想要借用战绩来吸引战队的策略，居然这么快就有了成效。他慢悠悠地敲了下鼠标，进入下一场对战的排队队列当中。

随着匹配完成，备战界面弹出，对战的敌对方角色 ID“山大王”也出现在了屏幕上。

与此同时，GY 直播的 1001 号房间里，频道主播的屏幕上也向观众们播放着一模一样的画面。

这个时候的小猴爷比任何时候都要安静。

确切地说，他前一刻还在聒噪地跟人吹牛，但在看到对面那个 ID 的一瞬间，却像吃了哑巴药一样，半天没说出一句话来。

这奇怪的变化让观众们一脸蒙，却见他在禁用地图环节开始的瞬间，飞速禁用了“荒野森林”，很多人见状立即刷上了屏：

“这种常禁地图这么着急禁掉做什么啊！”

“怎么感觉我猴忽然胆小了啊！”

“对面是个鬼道士啊！ 6666,我猴是不是想起什么不好的回忆来了，抱抱给安慰。”

……

小猴爷看着弹幕，心里是有苦难言。

刚才看到这个人进对战频道的时候简直是惊吓。才多久的工夫啊，这人居然就已经冲上二阶来了？之前扮猪吃猴子也不该这么快吧！

更郁闷的是，好死不死居然又在他直播的时候给碰到了，真是冤家路窄！

要知道，天梯段位的二阶和三阶之间虽然只相差了一段阶位，却是水平分层格外明显的一个分水岭。就算是二阶积分垫底的段位守门员，到三阶里去对战，基本上都可以做到强势压制。现在看对方鬼道士的积分，显然并不像是刚完成晋升的样子，既然可以做到稳定地在二阶战区里保持一定的分数比例，那就说明对方从一开始，就是一位深藏不露的高手。

一想到当初自己居然用陆大厨的角色拿他做教学道具，小猴爷就感到一阵复杂的情绪。

说恨吧，有那么一点，人家从某方面而言还是捧红他的恩人之一；说爱吧，要让他去爱这么一个抡着棍子把他往死里打的鬼道士？他又不是自虐狂！

抱着这种复杂的情绪，随着游戏导入的完成，ID 为“山大王”的战斧斗士出现在了蓝色方复活点。

从职业构成而言，战斧斗士在 1V1 对战中对付远程并没有什么特别大的优势，但同样地，远程职业要想打死一个仅比圣骑士的血防稍低的半肉近战，也并不是一件容易的事。

小猴爷吃了上次的亏，这回可没有再掉以轻心，配置装备的时候格外多了个心眼。

他把全身上下所有部位都配置了带有回血属性的装备，加上对魔防的极限培养堆砌，与其说是进行 PVP 对战，倒让人怀疑他是某个 PVE 副本团准备打魔法输出的强力 MT。

这种配装方式毫无疑问是胆小到极点的表现，抛弃了所有输出，简直一副“我压根没准备杀你但你也绝对杀不死我”的套路，不论谁遇到都能被恶心到。

直播间里的不少观众自然也已经发现了他这种套路，但还没等到讨伐声响起，就已经被更多的弹幕给覆盖了过去：

“快！快看对面角色！告诉我，都看到了什么！”

“小红帽？鬼道士？正太？！”

“是那个吗？是那个吗！是那个视频里的他吗？告诉我，是他吗？”

“居然从十阶一路追杀到了二阶？这到底是宿命的安排，还是命运的捉弄？”

……

一时间，居然没有人再去关注山大王的出装问题了，甚至这样格外利于延长对战节奏的装备搭配，更让直播间陷入一种“我就静静地看着你们相爱相杀”的和乐融融的氛围中。

对战的地图是“大漠迷城”，远近的黄沙漫天翻涌，使整片视野格外迷离。

这张地图最大的特点就是视距极短，加上不时会有方向随机的沙漠龙卷风席卷而来，给战斗过程增加了很多未知性。

疑似视频里的小红帽本尊出现的消息不胫而走，在众人的争相转告之后，直播间里的观战人数一路飙升，短时间内又增加了一万人。

对战正式开始，这一回，两人都没有采用迂回的方式。在这个地图里，是否绕后其实都一样，只要两人一碰面，几乎都是见面就打的策略。更何况现在打的是1V1个人对战，并不存在队友们埋伏配合之类的策应战术，两人甚至连古城都懒得进了，直接在浩瀚的沙漠中央开战。

林肖简单的几下技能试探，观察到对方掉血幅度以及回血速度的怪异，大致已经推算出了对方的出装，不由得被恶心了一下，这套路脏啊！

他微微皱了下眉，手上的操作未停，心里先有了主意，一时间简直是把自己当成了一个近战角色，甚至直接贴上了战斧斗士开始了肉搏。

时间不知不觉过去，山大王的血条依旧一副纹丝不动的样子。

相比林肖的攻击力不足，小猴爷这回可打得开心很多。即便这样的出装再没有输出，但对方是个脆皮，多少都会掉上一点血的，这就有希望看到胜利的曙光。

要说唯一让他有些郁闷的，恐怕就要属对方的走位了，鬼萌萌仿佛永远可以预判到他下一步举动的意识走位，每一次微操都让他在对战过程中有种束手束脚的感觉。

本以为二十分钟可以轻松磨光对方的气血，不料直到三十分钟之后，才勉强消耗掉了对方三分之一的血量。照这个速度下去，要先获得第一滴血，恐怕起码还要一个小时，再然后还需要拿下二杀……

这样一想，小猴爷就感到格外痛苦。

直播间里，观众们一个个都等着看好戏呢，谁料双方打了半天也没见什么实质性的消耗，顿时郁闷了起来。

就在这个时候，鬼萌萌的法杖忽然一闪。随着技能施放，从地下冒出了几只干尸的枯手，将山大王牢牢抓住，禁锢在了原地。

只是 2 秒时间的软控技能，小猴爷本来压根没放在心上，一边看着对方已经被磨掉一半的血量有些沾沾自喜，一边正准备等身上的控制一结束就冲上去继续缠斗，谁料却见对方没有任何进一步的操作，反而干脆利落地转身就跑。小猴爷没看懂对方的套路，顿时有些发愣。

然而，眼前的骤变很快就给了他答案。

就在离山大王 20 米的沙丘上，黄沙开始极不安分地攒动起来。紧接着，一层数丈高的风暴卷着沙土蓦然腾起。

山大王的视野在漫天黄沙席卷而上的瞬间彻底丢失，连带着整个屏幕都在天旋地转地晃动，战斧斗士就在龙卷风的裹挟下飞上了天……

直到风暴即将过去，小猴爷本准备在重新落地时借用技能推力去抵消坠力，然而就在准备使用技能的时候发现，一整片的技能图像都处在灰暗状态——被人提前算准落点位置，禁言了。

小猴爷心里凄然，也只能默默地松开了双手。他堆的一身魔抗根本不抵撞击力，从那么高的地方摔下来，压根没有生还可能。

【系统】FIRST BLOOD！

生无可恋地看着灰白的屏幕，小猴爷等倒计时结束后回了复活点，再次态度积极地踏上了黄沙遍野的漫漫征途。

从上次在“荒野森林”被完虐，再到刚才那轮的智商压制，他感到自己已经几乎麻木了。

很快，又到了刚才两人对战的地方。

小猴爷还没来得及冲上去，地图上忽然跳出一句话来。

【地图】鬼萌萌：你是不是就是那个什么平台的主播猴子啊？

小猴爷看到这句话的时候顿时精神一振，只感到自己的面子仿佛在被认出真身的一刻又回来了，所有萎靡的情绪顿时烟消云散。也不在乎对方根本看不到，他回话的时候下意识挺直了自己的背脊，气派十足。

【地图】山大王：没错！我就是GY直播间1001频道的第一主播小猴爷是也！

过了一会儿，正当他以为自己的名头震慑到了对方时，鬼萌萌终于回话了："厉害！"

小猴爷瞅着这两个字只觉得是一种嘲讽，一口气憋在胸口，却因为当着数万直播观众的面，只能硬着头皮继续装："怎么样，怕了吧？怕了就GG啊！投降不杀！"

好端端的一场对决变成现在这样两个人面对面聊天的场面，也实在是挺逗的。

他操作着山大王在原地装腔作势地来回走了几步，刚准备再说些什么，却因为对方后面说的话而手指一抖，战斧斗士就格外滑稽地在原地空放了几个技能，看起来像是做了一套广播体操。

【地图】鬼萌萌：投降？好啊！

然后就真的出现了两个字"GG"。

不只是小猴爷，整个直播间的观众在发现系统宣告游戏结束后，都震惊了，居然结束得这么草率？！

然而一切既成定局，从对战地图出来回归到大厅界面，所有人只感到一片风中凌乱。

小猴爷看着屏幕发着呆，显然没有反应过来到底发生了什么事。

难道对方真的被自己吓怕了？说GG就GG？这局开始的时候压根没想过会是这种结局啊！

正当他百思不得其解的时候，屏幕上弹出了鬼萌萌的好友申请。

小猴爷点下确认后，很快就收到了一条对方的消息。

鬼萌萌：主播大大，你看我都满足你GG了，你是不是也应该满足一下我小小的愿望啊？

这还在直播呢，怎么搞得像自己收买了鬼萌萌演戏一样呢？！

顶着上万双眼睛的注视，小猴爷回道："真是谢谢你了啊！"

鬼萌萌：听说你们平时都有给一些出品方卖视频录像什么的，能不能也推荐一条财路给我呢？

小猴爷在看到这句话的瞬间关闭了直播通道。

没勇气去看一片黑屏中观众们疯狂刷弹幕的直播间，小猴爷深吸了一口气，终于控制住了理智的最后一根弦：“我说这位哥们，看在我们有缘的分上，推荐也不是什么大问题。就是不知道你还记不记得十阶的时候，跟你对战过的一个叫陆大厨的召唤师呢？”

林肖想了一会儿，并没有想起来，于是回道：“当然记得。原来是你啊？我们果然很有缘！”

小猴爷沉默了一下：“不管怎么样，你也算帮过我，这回我就帮你了，最近阿行那边需要一些 3V3 的对战素材，你看你能弄组排录像不？”

林肖回道：3V3 啊？简单！就是不知道价格怎么样啊？

小猴爷无奈地回复：“价格你放心，绝对业内良心价！别打十阶的来充数啊，起码也要三阶对战以上的……”

林肖满意地给小猴爷回了句“等我消息”，就翻好友列表去了。

3

之所以能对“山大王”有印象，是因为在之前受到沈常与的启发后，他也确实有专门去研究过主播这个“赚钱”的行业。奈何，积累人气原本就是个漫长的过程，于是他就把注意力投到了那些网站上人气火爆的热门视频上。这不正愁没有熟悉行情的人了解情况呢，刚好就在天梯遇主播了。

卖录像素材，一边可以养号，一边可以赚钱，一举两得。

林肖好友列表里的人并不多，扫了一眼后，先给空闲状态的笑苍穹发了一条消息过去：“兄弟，组队玩 3V3 吗？”

两人自从加了好友后其实一直没再说过话，毕竟在公会战中把对面血虐过，这种好友关系多少有些尴尬。

然而第一条消息就这样莫名其妙地被问要不要打组排，笑苍穹的回复则显得格外干脆：“打。”

林肖笑了笑，他就是喜欢这么直来直去的汉子。

那么现在两个输出都有了,就只少一个奶妈了。关于最后一位人选,倒确实让林肖有点犯愁。左思右想,要不去找帮派里的那位绒绒猫?奈何人家好像非常不待见他的样子啊……

正想着,好友列表上忽然亮起了一个头像。

林肖看着哈喽凯蒂这个一直没再上过线的 ID,想都没想,当即发了一条消息过去:“哈喽妹子,好久不见!打不打 3V3 组排啊?”

哈喽凯蒂:可以。带我躺赢。

组排的成员就这样正式确定了下来,就阵容而言,林肖可以说是非常满意。笑苍穹的实力就不用说了,毕竟是“路人王”,这个称号可不是谁都可以拿到的,至于哈喽凯蒂——她躺赢得开心就好。

如果说有笑苍穹在保驾护航,还带不动一个妹子上分的话,他以后怕也没脸继续出来混了。

为了保险起见,关于打 3V3 组排的真实目的,林肖坦白地先跟两人交了个底,末了还特意真诚地补充了一句:“如果可以合作的话,视频素材卖出去的钱,绝对平分。”

最先回话的是笑苍穹,看着消息框里他的话,就可以让人脑补出他对这种小钱不屑一顾的神色:“打就打,哪那么多破事。一个视频才值几个钱,真卖出去你自己留着就行,反正我用不上。”

接着的是哈喽凯蒂的回复,言简意赅:“随便。”

好队友啊!林肖欣慰,利索地创建了一个新的 3V3 战队,就将两个人加为队员后发去了语音频道的邀请。

林肖对进频道后就一直没有说话的哈喽凯蒂问道:“妹子在吗?在就说句话。”

还是没人吱声,屏幕下方的聊天栏上则是出现了两个字:“没麦。”

“没事,能听到就行。”林肖只当是姑娘在陌生人面前害羞了,也就没强求,“那么,我们现在就开始吗?”

笑苍穹:“闲着也是闲着,开呗。”

哈喽凯蒂:开。

组队模式创建完毕,林肖邀请两人加入。接着进入排队队列开始匹配对手。

因为是新成立的战队，按照默认的基础段位分，匹配到的是七阶的对手。

预备阶段结束后开始导入地图，笑苍穹在小队语音频道问道：“等会儿准备怎么打？”

林肖跷着一条腿靠在椅子上，小憩中的他，眼睛有些懒得睁开：“随便打吧，谁都一样，反正到时候我们两人各挑一个杀就行。”

虽然这无所谓的态度实在很欠扁，但笑苍穹也没法反驳。他很清楚对方的水平比自己只高不低，在这种七阶的小队赛里，有这种实力还要去矫情地计较战术，听起来确实有点扯。想了想，忽然有了个提议：“要不比比谁先拿下一血？”

林肖知道他对公会战中的败局一直耿耿于怀，对这个提议倒也有了几分兴趣：“这么玩就感觉有意思多了。”

于是，当所有角色在地图上刷新出来后，鬼萌萌和笑苍穹二话不说就直接朝对面的阵营冲了出去。

可怜对面的人在毫不知情的情况下，莫名就成了两个家伙比赛用的道具。

这回林肖并没有走咒鬼路线，而是选择了暴力输出的血鬼。在装备选择上，则是堆的极限法术伤害，另外还特意选择了法术回血属性增益。

面对这种低端局，他的想法很简单，那就是速战速决，只有这样才能更好地提高上分的效率。

对比两人的积极奋进，哈喽凯蒂则是在复活点站了一会儿后，好像才刚刚回过神来的样子，慢悠悠地往营地外头走去，完全一副事不关己的态度。

在黑玫战队的选手宿舍里，尤景一身宽松的 T 恤，刚洗完澡的头发还没完全吹干，不时有水珠自侧颊滑至脖颈，精致的锁骨也因此带上了些许濡湿的气息。

他的左手因为敷过药的缘故，散发着一层浅浅的药香味。右手敲击着鼠标操控哈喽凯蒂的行动，不徐不疾。直到角色的视野里终于出现了双方缠斗在一起的画面，他选了一片不易被人发现的灌木丛，就停下来没有再继续行进。

虽然之前在公会战里鬼萌萌的表现确实可圈可点，但毕竟对战的人水平太过参差不齐，并不足以达到评判的标准。

当时向叶经理要来这个账号，尤景本意就是想要借身份的掩饰来对这人做进一步的观察。如果这个组排战队真的可以一路进行下去，进了二阶之后，倒会是很好的观察机会。当然，要在一人“缺席”的情况下一路晋级到二阶，这种在别人眼里近乎苛刻的要求，在尤景看来却不过只是一个入门级的试金石罢了。

打斗的场面显得有些眼花缭乱，他的视线始终锁定在那个黑红相间的娇小人影上，带着几分评估，更多的是对他每一个细微操作的静默审视。

然而，实力差距过大，即便是二打三，场上依旧呈现出了一面倒的趋势。随着鬼萌萌拿下第一滴血，战斗很快就分出了胜负。

“实在是太弱了，居然败这么快。”笑苍穹显然对于没有成功强杀下一血很是不服，在语音频道里毫不客气地吐槽对面的水平，“这种操作配合就多练练再出来打嘛，丢人，真丢人！”

“弱才好，这样上分才有效率嘛！”林肖笑眯眯地也不揭穿他的潜台词，在游戏结束后再次退回到了大厅界面，问，“继续？”

笑苍穹咬牙：“继续，这回一定赢你！”

林肖笑了笑，也不耽搁，很快就又进入了第二场。

鬼萌萌拿下第一滴血，鬼萌萌拿下第一滴血，还是鬼萌萌拿下第一滴血……随着时间的流逝，战队的段位分已经从七阶一路到了四阶。

笑苍穹满脸郁闷：“我真是信了你的邪！”

正准备再次进入队列的时候，语音另一头响起一阵铃声。

林肖听到笑苍穹说了句“等等”，见他要接电话，就停在那里等他。

陆陆续续的，可以听到对话内容：“你说什么，B 城的那块地人家又不想转了？我跟你说你要是这点小事都谈不好，明天我就把你炒了……没错……对对对，我最后跟你强调一遍，你一定要记得跟他们谈的时候……”

随着人渐走渐远，讲电话的声音也渐渐弱了下去。

难怪这人一直对加入职业联盟的邀请毫不动心，也瞧不上刚才说的卖视频分成的钱，原来真是一个财大气粗的大老板啊？

笑苍穹跑到外头接电话去了，整个语音频道没了人说话，顿时诡异地安静了下来。

林肖实在没什么事做，看着哈喽凯蒂的ID，干脆开始没话找话："妹子，今天一晚上躺赢得舒服吗？"

尤景看了一眼一片绿色的战绩，勉强认同："还行。"

林肖："那要到几阶才算水准高？"

尤景："至少二阶以上。"

林肖无语："妹子你这要求有点高啊。"

尤景："你行吗？"

林肖笑："那必须！好好躺着，保证你像火箭炮一样嗖嗖嗖地上分！"

尤景放在键盘上的手顿了一下，唇角微微勾了起来："看你表现。"

笑苍穹回来后看了眼聊天频道的记录，问了句两人刚才在说些什么，奈何林肖虽然一副心情不错的样子却没有回答他的问题，而是"哼哼"了一声，再次进入了队列中。

胜利，胜利，又是胜利。然而对笑苍穹而言则一直是失败，失败，又是失败。

就像事先安排好的剧本一样，每一场都是在两方的冲刺之后开始正面冲突，然后陷入一片乱斗。之后不出五分钟的时间，鬼萌萌和笑苍穹就会陆续拿下两个人头，最后一起把第三个人集火致死，顺利结束整场战斗。

所谓虐菜就是这样地没有悬念，如此自然，甚至透着无聊的感觉。

当再次看到胜利的图案在电脑屏幕上出现，林肖不记得是第几次打哈欠了，把身子往椅子上一靠，伸懒腰活动了一下筋骨。

十五连胜。

因为《Zone》设定了在天梯连胜的过程中存在额外积分，这个时候的组排战队已经从七阶一路飙升到了三阶，离突破二阶领域只剩了临门一脚。

某种程度而言这已经是恐怖实力的证明，更何况这个临时组建的队伍里，还有哈喽凯蒂这么一个从头到尾没有过任何作为的牧师存在。

面对这位一路躺赢的牧师妹子，笑苍穹显然表现出了足够的绅士风度，非但没有丝毫的抱怨，反倒积极地问道：“还继续吗？”

林肖听出了他声音里的疲惫，看了眼时间，已经差不多凌晨两点了：“还有一局就晋级二阶了，要不直接打了吧，这样一直吊着也怪不舒服的。”

笑苍穹振了振精神：“来！”

林肖：“妹子如果困了的话就去睡吧，等进了地图后把号挂复活点就行。”

哈喽凯蒂：你们继续，不用管我。

笑苍穹大笑：“好妹子，够高冷，我喜欢！好歹带你赢了一晚上，留个联系方式不？”

尤景没有搭理他。

笑苍穹碰了一鼻子灰，反倒莫名把自己逗乐了。

这个时候刚好进了对战，他无意中一瞥对面的阵容，忍不住“哟”了一声：“一晚上打得都快瞌睡了，终于开始碰到有意思的队伍了。”

林肖瞥了眼对面，几个ID都很陌生，不由问：“你认识？”

笑苍穹：“呵呵，帮里的，可熟了。那‘大海潮声’天天追我屁股后面求单挑，对我‘帮里第一影剑客’的头衔可眼热得很！”

从这样的语调中，不由嗅到了几分八卦的味道，林肖感受到困意渐渐远去。

就在笑苍穹看清对面ID的时候，对面的人自然也留意到了他们。

小队名为“不服你来揍我啊”，三个成员都是来自笑苍穹所在的天域公会。然而这个时候的小队语音频道里，可没有半点遇到老熟人的愉悦氛围，影剑客“大海潮声”的语调里反倒处处透着古怪：“哦哟，看看我们遇到谁了？鼎鼎大名的路人王啊！”

大海潮声作为天梯个人排名前十的影剑客，因为笑苍穹的出名而格外缺乏存在感，心里不服之下，自然也是跟笑苍穹格外地不对付。

队里的其他人自然知道他的心思，早就习以为然，在这样的情势下也不敢太明着应和，就把注意力放在了对方的另外两个成员身上。

鬼萌萌和哈喽凯蒂？没见过啊！

等调出对面的个人信息来看了眼,祭祀“欢乐颂”顿时有些无语:“小苍穹什么时候跟黑色黎明的人搞到一起去了？”

大海潮声之前也没注意，闻言“嘿”了一声，笑起来：“早就说这小子的心一直就没在公会里，之前不是听说在公会战的时候还提前退出了吗？现在看起来，退公会跳槽这是迟早的啊。”

牧师“雪狐”猜测道：“会不会是凑巧呢，看样子像是在带妹子？”

大海潮声大乐：“哈，带妹子，那真是可惜了，想在妹子面前出风头恐怕也只能到此为止了。”

今天傍晚开始，他们“不服”小队已经连胜五场了，势头相当不错，再这样保持下去的话，天亮之前直接晋升到一阶也不无可能。

虽然 3V3 的天梯排名并不影响个人排位，但一阶也不是随便什么人都可以上的，放在平日里二阶的五连胜几乎是想都不要想，而今天的好运气已经让他有些飘飘然了。

笑苍穹带妹子？那就当着妹子的面狠狠打他！干脆痛快地把他打跪，然后再去会长面前告他一状“通敌”……大海潮声心情愉悦地谋划着。

随着读条的结束两支队伍刚进入对战地图，他就朝对面挑衅了起来：“笑苍穹，好巧啊！最近很闲嘛，这是在带妹子呢？”

笑苍穹朝他“呵呵”了一声：“关你什么事。”

大海潮声：“啧啧，这么凶做什么，是因为已经知道这局要跪了？牧师妹子，如果这局我队赢了，结束后加个好友吧？”

半天没有看到回复，他干脆在地图频道上把一模一样的话接连刷了五条。

终于，尤景毫无情绪地回了三个字：“你太弱。”

自此，对面彻底没有声音了。

什么叫秒杀？这就是！

“给我狠狠地虐他们！”不服小队的语音房间里传来一声爆吼，“先虐了那个奶妈！”

而另一面，在笑苍穹那笑得异常豪迈的背景音下，林肖只觉得佩服："妹子你嘲讽技能值简直比我还高！佩服佩服！真心感谢不嫌弃之恩！”

看了眼对方三人的个人段位，尤景终于关上了放了一晚上比赛录像的平板电脑。至于林肖的最后那句话，他只是微微地挑了挑眉，不置可否。

4

很显然，到了晋级二阶段位的生死局后，已经开始匹配到天梯二阶的三人对战战队了。

对方“不服”小队的水平笑苍穹很清楚，三个固定队员都不是什么善茬，奈何当他问林肖要不要准备个什么策略的时候，得到的依旧是那句话："当然还是你杀一个，我杀一个了。”

很好，很简单，很粗暴，也格外地对笑苍穹胃口。他当即也不客套："这样的话，大海潮声当然就归我了。”

林肖看了眼对方的阵容，随口道："那这局我先杀牧师，不过妹子这回要跟好我。”

照理说，选择跟大海潮声对拼的笑苍穹处境应该更艰难一点，然而却没人怀疑林肖这个决定的正确性，毕竟刚才哈喽凯蒂最后那句话的杀伤力太大了，没意外的话绝对是对面优先集火的对象。

分配完毕，笑苍穹直接从侧面迂回去了。

至于鬼萌萌，则是带着哈喽凯蒂大大咧咧地从地图的正面行进。

虽说看起来至少不是全员直冲的无脑开场了，但实质展开之后，跟前面的对战又好像并没有太大的区别。双方一碰面后，就都直接迎面冲了上去。

对面的三个人显然全部是奔着哈喽凯蒂来的，鬼萌萌一个吟唱后，在原地位置甩了一个虚空地刺，紧接着就在哈喽凯蒂后退的瞬间一个滑步跟她一起往后退去。

因为视野太昏暗，1 秒过后，地刺在原地炸开，追来的人没有察觉正好一步踩上，集体因僵直效果而在原地一滞，双方距离无意外地被瞬间拉开。

鬼萌萌的动作没停，魔杖在空中划了个弧度，雪狐身上就多了个痛苦诅咒。腐蚀效果在角色身边笼上一层暗绿色的幽光，血条开始在 30 秒的倒计时内按照每秒加强伤害的诅咒下，一点一点地被侵蚀着。

雪狐在僵直效果结束后给自己甩了一个小回复术，抬了下自己渐少的血量。接着，正准备施放一个群体增益，却被突然冲进人群的人影切断了读条。

笑苍穹在完成绕后之后直冲敌阵，用旋风斩一下横扫，出其不意地切断了所有人的技能释放。随即跨步向前，重剑上雷点的光色腾起，接连三段霹雳闪击向大海潮声，就这样把对方硬生生给逼出了人群。

“我跟他玩，你们去打牧师！”大海潮声在这接二连三的挑衅下脸色沉了下来，当机立断使用圣剑防御挡下了后面的攻击，他一抬重剑，朝着笑苍穹脚下劈出一道真空波。

笑苍穹动作一转，借助走位避开了后面一连串的剑招，攻势有了片刻的停滞。

大海潮声抓住时机，重剑上红光一闪，带着熊熊的火光朝他迎面砍去。

见对方开始反击，笑苍穹也不着急，回头瞥见另外两人视若无睹地朝哈喽凯蒂冲去，心里也猜到了定是大海潮声的主意，倒还有闲心在当前频道跟对方调侃：“怎么，这算是终于抓到跟我单挑的机会了？”

一边说着话，对于角色的操控也没有落下，举剑一挑，直接格挡下了那一击火剑袭。就在抵住后退趋势的一瞬，借助反向的冲力，朝着大海潮声正面释放一个升龙击，正中，直接将其击倒在地。

大海潮声在他一串连招下招架得有些吃力，见另外两个人有回头帮忙的意思，有些暴躁地制止了他们：“别管我，杀牧师！”

欢乐颂对大海潮声这种在小队赛中还对个人荣辱耿耿于怀的心理无语了一把，虽然知道他必然凶多吉少，但也知道这个时候去帮忙就跟揭人脸面没什么两样，只能无奈地由他乱来：“雪狐，跟我走。”

这边的战况，另外两人自然也看得一清二楚。

“苍穹不错嘛，把对面压着打。”林肖欣赏着这一面倒的形势，笑眯眯地赞了一句，“看来这回一血要是你的了啊！”

“抓到了机会当然得往死里打。”笑苍穹跟大海潮声缠斗在一起，看起来不只游刃有余，而且还心情不错。显然，他平日里早就看大海潮声很不爽了，但碍着同一个公会的面子不计较，今天借着这个契机，毫不保留地彻底爆发了。

不过私人恩怨归私人恩怨，他倒还惦记着现在打的是组排，见不服小队的另外两人冲了过去，不忘提醒道：“他们队那两个也都是高手，你带着妹子小心着点。”

“哦，多高的高手啊？”林肖淡淡地应了声，打了个哈欠，“正好啊，让我见识见识。”

说着，鬼萌萌手上的魔杖就举了起来。

因为对战的场地是古墓惊魂，身披红斗篷的身影旁边慢慢腾起幽暗火焰，整个画面看起来有几分骇人。

“闪开！”随着欢乐颂的话落，雪狐猛然往旁边一下跳跃。

几乎贴着他们身边擦过，两人刚才的落点上冒出一股幽紫色的火焰，瞬间以燎原之势渲染开，猛然腾起，待再次熄灭的时候那一片平地只留下了一层淡淡的焦色。

鬼道士的高伤害技能，幽魂之火，在两人迅敏的反应中，落了空。

然而还来不及松口气，只见一道黑色光束直接砸到了雪狐身上，散开后化成缭绕的烟雾布在了身边，挡住了对方的视野。

与此同时，欢乐颂在逼近后，也完成了吟唱。

一记束缚烙印落在哈喽凯蒂的身上，降低了对方50%的移动速度之后，法杖继续在手中翻旋。接连三道耀眼的闪电交织缠绕着投射出，临空忽然绽放开，化成万千光束径直朝对方劈去。

“你小心拖住鬼道士，我去追击牧师。”看着对方牧师在闪电天罚中掉了三分之一的血，欢乐颂没有再顾雪狐，而是给自己使用了一个快步祝福，加上幽灵疾步的移动增益，直奔哈喽凯蒂，手中攻势不断。

不服小队的两人都是个人天梯排名二阶的高手，自然已经看出了林肖这边也是同样优先集火奶妈的策略。鉴于对雪狐操作的信心，都默认选择了这种更“利于”他们的近似 1V1 的对战方式。

雪狐给自己抬了一口血，没有遭遇预料中的打断，有些诧异。然而，直到身上的 DEBUFF 结束，视野重新恢复之后，依旧没有再承受过对方的进攻。

他抬头找去，只遥遥看到前一刻朝自己追来的鬼道士非但没有逼近，反倒是朝着相反的方向跑去。

仿佛为了回答他心里的问题，当前频道里弹出了鬼萌萌的话来：“没干掉我就想先杀我们的妹子，是不是有点想太多了啊？”

看着这话，两个人只感到无语，先打着主意对付牧师的是你，现在说先杀牧师纯属想太多的也是你！因为自家妹子被人追就放弃完美先手的对战机会，这到底是怎么打上二阶来的？

不只他们吐槽，小队频道里也跳出了哈喽凯蒂一整晚在对战过程中的第一条消息：“杀牧师，不用管我。”

林肖道：“妹子别怕，他们要杀你，除非踩着我的尸体过去！”

尤景原本已经在对话框里输入了“对面太弱”，听到这句话后，又把字一个个地删掉。转而把自己的血量抬了回来，在一旁静静看着。此时的战局中，鬼萌萌一个虚空地刺封锁了欢乐颂的位置，随手给他扔了一个腐化术之后，同时在他身上挂了个末日诅咒。

诅咒效果在欢乐颂的身上盘旋，左侧的头像下方一个 1 分钟倒计时的骷髅 DEBUFF 显得格外醒目。

当 1 分钟时间结束后，受到末日诅咒的角色就将承受重大的伤害。

欢乐颂皱了皱眉，在视野中看到雪狐已经追了上来，就没有再管鬼萌萌，计算好位置之后，利用飞跃步拉开了两人间的距离。同时在中央隔了一道圣光屏障作阻断拖延，就再次吟唱着技能一个接一个地朝哈喽凯蒂攻去。

虽然祭祀是个偏辅助的职业，但欢乐颂凭着自己精准的预判，使为数不多的几个输出技能的伤害都得以充分发挥，因此在天梯二阶的区域里，也算得上是暴力祭祀的代表者。

此时的每一个技能，都是他在经过严格的剖析后才做出的落点预判，几乎卡在了对方后退的必经路线上面。

欢乐颂格外淡定地看着哈喽凯蒂在他的诱导下，按照既定的路线躲避技能，微笑着开始读取“圣光惩戒”。

透过画面中看去，只需要对方稍稍再往前移一步，就足以吃下整套完整的技能。

然而就是在这么微妙的一步间，偏偏看到哈喽凯蒂的动作一停，顿了 0.5 秒后，也不知道用了什么方式取消了后续的摆动动作，反身往左边极不协调地走了一步。

这个时候圣光惩戒的光束自地面呈柱状腾起，一个巨大的圆形图案格外地炫目，却因为这么一步的差距，技能区域之外的那个高挑御姐牧师光是站在那里都显得有些讽刺。

刚才那一幕有些太过梦幻，欢乐颂前一刻还自信勾起的嘴角就这样生生地僵硬在了脸上。直到地面有一只手破土而出将他牢牢抓住，这才反应过来鬼萌萌已经追了上来，慌忙收回了飞散的思绪。

“怎么来得这么快，拦不住他吗？”照雪狐的水平，绝不可能让人这么容易就追击上来，欢乐颂不由在语音频道里问。

“他，把我所有的控制技能都躲开了……”雪狐的声音有些低沉，听起来有几分连他自己都不确定的感觉，这样的语调不由让欢乐颂想起片刻前自己仿似也同样迷茫的情绪。

就在这个时候，随着仿佛摔键盘的“砰——”的巨响，屏幕上弹出了一条系统消息。

【系统】FIRST BLOOD！

频道里面顿时静了一下，没有过多的询问，欢乐颂皱了皱眉，当即做了一个目前看来最理智的决定：“先撤退！”

大海潮声死后，现在的局面无疑成了二对三的情况，如果他跟雪狐两个在这里被人围殴，这局就注定输了。

然而这个时候他们想退，对面却怎么也不会同意了。

耳边被笑苍穹狂放的笑声给吵得有些耳鸣，一心想早点结束对战的林肖当机立断地甩了个寒冰咒在欢乐颂身上，正准备跟哈喽凯蒂交代招式，便见哈喽凯蒂已经顺手给对方套上了一记减速。

“心有灵犀啊妹子！”林肖忍不住赞了一句，也不耽搁，当即开始吟唱万鬼虚空。

当角色的整个视野被剥夺的时候，欢乐颂心里只觉得咯噔了一下，顿时腾起了一股不好的预感，叫道：“雪狐，加好我的血！”

不出预料的，技能接连而至，身上瞬间就充满了各种的腐蚀、流血的 DEBUFF，气血以肉眼可见的速度飞速地往下滑动着。

这个时候眼前白光一闪，在牧师的大回复下，血条又被强行拉回了一大半。

眼见视野剥夺的时间将至，欢乐颂不由松了口气，说道：“快给我套个圣光祷言，赶紧把气血抬满。”

然而，却没有什么反应。

雪狐的语调显得有些弱：“我……我被上了失魂咒。”

失魂咒是鬼道士六种咒术中的一种，中了的人不能进行任何操作，也不会受到对方的任何伤害及其他控制效果，持续时间 30 秒。

这个技能可以说是鬼道士的招牌技能之一，冷却时间有 5 分钟之久，因而一般并不会随便使用。如今在眼下选择用出，可能性只有一个……欢乐颂的脸色骤然一变，不由朝自己身上的 BUFF 栏看去，恰好看到刚才挂上的那个骷髅 DEBUFF 正在进行最后几秒的读条，几乎没有思考，下意识地选择使用神圣庇护技能，想要抵消部分诅咒的伤害。

然而，预料中的圣光并没有在身上笼罩，反而瞥见了一片黯然的技能栏，发愣之下，就看到屏幕随着末日诅咒的伤害炸开之后彻底陷入死亡昏暗，久久没有回过神来。

沉默效果，无疑是来自那个叫哈喽凯蒂的牧师，而雪狐中的失魂咒则是出于那个叫鬼萌萌的鬼道士。

末日诅咒是个在 1 分钟后才会爆发开伤害的技能，而此时此刻的情况无一不让他有种感觉——对方两人在对战的过程中，居然还在一分一秒地精密算计着时间，这样的算计，简直严谨得让人恐惧……

这一场在开头闹得沸沸扬扬的对战，收尾时却显得格外安静，直到退出之后，语音房间里也再没有人说话。大海潮声是因为输给笑苍穹后感觉丢光了颜面，而欢乐颂和雪狐，则满是一种被对面教做人的复杂情绪。

另一头的语音房间里，则是一片喧哗闹腾，当然，这喧哗更多的还是来自笑苍穹。打压过大海潮声的气焰后，他比任何人都要来得欢愉，一晚上的困顿仿佛都烟消云散了："怎么样，还打不打？我现在可清醒得很，要不继续吧？"

"改天吧，今天到二阶就行了，就算再继续，现在这状态估计也录不出什么好视频。"林肖安抚着他，转身刚想和哈喽凯蒂说话，却见对方在他说完这句话的时候已经退出了队伍。

回想到之前对战过程中的走位细节，以及后面根本无须他多说就自然而然的默契配合，他的心里难免有一层疑惑。但是人都已经下线了，也就没再继续深究，退出游戏后躺在床上，这才记起一件事来，忍不住深深叹了口气："唉，好像忘记约下次再见的时间了……"

这几天打排位实在累得够呛，林肖这一觉睡下后很晚才起来，第二天下午四点迷迷糊糊地爬上游戏，却收到了来自沈常与的好友消息。

沈常与：上了？

林肖：嗯，上了。

沈常与：……

林肖：怎么样，看我天梯爬得快吗？

沈常与：二阶，都看到了，不过怎么才 40 段位分？

林肖：哦，本来应该可以上一阶的，后来昨天跑去打 3V3 组排了。

沈常与：3V3？打这做什么？

林肖：对了，队里有个牧师妹子是黑色黎明的，感觉技术还不错，考虑下让公会会长提升当骨干？

沈常与：嗯，可以。叫什么？

林肖：哈喽凯蒂。

看到这四个字的时候，屏幕前，沈常与刚喝进嘴里的一口水毫无形象地喷了出来。

"沈副队，怎么了？"黑玫战队的训练厅里，听到动静的许一鸣探出头来关切地问道。

“没，咳，没什么。”沈常与答了句，见那个脑袋再次缩了回去，才强作镇定地把注意力再次拉回到了屏幕。

然而，手在键盘上搁了半天，却有些不知道该回什么。需要说明吗？一边纠结这个问题，他一边不由感到有些郁闷。

很显然，前几天跟尤景说的好好休息的叮嘱根本没起到任何作用，在训练厅里确实是见不到他人了，然而，这人居然是自己躲在房间里面偷偷跑去玩游戏了！眼下倒是抓住了他的把柄，但万事总该有个由头吧？比如要是被反问他是怎么知道的，又该怎么回答……

这么一想，只觉得心情复杂。

尤景明显并不知道“鬼萌萌”这个角色背后的人就是林肖，而林肖也不知道“哈喽凯蒂”身后的人就是尤景。偏偏就是这样两个毫不知底的人，一个是故意接近观察，另一个却是向他推荐提拔？

沈常与有些头大。都这么喜欢瞎闹腾，有考虑过他这个唯一知情人的感受吗？

揭穿？林肖那边倒还好说，要是让尤景知道对方的真实身份的话……这样想着，实在有些无法想象到时候会是怎样一个情形，不由越发地沉默了。

林肖等了一会儿没收到回复，眉梢懒洋洋地挑了起来：“这个人你认识。”

没等沈常与反应，紧接着又发去一条消息：“是尤景。”

短短的三个字，因为最后的句号显得格外地轻描淡写，却又透着一股子毫无疑问的确信。

真是一如既往地不留余地啊……这一回，沈常与对眼前几乎已经不需要求证的猜测做出了回应：“嗯。”

林肖叼在嘴角的烟愉快地晃了晃，眼眸间隐约闪过光色。

昨天那几下超脱于操作之外的绝佳意识，可不是普通玩家可以拥有的。事后回想自认识哈喽凯蒂以来，她的种种奇怪举动，林肖就已经多少有了一些猜测。那天沈常与既然来参加了公会战，黑玫战队的队员当然不可能只来了他一个，如果是牧师这个职业的操作者，答案呼之欲出。

为了印证猜测，他才会这样故意跟沈常与提起，而对方的反应，恰好给了他最直接的答案。

想在公会里挖掘一些有潜质的新血液吗？倒也不失为一个办法。林肖想着，轻吐了一口烟雾。

沈常与看着对面这么淡定的态度，不用多想也知道自己定是中了对方的套路，犹豫了片刻后，还是忍不住提醒道："尤队当年在进联盟之前就对整个战队进行过详尽的了解，特别是老鬼那一系列的操作风格。他这样特别留意着你，会不会是……"

林肖失笑："这个放心吧，正常人都不会往那方面做联想的吧？更何况，我这边现在用的这套破设备你也不是没看到过，能发挥的实力估计一半都不足，尤景顶多只会认为我是老鬼的模仿者而已，还能乱想到哪去不成？"

沈常与沉默了下："那现在准备怎么做？"

林肖叼着烟扬起了嘴角："我还想改变在他心中的印象呢，看样子需要好好把握才行啊……"

当猜测真的得到印证之后，果然很有意思啊。

林肖单排了几局天梯，转眼间分数已经到了80分，只要再连胜两把，就可以晋级天梯一阶了。这时恰好看到笑苍穹上线，正准备去招呼，一眼瞥见对方的基础资料显示，视线不由顿了下。

没有天域公会的名号，除了一个醒目的一阶段位标志之外，资料栏上空空如也。

林肖发了条消息过去："退帮了？"

笑苍穹回复得很快："嗯。"

林肖道："正好，来我们黑色黎明？"

本以为对方好歹会关心一下退帮理由，没想到居然是这样清新脱俗、不拘一格的反应。

笑苍穹顿时被自己的口水给呛了一下："谢了啊，暂时不准备进别的公会了，就这样先野一阵子吧。"

林肖没有强求："也好。"

其实他当时之所以会通过笑苍穹的好友申请，也是有过自己的考虑。不管怎么说，笑苍穹作为路人王，他的单挑技术放在整个联盟里都是一等一的好手，要是可以进黑玫战队来坐镇个人赛，正好可以弥补战队的软肋，是再好不过的选择。

既然能让那么多俱乐部邀请失败，笑苍穹显然并不是一个好邀请的人，虽然当时拉拢的念头在知道对方的老板身份后有所淡化，但这并不影响林肖偶尔拎出来继续惦记惦记。说不定惦记的次数多了，真的就感动对方了呢？

林肖刚刚随便提了下入帮邀请，本来也就没想过能直接成功，所以这个时候自然没有太过失望，而是开始有一搭没一搭地聊起天来。

至于对方退出天域公会的原因，无外乎跟昨天组排遇到的那三个人有关，就干脆没有细问，反倒是关心起日常八卦来。

出乎林肖意料的是，别看笑苍穹给人一股子浓浓的北方老爷们的豪爽感，居然也不过才 20 岁，这让他一度脑补的那种胡茬子大汉的形象不由有些破灭。而且，对方还是个典型的富二代，现在在做一些房地产相关的生意，据说是当时跟家里讨了一笔钱出来创业的。

林肖抬头看了一圈自己现在身处的破旧环境，深深地抽了一口烟，有种淡淡的忧伤。

在半个多小时的谈话中，除却对心灵造成的伤害，唯一让他感到欣慰的或许是对方字里行间对《Zone》表现出来了足够的热忱。

就算再口口声声地说着不差钱，不需要靠做职业选手来抬高身价，但无意中透露的那股憧憬与渴望，却是怎么都无法让人忽视的。

有戏！

一切都无关乎金钱地位，也还不足以抬高到梦想的高度，但笑苍穹可以真切地让他感受到一如当年的自己那样，面对这个新生的领域而呈现出来的足够赤诚的心。

无须其他，这样就已经足够了。

CHAPTER 05 招揽队友

1

哈喽凯蒂上线的时候，已经是晚上七点半了。

三个人就又再次继续了前一天的组排天梯战。

而这一回，林肖以“妹子就是需要被保护的”为理由，硬是把哈喽凯蒂强行安插在了队伍的最后方。随后拉着笑苍穹摆出了严密防线，以至于让牧师从头到尾除了无脑读条回血之外，甚至连走位都不需要进行一下。

这一晚打得异常热血澎湃，只两个小时的时间，就已经录好了足够多的视频素材。

收工后，笑苍穹打了个招呼后就自己玩单排去了，而林肖把录像发送到了小猴爷留下的邮箱地址后，见哈喽凯蒂的头像还是在线状态，便发了个微笑的表情：“妹子还没下呢，今天什么时候睡啊？”

尤景的游戏本就只是挂着在旁边看视频，瞥了眼弹出的对话消息后，回了一句：“不一定。”

林肖笑了笑，跷起二郎腿，饶有兴趣地继续搭话：“一起玩了两天，妹子你觉得我的水平怎么样，够不够去打职业呢？”

尤景的注意力终于从视频上转移了过来。

哈喽凯蒂：你想打职业？

鬼萌萌：没错，你觉得我行吗？

哈喽凯蒂：可以。不过，还要练。

林肖身子一歪，险些从椅子上摔下来，好在眼疾手快地扶住了桌子，一边无语地发了个擦汗的表情。

鬼萌萌：妹子你要求还挺高。

尤景却没有继续这个话题，而是忽然问道：“你知道老鬼吗？”

林肖看着屏幕上的字，唇角微微勾起：“知道。”

哈喽凯蒂：你的打法和使用的套路都跟他很像。其实在遇到你之前，我曾经一度以为他的鬼道士是无法复制的，不可否认，你确实很有天赋。但是，电子竞技，并不是一件有天赋就可以做好的事。

哈喽凯蒂：以你的情况加入联盟，一定会被拿来与当年的老鬼相比。如果没有面对这一切的勇气，最好还是趁早放弃。电竞跟游戏不同，不只是玩玩而已，能理解电子竞技的含义，才有资格站上对战的舞台，我不希望到时候会有人玷污老鬼这个名字。他，是我一直以来的憧憬。

不知道是因为根本无法想象那个高冷如冰山的男人也可以一口气说那么多话，还是因为这番话语里含有的那股让人震撼的强烈执念，林肖原本嬉皮笑脸的神色渐渐收起，视线最终落在了最后的那句话上。

——他，是我一直以来的憧憬。

沈常与只是跟他说，尤景对当年的黑玫战队有过详尽的了解，也提醒过这个人对老鬼有着格外特殊的关注，却不曾想到，这个对很多人而言已然临近巅峰的男人，可以毫无避讳地坦言对另一个人强烈的憧憬。即便是面对隔着屏幕的一个不知道他真实身份的陌生人。

心高气傲。这是尤景一贯以来给他的印象，这种印象太清晰深刻，以至于让林肖认为这人的傲骨注定会让他惯于睥睨联盟，傲然俯视。

他不自觉地坐直了身子，一字一字地输入，仿佛向屏幕另一头的人表达敬意：“电竞是我的信仰，从来都不是玩玩而已。”

尤景靠在椅子上，看过屏幕上的字，唇角勾起：“上一阶吧，公会里应该有两个去新手营的推荐位。”

鬼萌萌：既然妹子那么期待，我一定要全力以赴啦！

林肖觉得自己回答得挺一本正经的，奈何对方就这样不搭理他了。想象了一下电脑屏幕那头冷若冰霜的脸，心里有了计策。

所谓搭讪，自然要从对方的痒处着手。别的不敢多说，但要勾起尤景的兴趣，很显然光从共同语言方面他就已经占据了绝对的先机。

鬼萌萌：妹子你是老鬼的粉丝对吧？那你看看我这装备搭配风格，这对战手法，这出其不意的细节把握，是不是很有老鬼当年的风范呢？

尤景终于再次有了反应。

哈喽凯蒂：你离他还差得很远。

鬼萌萌：是是是，那必须的，老鬼的鬼道士玩得出神入化，全世界都找不出第二个来！根本就没人可以比得上啊！在我看来，就算是阎独舟都没有一点可比性！妹子你说，我说得对不对？

哈喽凯蒂：阎队确实是全方位的好手，但毕竟太过严谨，临场时候的反应再快，也还是比老鬼缺少了一些诡变。

林肖以前听过太多人的追捧赞扬，却从来没有像现在这样心满意足过。不得不说，被人夸赞这件事吧，还是要分对方是谁的。

他笑着问出了一直想问的问题："既然那么喜欢，当时为什么不同样玩一个鬼道士而选择了牧师呢？"

要知道，以你的天赋与技巧，换上任何一个职业，在联盟的舞台上都足以比现在的牧师，更要大放异彩才对。

短暂的停顿过后，尤景的话透过聊天窗口传来："某个人的强大并不代表着团队的强大，真正强大的团队背后必须要有足够强大的支撑。对团队而言，治疗就是最强的支撑。选择牧师这个职业至少意味着，有我在，谁都死不了。"

电竞联盟如今已经发展成了一个强大的造星平台，不乏俱乐部借着庞大的粉丝基础不断地为选手进行着全方位的包装。灯光、舞台、表演，几乎已经成为联盟中不可缺少的部分。在这样的环境下，不论是谁为了自身的发展去寻求更好的道路，说起来都是无可厚非。

林肖做过不少的猜想，却怎么都没有料到会是这样的答案。

他的指尖稍稍一滞，最后回了这样一行字："真正强大的人，不管在什么位置、扮演什么角色，永远都不会被埋没。”

屏幕另一头，尤景的视线垂落，深邃的眸底有什么一晃而过，没有再继续这个话题：“下了。”

虽说对话结束得有些猝不及防，却半点没有影响到林肖被勾起的情绪。

点了根烟靠在窗边，在不可抑制地漫上心头的回忆中，他微微眯长了眼，看着远近闪烁的霓虹，半个身子掩藏在浓重的夜色间。

刚才尤景的话，让他难得地想起了当年自己刚刚开始在电竞赛场上初露锋芒的时候。

当时，黑玫战队在他的领导下，如同联盟中一匹势不可当的黑马，纵横四方，甚至连昔日的霸主天启战队面对他们也一样铩羽而归。

赛后阎独舟曾经这样问过他，走血鬼路线的他明明可以更加强大，为什么却偏偏要屈身去使用咒鬼这么一个更偏向于辅助的半控场职业？

当时他的回答是：“队伍需要。”

之所以这样不计较个人的荣辱，是因为他一直都很清楚自己的目标只有一个，那就是——胜利。

确实，某个人的强大永远无法代表整支队伍的强大，要想真正地带领队伍走向胜利，有些时候必须要有不可避免的付出，需要有人做出牺牲，掩其锋芒。

但是话说回来，曾经以梦想为信仰而一直拼搏的电竞选手中，谁不都是抱着一样的想法呢？就连当时这样问他的阎独舟，在面对如何带领队伍走得更远的问题上，做出过的牺牲与改变，恐怕与他相较而言，只多不少吧？

思绪如潮，林肖幽幽地吐出一口烟来，满脸怀念地叹了口气：“啧啧，还真是，有点想念那些老伙计了呢……”

在阳台上接连抽了几根烟，当他带着满身烟味回到电脑桌前的时候，差不多已经晚上十一点了。林肖打了个哈欠正准备关电脑，结果漫不经心地往公众频道一扫，瞌睡顿时就跑了一大半。

公众大厅频道比任何时候都要来得热闹，但刷屏的大多是一些围观群众，而真正的主角用喇叭在领域频道对刷得正欢。

好巧不巧的，其中的一个正好就是他的老战友笑苍穹，至于另外一个……林肖去翻了翻天梯的个人排名，才知道是目前个人天梯一阶中，排名第十五位的暗杀者“九千人”，隶属天域公会。

不得不说，虽然很多路人高手并不接受各大俱乐部的招揽，但就公会发展而言，天域公会笼络到了一批挂名的高手玩家，比其他公会做得要好。

只不过这些混迹网游的高手玩家大多心高气傲，谁都不服谁，平日里不怎么见面也就算了，一旦进了同个公会抬头不见低头见的，哪能不起硝烟味呢？就像今天笑苍穹退帮，即便没有多问，大多也能猜测到和大海潮声那几个脱不了干系。至于现在跟九千人较劲的原因，看看全服频道刷个不停的喇叭就够知道来龙去脉了——不外乎就是在天梯单排的时候，其中的一个被另一个给虐了呗。

看着那翻滚不断的领域喊话，林肖有种说不出的心疼感。《Zone》这款游戏里的喇叭喊一句话就要十块钱，这样一分钟十几条的刷法，压根没有考虑过他这种穷苦老百姓的心情。

不出意外的，这种高玩对撕的场面引起了其他玩家的兴趣，夹杂在领域频道中的路人喊话也开始多了起来，一时间好不热闹。

【领域】九千人：笑苍穹，退了帮就是不一样啊，瞧上别家公会的妹子就可以干脆利落地对老公会的朋友动刀子了？

【领域】九千人：昨天帮野人打了自己公会的人长脸了是不是？今天还出来继续乱咬人？真不嫌丢人啊！

【领域】猫咪咪咪咪：哎哟，前排合照，谁都别拦着我！

【领域】九千人：怎么不吱声了？倒是出来说话啊！

【领域】红色警戒：这位仁兄，你们天域公会的事自己解决啊，没事别扯着我们黑色黎明说事，这锅我们不背！

【领域】九千人：笑苍穹，装什么？不是自称大老板吗？怎么的，喇叭都刷不起了？

【领域】笑苍穹：在天梯被虐得很惨的人，滚！

……

不得不说，笑苍穹刷的喇叭数还真没人家的十分之一多，但胜在出现的时机巧妙，而且一出场直刺对方的痛楚要害啊！

林肖是不知道对面是怎么得出笑苍穹为了个妹子跟帮派闹翻退帮这个结论的，不过这确实是一个把人笼络进帮的契机。虽然那九千人一副要被气炸的样子，但还是实在忍不住想对他说一声："老兄，谢谢啊！"

林肖没再搭理闹得天翻地覆的领域频道，点开好友列表，给笑苍穹发去了一个语音邀请，把他拉进语音频道之后，努力让自己的语调听起来不那么愉快地说道："我说你不是去打天梯了吗？频道里都怎么回事啊，一个没注意怎么就骂上了啊？"

笑苍穹倒没有想象中的生气，只是不屑地冷哼了声，道："九千人想要冲进天梯总榜的前十，好像刚好再赢一局就可以超过前一位了，就想让我给他放水。嘿，我理都没理他，照样揍。也不看看自己有多菜，还好意思白日做梦。这不给揍惨了，就狗急跳墙了吗。"

这么一说就明确多了，果然是笑苍穹在天梯虐了对方。

进入天梯一阶后，高手几乎是把所有精力都投入到最终的全服个人排名上去了。这个时候的胜负可都是毫厘之差，要想超过前一位可不是件容易的事。笑苍穹白白坏了九千人一个晋升的机会，也难怪对方要跳脚了。

只不过，天梯单排输了也只能怪自己实力不济，现在九千岁这副输不起的样子，未免也太难看了点，实在有失高手风度啊。

林肖忍不住笑出声来："你不会准备跟他喇叭刷通宵吧，笑老板？"

笑苍穹不屑："没那工夫跟他玩，无聊。"

林肖问："那有没有兴趣去做一些有趣的事呢？"

笑苍穹问："什么事？"

林肖笑眯眯道："你应该有他的好友吧？要不要在他继续单排的时候，狙击玩啊？"

"这招够狠啊兄弟！对我胃口！"笑苍穹一想到要把对方从第十五位的排名上狙击下来，不爽的情绪顿时一扫而空，但片刻后忽然正声道，"不过你现在才二阶，估计还排不到他吧？"

林肖被他一噎，无语了一下 ：“看那家伙的样子一时半会儿还停不下来，我抓紧点时间赶紧晋级还不成吗！我隐藏分（即隐藏积分，连胜场次多的角色隐藏积分会明显高于实际段位积分，排位机制在相应段位内按隐藏分进行匹配）高，只要上了一阶，不怕排不到人。”

笑苍穹心满意足 ：“成，等你啊！”

2

S 市星痕俱乐部七星战队训练基地。

刚从外面回来的蒋时启正准备回屋洗澡睡觉，路过训练厅的时候听到有人叫了他一声，下意识回头，就看到唐谦冲着他招手：“怎么才回来，快过来看！”

蒋时启一脸茫然地走过去 ：“怎么了啊？好端端的放假时间，大家都走了，你居然还在俱乐部训练了一整天？要不要这么努力啊！”

唐谦没有理会他的吐槽，把电脑屏幕朝蒋时启跟前推了一把，道：“别说些有的没的，自己看看这个。”

蒋时启凑到电脑屏幕前，看到的是一整页绿色的胜绩列表，再往左上方的角色 ID 瞥了一眼，顿时叫了起来 ：“那个鬼道士这就直接上一阶了？！”

唐谦早就习惯了队友这副一惊一乍的样子，见他已经发现了重点，随手把战绩的详情也点了出来，一条一条拖给他看 ：“不只是连胜，他的每一场对战几乎都是 2 ∶ 0 的完胜，并且没有一局是超过 15 分钟的。”

“全部碾压局？”蒋时启愣了半天才憋出一句话来，“会不会……是那小子运气好，凑巧碰到了一些水平低的人？”

唐谦又好气又好笑地瞪了他一眼 ：“在二阶讲运气？你给我运气好一个试试，不用你十连胜，来个三连就行。”

“凶什么凶，我承认他厉害总行了吧！”蒋时启满脸不快地把注意力又放回到了战绩详情上，依旧有些不甘心地嘀咕道，“什么时候鬼道士单挑也这么厉害了，没道理啊……”

唐谦拍了拍他的肩膀 ：“好了，知道你不服，但也不得不承认这个鬼萌萌确实是一个货真价实的高手。过几天等队长回来，我觉得有必要请他亲自来做一下评估了。”

蒋时启看了眼最后的对战时间，问：“离结束时间已经过去二十分钟了，还没有新的战绩刷新出来，是下了吗？”

唐谦摇头道：“我刚才查了一下，还是在线状态，不过好像没有进入游戏，看起来像是在等什么。”

蒋时启从旁边拉了一条椅子坐了下来：“那干脆再等等吧。在他下把进游戏后观战看看，正好收集几盘录像，也好给队长多点参照。”

唐谦点头：“我也是这么想的。”

正说着，《Zone》专用的辅助软件上面，鬼萌萌绿色的在线标识忽然变成了黄色。新一局的对战开始了，唐谦立即进入了游戏观战模式。

蒋时启看了眼蓝色方的 ID，不由惊讶地叫了起来：“不是才刚晋级的一阶吗，居然直接就排到了九千人？对局这么高端，这隐藏分得有多高啊？”

唐谦查了下九千人的排名，也不免有些赞叹：“这应该可以算得上是全服的顶尖对战局了。”

蒋时启被震撼得已经说不出话来了。

连胜，这要多么高的连胜率，才可以用隐藏分直接跻身全服十几位的水平啊？

这是林肖晋级一阶之后开的第三把天梯单排对战。之前的两把他跟笑苍穹两人一个都没堵上九千人，全部干脆利落地速战速决了。这回刚进去，就看到了熟悉的 ID，实在是让人心情都好了起来。

他叼着一根烟提神，在语音频道里笑眯眯地跟笑苍穹打包票：“笑老板你等着啊，看我怎么给你出这口恶气。”

笑苍穹这边虽然没有排到九千人，听到林肖的消息，却显得比自己手刃对方还要来得开心：“好好打！”

林肖笑道：“当然。”

“熔岩炼狱”可以说是五个选图里面最适合暗杀者的场景了，然而在禁选地图的时候，林肖却是故意把这个地图给放了出来。九千人作为暗杀者职业当然也不可能断了自己天然的优势，于是毫无悬念地，“熔岩炼狱”就成了最后使用的对战地图。

不出所料，读条结束刚进入游戏，九千人就在地图频道叫嚣了起来。

【地图】九千人：对面的兄弟有点眼生啊，居然把熔岩炼狱给放了出来，是太瞧得起自己还是瞧不起我啊？

【地图】鬼萌萌:还用问吗，谁能瞧不起自己啊，当然是瞧不起你了。

【地图】九千人：哦哟，希望等会儿不要哭着认输。

林肖没有再搭理他，而是操作着鬼萌萌出了复活点，转身往地图的右下方走去。

为了避免作弊，观战系统有一定的滞后性，七星战队训练大厅里观战的蒋时启和唐谦两人在五分钟之后才看到开局。

“这是要迂回啊？”蒋时启透过上帝视角看去，可以清楚地看到鬼萌萌的移动路线，随后又瞥了眼九千人的位置，啧啧道，“九千人看起来就耿直多了，一个暗杀者像他玩得这么直接，还真是够没前途的。”

唐谦闻言笑道：“九千人耿直，说笑呢你？我看大概是这两人开场就挑衅上了，九千人摆明了是看对面刚晋级一阶觉得好欺负，仗着这张地图本身的职业优势，想故意给对面秀一秀呢。”

蒋时启撇了撇嘴，想起了之前自己的不好经历，语调里带着几分哀悼的意味：“那真恭喜他了，估计起码得掉两位排名，谁让他这么不小心……”

他的话忽然戛然而止。

这个时候，屏幕上的两个人已经差不多进了对方的视野范围。很显然两人都在第一时间发现了对方的行踪，随着鬼萌萌在侧面的岩洞里藏住身形，九千人的影子一晃，也消失在了敌方的视野当中。

为了更好地感受对战，唐谦把视野调整到了鬼萌萌的第一视角。此时周围看不到九千人的身影，只有汩汩沸腾的岩浆，在酝酿着层层浑浊视野的热气。

然而，鬼萌萌就这样站在原地不动了，就连视角也没再移动过一下。

蒋时启一脸蒙：“怎么回事？卡了，还是放弃了？”

话音未落，鬼萌萌手中的法杖光线一闪，就在自己的脚底下勾勒出了一个血色的圆弧。

逐渐构成正圆之后，一片刺状黑影就这样毫无预兆地直刺而起。

——虚空地刺。

这个突如其来的技能在此刻有种看似手滑而误用的滑稽，然而偏偏就在地刺突起的瞬间，有一道诡异的影子毫无预兆地直冲到了鬼萌萌的跟前，像是约定好了一样直奔进了伤害范围。

暗杀者的技能瞬闪，在突进瞬间造成一小格伤害之后，以格外诡异的姿势被一动不动地彻底穿透，然后如一具雕像般僵直在了原地。

“漂亮的预判！”唐谦把一切看在眼里，不禁由衷地赞叹道，“对付暗杀者最困难的就是逼对方现形，没想到九千人这么快就被对方抓到了漏洞，看样子第一轮的偷袭已经废了。”

仿佛为了验证他的判断，在九千人被僵直在原地的 0.5 秒时间结束之前，鬼萌萌就已经给他上了一记元素诅咒，剥夺了他 20% 的魔法抗性之后，又套上了一个腐化咒。

带着致使身上气血大格大格掉落的腐蚀效果，九千人借用一个后擒术，瞬间移动到对方身后，并使鬼萌萌在小段时间内无法移动。随即施展了分影术，招出拥有本尊同属性、一半气血的暗影之后，操作着本尊与影子同时一记袖刀割上了鬼萌萌的咽喉。

强行压下对方一格半的血条，九千人没再恋战，而是将影子留下继续缠斗，自己则是一个侧翻，再次藏进了旁边复杂莫测的洞窟之中。

鬼萌萌虽然有那么一小段时间不能移动，但一点都不影响技能的释放，法杖上漆黑的鬼火窜上九千人的影子，很快就要灼尽他的最后一丝气血。

就在这个时候，影子上面忽然红光一闪，九千人使用影移术瞬间与暗影替换了位置。

他迎面使用猛毒一击给鬼道士染上了中毒效果，接连一阵锁链狙击，每一次命中都附带的减速效果使鬼萌萌的移动看起来格外困难。

眼见鬼萌萌的血条以肉眼可见的速度下降着，九千人的脚下忽然闪现出一道和周围格格不入的白光。

随着寒冰咒的炸开，连击在这一瞬被打断。

与此同时，一缕幽魂之火悄无声息地落在他的脚底，绽开的同时，向周围铺盖开了一层浓密的火圈，在这个地图的衬托下更似地狱。

九千人使用紧急回避朝旁边拉开距离，然而寒冰咒消失之后，身上却还笼罩着一层冰霜效果，在一片熊熊的黑色火焰中显得格外醒目。

“这个鬼道士使用的是冰霜杖？！”蒋时启看出了端倪，抢过唐谦的鼠标调出双方的装备栏看了看，一张脸显得有些郁闷，“我说要是冰霜杖怎么可能从外观上看不出来！这人戴在身上的居然是冰霜项链！这谁能注意到啊！”

带冰霜属性的装备在特效开启之后，每当施展纯伤害的法系技能时，通常会附带上相应的减速效果。虽然群伤技能的减速并没有单体伤害的效果那么显著，但面对幽魂之火的大范围伤害时，就算在没有其他攻击的前提下跑出去，恐怕也要丢掉大半格血量。更何况，对方可不像是会放过这么良好机会的人。

唐谦此时也有些无语：“前面故意不开特效偏偏等到这个时候才开，这不摆明了是在诱敌深入吗？还真是，满满都是算计啊……”

在这样的赞叹中，鬼萌萌法杖舞动，技能一个接一个地再没停止过，很快就收走了九千人的第一滴血。

作为一直保持在全服排名第十五名左右的高手，九千人向来眼高于顶，就算之前对决输给了笑苍穹，也只是单纯地认为是职业压制，从来不认为是技术层面的落败。然而现在却偏偏被一个鬼道士给收走了第一滴血，脸面上已经感觉挂不住了。

“就知道玩阴的，看我怎么收拾你！”恶狠狠地朝对面放着狠话，九千人复活后再次出发，不再像当初一样正面直逼，而是直接钻进了旁边的熔窟里进行迂回。

他藏住身形后朝着先前交手的位置逼近，出乎意料的是，鬼萌萌依旧站在当时自己死亡的那个位置，甚至一步都没有移开过。

这样明目张胆地站着，摆明了就是一副完全不怕被偷袭的样子，分明是在瞧不起人。

九千人心里咒骂着，倒也耐着性子没有在行进过程中露出半点破绽。就这样一直盯着鬼萌萌的举动渐渐逼近，直至绕后到了足以发动攻击的距离，手中的利刃一闪，猛然朝他直冲而去。

鬼萌萌显然早有准备，杖上光线一闪，一记寒冰咒迎面落来，就在击中的瞬间，九千人一个瞬闪完美避开后，毫不犹豫地开启了必杀意识。随着全身红光笼起，暗杀者的暴击率与暴击伤害在 10 秒内得到了提高。

九千人接连三段连击，直接将鬼萌萌本就不多的气血切到了只剩一层血皮，手上的攻势顿时更加紧密了起来。

眼见要将血条彻底清空，当前频道忽然弹出一句话来："手速不错。"

就在这句话出现的同时，九千人身上被套上了一个虚弱诅咒。

伴随着伤害降低的虚弱效果，鬼萌萌气血下降的速度明显一缓，随机又甩去一个梦魇术，彻底遮盖住了九千人全部的视野。

不好的预感腾然而出，九千人下意识地向后一个干脆利落的闪避，朦胧中却只见脚下光圈一闪，随着直突而起的地刺，猝不及防地陷入到了僵直效果之中。

又是预判！他俨然已经要抓狂了。明明只要几个技能伤害就可以击杀的对象，偏偏看着那点气血在面前晃荡，硬是无能为力。

最关键的是，对方算计得居然那样精准，就连虚弱诅咒的时机都恰到好处。要是早一分使用，他就可以省下足够多的技能来做最后一段的爆发，或者晚一分的话，残留下来的血条即便没有冷却的技能也一样可以直接收走人头。

然而，正是因为对方把这个点卡得格外严谨，才会让他有现在这样进退两难的尴尬局面。

九千人没再多想，当即使用了分影术。

不退反进，孤注一掷地揣摩着鬼萌萌所处的位置，朝着预测的方向直冲而去。

"很果断啊……"林肖笑眯眯地瞅着对方方向突变的行动轨迹赞叹道，技能却早在 0.5 秒之间已经开始了吟唱，此时这样轻笑的表情像极了看着猎物往陷阱里跳的狩猎者。

随着视野的再次恢复，鬼萌萌模糊的轮廓在九千人的视野中渐渐清晰起来。

恰在此时，技能的吟唱结束。

还不等看清楚小红帽下面藏着的那张正太的萌脸，一片黑色的屏障霍然拔地而起，径直朝暗杀者覆盖而来，短短一秒不到的时间，刚刚重见光明的九千人就被鬼道士的大招万鬼虚空给吞噬，又一次陷入了黑暗中。

【系统】SECOND BLOOD！

【系统】DEFEAT！

游戏开始仅 14 分钟，九千人就品尝到了前所未有的彻底完败的滋味。

看着屏幕上弹出的胜利字样，林肖心情愉悦："果然也就嘴巴厉害点而已。"

笑苍穹没有成功狙击到人，只能耐着性子进行着眼前的对局。因为记挂着林肖这边的进展，他打得有些心不在焉，然而又不好出声怕打扰到战况，直到这时候听到声音才霍然从纠结中回过神来，不由诧异："打完了？这么快？！"

林肖倒是先嫌弃上了他："你怎么还没结束？"

"快了，快了！"笑苍穹答着，手下也没有耽搁，干脆利落地收走了对方的人头。退出游戏后瞅了眼九千人的在线状态，顿时乐了，"哟，还没进排位队列，是不是被打蒙了？"

林肖一点都不着急，很是宽宏体恤："没事，等他。"

两人安静地等了一会儿，终于蹲到了再次开局。

笑苍穹在语音频道里叫得心情愉悦："进！进进！他又开了！"

九千人前一战确实打得有些蒙，他绝对不信一个新晋级一阶的新人可以强大到把他压得没有还手之力，然而想了很久，也实在不记得一阶的老玩家里有类似于那个鬼道士这号的角色存在。

这个百思不得其解的问题一直困扰着他，而作为普遍意义上的民间大神，怎么也不会想到，自己居然有朝一日，也能成为别人的狙击对象……

九千人心情郁闷地选择了再开一局，许是因为夜深人少，这一局他排到的，是笑苍穹。

所谓仇人见面分外眼红，两人的对战倒是格外地干净利索。为了不向对面低头，全程简洁得连迂回走位都省了，简单粗暴地见面对打，以至于结束得甚至比林肖这边还要迅速。

好在林肖也不慢，在对方结束过后的十秒内也结束了比赛。

两人结束游戏后搜出来九千人的排名一看，已经掉到了第十八位，顿时乐呵呵地继续排上了。

不知道是不是老天也在故意整他，九千人的第三把就再次遇到了鬼萌萌。

这一回，比第一局更要干脆利落。

5 分钟拿下第一滴血。

10 分钟拿下第二滴血。

游戏结束。

看着接连三次在屏幕中弹出失败的字样，九千人感到自己都快要哭了。经过一晚上的努力，排名不但没有朝前十逼近，甚至眼看就要掉出前二十位了啊！

正在这个时候，他收到了一条好友申请。

看着申请人一栏上“鬼萌萌”这个醒目的 ID，他的眼皮忍不住重重一抖，还是选择了通过。

很快就接收到了对方发来的消息：“怎么不排了啊？我们都等着呢！”

怎么不继续排？都等着？到了这个时候，九千人哪里还看不懂对面是在专门守着他狙击呢！至于狙击他的原因？今晚他对面碰上的人除了笑苍穹还能有谁？

然而，此时此刻却是连骂人的力气都没有了，只能咬牙切齿地给笑苍穹私聊甩了一句“给我等着”，就怒气冲冲地下了线。

看着这一句没头没尾的威胁，笑苍穹却是格外地心情愉快。

在天梯一阶弱肉强食的生存环境中，随便一场的胜负都足以带动排位变化，像九千人今晚这种三连跪的情况，可以算是非常惨烈了。

“今天真是太爽了！你以后有什么事尽管找我啊，能帮绝对帮！”

如果说之前笑苍穹只是对林肖的技术感到佩服，那么经过这一晚上，可以说是彻头彻尾地认了他这个兄弟了。

林肖虽然丧失了大好的睡眠时光，但对收获的这份难能可贵的兄弟情谊表示非常满意，装模作样地客套了一下："都是朋友，说什么见外的话。都应该的应该的，明天有空再继续一起堵他！"

笑苍穹笑道："好意我心领了啊，不过明天恐怕不行。我有事要去N市出差，估计要几天后才能回来。"

林肖闻言，靠在椅子上的背脊一直："你要来N市？"

"对啊，我要去……"笑苍穹的话说到一半，也留意到了他在用词上的区别，愣道，"你不会就在N市吧？"

林肖换上了一种勾搭的调调："笑老板，既然这么有缘，一定要让我尽一尽地主之谊啊！"说完，听那边半天没什么动静，默默地又补了一句道："你该不会从来没有见过网友吧？"

诡异的沉静后，笑苍穹干笑了两声："怎么会！"

林肖满意地拍板道："那就这么决定了，我留个电话给你，到时候你空了记得打给我！"

笑苍穹连连应道："啊，好的，没问题，没问题！"

为了安抚这位因为面见网友而显然有些不安的小年轻，林肖想了个绝佳的夜间活动来推动他的积极性："晚上一起去网吧，继续狙击九千人玩呗！"

果不其然，笑苍穹在听到这个提议后，声音顿时又清亮了起来："这个好，我喜欢！"

3

两人约定的地点在N市最繁华的商业街旁边的豪盛大酒店里。

第二天林肖一觉睡到了中午，才磨磨叽叽地出了门，打了一辆出租车就直奔商业街。

按照笑苍穹的行程，等他见完客户大概是下午三点，在此之前有足够的时间闲逛。

基本上熟悉过周围的环境之后，林肖才走进了酒店大堂，在旁边的休息区中找了个沙发坐下，抬头打量着周围的陈设。

这种高档酒店自带的奢华感，不免会让人沉浸在一片金碧辉煌之中。不说贵气的装潢、独有新意的设计，就连背景音乐都是林肖这种俗人听不懂的钢琴曲，加上空气中弥漫着的淡且好闻的酒味，林肖躺在沙发上的时候，忍不住又有些迷迷糊糊的，想要昏睡过去。

来去走动的人大多西装笔挺，手执文书，路过的时候总会有意无意地停一停步子，瞥上一眼林肖怀里抱着的那个巨大的魔剑士造型手办，不管从哪个角度看来都显得格格不入。

电梯到一楼停了下来，几个西装笔挺的男人相互交谈着走出，直到大门前才停下步子，礼貌得体地握手告别。

留下的年轻男子目送另外三人离开后，拿起刚才到手的文件随便翻了翻，跨着大长腿走到旁边的垃圾桶旁边，漫不经心地丢了进去。

林肖被他的举动勾起了兴趣，不由眯着眼睛多打量了两眼。

这个人身材修长，看起来有一米八以上的身高，一身挺拔整洁的西装无处不透露着商业精英的味道。精致的五官锋利俊朗，只是因为微微勾起的嘴角透着几分似笑非笑，整个人看起来就又显得玩世不恭。

扔完文件一转身，他的视线正好跟林肖对上，两个人纷纷一愣。

林肖完全没有偷看被揭穿的尴尬，依旧一动不动地靠在沙发上，朝对方格外友好地一笑。

然后，就看到对方也朝他微微一笑。

本来以为只是出于涵养而对他的反馈，谁料对方直直地朝他走了过来。就在林肖一愣的瞬间，对方已经走到了他的跟前，视线在那个惹眼的魔剑士手办上顿住，犹豫片刻后，问道："这是你的手办？"

声音低沉沙哑且很好听，关键是落入耳里总有种说不出的熟悉感。

林肖下意识地点了点头，视线将跟前的男人从头到尾反复打量了好几遍，好不容易才接受这个和印象里完全不搭的形象："……笑老板？"

"是我。"笑苍穹被他看得难得拘谨了起来，但也只是压下了略有不自然的神色，朝他伸出手来，"初次见面，萌鬼。"

林肖也伸手跟他握了握，然而一时半会儿还是适应不过来。要把那个在语音房间里喊得歇斯底里的魔剑士，跟眼前这个看上去格外有涵养的业界精英联系到一处，实在有些困难。

所以说，从某一方面而言，游戏世界果然是放纵人性的一处乐土啊……这样想着，林肖顺势把手办塞进了笑苍穹的手里，淡淡地勾了勾嘴角："见面礼。"

这么一位西装笔挺的帅哥，拿着游戏手办站在那里的样子，比起林肖先前看到的样子不知道更引人瞩目多少倍。

"萌鬼你真是……太客气了。"笑苍穹实在想不出怎么表达自己此刻的心情，好半天才憋出这样一句话来。他四下摸索着想找出点什么可以作为还礼的东西来，最后却只能抬头看向林肖，神色间有些歉意，"下回补上？"

林肖好笑地看着他："没就没呗，还补什么？你这样的老板专程去置备的礼物我可不敢收，省得到时候有人说我拿个小破烂手办来诈你。"

"你这绝版周边才是有钱买不到的宝贝，还指不定谁诈谁呢！"笑苍穹被他逗乐了，原本略带几分紧张的神色顿时荡然无存，看了一眼时间，道，"现在离吃饭时间还早，要不去我房间里坐坐？"

"好啊。"这个提议林肖自然赞同，这种顶级的酒店平日里他是怎么都不会走进来的，借着这么一个难得的机会，好好感受下有钱人的生活也不错。

随着电梯的平稳上升，感受着四面淡淡的灯光，林肖的心里不免有了几分拿捏不定的感觉。如果说笑苍穹只是自己认为的一个普通小老板也就算了，从现在的情况看来他显然是含着金汤匙长大的金贵少爷。这种身份的人，真的可以被说服进电竞圈吗？

透过壁上的镜子，他的视线落在笑苍穹那张棱角分明的俊脸上，沉默地抿起了唇角。

但是一些该做的尝试，毕竟还是需要去做的啊……

仿似感受到了林肖的注视，笑苍穹有些不自然地转过头来，问："……萌鬼，你是不是有什么话要说？"

林肖闻言收回了思绪，扬起一抹笑来："没有啊，我只是被笑老板给帅到了。"

笑苍穹无语地将眼前这个身材修长的男子打量了一番，最后注视上那双让人琢磨不透的深邃眼眸，颇诚恳地说：“我也一样，嗯……那啥，被你帅到了。”

这个时候电梯停下，林肖跟着笑苍穹走出，一路到了走廊尽头的房间门口，开门进去。

进屋后，笑苍穹脱下西装外套挂在了旁边的衣架上，随手解下领带松了松衬衫领口的纽扣，慢悠悠地把衣袖卷了起来。

回头看去，只见林肖站在落地窗边望着外面的景色，从侧面只能看到侧颜的弧度，有些看不清表情。

笑苍穹走到了他身边，顺着视野的角度看去，只见四十楼之下的道路纵横交错，一辆辆汽车落入眼里就犹如一个个火柴盒。

看了半天没发觉什么有趣的地方，他只觉有些不解：“这里有什么好看的？”

林肖似笑非笑地看了他一眼：“觉得没兴趣只是因为习惯了，如果你是第一次从这个位置往外面看，当然也会觉得风景不错。”

“哦，风景的话……这里看着确实不错。”笑苍穹一愣过后笑了笑，也不再继续共赏美景，而是倒了一杯咖啡在沙发上坐下，清了清嗓子，才有些感慨地道，“老实说，我还真的是第一次和《Zone》里认识的朋友见面。”

林肖回头看他：“所以，感觉怎么样？”

笑苍穹在他投来的视线下，咳了两声：“怎么说呢，本来以为会很尴尬，但现在又感到很自然。总体来说，刚刚那个绝版手办是我一直想买但没有机会弄到手的，不错的见面礼。”

前言不搭后语，简直思路乱飞。林肖的笑意不由浓了几分，不再看外面的风景，踱步到了旁边的沙发上坐了下来，一系列动作显得格外地自然连贯：“其实我跟你刚好相反，本来以为见面后应该会很自然，但是现在看到本人后，居然觉得有些紧张。”

笑苍穹哑然：“我看起来很凶吗？”

“不，不凶，很帅很随和。但我现在面临的问题是，有些不善于应对高门第的公子贵哥儿们。”林肖随手取了根烟出来，问了句，“介意我吸烟吗？”

“当然不介意，你请便。”笑苍穹的语调显得有些郁闷，“是这样的，萌鬼兄弟，你是不是对我们这样的富二代有偏见？都是朋友，你要觉得有哪里不自在了尽管跟我提，能改我保证改！”

这简单直率的神态倒是终于让林肖将眼前的人，跟先前网上的那位路人王给挂上了钩，也就不再藏着掖着：“咳，我不是这个意思。简单来说吧，我本来想请你跟我一起去参加黑玫战队的训练营招募，但是现在看到你原来是这么闪耀的高富帅吧，就感觉……”

笑苍穹总算没有辜负他的期望，把握到了话里的重点：“你准备去打职业？”

林肖点了点头，再次强调了一下：“而且是想找你一起去。”

笑苍穹沉默了一下，拒绝道：“当职业选手的话，我还是算了吧。”

林肖对这样的回复感觉一点都不奇怪，不紧不慢地吐了一口烟雾，语调平淡地道：“我知道你已经拒绝过很多俱乐部的邀请，这次之所以来跟你见面，从某方面来说就是想当面谈谈这个事。所以，你是因为感觉在游戏里面路人王的身份已经足够满足了？还是因为觉得职业圈并不是你想要走的路？或者说，是选手微薄的待遇让你提不起半点兴趣呢？”

笑苍穹摇头：“都不是。只是觉得现在国内的电竞，并没有让我想要去投入的地方。”

这样的回答已经让林肖得到了最希望得到的答案，之前因为身份带来的所有顾虑在这一刻也就彻底地一扫而空。他满意地笑了起来：“所以，是因为对国内电竞的现状感到失望，让你认为不值得放下现在手上的一切来放手一搏，是吗？”

在这样平淡得近乎陈述的表达之下，笑苍穹没有回答，只是沉默地点了点头。

林肖看着他微蹙眉心沉思的神情，整了整衣衫，语调淡然，没有太多起伏，然而一字一句落入耳里却是清晰无比：“确实，现在国内的电竞环境因为太注重商业化，并没有表面上看上去那么好。但是，只有从当年最困难的时候坚持过的老选手们才知道，现在已经比当年要好上太多了。”

笑苍穹默默听他说着，没有插话。

“也许在很多人看来，我国的电竞已经没落了，除了花里胡哨、哗众取宠的表演噱头之外，放到国际舞台上就像跳梁小丑一样不堪一击。但这些都只是人们在镜头上看到的，除此之外，更多不被人看到的却是有那么一批选手们不懈的努力和付出。”说到这个地方的时候，林肖特意顿了下，“你不能因为成绩而否认所有人努力的结果，比如至今还没有选择退役的‘阎王’，阎独舟。”

笑苍穹对此无法反驳，阎队是联盟所有人都认可的存在，就连当时他愿意加入天域公会，也跟天启战队有关。

“每个人都可以轻松地对一个竞技项目表达出失望的情绪，来发泄因为心理落差而带来的不满，但是，没有共同经历过努力过的人，又有什么资格可以说‘放弃’两个字呢？”

林肖的视线掠过沉思的笑苍穹落向了窗口的位置，意味深长地抿起了唇角：“就像我刚才说的那样，因为是第一次站在那个位置，自然会感觉风景不错。而习惯了透过媒体去关注电竞圈，没有真正站上过那个舞台，又怎么能有最直观的感受？为什么就不能选择去做一些尝试呢？”

“你说的我可以理解，但是……”笑苍穹缓缓抬起头看向林肖，眉心隐隐拧了起来，“但是，为什么你要用一副什么都知道的老前辈的调调啊？你明明连俱乐部都还没进好吗？”

林肖有些尴尬地咳了两声，把自己满是愤慨的神色收了起来，一脸正经道：“咳，这一点都不影响我作为电竞爱好者的满腔赤诚啊！难道你真的一点都没有想过要亲自参与到一支队伍里面来，一路一起奋斗夺下世界奖杯吗？还是不是年轻人啊！”

要说没有动心，那是假的。作为一名《Zone》的狂热粉，哪一个没有想过要站上对战台来体验那种激情澎湃的热血感受呢？笑苍穹寻思了一会儿后才开口道：“不得不承认你说得确实不错。但是，我就算真的要进俱乐部，也不一定要去黑玫战队吧，天启战队不好吗？”

林肖瞅他：“跟我一起进黑玫战队，从 LPP 联赛一路杀入世界赛事拿下冠军奖杯多棒！何必非要去别的队体验战败的滋味呢！自虐啊你！”

笑苍穹无语：“LPP 的冠军队伍已经很多年没有进过世界四强了好吗？你能不能不要用这种即将夺冠的语气说话啊……我说兄弟，你现在连正式选手都还不是！”

林肖不以为意地看了他一眼，啧道：“说得好像如果作为正式选手在赛场上遇到，你就打得过我了一样。”

笑苍穹默默地看了一眼手表：“……时间不早了，该吃饭了。”

林肖见对方不想再继续这个话题，也就没有强求：“好好好，吃饭吃饭。”

等笑苍穹换了一身便装后，两人一同下了楼，林肖表现得很是慷慨：“既然说要请客我就一定会尽一尽地主之谊啊，带你去吃点你平时不怎么吃的东西，保证火辣！”

十分钟后，两人站在了一家店前。看着正对面“新滋味麻辣烫”六个大字店名，笑苍穹满腔感触，最后只化为了对自己出门前决定换套衣服的明智举动，默默点赞。

果然火辣！

吃完麻辣烫之后，林肖带着笑苍穹一头钻进了隔壁一家《Zone》的主题网吧。

各自登录游戏，扫了眼好友在线列表，看到九千人这个熟悉的头像图标后相视一笑，一切尽在不言中。

血战一夜，最后九千人在惨绝人寰的狙击下，再一次选择了无奈下线。

没有了狙击目标，两人就这样结束了当晚的娱乐项目。

从网吧里出来后心满意足地准备各回各家，临告别时，笑苍穹把自己的手机号码留给了林肖，经过再三考虑后丢下一句话来：“你的提议我会好好考虑的。”

听到这句话，林肖就知道已经成功了至少一大半。心情愉悦下，他豪气至极地道：“等你消息。下次什么时候再来 N 市时我再请客啊！”

感受着还残留着的火辣辣的感觉，笑苍穹的嘴角莫名一抽："真是……太谢谢了！"

是否走职业道路毕竟是一个重大的选择，林肖之后几天没有再和笑苍穹联系，给足了他思考时间。只是自从请了一顿昂贵的麻辣烫之后，他的生活就陷入了穷困潦倒，好在小猴爷雪中送炭，给他带来了两则视频被录用的好消息，这才解决了他温饱方面的燃眉之急。

为了表示感谢，林肖在报酬到账后，还特意给对方发了个五块钱的红包，表示诚挚的感谢。

小猴爷看着"大红包"三个明晃晃的大字，在领取之后回了一排无语的表情："这红包果然很'大'啊！"

林肖回复得格外坦然："出门在外不要这么计较，你一个大主播还差这么点小钱吗？毕竟我最近缺钱，礼轻情意重嘛！"

小猴爷嫌弃："最近？你明明是一直都缺钱吧？"

林肖回道："不着急，应该很快就可以手头宽裕了。"

然而很显然，小猴爷对他的这个说法持保留意见，转身鼓捣设备准备直播去了。

对这种溢于言表的不信任，林肖没有继续追着告诉他自己要进职业圈的消息，他看了一眼卡里的余额，给哈喽凯蒂发去一条好友消息："视频费到了。"

尤景刚刚登录上线，看到消息后回道："哦。"

林肖看着聊天窗口意味深长地笑了起来，一边吃着泡面，一边用手指一个一个地敲着字，发送："妹子你的那份我用什么方式给你啊？是扫码支付呢，还是留个联系方式我直接发你红包？"

尤景瞥到鬼萌萌已经晋升到一阶的段位，移开了话题："俱乐部的训练营纳新马上开始了，推荐名额的事怎么样了？"

林肖看了下日期，估摸着笑苍穹那边也差不多该给他回复了，答道："不着急，没意外的话，应该也就这两天的事。"

尤景没有追问什么是所谓的"意外"，淡淡地应了声，回到了最初的话题："发红包吧。"

林肖看着好友消息里发过来的一串号码，不由得勾起了嘴角。

大多职业选手为了避免麻烦，使用的社交软件昵称通常与本人没有太大的联系，尤景也是一样。点开资料后可以看到空空荡荡的一片，唯有 ID 一栏上面写着“静心”，有一种淡淡的禅意，与他本人那虽然看起来安静，但却无处不透着慑人压迫的感觉截然不同。

这一回，跟之前打发小猴爷的那点小钱比起来，林肖倒是一点也不小气。一共三千块的稿费，直接发去了一千，因为一次只能发二百，所以齐刷刷的一排红色画面显得格外惹眼。

看着对方一个一个打开红包的消息提示，他有种莫名的满足感，挑了下眉梢，貌似漫不经心却意有所指地问道：“妹子你是俱乐部的内部人员吗？怎么总感觉你对战队的运营很熟悉的样子？”

屏幕前，尤景看着消息框里的问话，勾起了嘴角：“加入俱乐部你就知道了。”

本是有意借着自己知情的优势故意调侃，但林肖在看到这句淡定的回复之后反而郁闷了。

看样子对方好像压根就没有准备继续隐瞒下去？但是如果到时候真的提议见面，他反而更要好好地考虑考虑了。毕竟尤景和笑苍穹不同，再回想起两人前一次见面时的情景，原本非常笃定的归队策略一下子感觉有些前途未卜了起来。

为了避免在进俱乐部的第一天就被轰出去，林肖默默打定了主意。

——不管怎么样，绝对不能主动去找尤景见面！一定要等他自己找上来！

4

笑苍穹再次出现是在三天后，才一上线就给林肖连发了几个大笑的表情，毫不掩饰地嚷嚷道：“来来来，拉我进帮。”

林肖对这个结果很满意，但仍忍不住好奇地问：“已经想好了？那你的公司呢？”

笑苍穹回道：“简单得很，让老头子叫了个得力的人先帮我看着了，等什么时候回去再继续接手过来。”

林肖汗：“你们有钱人实在是……等等啊，我去找一下会长。”

说着，就给好友列表里的黑夜发了一条消息：“会长在吗，我有个朋友想进帮，能不能批准一下啊？”

不多会儿就收到了黑夜的回复，很是公事公办：“叫什么，什么职业，天梯多少段？”

林肖没有一条一条回复，而是直接把ID甩给了他：“笑苍穹。”

端正地坐在公会办公区的叶辰，在看到这个名字的时候身子一抖，差点从椅子上摔了下来，好不容易定了定神，回复得格外坚定：“收！”

笑苍穹进帮的时候造成了剧烈的反响，几乎所有公会在线的人都被炸了出来，一时之间好不热闹。这个时候倒是显示出了他作为上层社会精英的圆滑属性，面对这么混乱的场面居然还可以一副波澜不惊的样子，应对得自然得体，一瞬间让很多因为先前敌对立场而抱有敌意的妹子们纷纷转粉。

林肖对这种装模作样的社交艺术一笑了之，关上公会频道后，将注意力落在了聊天软件上亮起的那个熟悉的头像上。

点开后，沈常与发来的内容很直接：“三天后就是纳新开始的时间了，林队你准备什么时候来俱乐部？”

林肖翻了下日历，回道：“没意外的话应该当天就会去。”

沈常与问：“要不要去接你？”

林肖回绝道：“不用，你太引人注目了，我可不想引起太大的骚动，况且这回还要带着一个人呢，还是自己去好了。”

沈常与微愣：“还有谁？”

林肖笑眯眯地回道：“笑苍穹。”

许久没有回复，隔了半天，才收到沈常与的感慨：“林队你真是……太厉害了。”

虽然看不到屏幕那头的人到底是个什么样的表情，但林肖依旧可以想象出那张脸上满是惊讶的样子，此时此刻，应该还带着那么几分欣喜。

也许笑苍穹对很多队伍而言，确实是一个值得寻求的优秀选手，但也仅仅是想要而已。

但黑玫战队完全不同，此时此刻的战队现状，让他们对个人赛高手的需求格外迫切。若是笑苍穹填上了这个空缺，队伍的整体水平将提升不止一个层次。

就是因为林肖对战队的现状太过了解，才会对这一号路人王格外上心。

很幸运的是，通过那次见面，他用麻辣烫成功换来了这样一位高手的加盟。

在此之后，一切就显得轻松很多。

知道黑色黎明的公会会长必然已经收到过某方面的暗示，林肖当晚就开门见山地私敲了黑夜，讨要了公会里推荐去训练营的名额。

不出意外，几乎没有太多的考虑，就得到了应许。

毕竟对叶辰而言，在当时的公会战之后就已经默默地把其中一个名额锁定给了林肖，而另一个名额之所以迟迟没有定下，则是因为实在是找不出什么让他格外看好的选手。简单来说就是——眼下的高手玩家大多还没有进军职业圈的意思，而对当职业选手兴致勃勃的玩家则大多是一些半吊子。

这让叶辰伤透了脑筋。于是，这个时候自动送上门的笑苍穹对他而言，简直是天上掉下的馅饼。

以前完全联系不上的路人王先是入帮，再是加入俱乐部？他仿佛能预感到自己当月的收入在翻倍地增长。

林肖在拿到推举名额之后，和笑苍穹约好了同往俱乐部报到的日子。比起之前身为网友的见面，两人再相见时已经是未来准队友的身份，终于互相交换了姓名。

笑苍穹本名“萧励”，一个很适合他形象的名字。

三天之后，林肖拎着大包小包坐上了前往 H 市的动车。

到站后他推着行李走出了车站，取出手机拨通了存储的号码，一边东张西望一边问道：“喂，萧老板，你在哪啊？”

电话那头反问道：“你在哪啊？”

林肖抬头看了看头顶上偌大的数字号码，道：“我在三号门。”

“好的，在那等着。”话未落，电话就已经挂断了。

林肖听着忙音，有些无奈地收起了手机，抱着行李在原地等。

不多会儿，遥遥地可以看到人群的方向有些细微骚动。顺着那个方向看去，一辆红色的超跑风驰电掣地一路逼近，随着尖锐的刹车声，最后稳稳地停在了他的跟前。

车窗摇下，是那张棱角分明的脸。萧励在驾驶座上半摘下墨镜，朝他侧了侧头示意道：“要迟到了，还不快上来。”

林肖在众人的瞩目下把行李丢上了后座，自己拉开车门跳上了副驾驶。

随着跑车的启动，他忍不住扯起嘴角吐槽道：“开着超跑去报到，够任性的啊！”

萧励侧眸瞥了他一眼，无奈地耸了下肩，语调里有些身不由己：“老头子唯一的要求是让我带上这台‘小毛驴’，其实我也不想的。”

你家“小毛驴”这么贵？！林肖无语地看了他一眼，真情流露道：“小心仇富，到时候被人揍可别怪我没拦着你。”

萧励毫不在意地哈哈一笑，在导航的指示下，沿着繁华的街道往黑魂俱乐部训练基地驶去。

CHAPTER 06

扫地出门

1

林肖当年在 H 市住过很长一段时间，这次旧地重游，免不了有些莫名的感触。

来到西城区后穿过几条马路，车流量渐渐小了起来，在路口拐了一个弯道进去，陆续遇到了几辆车，跟他们相同方向，大概也是来黑魂俱乐部报名的。

不一会儿，就看到了黑魂俱乐部的巨大标识，以及占地面积格外庞大的一大片战队基地。

前面几辆车陆陆续续在门口停下片刻后，又在门口的工作人员指挥下绕去了旁边的公众停车场停放。萧励本来也想上前咨询一下，还没来得及摇下车窗，就见门卫二话不说直接升起了门禁，放行得格外干净利落。

萧励用食指托了下墨镜，倒也毫不客气地就这样直接开了进去。

林肖对这一路的畅通无阻不免感慨："萧老板，开'小毛驴'果然连待遇都不一样啊！"

萧励挑了下眉，不置可否。

林肖瞥了他一眼："就这么开进来，你认路吗？"

萧励经他提醒反应过来，猛地就是一脚刹车，提议："开回去问问？"

林肖在突如其来的冲击下整个人一震，好不容易稳住身形，不由擦了把冷汗："别急啊，你往前面开，然后右拐就是了。"

萧励侧头看他："你来过？"

林肖打量了下周围："很久之前来过，现在虽然扩建了不少，但看起来还是当初的规划格局，没记错的话训练营就是在那个位置。"

萧励无语："不早说！"

林肖耸肩。

所谓超跑的诱惑，就在于一直到停车后两人从车上下来，依旧可以时不时地感受到路过的人频频投来的注目礼。

林肖忍不住侧头打量了眼萧励波澜不惊的神态，不禁自愧不如，要不然怎么说，这上层社会的人都是脸皮厚得可以当床垫的呢？

向周围看了一圈，不远处大楼门外挂着的"新手训练基地"几个大字很是惹眼。

几分钟后，两人来到了报名处。

"你们两个就是公会部门的叶经理推荐过来的？"负责录入报名名单的黄平长得有些干瘦，偏偏一双眼睛格外地清亮，把两人打量了一遍后，问道，"都一阶什么排名了？"

萧励答道："昨天好像刚掉第二了。"

黄平登记的笔一顿，诧异地抬起头来："你是笑苍穹大大？"

萧励爽朗一笑，露出一排白皙整齐的牙齿："是我。"

黄平眼睛一亮："欢迎欢迎！这是这次报名的登记表格，麻烦在这里填写一下具体资料。"

"好的。"萧励点了点头，拿了支笔利索地填了起来。

黄平忍不住偷偷打量着跟前这位传说中的路人王，强压着冲动才没有做出拿小本本求签名的举动来。他喝了一口水强行定了定神，把注意力放到了林肖身上，和颜悦色地问："这位朋友，请问你的排名是？"

林肖想了一下，答道："我刚晋级一阶不久，目前还没有排名。"

有萧励的先例，本以为这回公会推荐来的会是两尊大佛，乍听“没有排名”这四个字，黄平消化了许久才反应过来，心里大致有了判断。毕竟要单单从网游里汲取高手并不是件容易的事，估摸着公会部门那边挖到笑苍穹已经格外不容易了，另外一个名额实在找不着人选，故而就随便挑了一个人来凑数。

判定林肖是炮灰之后，他另外拿了张表格扔到林肖跟前，皱了皱眉道：“账号目前的段位水平写详细一点，这个会拿来做最初筛选的依据。之后会有专门人员安排一些测试评估，如果没有通过的话，很快就会有人需要打道回府了。”

刚填完表格的萧励闻言一愣，这些刚才怎么都没跟他交代呢？然而转头一看黄平截然不同的态度，心里顿时明白过来，对这种明显瞧不起林肖的态度感到又好气又好笑。

打道回府？再怎么样也轮不到他们啊！

林肖哪里不懂这点小心思，淡淡地应了声也没揭穿。从萧励手上把笔抽了出来，漫不经心地把表格填完后递了回去，就人畜无害地朝对方扬起一抹笑来：“以后还请多多关照了。”

黄平点了点头，面无表情地接过了他的报名表。

走完报名流程，来了位工作人员带领他们往新选手训练基地的内部走去。

当初林肖尚在黑玫战队的时候，黑魂俱乐部的运作也才刚刚开始，甚至连可以依赖的加盟商都没有。如今俱乐部背后的老板已经换过两代，同时也得到了飞速的发展，不说俱乐部占地面积较当时扩大了好几倍，就单单是现在新手训练营的装潢布设，也完全是当时无法比拟的。

林肖还记得当年的新选手训练基地里，总共也只有十几台年份久远的旧电脑，而现在，整整五十余台高配的电竞专用电脑设备整齐有序地摆放着，加上周围充满着电竞气息的装饰，无处不呈现一种让人热血激昂的氛围。

两人来到训练大厅的时候，里面已经有不少人了。

“训练营的电脑设备除了前面写着编号的八台外都可以免费用。有编号的那些是比赛专用机，在进行对战分析的时候将会连接投影仪用于 OB 位观战（即以该对战玩家的第一视野直接进行观战），平时不开放使用权。”工作人员简单说明之后，就直接离开了。

林肖打量了一圈，只见其中几人开着的电脑屏幕上正是《Zone》的对战影像，而另外站在旁边的几个人看起来有些拘谨，外加带着几分丧气的表情，不用多问就已经猜到大概发生了什么事。

今天理论上应该是训练营的公休时间，但因为近几日陆续会有人来训练营报到，此时几个老成员不辞辛劳地出现在这里，显然是准备来给新人立一立威的。

“你们好，我是张劲，训练营三期成员，目前天梯一阶排名第二十六位。”把头发梳得油光发亮的年轻人扬了扬嘴角，显然对自己的名次感到很满意，虽然点头表示了友好，但依旧没有盖去眼底的傲气，说道，“今天由我负责新成员的入营事项。”

“哦哦，你好你好。”林肖倒是对他傲慢的态度一点都不介意，笑眯眯地回道。

萧励则是礼貌性地笑了笑，没有接话。

他们的态度算得上很好，但也仅此而已，这让张劲难免感到有些纳闷。

要知道能上天梯一阶本来就不是一件容易的事，何况要在这样激烈的龙争虎斗下爬上二十六位的排名，不论从哪方面来说都足以证明他的高手身份。奈何此时此刻，就好像他用引以为傲的东西发起攻势后，打在了一团软绵绵的棉花糖上，完全得不到半点反馈。

张劲跟身后的冯升交换了个眼神，笑着开口道：“是这样的，两位也看到了，我们训练大厅里有很多电脑设备，但是一部分设备已经相对老旧了。为了避免以后会在争抢设备的问题上出现分歧，新入营的成员照规矩要先进行一些对战测试，如果赢了新设备随便使用，相反的，要是输了的话，那就需要听我们的安排了。”

冯升顺着话茬接下去道：“拒绝就当是认输，前面来的其他新人都已经接受过测试了，相信两位应该不会放弃这个难得的机会吧？”

哦哟，下马威这就来了。林肖心里觉得好笑，回答得却格外干脆：“既然是老规矩，那当然是需要遵守的。”说着，用胳膊肘捅了一下萧励：“那么，是你先还是我先啊，萧老板？”

这种电竞中的单挑行为，多被称为SOLO。这样的邀请萧励从来就没怕过谁，何况对方顶了天才是一阶排位二十多位的角色，当即也不推托：“反正谁都一样，那就我先来好了。”

比林肖他们早来的几个新人都已经被虐成了渣渣，这个时候看着两人志得意满的模样，仿似看到了不久之前的自己。如同预见了又有人要被虐的熟悉一幕，四面八方投过来的视线里充斥着一股子难以言喻的同情。

冯升走到一台开着的电脑面前坐了下来，瞥了眼坐到他对面的萧励，一边输入账号登录游戏一边说道：“我的ID叫‘日升东方’，你加我一下，一会儿创建对战房间后拉你。”

萧励应了一声，也登录了自己的账号。

冯升正创建着房间，眼见弹出一条好友申请来，本来是毫不在意地点开，看清对方ID后握着鼠标的手顿时一抖，叫道：“张哥！”

张劲原本站在他身后不远的地方看热闹，被这样冷不丁地一叫给吓了一跳，凑上去问：“叫什么叫，设备出问题了？”

冯升颤颤悠悠地指着屏幕上的申请框，结巴道：“看，看这！笑……笑苍穹加我好友了！”

“你是说，笑苍穹？”张劲猛地凑近仔细一看，脸色也丰富起来，激动地拍着他的肩膀道，“通过啊！愣着做什么，还不赶紧通过！”

冯升颤抖着手慌忙通过了好友申请，然而看着列表上亮着的头像，一时间不知道该发送什么消息过去的好，应该说：“嗨？”“你好？”还是说：“初次见面请多多关照？”

他这边犹豫的工夫，萧励从对面的电脑后面探出了脑袋，问道：“房间还没建好吗？怎么还不拉我？”

冯升这才想起来眼下的正事，慌忙拉回了思绪翻看了一眼信息栏，一脸疑惑地问：“你没加我好友我怎么拉你？”

笑苍穹瞅了眼好友列表上的名字："刚不是通过了吗，'日升东方'不是你？"

"是我啊，但是刚才哪里有加好友的，只有……"冯升的话说到这里忽然一顿，整张脸上的表情刹那间格外地丰富多彩，"你是，笑苍穹？"

萧励用一副看傻瓜的神情瞥了他一眼："不然呢？刚刚加的好友，不识字吗大哥？"

一句"大哥"喊得冯升背脊一直，几乎是下意识地给对方发去了一条对战邀请，骤然萌生了一种生无可恋的心情。

笑苍穹的名字让很多抱着看热闹心态的围观群众顿时好奇了起来，另外几个老成员甚至放下了手中的鼠标也都纷纷围了过来，都想亲眼看看传说中的天梯路人王到底是什么样的实力。至于冯升，早已从初始的"守路人"变成了纯纯的"小白鼠"。

"还真是笑苍穹啊！"林肖听到有人看到屏幕上的ID后赞叹了一句，懒散地瞥了眼笑苍穹被众人围观的场面，就有些困顿地打了个哈欠，在旁边随便找了个位置坐下，略显无聊地开始翻弄起了手机。

萧励点开了邀请后，点击同意，接受了对战。

在准备阶段之后开始导入时，冯升忽然道："这局对战不讲战略，直接中路正面对抗怎么样？"

萧励不明白对方只求一刀痛快的心思，只觉得这样确实可以节省不少时间，就欣然答应了。

于是，对战开始后，双方角色不约而同地从地图正面朝对方行进，很快就在正中心的位置相遇，当即二话不说就迎面而上，缠斗在了一起。眼花缭乱的技能布满了整片屏幕，五分钟不到，日出东方的血条彻底清空，献出了第一滴血。

不同于天梯，SOLO对决通常是一血分胜负，于是，这场万众瞩目的对决仿佛还没来得及开始，就已经干净利落地结束了。

面对周围分明有些嫌弃的视线，冯升有些尴尬地清了清嗓子，抬高语调感慨道："不愧是现在最热门的路人王，打得就是精彩，怪我技不如人！我认输！真的服气！"

众人对他的厚脸皮一阵无语。

刚才的对决从哪里看出来精彩了？从头到尾完全是被压着打好吗！前面欺负新人倒是得意，现在输得一塌糊涂居然还好意思说认输？！知道输字怎么写吗，啊呸！

冯升当然也能感受到这种尴尬的氛围，为了挽回点面子，当即把注意力转移到了林肖的身上，微笑道："那么，下一位？"

林肖闻言，把视线从手机屏幕上抬了起来，看向萧励道："啊……萧老板，介意把你的号借我用一下吗？"

"我倒是没什么问题。"萧励正准备退出游戏的操作一顿，整了整衣衫从椅子上站了起来，看着林肖认真地再确认了一遍，"你真的要用我的角色？"

"嗯啊。"林肖勾了勾嘴角，坐到了刚刚让出来的座位上，随手翻了翻笑苍穹的装备库，表示十分的满意，"不愧是路人王的账号，装备就是齐全。"

萧励额角不由浮现出几排黑线："多谢夸奖啊！"

对面的冯升看着两人之间的互动，发去对战邀请后，忍不住问林肖道："你也是玩魔剑士的？"

林肖基本已经选完了准备使用的装备，抬头看了他一眼，回道："不啊，我玩的是鬼道士。"

在场的所有人听到这句话后顿时无语。

——你一个玩鬼道士的拿人家的魔剑士账号搞什么？！

而冯升在这片诡异的沉默中，脸色显得格外不好。

虽说他的技术确实不如张劲来得高超，但在训练营的老成员里好歹也算得上是天赋不错，对方的态度，未免太小瞧人了一点。

他暗暗地瞪了林肖一眼，心里已经默默做了决定，一定要好好给这个不知天高地厚的家伙一点颜色看看。毕竟比不过笑苍穹他心服口服地认了，而这个不知道从哪里冒出来的小角色，难道还能治不了吗？

林肖并不知道自己不经意的举动勾起了对方那么多心思，此时一心感受着手中高端键盘鼠标的绝好手感，心里满是跃跃欲试的期待。

之所以不使用鬼萌萌而选择借用笑苍穹的魔剑士，他有自己的考虑。

由于之前在那小破屋里住久了的关系，即便平时都有做一些手速上的基础训练，但因为那套实在破得可以的“古董”设备，他根本没法评判出自己眼下到底恢复到了一个什么程度。而现在，好不容易可以体验一把高端电竞设备，魔剑士这个近战职业无疑比法系的鬼道士更适合他用来感受一下飙升手速、放飞自我的感觉。

进入对战地图，如上一局如出一辙的开场，正面接触后正面纠缠，最后在一片绚烂的技能中，日升东方宣告死亡。

【系统】FIRST BLOOD！

看着自己眼前再一次彻底暗淡的画面，冯升木讷地愣在原地，思绪还停留在对方仿似毫无间隙却瞬息万变的走位与技能之中，完全接受不了这种莫名其妙被夺下一血的残酷现实。

还记得对方说，他主玩的其实是鬼道士……

“哦，换了设备后果然感觉还不错，不过还是有些不太够啊。”林肖晃了晃手中的鼠标低声嘟囔了一句，回头对上萧励目瞪口呆的视线，不由挑了挑眉，淡淡地笑道，“3 分 40 秒，我又赢了。”

萧励的嘴角隐约抽搐了一下，最后无奈感叹：“厉害啊！”

2

黑玫战队议事大厅。

空荡荡的室内，只有一个男人的身影安静地坐在投影仪前。他神色专注地看着大屏幕上播放的画面，带点柔美的脸部线条，因为锐利的视线而透着一种淡淡的压迫感，这种略寒清冷的气质，使人莫名心生敬畏。

训练营的负责人廖远不由地提了下呼吸，轻轻地敲了敲门，道：“尤队，各方推荐来的几位新人都已经到齐了。”

尤景转身看来，道：“拿来我看看。”

廖远忙把手上的一沓信息表递上。

尤景接过，随口问了一句：“公会部门那边推荐的人来了？”

廖远答道："来了，资料都在这里。"

尤景一页一页地翻看着新人档案，整个屋内只剩下了细微的翻页声。

当几个字映入眼中，他翻看的动作霍然一顿，眸底沉寂的神色微微一晃，视线牢牢锁定在了姓名栏里写着的名字上，骤然起了几分不易觉察的波澜。

一字一字地看过所有信息资料，他修长指尖上的力量略显失控地微微一沉，文档的纸张上就多了几道鲜明的皱痕。

他的唇角暗暗抿紧几分，片刻沉默后忽然站了起来，疾步朝门外走去，丢下一句话来："去训练营。"

在这样突如其来的举动下，廖远还没来得及反应，就见那道身影已经消失在了门口，一愣之后，慌忙抬脚追了上去。

此时此刻的训练营大厅里，氛围显得并不那么友善。

之前张劲一直站在冯升身后旁观，所以很清楚地可以发觉两人之间的差距。心下诧异之余拍了拍冯升的肩膀示意他站起来，自己则是将电脑椅拉过来坐下，随手登录了角色后抬头看向林肖，微笑着抬头问道："介意再来一把吗？"

林肖几乎想都没想，当即点头道："嗯，介意。"

张劲怎么都没想到对方会拒绝得这么干脆，被一噎之后，脸上的笑容略微有些挂不住了："怎么，怕了吗？放心，这场的胜负不会计算进之前的赌注里，我只是单纯地想切磋切磋。"

林肖淡淡地勾起了唇角，很是泰然地承认道："是啊，我怕了。所以还是选择拒绝吧。"

冯升刚刚连输两局，心里早就一肚子火，这时忍不住帮腔道："新来的，这是对前辈该有的态度吗？"

哦，谁是谁的前辈？林肖抬眸看了眼两人，不置可否。

萧励却是在一旁听得有些不爽了，忍不住从椅子上站了起来："不就是要 SOLO 吗？来来来，我跟你们来！"

张劲态度极好地对他笑道："新人来训练营后先行摸底，是一直以来的规矩。路人王的水平大家都清楚得很，我自认比不过，当然也就不需要切磋了。”

萧励冷哼：“哎哟喂，这话说得好像你们就打得过林肖了一样。”

这话出口，其余几位老成员的表情都难免有些不好看了起来。

林肖有些无语地瞥了萧励一眼。这位仁兄,你到底是出来劝架的呢，还是出来引战的啊？

冯升的脸色比之前更加低沉了，话语也直白了起来：“都已经说了，这是训练营一贯的规矩，听不懂吗？”

感受到从四面八方投来的视线，林肖略感无奈地叹了口气，抬头对上张劲似笑非笑的视线，也淡淡地勾起了嘴角：“但凡进黑玫训练营后，第一周进行理论性摸底测试，第二周进行手速测试，第三周进行个人实战测试，第四周进行最后的综合实力测试。一个月试用期中，每轮测试都会按照实际得分，来评判成员是否适合留在俱乐部里继续培养。这应该是从创办训练营初始就定下的条例吧？就是不知道从什么时候起，又新增加了一条由‘前辈’来评估新成员实力的规矩？”

“了解得倒还挺全。”在这番详尽的陈述后，张劲神色间不由多了几分诧异,将林肖上下打量了一番,语调略微地压低了几分,“只不过，训练营可不是你想的那么简单的地方，想要成功晋升，不是光靠出风头就够的。”

“靠出风头当然不行，但是，难道靠打压新人就可以成功晋升正式队员了吗？”林肖在这样的言论下，眉目间的笑意终于渐渐退去，平静地看着张劲，眸底的神色淡淡，“训练营是挖掘战队未来支柱的地方，也是承担战队无限可能性的地方。既然自诩‘前辈’，就该做好榜样，不先考虑如何提升自己的实力而只想着贬低竞争对手，真没想到，现在训练营里的风气居然成了这个样子，实在是让人，很失望啊。”

语调里几乎没有带太多起伏，更没有多余的情绪，却仿佛有一层什么虚无的东西随着他的陈述沉沉地压在众人心头，无处不透着一种说不出的威慑感。

被林肖的视线扫过的时候，背脊有些微微发凉的感觉，张劲努力保持的笑容此时早已荡然无存，脸上的神色也再没有半点温和。

激怒之下，冯升一拍桌子，额上的青筋突显：“才第一天入队的新人，以为自己是什么身份，有什么立场在这里说失望？我们是哪里没做好榜样了？不过就是不敢接受张哥的切磋而已，摆个什么虚伪的架子！”

之前林肖也只是因为眼下训练营里的风气而触动了某根情绪的弦，从没奢望过凭着自己的几句话真能改变什么，于是此时静静地看着两人的态度，微不可识地勾了勾嘴角，什么话都没再说。

周围一片诡异的寂静，旁人怎么也没想到事情会忽然发展到这种剑拔弩张的地步，一个个面面相觑，却是没有人敢开口插什么话。

这时一个清冷的声音从外面传来，显得格外地清晰突兀：“既然都那么精力充沛，从明天起，训练营全体假期就此取消。”

当听到这个声音的时候，冯升前一刻还有力拍着桌子的手陡地一哆嗦，张劲也瞬间就从椅子上“嗖”地站了起来。

其实并不只是他们，但凡是训练营里的老成员，都已经情不自禁地站在旁边挺直了背脊。

作为黑玫战队的队长，尤景虽然也曾来过训练营，但也只是在屈指可数的公事时间，对很多人而言，他依旧是极难见到的供人仰望的存在。此时在假期里突然出现在训练营中，显然对众人的心理造成了不小的冲击，一个个就连去心疼那可贵假期的念头都没有了。

老成员突然端正的态度，也带动不明真相的新成员跟着毕恭毕敬了起来。

直到看清从门外走进的来人，被那深邃的视线一一扫过后，所有人均是霍然噤声，胸口的心跳不由得骤然剧烈了起来。

在这样的情景中，不仅没有站起身来迎接，反倒是把头缩得越来越低的林肖，就显得格外突兀醒目。

跟尤景同来的廖远没想到训练营里会是这么一个情况，默默擦了把额头上的冷汗，满脸严厉地瞪了张劲一眼，道：“都怎么一回事！让你在这里迎接新人，怎么就闹成这个样子了！”

张劲好不容易挤出一抹笑来，却是不敢再多说一个字了。前面所谓的“入营规矩”说到底确实是他自己为了立威而自作主张，真要追究起来，就算成功把那不知天高地厚的新人拖下水，他也绝对脱不了干系。按照自家尤队的性格手段，被直接赶出训练营也是很有可能的事。

张劲虽然时不时喜欢耍点小手段，但在训练营里也算得上实力不错的一个。廖远这么质问从某方面而言也是借此给他个台阶下，见他识趣地没有多话，也就满意地没有继续追问，转身朝着尤景挤出一抹笑来，转移话题道：“尤队，你之前说要来这里找的人是？”

尤景的视线落在蜷缩电脑前的人影上顿了顿，片刻沉默之后再次开口，语调中仿似笼着一层让人捉摸不透的东西：“谁是林肖？”

话落之后，周围寂静得有些诡异。

没有人回答，然而依稀有人记得之前萧励口中好像确实出现过这人的名字，于是就在这样的静默下，全场所有的视线仿似被某道指令牵引，默契地集中在了某个人的身上。

这样万众瞩目的感觉好像有一团火在背脊上灼烧，却可以感受到其中的一道视线带有一种别样的清冷，突兀且分明。

林肖避无可避，只有无奈地叹了口气，站起身来，认命地看向尤景：“是我。”

视线相触，周围原本就死寂的氛围，在这一瞬间仿佛彻底僵持，就连周遭的温度也像是骤地降低到了零点。

林肖——当年黑玫战队最巅峰时期的队长老鬼的本名。

然而，此时看着眼前这张熟悉的脸，尤景狭长的眼微微眯了起来，拿着资料的手拽紧了几分。

在这样的注视下，林肖感到仿佛有一把刀子在身上慢悠悠地划过，凉飕飕的感觉让他不由得打了个冷战。但已经到了这个时候，大不了就是直接被轰出去，于是干脆一副破罐子破摔的神色，也定定地看着站在门口的男人。

这样许久的对视，让周围的氛围也变得微妙了，其他人也不敢打破这片沉默，一个个不时偷偷摸摸地来回打量两人，一阵疑惑。

怎么这个新人看起来一副跟尤队认识的样子？

过了许久，尤景眼里潋滟的眸色隐隐一晃，终于开了口："你怎么会在这儿？"

这样的声音比平时更加缓慢而低哑，虽然从表面上看不出半点情绪，却依旧可以感到一种隐隐的凌厉，其心思深幽莫测。

该来的总是避不开。林肖有些无奈地揉了揉头发，道："我现在是训练营的新成员，你应该知道的。"

"我知道你是新来的训练生，我问的是，你为什么会在这里？"尤景眼底的眸色更深了几分，语调无波地又问了一次。

既然知道，却又要问，似乎存在着逻辑上的问题。旁边众人一头雾水，林肖则勾起了嘴角，淡淡地答道："在这里，当然是为了成为职业选手。"

这种自负的话语顿时引起一片哗然，尤景面无表情地扫了他一眼："其他原因？"

林肖回忆了一下以前"自己"的种种言行，忽然玩味地挑了挑眉梢，轻笑："尤队认为我应该是为了什么？"

尤景的眸色一闪，转身把资料递给身边的廖远："林肖，淘汰。"

廖远还一脸蒙地来不及回答，反应过来的林肖一个激灵下瞬间冲了上来，一把把资料档案给抢到了手上："玩笑的，开玩笑的，尤队！我来真的是为了当职业选手的，信我！"

说完，三指相合，指天呈发誓状。

尤景垂眸打量着他的神态，线条分明的唇角微微勾起："哦？"

"尤队你这样没有幽默细胞可不行啊。"林肖默默擦了把冷汗，留意到周围四面八方投来的视线，不由轻咳了一声，压低声音道，"是这样的，我想我们之间应该，那啥……有一些误会。要不，换个地方说话？"

尤景好看的眉梢微微皱起，片刻的犹豫之后，淡淡地点下了头："跟我来。"

廖远看着两人一前一后地走出去，只感到一头雾水。

刚才尤队这么火急火燎地专程来找这人，就是为了要把人直接给赶出去？但现在最关键是，很显然他们是认识的，那么，刚才说的那句“淘汰”到底作不作数呢？

三

空荡无人的走廊，两道投射在地板上的人影被拉得格外细长。

尤景半靠在窗边，眼眸略微眯起，带着些许莫测的视线落在林肖的身上。

林肖，鬼萌萌。

其实当看到资料上这个名字的时候，他确实萌生过一种不该存在的错觉，然而这一切的想象，都破碎在看到这个人的瞬间。

不是记忆里的那张脸，而是那个偏激粉丝。

他皱了皱眉，终于开了口：“还有什么话，现在可以说了。”

林肖打量着对面那人精致柔美的五官，依旧看不透他心里真实的想法，只能再一次清了清嗓子，诚挚地说道：“尤队，我知道我当初不懂事，做了不少冒犯你的事，但是现在我真的已经改邪归正了。你看，我好歹也是被推荐进训练营的人，就大人有大量，再给我一个机会呗？”

尤景表情平静：“改邪归正？”

“对对对，就是改邪归正！我保证。现在我只想专心电竞，除此之外保证没有别的念头。”林肖一瞬不瞬地看着他，语调真挚，一脸恨不得把心掏出来给他的神色。

尤景打量的视线一点一点地掠过他脸上的每一寸表情，忽然，唇角毫无预兆地冰冷勾起。

一瞬的失神，林肖只见尤景朝他走了过来，渐走渐近，使他下意识地往后退去，直到退无可退，肩膀就这样被轻轻一推，背脊靠上了身后冰冷的墙壁。

尤景向前微微俯近，声调平和：“现在，再说一次。”

林肖看着尤景反而平静地笑了起来：“真的，改邪归正了。我想当职业选手，是认真的。”

这个人在他面前出现的次数虽然屈指可数，但因为每一次的举动都太过狂热，所以足以让尤景印象深刻。然而此时此刻，眼前的人说话时虽然依旧是牢牢看着他，却也只是看着他而已，没有印象里的激动偏执，仿佛只是在陈述一件理所当然的事。

改邪归正？不，更像是换了一个人才是。

尤景深邃的眸色间闪过一丝考量，蹙了蹙眉心，片刻后缓缓直起身子，视线落在林肖身上："可以给你一次机会，林肖。"当念出这个名字的时候，他的声音不易觉察地滞了一瞬，而后继续道，"一个月后总成绩排名前五，你就可以留下。"

这个要求对很多人而言可以说是苛刻至极，然而对尤景而言，本该被他直接赶出营去的人多得了一个额外的机会，只是单纯地因为他的名字。

——林肖。

即使是同名同姓的巧合，使用这个名字出现在竞技舞台的男人，也必须站在顶峰。

随着尤景往后退开的几步，林肖的背脊在离开墙壁的瞬间有种终于轻松了的感觉，此时听到这样的要求，几乎笑逐颜开："尤队放心，我一定不会辜负组织的期望！"

尤景看了他一眼，没有接他的话。

恭送尤景离开后，林肖再次回到训练大厅，这时里面的人都已经走得差不多了，只看到寥寥几人，以及坐在正中间的椅子上一脸无聊的萧励。当萧励看到他的时候，脸上的神色分明地清亮了起来。

"喂喂喂，你居然认识尤队？"萧励凑上来问的时候，仅有的几个人虽然没有太多的表示，身形却都不易觉察地直了直，悄悄地竖起了耳朵。

林肖又好气又好笑地感受着这股八卦的氛围，琢磨了一下后，道："其实我是尤队的忠实粉丝，之前活动现场见过几次面，所以印象当然就深刻一些了。"

萧励感慨："居然可以做到让尤队记住你的名字？行啊兄弟！"

林肖沉默了一下："应该是因为我曾经好几次问他要过特签？"

萧励拍了拍他的肩膀:“不管怎么样，可以让尤队认识，还是厉害。”

林肖见他接受了这份解释，留意到周围人的好奇心似乎也散得差不多了，暗暗松了口气：“别贫了，去宿舍吧。”

因为今天还是假期，训练营的宿舍区比训练区要热闹得多。

当一辆红色的超跑呼啸而入时，不少人从楼内探出脑袋来好奇地探看，以至于林肖二人拖箱子搬行李的简单举动莫名成了一部众人观看的大电影，直到进了宿舍楼，才算免了被围观的待遇。

林肖和萧励的宿舍是相连的两间，他的东西并不多，拖着行李进来后三两下就收拾得差不多了，正准备去隔壁萧励房间看看情况，忽然有人敲响了房门。

门外站的几个人里，只有张劲和冯升两个是林肖认识的，其余几人高矮不一，背对着光线站着，看不清楚表情。

其中一个身材高挑的男人先开了口：“你就是林肖？”

林肖瞥了眼他身后的张劲，淡淡勾了勾嘴角：“是我。”

旁边的萧励听到动静也走了出来，抬眼见到这么多人后一愣，眉头就拧了起来：“干吗呢，又来找碴吗？”

然而男人没有搭理他，而是把张劲和冯升给推到了跟前，淡声道:“道歉吧。”

被推到林肖跟前的两人一脸苦相：“今天是我们错了，对不起。”

林肖还没反应过来怎么一回事，闻言格外淡定宽容地朝他们笑了笑：“啊，没关系，没关系！”

张劲和冯升本来就心不甘情不愿，这时候听这样的回答，心里更加憋屈了。

这两人之前不是还叫嚣得挺厉害的吗，怎么这时候一个个都萎了啊？萧励被眼前的情势弄得一头雾水，看向那个看起来很有威严的陌生男人，不明白这个人到底是什么来历。

在眼前的氛围下，张劲首先有些耐不住了：“教练，我们都知错了，你看能不能……”

他就是黑魂俱乐部训练营的教练刘瑾轩？难怪这两个家伙被镇得一副大气都不敢出一口的样子。

林肖了然地挑了挑眉，借着有些昏暗的光线把这个高挑的男人打量了一番，最后简单地做出了如下的评价：看起来很严厉，但是从目前表现的气场而言，本人的行事恐怕比外表要来得更加严厉。

这样想着，他笑眯眯地接下了张劲的话："对啊，教练原谅他们吧，也就是试图打压新人而已，算不上什么大事。"

他不说还好，话一落下，周围的气压仿佛又低了几分，氛围更加诡异了起来。

你不说话没人会把你当哑巴啊！张劲和冯升差点就当场骂人了，要不是场合不合适，恨不得直接冲过去把这个嘴欠的人暴打一顿才好。

刘瑾轩面无表情地扫了两人一眼，道："确实不是什么大事，就罚今天加练三小时的反应训练，如果没达到总合格率 80% 以上，明晚继续。"

冯升嘴角一哆嗦，刚想反驳，被张劲暗暗拉了一把，顿时改口道："我们现在就去！"

林肖心情愉悦地目送两人推推挤挤地远去，回头对上刘瑾轩投来的视线，勾起了嘴角："刘教练果然跟评论中一样的雷厉风行。"

"我只是不希望让人误解，如果大家认为黑魂俱乐部里都是他们这个样子的，会给我造成困扰。"刘瑾轩说着，从旁人手里接过文档翻了翻，取出两份资料递给了林肖和萧励，"这是入营一个月的所有训练及测试安排，希望你们可以顺利留到最后。你们住宿的地方是 C 区，有什么疑问可以咨询邹亓官，在测试期间，他会是你们区域的负责人。"

话落，一个弱弱的声音低低软软地传了出来："你，你们好，我是邹亓官。虽然第二个字读'齐'，不过因为写法的原因，你们也……也可以叫我开关。"

只闻其声，不见其人。

林肖往周围找了一圈，才发现从刘瑾轩高大的身体后羞涩地探出半个身子的少年。

他一边自我介绍着，一边因为紧张一只手还牢牢地抓着刘教练的衬衫。原本整洁的着装不知从什么时候起已经被抓得皱皱巴巴了，奇怪的是刘瑾轩就这样任由他搓揉着，没有让他放手的意思。

很显然，小少年还是第一次当负责人，在这样“万人瞩目”的场面下显得很不适应。

“具体的事你留下来跟他们再详细说明一下，其他人跟我去D区。”最后交代一句后，刘瑾轩就带着其他人走了。

没有了教练这样一个天然屏障，邹亓官显得更加拘谨了，手足无措下微红着脸开始搓自己的衣角。一头微卷的栗子色头发配上一张唇红齿白的俏脸，看起来像极了一只耷拉着耳朵的小泰迪，挠得人心里直痒痒。

“那……那我给你们说说？”过了半天，邹亓官终于又弱弱地憋出一句话来。

林肖被他这副样子弄得有些失笑，怀着关爱小动物的心情拉着他进了屋，朝萧励招了招手：“来来来，别站走廊上了，都进里面来坐着说。”

跟当时林肖在训练大厅里说的一样，黑魂俱乐部入队前一个月里，时长四周的测试项目与当年几乎没有什么太大的区别。唯一有调整的就是具体的测试方式与规则上的改进，显得更加有针对性了很多。

邹亓官显然认真地做过功课，虽然介绍得有些慢，但一条一条都说得很详细。虽然林肖简单地翻看几眼就已经把条例了解得很清楚，但看他这副认真的样子顿觉不忍心打扰，耐心地等全部讲解完了，才笑着递了杯水过去：“很不错，解释得都很清楚，谢啦！”

邹亓官开心地抱着水杯抿了一小口，不忘提醒道：“本来明天还是休假的，不过刚才俱乐部下了通知过来说全体假期取消，所以明天可一定别忘了要早起集合。”

“哎哟我去，怎么刚到基地就要开始训练了！”萧励哀号一声，仰头直接往床上一躺，拿林肖还没来得及收拾的一堆衣服作了靠垫。

林肖没有多搭理他，把桌子上的资料利索地收起来后，问邹亓官道：“你来训练营多久了？”

邹亓官笑着答道：“我是去年入营的。”

萧励打趣道：“那不就是我们的前辈了吗？”

邹亓官略显局促地挠了挠后脑勺：“我比你们都小呢，才说不上是什么前辈，叫我开关就好了。”

林肖也不客气：“行啊，开关，你使用的角色是什么职业啊？”

说到这个问题，邹亓官脸上莫名一红，噎了一会儿才道：“我的角色是牧师……但是比起尤队可差远了。估计很长一段时期内是当不上正式队员了。”

哟，看样子还是尤景的粉丝。林肖拍了拍他的肩，笑道：“全联盟都没哪个牧师敢说比尤队强的吧？小少年有抱负是好事，但一开始对自己的期望别太高，非要跟你家尤队去比，给自己找打击，没必要啊。”

邹亓官摇头：“不是这样的，其实之前刘教练两次提名我当正选预备了，但是最后都被刷了下来。当时教练就跟我说我有一个致命缺点，就是在对战的时候……有些，太胆小了。现在想想，可能我确实是真的不适合当职业选手吧，不过，只要能继续留在训练营里面我就已经很开心了。”

可能说到最后的时候连他自己都觉得有些丢人，偷偷地吐了下舌头，就低头猛喝起水来。虽然这样的话听起来有些丧气，但那双眼睛始终清亮亮的，就算是自嘲也没有表现出太多失落或是不悦的负面情绪，就心理素质而言，已经有职业水平。

林肖把一切看在眼里，慢悠悠地勾起了嘴角：“其实胆小也不一定是坏事，要知道从某方面来说，这也意味着小心谨慎。说起这个的话，当年沈副队刚入队的时候，不也是一样的胆小透顶吗？”

邹亓官的注意力成功从杯子上被吸引了过来：“啊，沈副队以前也跟我一样吗？”

林肖想起以前的事，若有所思地摸了摸下巴：“也不是和你一样，要真说起来，应该比你还要胆小一点吧……”

此时黑玫战队的训练大厅，正专心做着评测表格的沈常与重重地打了个喷嚏。

坐在旁边的柳泽绅听到动静，抬头看来：“怎么，感冒了？”

“没有。”沈常与清了清嗓子，一抬头正好看到尤景从门外走进来，当看到他身后的廖远时，手上的动作不由自主地停了下来，喊道："尤队！"

尤景停下步子，站在门口朝他看来："找我？"

沈常与到了嘴边的话顿了一下，斟酌后委婉地问道："新对战策略出来了，结果下午没找到你人，这是去哪了？"

尤景淡淡地"哦"了一声："随便出去散了会儿步。"

沈常与若有所指地瞥了眼他身后的廖远，道："廖经理也一起去散步了？"

在这样的提问下，尤景脑海里突然浮现出了一个人影，眸底神色一闪，语调里没有太多情绪："发现了一只野猫，就交给廖经理处理了。到时候如果有哪里不安分，正好直接赶出去。"

说完，视线淡淡地扫过沈常与，只留下一句话来："廖经理，训练营里的情况也跟沈副队交代一遍。"

廖远愣愣地在原地站了一会儿，直到尤景走远了，这才拿着一整沓的文档走进了训练大厅。

听着廖远详尽至极地介绍最近训练营里的近况，沈常与却有些心不在焉。刚才尤景的反应多少让他感到了不安。好端端的怎么会突然去外面散步，总觉得这人一定是已经去训练营看过了。如果真去了，那林肖呢？他们已经见过了吗？

这样想着，沈常与忍不住打断了廖远的汇报："廖经理，你跟尤队之前去哪里散步了？"

廖远被他这么冷不丁地一问，背脊上微微一凉，吓出了一层冷汗。

刚才尤景的态度显然不想透露去过新选手训练营的事，但是现在沈常与又偏偏一副追问到底的样子，这让夹在中间的他感到有些为难。最后清了清嗓子，圆滑地道："是这样的沈副队，我刚才和尤队去训练营周围溜达了一圈。"

果然是去了训练营！

话没说完，沈常与已经站了起来，没理会其他人的满脸茫然，就拿着手机火急火燎地疾步走出了训练大厅。

林肖接到沈常与的电话时并不感到奇怪，只是在他的描述中淡淡挑了挑眉，笑道："野猫？看来你们家尤队果然还是对我防范得很啊！"

沈常与站在空荡的走廊尽头，在这样毫不上心的语调中沉默了一下："所以说，尤队果然已经跟你见过面了，而且，居然没有直接把你扫地出门？"

林肖回想了一下今天的整个过程，摇头道："也不能这么说，他本来确实准备轰我出去的，但是好在我跑得快，抢文档的时候手速也快。"

沈常与一头雾水："抢什么文档？这跟手速有什么关系？"

林肖清了清嗓子，没有再继续这个话题："不管怎么样，你就放心吧,至少目前而言我应该是已经可以留下了。正好在训练营里待一个月，也可以近距离观察看看有没有什么有天赋的人选，到时候一起带进战队里来。"

到了这个时候，沈常与才终于松了口气，心思再次转回到战队的运营上来："战队最近确实有考虑再提拔几个新人上来，有你在训练营看着，我当然更放心了。"

林肖道："我已经仔细分析过目前战队的配置，如果按照我和萧励填补过后的情况看来，个人赛应该是没有问题了。但是团队赛的阵容依旧有些单一，长期的远程支援模式太容易被针对，最好可以再配置一个类似暗杀者的机会型爆发职业。"

沈常与皱眉："按照目前训练营里的储备来看，并没有特别突出的选手。"

林肖笑眯眯地勾起了嘴角："训练营里没有，那就从别的地方去挖啊。我现在倒是有一个人选，就看你这边是什么个意思了。"

沈常与不解："别的地方，转会吗？但目前离转会期还有好几个月吧？"

林肖舒舒服服地靠在床榻上，慢悠悠地道："还记得我跟你说过，在比赛那天看到谁了？"

沈常与的话语顿时一滞，半晌，才扯起嘴角道："林队……你不会是，想去找陈安琪复出吧？"

林肖挑眉纠正：“我这么一个名不见经传的小角色哪有这能耐啊？当然不是我去找，而是你亲自出马了，沈副队。”

随着话落，电话那头只留下一片诡异的沉默。

很久很久以后，沈常与仿佛才找回魂来，连说话的语调听起来也显得有些飘：“我回头……联系看看。”

林肖笑道：“辛苦你了啊，沈副队。”

之后的对话中，也就随便说了下今天白天发生的一些事。沈常与本有意要参与整顿，倒是被林肖拦下了。毕竟风气也不是一两天造就的，看后来刘瑾轩的态度，显然这两个人只能代表一部分人而已，另外的那部分人他准备等之后的几天再慢慢了解。

最后，林肖想了想，还是把自己的想法给说了出来：“这几天我会多留意一下，争取到时候也提个牧师上来。”

沈常与听出他这个提议背后的意思，沉默片刻后应道：“我知道了。”

跟沈常与结束通话后，林肖懒散地躺在床上，微微眯了眯眼，伸手摸了下自己的肩膀，不禁回想起白天时候的事来。

讲真的，尤景这人还确实有些意思，明明长了这么好看的一张脸，偏偏总是一副生人勿近的冰山模样。有时候，他还真有些忍不住想看看冰山龟裂时候的样子。

而最重要的一点是，他还是自己的粉丝！

要不找机会签个名让沈常与带去他桌上呢？林肖百无聊赖地想着，随手登录了手机聊天软件，翻了翻，除了沈常与在线之外，另外一个头像居然也亮着。

之前加上尤景的好友之后，一直就没有再说过话，这个时候他的眉心慢悠悠地一挑，心里忽然萌生了一个念头来。

片刻后，发了一个委屈的表情过去。

另外一边的宿舍内，看着屏幕上跳动着的鬼萌萌的头像，尤景眼里潋滟的眸色微微一沉，最终还是选择了点开。看着对方发来的文字沉默了一会儿，最后还是选择了回复：“怎么。”

林肖脸上得逞的笑容一闪而过，抱着手机噼里啪啦回复得格外迅速：“今天见到尤队了，感觉之前的误解有点太深，差点就被赶了出去。”

尤景回道："哦。"

林肖看着这个冷冰冰的回复噎了一下，在心头默默叹了口气，觉得实在有必要好好维护一下两人之间的关系了。

这样想着，他又输入了一段话："如果我说，我的目标是世界联赛冠军奖杯，你会笑我吗？"

这样的言论，在这个时候的电竞环境下难免显得有些不知深浅，然而尤景的回复则是格外的平淡："不会。"

林肖："不过冠军什么的都是以后的事了，我现在需要做的第一步，还是要先得到尤队的认可才行，要不然连尝试的机会都没有啊！"

尤景："如果真的有这样的决心，就用自己的实力站到和黑玫战队一样的高度来吧。"

林肖的嘴角勾了起来："谢谢鼓励，我一定会的！等我成了正式选手，到时候请你吃饭啊！"

尤景："再议。"

4

第二天一大早，有起床困难症的林肖在萧励猛烈的敲门攻势下，终于慢悠悠地爬了起来，只是全程一脸没睡醒地打着哈欠，直到走进训练大厅的时候还显得有些神思游离。

当他们到达时，室内已经站满了人，说起来也算得上是新老成员的第一次正式集合。

林肖第一眼就瞥到了不远处的张劲和冯升两人。

这时，恰好对方也朝这边看来，视线相对的瞬间原来正在说笑的表情顿时僵硬在了那里。

他们旁边的人注意到了氛围的尴尬，低声问了两句，然后也抬头看了过来。

林肖对此并没怎么在意，向周围看了一圈后找了个空着的位置想要再补几分钟的觉，却见那几人也跟着来了这边，终于有些不耐烦地皱了皱眉。

"你就是林肖？"走在最前头的男人高高瘦瘦，说话间上下打量着他，“听说你很厉害？”

“你们还有完没完了啊？”萧励显得有些不耐烦了，“不就昨天被连续虐了两局而已，犯得着这么咬着不放吗！”

“嘁，也就运气好而已。”冯升有些挂不住面子地搭了句话，被男人扫了一眼后又乖乖闭了嘴。

“请问你是？”林肖不得不强打起了精神。

“我叫钱彬，是A区的负责人。很高兴有新成员加入训练营，期待日后和两位的切磋交流。”这样说着，男人礼貌地伸出手来。

林肖不由打量了他一眼，从那双眼里并没有看出什么挑衅的意味，倒确实感受到一种压抑在深处的跃跃欲试的兴奋情绪。

这个人显然对自己的水平很自信，不过这种渴求对手的态度，倒并不让人感到讨厌。

林肖的嘴角也勾了起来，伸手与他友好地握了握："我的荣幸。"

钱彬这才看向萧励："笑苍穹？以前交手过这么多次，现在见了本人，感觉还真有些不一样。"

萧励眼皮略微一跳，没好气地问道："你谁啊？"

钱彬道："黑法师，'泪落冰封'。现在认识了吗？"

天梯前十的强者之一，也是平时对战的对手里抬头不见低头见的其中一个。萧励这才把跟前的人仔仔细细地打量了一遍，有些不解道："泪落冰封？你怎么会在这里？不对啊，黑玫战队的门槛有这么高吗，就你这水平居然还只待在了训练营？"

钱彬回道："我现在的年龄不适合进职业圈，在这里的另一个身份是辅助教练。"

“差点忘了你都一把年纪了。”萧励恍然大悟，转而有些狐疑地看了他一眼，“不过当助教什么的，你行吗？不管怎么说还是我的手下败将来着。”

钱彬看着他笑了笑："行不行，你到时候就知道了。"

萧励还想说什么，这时刘瑾轩从训练大厅外走入，向周围扫了一眼后，瞬间一片鸦雀无声。

训练营整体分成A、B、C、D四个区域，各有一位负责人来协调各区域日常的训练情况，并且不定期地会安排各区之间的循环对战，以实现良好的竞争氛围。同时，这也将作为评选选手的重要判断标准。

这些负责人有的是助理教练，有的是预备选手，除了目前已经知道的 A 区负责人钱彬，以及 C 区负责人邹亓官外，B 区和 D 区分别由孙秀倩和李非二人负责。

邹亓官因为年纪最小，跟另外三人并排站着的时候，显得格外惹人注目，这让他本就红彤彤的小脸更烫了。

在四位负责人清点完各区的成员之后，正式成员开始进行日常的基础手速训练，而新队员则被单独带到了旁边的会议室里，人手一本册子，里面详细地记录了目前《Zone》里所有角色的技能介绍及冷却缩短时间。

林肖随便翻了两页，顿时睡意全无，饶有兴趣地翻看了起来。

这可是好东西啊！虽然之前他也在网上翻过一些资料，但是网上的东西毕竟太杂乱了，之后一心为了折腾装备，也始终没有再静下心来整理过。而这本册子里就连每年版本调整的明细数据都写得清清楚楚，简直是为他眼下这样的情况而量身定做的一样！

当听说这本东西居然还需要进行书面测试时，萧励就顿时萎了。他在旁边没精打采地用一只手托着腮帮子，另一只手心不在焉地翻着，抬头见林肖一副认真的样子，忍不住道："这破册子有什么好看的，居然背这些东西！"

林肖看了他一眼，淡淡道："知道你现在和职业选手最大的差距在哪里吗？"

萧励摇头："不知道。"

林肖笑道："理论。你完全没有深入了解过系统化的理论，以及对战过程中的战略理念。"

萧励一头雾水："那是什么？"

"比如你现在的对战风格，就是典型手速优于脑速。"林肖见他依旧一副懵懂的样子，耐心解释道，"也就是说，在对战过程中，比起对于对手的行为判断，你更多的应对方式是通过本能的反应，以及瞬间爆发的反射性手速而产生的，在此之前，并没有对对手进行预判。"

萧励点头认同："这个确实。"

林肖挑眉："所以当你遇上一些套路型选手时，就会很容易被对方压制。"

萧励恍然大悟："难怪当时我才会有一种被你压着打的感觉。"

林肖摇头，无情戳穿："这么说也不对。就算不用套路，我的手速也一样赢你。"

萧励愣了一瞬，瞪他一眼："……你说真人 PK 我们谁赢？"

"咳，这就算了。"林肖清了清嗓子把话题转了回来，继续说道，"所以说，电竞赛场并不是网游里那样随机应对，每一局上场之前，对方选手很可能已经针对你制定出无数种应对策略。要想成为电竞选手，手速虽然是一项硬指标，但并不是绝对的，更重要的是可以随机应变。在此之前，就需要精准掌握对方的属性特质。这也是为什么许多职业选手在天梯里的排名未必多高，但在赛场上却可以光彩四溢的原因。"

萧励在他的长篇大论下彻底举旗投降："行了行了，你说的都对！我看，我看还不行吗！"

林肖满意一笑："所以啊，职业选手可不是你想象中那么好当的。"

一整个上午就这样在会议大厅里度过，在此期间林肖还特意关注了一圈其他人的动静。

这一批进入训练营的加上他们两个一共十二个人，除了个别在偷懒打瞌睡，大部分都格外认真。看着一张张对未来充满憧憬的脸，他不由浮了浮嘴角。

还记得当年跟自己一起入队的，也是这样意气风发的一批人，然而随着后面的考验和磨砺，渐渐就开始有人退出，很少能彻底坚持下来。毕竟，在旁人看起来光鲜荣耀的职业舞台背后，更多的是日复一日枯燥乏味的重复练习，是看不到的汗水挥霍，以及即便再刻苦努力也依旧无法预测的未卜前途。

在这样的过程当中，很多人会渐渐感到失望，也有很多人会在一个个日夜之后消磨尽了斗志、忘记了初衷，最后留下的人寥寥无几。而在这么屈指可数的几人中，最后可能也只有一小部分，才拥有走入联盟的机会，至于能在电竞舞台上发光发热的，那就更少了。

并不是拥有梦想就一定可以成功，并不是付出努力就必然得到收获，这就是电子竞技的残酷性。

经过一上午的习读，到了中午的时候，训练营的全体成员去黑魂俱乐部餐厅用餐。

林肖看了一圈没有见到黑玫战队几人的踪迹，给沈常与发了条短信：“你们中午没有午休？”

过了一会儿，收到沈常与的回复：“在最后确定对战策略。”

林肖看了眼日期，这才想起来过两天就是跟天启战队的比赛了，于是就没有再回信息打扰。

沈常与回完林肖的短信，深吸了一口气，看着坐在跟前的人，尽量让自己的语调听起来平和一点：“还是那句话，这份作战策略从头到尾的部署都很完整，为什么不能接受？”

房门紧闭的会议室里氛围有些压抑，尤景半靠在椅子上，眸子淡淡掠过零乱地散在桌面上的计划表，指尖轻轻地敲了敲桌面，道：“沈副队，你应该知道我们下一战的对手是谁，你真的认为，拿着这份东西去迎战可以赢得过天启战队？”

沈常与皱起了眉：“赢不了就赢不了，尽最大的力量多争取些得分就行了。”

尤景抬眸看他：“你知道目前我们排名的处境。这局如果不拿下7分以上，就连获取季后赛的资格都很危险。所以我们根本不存在赢不了的假设，而是不能输。”

他随手取过出场名单，细长手指拾起旁边的钢笔，在上面修改：“你和许一鸣以及秦磊出战个人赛。柳泽绅、许一辰和我上小队赛。团队赛依旧老阵容。至于具体对战策略，当初已经制定过的，就按那一份计划执行。”

沈常与的视线一直凝在他握着笔杆的手，眼底的神色一深，终于忍不住开口：“跟天启战队的比赛不能输，那么你的手就不准备要了？”

之前他有意把人支开，就是因为尤景手伤的事一直瞒着其他人，但这个时候看眼前这人浑不在意的态度，忽然有种想要把所有人喊过来直接公开这件事的冲动。

尤景在这样的话语下，书写的笔尖停了下来。他平静地抬头看着沈常与，语调与眸色一样的淡然："我的手自己清楚。"

沈常与"啪"地一拍桌子站了起来："你真以为把检查报告藏起来就没人知道了吗！尤队，任性能不能有个限度！"

尤景皱了皱眉，没有说话，眸色略深了几分。

沈常与在他清冷的目光注视下，只感到刚腾起的怒火仿似又被悄无声息地压制了下去，心里顿感一阵烦乱："我已经问过你的主治医生了，所以你现在根本没必要继续瞒我。上次对九天战队的那场，我没有考虑周全，当时已经给你的左手造成了很大负担，所以这回，绝对不可能再让你乱来了。"

"说完了？"被这样直面地揭穿，尤景眼底的潋滟只是微微一晃，淡然地继续把文件修改好，推到了他的跟前，"说完了的话，就回去按照这份名单修改，下午让李经理交给赛委会。"

沈常与见他根本没搭理自己的样子，不由气结："你能不能为自己考虑下？"

"不能。"尤景回答得很平淡，十指交叉着半支在身前，唇角淡淡勾起，"因为，我是队长。"

沈常与感到胸口有什么压着，张了张嘴，却一时间不知道还能说什么。

"因为我是队长。"

很久之前，也曾经有个人这样和他说过。

尤景缓缓地站了起来，随手将桌面上的文件收拾在了一处，举止优雅地放到了沈常与面前，抬眸直视着他的眼睛，双唇轻启："我是队长，在保证战队能顺利进入季后赛的前提下，才有资格来考虑自己。如果换成是你，沈副队，你会甘心因为自己个人的原因而让战队止步于此吗？"

他柔美的脸上并没有半点额外的情绪，一如既往地平静清冷，但是当视线触上的时候，那分明淡而无痕的语调，却如同一道毋庸置疑的命令，让人无法忤逆。

沈常与沉默半晌，内心挣扎再三，最后只能心情复杂地妥协：“如果到时候有任何不对劲的情况，我会随时要求终止比赛。”

CHAPTER 07

我的荣幸

1

短暂的午休时间之后，训练营的成员们再次集合在了训练大厅里。

因为已经很久没有早起的关系，林肖一到了中午又感到有些发困，一边打着哈欠，一边听到萧励在旁边抱怨：“都已经集合很久了，怎么还没来人呢？”

邹亓官在旁边听到后笑着安抚道：“刘教练去战队那边了，应该很快就会回来了。”

萧励诧异：“去战队那边做什么？”

提起这个，邹亓官的双眼因为兴奋而显得格外清亮：“今天早上刘教练跟我们透露说，刚跟战队那边交涉好，下午会请几位正式队员来给训练营的成员们进行教学解说，结束之后还会抽选几位成员出来进行一对一的指导比赛。”

萧励精神一振：“听起来很有意思啊！”

正式选手，谁啊？林肖在这番话下懒洋洋地抬了抬眼睫，微微拧了拧眉头。

很显然，邹亓官对于下午的活动确实格外期待，鼓着一张小脸在旁边拉着萧励滔滔不绝：“你们说，下午谁会来呢？尤队、沈副队，还是柳泽绅啊？其实二许也都很厉害……也不知道秦磊在那边待得习不习惯，好久没见他了，会不会也借这个机会回来训练营里看看我？

“好希望尤队能来啊，每次看他的操作都觉得简直精准到完美无缺，虽然我这辈子估计是达不到这种水平了，但是好想近距离地接受他的指导啊！一对一指导赛也期待，可惜我是个牧师，估计就算抽中也上不了场……”

能让这么一个腼腆的少年眉飞色舞地念叨成这样，看得出他果然是由内而外、发自肺腑地在感到期待。

林肖无精打采地又打了个哈欠，整个身子都趴在了桌子上。

要是跟其他战队的对抗摸底，他或许还会有更多一点的兴趣，起码或多或少地可以掌握一些敌队的虚实，在以后赛场相见时还能派上一些用场。但是现在只是黑玫战队的那几个小子，前段时间看他们的比赛视频都已经看厌了，大致的风格早就摸了个滚瓜烂熟，更别说来听他们讲课了。

此时周围的其他人显然也都陆续得到了消息，一开始因为等待而产生的些许不耐烦情绪一扫而空，取而代之的是满脸充满期待的神色。

一张张表格传递下来，每人把自己的资料进行简单填写后又再次交了上去，大大一沓堆积在讲台的角落，据说是用来在指导赛阶段抽选名额的。

邹亓官看了一眼时间，念叨道：“时间差不多了，应该来了吧……”

话音刚落，就听到训练营外传来一阵脚步声，前一刻还人声喧闹的大厅顿时一片肃静。

林肖随着其他人一同抬头看去，就见三个人从门外走了进来。前面的两个，一个戴着金丝镜框显得温文儒雅，嘴角勾着一抹浅淡的笑，衬衫衬托着他略显清瘦的身形，无处不透着一股举止得当的绅士风度。另一个一头干净整洁的碎发，有一张很让女孩子喜欢的白净清秀的脸，休闲的 T 袖衫显得很是干净利落。至于跟在最后面的，正是满脸严肃的刘瑾轩。

黑玫战队来的人，一个是柳泽绅，另一个是双胞胎里的……

作为二许之一的代表，刚进门就满脸阳光地开了口：“哎呀，大家好大家好，很高兴可以在这里和大家见面啊！”

噢，是许一鸣。林肖有了判断，然后在两人站上讲台的时候，默默地把头埋得更低了点。毕竟对战队的几位成员而言，自己先前留下的印象实在是有些“刺激”，尤景之前没有暴露他的存在显然也是觉得多一事不如少一事，正好，他也是这么想的。

刘瑾轩站在讲台前扫了眼台下，开口道：“今天是这期新成员第一次参与团体培训，在这里欢迎各位的到来。相信很多人应该已经知道，我叫刘瑾轩，是你们训练营的总教练，这里就不过多地自我介绍了。”

话语一顿，他继续道：“今天我们有幸请来了两位战队的正式选手，柳泽绅与许一鸣，稍后他们将会为大家做一些简单的经验分享。”

这个时候，台下不少人已经忍不住骚动起来。

“居然是柳泽绅！终于见到真人了啊！”

“许一鸣看起来比电视上高很多呢。”

“尤队和沈副队没有来啊，好可惜……”

“许一辰去哪了，双胞胎居然没有一起来吗？”

就连萧励也不禁嘀咕：“当初跟我表妹吃饭的时候，她一个劲地在夸柳泽绅帅，今天看起来也就这样嘛！感觉根本都没有我帅啊。啧，现在小姑娘的品位真是……”

台上，刘瑾轩说完开场词之后，许一鸣先一步站上了讲台。面对满屋子充满期待的目光，他整了整衣服，扬起一抹笑来，满脸正经道：“大家好，我是许一鸣，很高兴能在这里见到各位。所以想问一句，大家都吃了吗？”

台下原本准备好的掌声随着他的最后一句话，像是按下暂停键一样不约而同地停了下来，好一会儿，才陆续有几个零星的声音回应道：“吃了！”

许一鸣对这样的反应满意一笑，从刚才带进屋里的文件袋里取出一大摞稿子，心情甚好：“那么，我现在开始给大家分享心得了啊！”

看着那一沓如同字典一样厚的演讲稿，听着他机械般一丝不苟的朗读声，在场众人依稀间只觉得回到了小学语文课堂朗读课文的年月，一张张脸渐渐化成了铁青，再也没有了鼓掌的冲动。

老实说，这些内容听着有些耳熟。

有人默默地掏出手机查了查，这不就是前段时间在论坛里被炒得格外火爆的《论如何成为一名优秀的职业选手以及脱离小白二三事》那份新手教学吗！所以许一鸣明明就只是单纯地把那东西打印了出来，现在来装模作样地假装是自己的手稿？！

柳泽绅在队友演讲的时候显得有些无聊，随便拖了把椅子坐在旁边，大长腿儒雅地交叉在身前，淡然地玩着手机。

过了片刻，直到刘瑾轩凑到他身边说了两句什么，这才慢悠悠地又站了起来，随手拎起许一鸣衣领把他扔到了旁边，取出自己的稿件来，淡然一笑："抱歉，今天一鸣的解说就到这里，下面由我来跟大家分享一下对战过程中的判断要领。"

听他这么说，在场的成员们这才稍稍松了口气。

比起许一鸣口若悬河的长篇废话，柳泽绅所说的内容几乎可以被称之为干货。毕竟对很多经验较少的选手来说，因经验不足而导致的临场反应能力薄弱，经常会被对方利用而作为突破点。虽说通过口头描述不过是纸上谈兵，但毕竟是前辈的经验之谈，着实让人受益匪浅。在听讲的过程中，甚至有不少人拿出了纸笔来，认真地开始做随堂记录。

林肖看到身边邹亓官笔下生风的样子，欣慰地勾起了嘴角。

等柳泽绅演讲完毕，第一个环节正式结束，接下来就进入了下一个环节。

因为先前在填写表格的时候已经公布过了用途，在场的成员们一个个都满脸期待地希望自己能获得正面对局的机会。虽说训练营里的人放在平常网游里都算得上是高手，偶尔也会在天梯遇到圈内人，但是因为职业选手平时训练繁忙，在游戏里出现的时间并不多，因此并不是那么容易遇到。即使有时候真有排到，他们来打几局天梯练手也多只是放松休闲，并不一定会展示自己的全部水平。所以，眼下这个对局的机会，就显得尤为难得了。毕竟从某方面来说，如果能战胜战队的正式选手，这无疑是对自己实力的一种最直观的证明。

随便从表格中翻取后，柳泽绅已经抽出了与他对战的三位人选："魏斯，陈笑笑，萧励。”

见没有抽到自己，林肖默默地松了口气。

与林肖不同的是，被抽到的萧励满脸兴奋地站了起来，冷笑：“等着吧，看我怎么收拾他。”

林肖默默地看了他一眼，又瞥了眼柳泽绅，意味深长地笑了笑：“节哀。”

“林哥，萧哥大概什么水准啊？”因为年纪小的关系，邹亓官倒一点都不在乎自己所谓的区域负责人的身份，目送萧励走上讲台后，开口问道。

“他的话……笑苍穹，听过没？”林肖一点也不隐瞒。

“他就是路人王！”邹亓官的眼睛顿时亮了起来，“那等会儿不是会很精彩？”

“嗯，应该吧。”林肖笑眯眯地应道。

两人闲聊的工夫，台上的对战设备已经准备完毕。

最先上场的是魏斯，和柳泽绅各自在两边的电脑前面坐了下来。因为是内部对战，双方使用的都是同步导入角色数据的模拟服务器。创建好房间后，第一局指导赛即将开始。

旁边有训练营的工作人员调试着设备，只见讲台前方的高墙前一块幕布渐渐降下，随着投影仪的灯光亮起，上帝视角的对战画面就清晰地投放在了巨大的幕布上，就像是个缩小化的赛事观战现场。

好多新成员第一次感受这种浓烈的竞技氛围，忍不住一番惊叹。

这种设备在林肖当初那个时代是根本不可能拥有的，不只是因为科学技术的落后，更大的原因是当时大环境的恶劣并不允许他们将为数不多的资金“浪费”在这上面。而现在，这种程度的设备已经成了各大训练营里最基本的配置，只要有利于选手提高的投资，俱乐部都会不遗余力地满足。

看着眼前的一切，不由露出些许笑意来：“现在的选手，还真是幸福啊……”

邹亓官在旁边跟着点头，完全是一张迷弟脸：“对啊，如果能天天看到正式选手来给我们做指导，那就更幸福了！最好是尤队！”

林肖："……"

大屏幕上，在完成禁选地图环节后，红蓝双方已经飞速地选择好了自己的装备并确定了技能加点，在万众瞩目中进入了读条界面。

作为训练营里不新不旧的一员，魏斯刚好也处在一种不上不下的尴尬地位。他很清楚如果继续这样下去，迟早会面临被淘汰的一天，那么之前的一切努力无疑就付诸东流了。他的天赋一般，所以在训练时会投入比别人更多的努力。正是因为对电竞抱有足够大的热情，因而这回能被抽中自然是万分高兴的。

虽然他并不是真的认为自己可以赢过作为正式选手的柳泽绅，但依旧满心期待着，至少能有那么一两处亮眼的表现来搏一下教练的眼球，或许能在日后的训练中，能加上些许微小的印象分。

抱着这样简单的诉求，魏斯内心忐忑地进入了对战地图。

屏幕上的界面在操控人员的调整下，双方的装备配置、技能加点、行走路线，以及完整的数值明细都清晰地展示在了对战画面的两侧。

林肖扫过一眼后，对魏斯有了简单的评判："出装和技能路线选择得都像模像样的……"

面对像柳泽绅这种走"无赖风"的圣骑士来说，魏斯的恶魔猎手选择敏捷为主的主攻速装备，以及增加被动移速为主的轻箭手技能路线，无疑已经明确了之后的风筝型对战方式。

但是，这种套路柳泽绅面对的次数还会少吗？

林肖简单扫了眼择木而栖的装备路线，就已经感慨地撇开眼去，默默摇头。

居然走输出路线，这是完全没准备留给对方放风筝的机会啊！虽说是指导赛，但也用不着这么狠吧？要是把训练营的成员打出心理阴影来，人家以后还怎么混啊……啧。

【地图】择木而栖：准备好的话，那就开始咯？

进游戏的时候，地图频道里突然冒出择木而栖的一句话来。

这样说着，圣骑士在众目睽睽之下隐藏起了自己的身形，而另一面的恶魔猎手，也同样小心翼翼地钻进了丛林里。

虽然从策略上柳泽绅凭借超强的意识领先了一筹，但在禁选环节中，他还是多少放了点水，故意留下了这么一个让远程角色更加占优势的“荒野森林”作为对战地图。说是这么说，但显然在地图利用水平上，双方的差距就已经格外明显。

事实上，从对战一开始，魏斯就是紧张的。按照之前在心里琢磨的策略，他谨慎地摸索着前进，小心地留意着身边每一寸的动静。因为精神太过紧绷，握着鼠标的手心早已经汗湿了一大片。

然而他始终找不到对方的位置，其他人却已经通过上帝视角的大屏幕看到了绕到他身后的择木而栖，心顿时都揪了起来。

正当魏斯还在东张西望的时候，忽然一个低沉的嘶吼声透过耳麦传来。还没来得及反应，就看到一个仿似策马的人影朝他直面冲来，手上一哆嗦一时忘记了躲闪，就这样被对方直接踩在了脚下。

择木而栖直接开启了圣骑士职业的大招——灵魂践踏。随着自身属性的提高，耀眼的金光笼罩着全身，手上的武器格外夺目，朝着恶魔猎手就径直刺来。

对一个远程职业而言，一旦被圣骑士近身是格外致命的事，况且柳泽绅可以说没有半点留情。

一连串的操作下技能的释放几乎无缝衔接，让魏斯完全乱了阵脚。

这是他第一次感受到这么直观的实力压制，顿时满脑空白地不知道该怎么回击，只能下意识慌乱地按着键盘。然而直到血条清空，他都没能做出半点有用的操作，更别说有什么亮眼表现了。

直到对局结束，看着屏幕上弹出的“失败”图徽，魏斯还呆愣愣地坐在椅子上回不过神来。

“打得不错。”

有个声音从头顶上传来，他才恍惚间抬头，看到柳泽绅儒雅的微笑，却是接不上话来。

打得不错？他好像刚才根本没有半点可以看得入眼的操作吧？

见对方这种神态，柳泽绅大致猜到了他的想法，轻轻拍了拍魏斯的肩膀，笑道：“你的出装和技能的设定安排都很完美，说明你对职业确实有一定的理解。这是职业选手需求的素养之一，但只是这样的话，还是远远不够的。”

瞥了眼桌面上因为没有点退出而依旧灰暗的电脑屏幕，他淡笑着说：“今天回去多看几次对战录像吧，你会发现这个地图还有很多需要你去好好了解的地方。”

魏斯听了他的话沉默了许久，再抬头时，眼里虽然还有不甘，但已经少了很多丧气的神色。他从座位上站了起来，端正地朝柳泽绅鞠了个躬，认真道：“多谢前辈指教！”

柳泽绅把他扶了起来，难得有些不好意思了起来：“客气，客气。”

众人给下场的魏斯报以了热烈的掌声，下一个登场的陈笑笑坐到了电脑前。

看着对面这么一个大眼睛的美女，柳泽绅露出了些许为难的表情：“不妙啊，我拿漂亮女生最没有办法了。”

众人听得一阵无语。

这话以前这位自诩绅士的柳前辈也在采访当中说过，结果之后遇到全是女选手的红叶战队时，不知道是因为巧合还是真有其事，他还就当真没有出场过。这也成了那一轮比赛中三大未解谜团之一。

2

随着比赛开始，所有人的视线都被吸引了过去。

很快，不乏细心人士已经发觉，这一轮就出装而言，柳泽绅确实比前一场收敛了很多。他没有再次使用清一色的暴力输出装备，而是替换上了一部分圣骑士职业经常用的防御装备。

虽然这一局柳泽绅并没有做任何迂回操作，双方碰面之后的打斗也没有像魏斯这样一面倒，甚至对战的时长也比前一局拉长了两倍，但从头到尾的画面落入旁观者的眼里后，最终只能在心里凝成两个字——无语！

这是对战？这是对局？这是指导赛？这看起来完全是一个圣骑士在遛格斗家玩！

一整段录像，从头到尾简直就是一场笑话！

从电脑桌前站起来的陈笑笑满脸复杂的神色，然而还是很礼貌地向柳泽绅点了点头："多谢前辈指导。"

旁边的萧励好不容易等到两局对战结束，早就已经急不可待地站了起来。

观看了之前的对战之后，他看向柳泽绅的时候脸上俨然是不可思议的神情。

柳泽绅虽然对这种莫名的敌意感到不解，但还是礼貌地朝他笑了笑。直到双方登录游戏，看到对方的ID后，他的眼里不由透出一分诧异，不禁嘴角上扬，表面上原本淡淡散漫的神色也收敛了不少。

这个时候其他人也看到了大屏幕上的名字，周围顿时安静下来。顷刻间，场内的视线全都落到了萧励身上，片刻后再次响起的议论声顿时覆盖了整个训练大厅。

很多人也是这个时候才知道这位新成员居然就是笑苍穹，有诧异，有兴奋，更多的是期待。

随着大屏幕出现导入读条画面，室内又再次安静了下来，众人都屏息凝神地期待着接下来的精彩对决。

萧励丝毫不在乎台下的反应，而是淡淡地瞥了眼柳泽绅的侧脸，搓着双手活动筋骨，不屑地撇了撇嘴。

"哟，都用了平时最熟悉的套路，两边这是都拿出真功夫来了啊……"随着准备环节结束，看着大屏幕两方出现的面板，林肖不禁感叹道。

要是说柳泽绅那边碍于在训练营成员面前不能掉面子，确实有非赢不可的理由，那么萧励那为自己"帅气之争"而产生的执着真让他不得不佩服。

这局使用的地图是大漠迷城，对两个近战职业而言并没有哪方拥有太明显的优势，可以说这将会是一场完全硬实力上的比拼。

相比起"荒野森林"，"大漠迷城"的整个地图其实并不算大，除了正中心的一片黄沙地带，周围是一圈废弃的古城，无处不透着萧瑟荒凉的气息。

载入对战地图后，双方几乎在同一时间开始了行进。从上帝视野看去，两人是直面地朝着地图正中移动。

原本按照这样的节奏马上就能相遇，然而就在穿过古城的时候，双双方向一转，改朝着地图正上方扭转了路线。

很显然，两人的想法都是有意要避开对方，谁料这样一来，却是一个要正面撞上的局面。

从大屏幕角落上显示出的第一视角来看，不论是谁的角度，都可以看到两人因疾速移动而飞快变幻着的场景，很多人已经有些咋舌。不说要在均衡角色体力值的同时确保行进的速度，在这样高频率的移动过程中，还要分心对周围随时可能变化的环境做出戒备，就已经不是普通玩家可以做到的了。

此时眼看两人就要相遇，所有人正屏息凝神，只见择木而栖忽然一个侧翻，以一个刁钻的角度钻进了旁边的破屋里。这个时候笑苍穹刚好出现在视野范围内，就在这样 0.1 秒的差距内，已经在被发现之前成功藏住了身形。不知道柳泽绅是如何在没看到对方的情况下做出了这样精准的判断，众人惊叹的同时，不由越发地集中了注意力，生怕漏掉高手过招时任何一个精妙的细节。

这个时候笑苍穹的视野里空无一人，除了古城的一片荒芜，丝毫没有看到择木而栖的影子。然而，藏在屋子里的择木而栖掩护着自己的行踪，却是把他的动静看了个一清二楚。

正当笑苍穹从屋子前面经过的时候，择木而栖的长矛霍然一甩，一记矛击自背面径直袭去。

这次偷袭可以称得上完美，然而笑苍穹在听到破空之声的同时，也已经敏锐地做出了反应。手上的重剑一挥，在转身的同时一记漂亮的格挡，稳稳地将长矛阻在了身后。

这样的反应太过迅敏，有人忍不住赞了一声“漂亮”，然而转眼又想起了现在所在的场合，慌忙捂住嘴巴安静了下来。

萧励因为专注比赛并没有留意到台下的反应，此时却也颇是得意地勾了勾嘴角。不是说他经验不够吗？有什么关系，手速来凑呗！这样想着，他手上的操作顿时猛烈起来。

笑苍穹在这一下格挡之后顿时变守为攻击，在重剑的挥舞下整个人光色四溢，朝着择木而栖一阵技能连招，压得择木而栖不得不防守招架。

不错啊！

柳泽绅也难得地有些乱了阵脚，但很快稳住了节奏。他在心里默默赞叹了一句，顿时开启了圣光护甲。因反弹伤害的 BUFF，对方的攻势这一瞬微止，他看准契机长矛一挑，一个破击打在笑苍穹身上，产生了短时间的眩晕效果。

抓住机会后自然不可能轻易放过，择木而栖紧接着一系列技能连击，前一刻被笑苍穹压下的血量，在这一瞬间几乎追平。

就在眩晕结束的一瞬，笑苍穹再次做出了反击。重剑击上长矛的瞬间，顿时施放了霹雳闪的三段连招，将择木而栖向后击退了几尺。紧接着一道宽大的真空波击出，径直朝对方迎面斩去。

择木而栖眼见要被再度击中的瞬间，忽然使用了飞跃步，瞬间避开了波击的范围。

落地时，他骤然几个连翻，正好朝着瓦屋的方向，借助昏黄色的破旧高墙，转眼就从笑苍穹的视野中再次消失了。

笑苍穹当机立断，也将幽灵疾步一开，片刻不差地追进了破屋。

然而进屋的一瞬，却根本没有看到择木而栖的身影。萧励微愣，这人上哪去了？

笑苍穹视野里空无一人，但旁观的众人却把过程看得一清二楚，这个时候不由个个都为他捏了把冷汗。

前一刻择木而栖翻滚进屋之后，丝毫没有停留，直接就从旁侧的另一个窗户翻了出去。出屋后并没有选择离开，而是利落地完成了绕后，此时此刻已经再次回到了瓦屋的正门前，正站在笑苍穹的背面。

当大招灵魂践踏的嘶吼声响起，饶是笑苍穹的反应再敏捷，在这么狭隘的空间内也显得无计可施。

策马直冲而来的择木而栖呼啸而至，在撞击上的同时对着笑苍穹使用了一记挑飞，直接把他给踩到了墙角的位置，随即迎面就是一个嘲讽技能。大招的属性增益效果，加上战斗意志的双重 BUFF 提升，凌厉的连招攻势彻底把笑苍穹压制在了角落。

夹在两墙角落，丝毫没有空间可供笑苍穹反抗，几乎是贴着墙角被人一顿暴虐，长矛攻击下四溅的血花使画面显得格外狰狞。

“胜负已分。”在看到择木而栖巧妙地将笑苍穹控制在角落的时候，林肖就已经知道他再没有翻盘的可能，看着台上黑着一张脸的萧励，淡淡勾起了嘴角。

这局惨败或许并不是件坏事，至少他应该终于可以体会到，职业与业余的差距并不是在操作手速上，而是还体现在了临场策略上。

当屏幕上失败的字样弹出，萧励的脸色显得并不怎么好看，直到柳泽绅走到面前同他握手，犹豫片刻，他才一握即放，神色间依旧透着不服：“有本事别耍心机，这样赢了也不见得就比我厉害。”

柳泽绅一愣后笑了起来，显得毫不在意：“欢迎下次把心机耍回来。”

萧励被他一噎，憋得脖子都粗了两圈。

柳泽绅被这样的反应弄得好笑，淡笑着将他从头到尾打量了一圈，谈吐依旧儒雅：“很期待日后能与你成为队友。”

这句话说出口的时候，不只是萧励，在场的其他人也有些愣了。

这是在暗示什么吗？

不管怎么样，当萧励下场的时候，收获了格外热烈的掌声。

在万众瞩目中回到座位上，迎着投来的视线他忍不住干咳了两声，道：“一不小心着了他的道，意外，纯属意外！”

林肖一脸“我懂的”的表情看着他，笑而不语。

邹亓官还沉浸在刚才精彩的对战中，闻言满脸遗憾地安慰道：“萧哥你居然可以跟柳前辈打得这么激烈，已经很厉害了！输了是正常的，千万不要灰心，以后一定可以赢回来！”

输了正常？不要灰心？萧励的嘴角抽了抽，半天才心情复杂地憋出一句话来：“我谢谢你啊，开关！”

林肖看得好笑，正想说什么，就见刘瑾轩再次走上了讲台，开始进行第二轮指导赛的抽签了。

因为时间已经不够了的关系，许一鸣抽选的人数从三人减少到了一人。

对此他本人倒是没有太大的意见，笑眯眯地从一堆名单中抽了一张出来，念道："下面要跟我参加对战的名字是——林肖。哪位朋友啊？快上来，快上来！"

在旁人因希望落空而产生的一片唏嘘声中，林肖本想调侃萧励的话顿时噎在了那里。

——只剩一个名额也能抽到他？这也太假了吧！

萧励先反应了过来，兴奋地拍了下他的肩膀："兄弟，好运啊！你被抽中了欸！"

林肖无语地瞥了他一眼。有什么好兴奋的，难道他看起来很希望上去练手的样子吗？

"我在这里，来了。"当许一鸣半天没见动静再喊了一次名字后，林肖这才慢悠悠地站了起来，在众目睽睽之下不徐不疾地走上了台。在所有的注视中，落在身上的有两道视线，因为迥异的情绪而显得格外清晰突兀。

许一鸣一直愣愣地看着他，直到林肖走到了跟前，这才猛然回神，差点从原地跳起来："为什么你会在我们训练营里？！"

柳泽绅也皱了皱眉，谦恭的表情在看到林肖的一瞬凝固了："你是这次新来的成员？"

这样的表现成功让原来那些羡慕的目光，顷刻都变成了八卦与好奇。特别是张劲和冯升等当时目睹过林肖跟尤景对话的几人，在这幅情景下更加地不解了——这人到底什么来历啊，不只认识尤队，居然连许一鸣和柳泽绅两位前辈都认识？

3

林肖听着下面渐渐泛起的窃窃私语，也是有些无奈。就是因为猜到会有现在这样麻烦的情况出现，所以他才不想在这种场合下跟这两人正面撞上啊……

散漫地揉了揉头发，他朝两人勾起一抹人畜无害的笑来："既然以后都要成为队友了，以前的那些破事还请既往不咎，日后互相多多关照啊！”

“什么时候就跟你成为队友了啊！”许一鸣从没见过如此厚颜无耻之人，居然可以把八字还没一撇的事说得这样理所当然！然而此时他满脑子只有一个念头，如果让尤队知道这小子居然混进了训练营来，又会是怎么样一个情景……越是这样琢磨，越是觉得有些神经错乱了，完全不敢想象啊！

相比许一鸣内心的惊涛骇浪，林肖则是显得淡定得多，笑眯眯地拍了拍他的肩膀，随手指了指旁边的电脑，问：“那现在还打吗？”

许一鸣简直要被他这副从容不迫的样子噎出内伤来，狠狠瞪了他一眼，转身就风风火火地坐到了电脑面前，立誓要为自家队长出口恶气：“打！让前辈我好好指导指导你！”

哦？林肖微挑了下眉，不置可否地坐到了他对面的电脑桌前，登录账号。

柳泽绅在旁边把两人的态度看在眼里，微微拧起了眉，若有所思。

众人一脸蒙地看着两人打哑谜，直到开局才把注意力投到屏幕上。

其实就林肖本意而言，也并没有想过会这么快和黑玫战队的其他正式队员有交集。只不过，现在眼前的情况正好给了他这么一个契机。既然是白送到他面前的，自然也是不会矫情地玩什么欲拒还迎了，干脆放手摸个底。

毕竟对战是可以直观地感受对方实力的最好方式，同时也是发觉不足之处的最佳途径。

这局的地图是古墓惊魂，双方在进入之后都是正面直逼对面的复活点，没有进行任何的走位操作。

不出意料地在地图中心迎面撞上。

许一鸣率先采取了行动，一个巧妙的走位，彻底藏身在了昏暗的夜色之中，然而也在同时率先开启了扫射。

在这样让人难以捉摸的移动路线之中，仅留下枪响之后残留的火光，能依稀辨识出他的大致方位。

啧，要不要这么着急啊。林肖在心里暗暗摇了摇头，在鼠标灵活的操控下，枪响的瞬间就操控鬼萌萌在原地进行走位，甚至没有太多大幅度的动作。在那片紧凑的枪声过后，透过纹丝不动的血条，已足够让人知晓他完美地避开了所有扫射。

然而，一鸣见血在这一轮攻势之后再没有继续追击。透过大屏幕，众人可以看到他融于夜色中的疾速走位，转眼间已经彻底偏离了前一刻暴露出来的坐标方位。

鬼萌萌也不着急，同样开始走位转移。

如果仔细留意鬼萌萌行进的角度，有经验的人可能会发现，这样的位置恰好能封死一鸣见血的行进路线。

把一切看在眼里的柳泽绅眸底闪过一丝诧异，莫名想起当时沈常与极力推荐这人时的态度，心下重视，观战的神色也就越发认真了起来。

这时候，鬼萌萌摸索到了某个坐标点后忽然停了下来，再也没了任何动作。

怎么回事，电脑出问题了？众人一脸茫然，然而看向台上的林肖时，只见他看着屏幕的侧颜一脸专注，分毫没有出现异常的样子。

一鸣见血此时依旧在积极地移动着，然而许一鸣的神色已经多了几分焦躁。刚完成战略绕后的他，在本该发动第二轮攻击的时候，却意外地发现鬼萌萌已经彻底从他的掌控范围内消失了。他不得不放弃了先前的战略，开始利用向周围散射的枪弹，来寻找对方埋伏的位置。

枪响声落在幽静诡异的墓地里显得格外突兀，偶尔激起几缕魂火，与枪口的火光融在了一处。

许一鸣此举看起来是在主动暴露自己的位置，实则控制了一个极好的度。他的主视野保留的角度选择得格外刁钻，并且时刻保持着Z字走位，随时可以应付来自各个方面的突发状况，并在第一时间做出反应。

林肖不得不承认，许一鸣的枪弹师水平，确实足够在联盟里占一席之地。奈何，眼下的这种情况显然有些太过浮躁了，只能说实力天赋都不错，可惜性子还是过急了点。

眼前的局面中，如果说许一鸣始终小心谨慎，或许还可以玩得更久一点，可他在这个时候居然选择了贸然暴露自己，果然还是太年轻、太轻敌啊……

随着嘴角勾起的微微一笑，在一鸣见血脚下甩去一个火焰雨之后，鬼萌萌忽然一个飞跃步闪进了旁边的树丛背后。手上的法杖一转，直接开始读条吟唱大招万鬼虚空。

台下的人被他这样的举动弄得更加茫然。刚才那个原地的飞跃步是因为手滑吗？而且现在一鸣见血离大招范围还有一段距离呢，按照现在这个位置，俨然就是要大招放空的节奏啊！

然而就在众人腹诽的时候，一鸣见血飞速地离开了地上一大片火焰焚烧的范围。因为火系法术释放过程中的红光，片刻间就锁定了对方的坐标。此时脚下幽灵疾步开启，在霍然逼近的瞬间，朝着前一刻鬼萌萌暴露的位置一通乱弹轰扫。

众人把一切看在眼里，只觉无语。不可否认许一鸣的反应速度极佳，但问题是那片区域早就已经没人了啊！更要命的是，万鬼虚空的读条已经完全结束，而一鸣见血因为飞速的逼近，此时恰好彻底落入了对方的技能范围之中。

随着脚底的一大片黑色覆上，一鸣见血身上多了一个极度虚弱的DEBUFF 图标，与此同时视野被封锁。

到了这个时候，许一鸣怎么可能不懂自己是中了对方的故意诱导，心里咒骂时移动的操作却是没停，即便丢失了视野，一鸣见血也依旧敏锐地在场上移动着，试图脱身。

这个时候，职业选手的素养就彻底体现了出来。在近乎完全致盲的情况下，一鸣见血的移动速度甚至没有受到太大的影响，而是单纯凭借前一刻对附近地形的印象，仅在小地图的辅助之下，眼见就要脱逃出鬼道士的大招区域。

然而，一记寒冰咒落在脚下，一鸣见血的去势被生生阻在原地，接下来接二连三落在身上的技能，几乎可以用狂轰滥炸来形容。

甚至没有给他任何调整状态的机会，短短几秒的工夫，脆皮枪弹师就被清空了血条。

即使是许一鸣，也依旧有些回不过神来。

虽然鬼道士并不经常出现在个人赛上，但他还是有接触过几位鬼道士高手。即便是在职业联赛中，也从来不曾有过像现在这样可以说没有任何发挥就彻底败落的憋屈局面。

只是手速？不，这样的套路需要足够的冷却缩减来支撑，绝对会拉低所有技能的输出伤害。然而对方却近乎完美地利用了技能的冷却时间，将各个控制技能衔接得毫无破绽。

直到画面彻底暗下，许一鸣依旧有一种不曾有过的恐惧感。

林肖看着眼前弹出的胜利字样，并不怎么在意，而是在虚移了几下鼠标后，看着桌面上的键盘若有所思。

——虽然训练营里的设备都是顶尖水平，但就手感而言，总感觉还是不够……

正想着，许一鸣已经站起来走到了他的跟前，满脸复杂地看着跟前这张实在让他不待见的脸，终于还是心不甘情不愿地伸出手来："多谢指导。"

这样的反应让场下的众人一片哗然。

虽然确实胜负已分，但是正式队员跟训练营的新人说多谢指导？反了吧？！

林肖轻轻地握了下他的手，态度倒是平淡："你也不错。"

许一鸣的整张脸郁闷得都要拧巴在一起了。

这句话怎么听都像是老前辈对后辈的评价，现在他们之间到底谁是谁的前辈啊……

好在他也不是什么小心眼的人，愿比服输，既然已经发现了对方确实要比自己强大，当然也不会太死要面子地过分计较。噎了半天，才又说出一句话来："林肖对吧，只要日后你能进队，这个队友我认了。"

林肖闻言微微一愣，抬头瞥了眼柳泽绅，见对方也是一脸淡然，不见半点反对的表情，顿时勾起了嘴角，答得格外泰然："啊，我很荣幸。"

真是一点都不客气，许一鸣终于彻底接不下话了。

面对许一鸣的无语，林肖只是淡然地一笑置之，倒是台下的一干围观群众有些炸开了锅。

他就在四面八方神态各异的注视中走下了讲台，得到萧励一个热情的拥抱，而另一边邹亓官看他的眼神里则是浓烈的崇拜之情，激动地摇着他直晃：“林哥你真的好厉害啊！”

旁人惊叹打量的视线一概被他无视了过去，只是在邹亓官这样灼热的注视下，林肖仿佛看到了他身后欢脱摇着的小尾巴，终于忍不住伸手揉了揉他那头栗色的卷发。不得不说，手感还真不错。

在一片混乱中，柳泽绅默默地拖着许一鸣离开了。

刘瑾轩翻开笔记本记录着刚才的对局分析，当视线掠过场下的那个人影时，眼神意味深长地一滞，神色间多了几分考量，顿了顿后又再次补充了几句。

刚才的一局对战时间虽然不长，但已经足够让他确定这个新人已经有凌驾于训练营之上的技术。只是不知道什么原因，他莫名有一种感觉，总觉得这人在刚才的对战过程中有些束手束脚，并没有完全展示出该有的节奏。

整整一下午，直到训练活动结束，所有的话题与讨论，几乎都是围绕着萧励这个路人王的身份，以及林肖那惊人的操作展开的。

吃完晚饭后回到宿舍，林肖刚倒在床上，就接到了沈常与的来电，不由打趣道：“怎么，不就打赢了一个正选，这么快就连副队大人也惊动了？”

“打赢什么正选？”沈常与听得一头雾水，想起之前刘瑾轩来申请过的活动，这才反应过来，“今天下午你跟他们对上了？”

“对啊,和后辈玩了一局。”林肖奇道,“原来你找我不是为这事啊？”

沈常与沉默了一下，没有心思继续这个话题，把重点拉了回来:“找你是为了下一场跟天启战队对局的事。”

林肖几乎不需要多想，开口道：“看来，在现在比分吃紧的情况下，尤景不愿意更换上场阵容是吗？”

沈常与确实是为这事来找林肖的，闻言也有些无奈地叹了口气，把白天的整个谈判过程都详细地重复了一遍。说完，才烦恼道：“如果按照原计划的阵容出场，恐怕会给尤队的手带来更重的负担。”

林肖始终静静地听着，这个时候才开口道：“所以你想更替的方案是由秦磊、柳泽绅和你来出战个人赛，然后二许跟尤景上小队赛？要是按照这个阵容对战天启战队的话，虽然小队赛取胜的概率会更大也更轻松一些，但是不出意外的话个人赛很可能只能下 1 分。”

沈常与点头：“所以尤队坚持用原计划的阵容，这样就可以争取个人赛拿下 2 分的同时，冲刺小队赛的胜利，局面好的话，团队赛或许还能得 4 分。”

“不得不说在这件事上，如果是我，应该也会和尤景做一样的选择。”林肖勾起了嘴角，道，“老阎带领的天启战队可不是什么软柿子。在团队赛的胜率本身就不能保证的情况下，如果不尽量在前面尝试获取更多积分的话，以目前积分排行榜来看，战队想要出线，在后面几轮几乎不能丢分，确实有些困难。”

沈常与被他的话噎到，顿时更加无语：“林队你……”

“从感性而言，我确实不赞成这种可能加重伤势的冒险行为。但是从理性的角度来说，面对随时可能出线的战队，这样的冒险确实势在必行。”林肖说着，略有感慨，“不可否认，尤景的确很有作为一队支柱的觉悟与担当，就这方面而言，我实在也找不出任何去阻止他的理由。”

沈常与沉默后道：“那就任由他这样硬撑了？”

“就现在的局面而言，这也是没有办法的事，我们只能希望情况不要往坏的方向发展了。”林肖也是没什么办法，“到时候到了场上，你得多留意他的情况。”

沈常与无奈应道：“我会的。”

“尤景那边不方便说，但你该阻止的时候就放心阻止，不要太有压力。不管跟天启的对战中拿下多少分，战队要进军季后赛，一样是必然的事。”林肖侧眸看着屋外漫天的星辰，眼里带着淡淡的笑，“放心吧，下一轮之前我会想办法正式进入战队，到时候最后的两轮赛事总计 20 分，一分都不会少。”

沈常与的语调里有了几分波动：“已经想到进入战队的办法了？”

“到时候形势所迫，当然不难进去。不过还是需要沈副队也出点力了！”林肖笑道，“现在先不说这个了，眼下你还是先努力把眼前的比赛打完吧，加油咯！”

虽然隔着电话，沈常与听着这种撒娇的语气，还是忍不住打了个激灵。不过在这番对话之后，他原本有些浮躁的心情也莫名地平静了下来，脸上终于露出了一丝笑：“嗯，我会加油的。”

CHAPTER 08

你相信我吗？

1

两日后，按照赛程安排，本轮黑玫战队的比赛在H市的彩虹电竞馆中举行。

刘瑾轩一大早就进训练营选择了几人一同去副战区观战。

这个名单也从侧面反映了总教练对各人的器重程度，因此当林肖和萧励这两个新成员也在行列之中时，又难免收获了一大批羡慕的眼光。

随着开战时间的逼近，场馆中渐渐坐满了人。

暖场主持在舞台上活跃地带动着气氛，解说员则是对双方队员做着简单的介绍，偶尔还互相调侃几句玩笑，引得场中笑声连连。

双方粉丝高举着战队队员的海报、LED牌等大喊着选手的名字。解说小舞和搭档毛豆进行着互动："双方战队都很受欢迎，看得出来今天粉丝们的热情都很高啊！"

毛豆笑道："确实是这样。毕竟天启战队和黑玫战队都可以说得上是目前联盟里人气最高的几支战队之一，今天的比赛更是备受期待。"

小舞看着大屏幕上陆续出现的各队员资料，整理了下手中的文稿，道："从目前的出场选手来看，今天双方的大体阵容基本上没有什么太大的变动，不知道在具体对战中会不会有什么新的策略。"

毛豆看了眼目前的时间，接话道："现在是 15 点 29 分，比赛马上就要开始，我都有些迫不及待了。"

话落，场内的光线忽然一暗，再亮起时，双方选手从两边的侧门间陆续入场。随着导播镜头的切换，大屏幕上陆续闪现选手们的侧脸，拉近的特写一个个掠过，引得场中又是一阵尖叫连连。

到了最后，落在双方队长身上的两个特写镜头一左一右同时展现在大屏幕上，将场内的气氛引向了一个新的高潮。

林肖也有好些天没看到过尤景了，难免多看了两眼那张不论从哪个角度看都堪称完美的脸，嘴角微微勾起。

不得不说，战队的队服穿在这个人的身上，还真有一种说不出的合适感，把他的清冷衬托得更加深邃，也把那种内敛的凛冽隐藏得格外彻底。

他心里这么想着，一眼即收，视线一转，便落在了另外那个男人的脸上。

依旧是那常年紧缩的眉心，以及棱角分明的侧脸。五年的时间在这个男人身上增添了一股成熟稳重的气息，就算只是站在那里，也有一种说不出来的压迫感。

这就是荣耀联盟里资历最深的老将，是在电竞圈里坚守最久的职业选手，也是把自己的一切不计后果地完全奉献给天启的队长，更是足以让热爱电竞的每个人对他肃然起敬的当之无愧的王者——人称"阎王"的阎独舟。

如果说电竞圈是娱乐圈的一个缩影的话，在现在这个黑粉横行的年代，不论是哪个选手都免不得备受争议，然而这个人从来没有受到过任何的质疑。不论胜负，他的存在就犹如联盟中的一座里程碑，每一场对局的结束，都是电竞历程上浓重的一笔。

当这个熟悉的身影落入眼中时，林肖也不由端正了姿势，无声地向这位老朋友、老对手致敬。

要说在联盟中他彻底地佩服过谁，或许，只有阎独舟一个。

他很清楚，这个男人直到现在还没有选择退役的原因到底是什么，也正是因为知道，才更让他心生敬意。

不管这个男人是否获得过世界奖杯，在他的心目中，已经是无可替代的无冕之王。

双方队员相互握手致敬后进入了各自的选手席，比赛正式开始。

个人赛的第一局，由黑玫战队秦磊的重炮手“火壁垒”对战天启战队陈日发的枪弹师“一日一发”。

沈常与留意到秦磊神色间的紧张，微笑着拍了拍他的肩膀，安慰道：“放轻松，发挥平常水平就好。”

秦磊没有说话，只是安静地点了点头，双手则是默默地握了握拳。他虽然也知道自己的胜率确实不大，但依旧在心里暗暗加油。

就现在的黑玫战队而言，每一分都显得格外重要。因此当看到是由这位经验不足的新秀打头阵时，场中的观众们明显也都愣了一下，难道是要在开局就先放弃掉 1 分？

虽然对战区域内完全隔离了外面的声音，秦磊依旧可以感受到现场氛围的变化。对此，他的脸上倒是没任何的动容，随着导入进度的结束，双方刷新在各自的复活点，火壁垒就已经开始积极地移动了起来。

这一局的地图是“大漠迷城”，他在对战之前曾经做过很详尽的准备，心里稍稍有底，找到坐标之后，按照原先的备战策略开始一丝不苟地布置火力线。

另一边，一日一发则是用最快的速度移动着，流窜在古城之中，在一条接一条的巷口穿梭。

整局对战的胜负关键，完全取决于火壁垒是否可以完整地打造出火力线。

观众们不由得屏息凝神，透过上帝视角的大屏幕，关注着双方距离的变化。

近了。

更近了！

眼看火力线就要完全布置完成，一日一发终于在西南角的城楼下发现了火壁垒。

双枪一提，几乎没有停歇就是一片绚烂夺目的扫射，火壁垒最后的布置动作被彻底打断。

全场顿时“哗”的一声彻底沸腾了。

火壁垒在一日一发不间断的火力压制下逃窜得有些狼狈。借助身边的炮台做出几下掩饰性的反击，接连几下翻滚试图逃出对方的视野范围，却见一日一发用灵活的走位避开了所有的攻势。

一日一发手中的散弹毫无停歇地射出，激光束缠绕上火壁垒的双脚，让他的移动速度明显地一降。转眼间，集中在身上的火力顿时更加密切紧凑了，火壁垒的身影几乎被火光淹没。

眼见血条以肉眼可见的速度下降着，火壁垒有意靠走位避开攻击。奈何对方的攻势太过猛烈，实在没有给他留下可循的漏洞，外加一日一发精准的预判，火壁垒就这样被对方牢牢控制在了一个极被动的局势中。

在这样的劣势下，秦磊心里难免有些着急，但是越着急就越是容易出错，直到血条彻底清空，都没有从对方纠缠的攻势中脱身，无奈献出了一血。

“还是太年轻啊，稳不住阵脚。”台下，林肖透过大屏幕看了眼画面中显然有些急躁的秦磊，默默摇了摇头。这局就如当时预料的一样，胜负已分。

之后，秦磊第二次死亡看起来就像是第一次的翻版。

复活之后的火壁垒再次积极地投入到了寻找机会进行火力布置上。然而一日一发看样子已经从之前的火力线位置摸透了他的套路，轻而易举地再次找到了他的位置，借由职业以及手速的双重优势，轻松地结束了战斗。

凭着 2 ： 0 的绝对优势，陈日发获得胜利，天启战队率先拿下 1 分。

下场的秦磊显得很是郁闷。他很清楚现在的局势下每 1 分对于战队而言的重要性，回到选手席后，向自己的队友们深深鞠了一躬：“真的非常抱歉。”

“哎呀，抱歉什么呀抱歉，作为新秀已经打得很好了！”许一鸣忙把他给搀起来，随手把外套脱下后丢到了旁边的座位上，满脸笑意地拍了拍他的头，“别着急，让前辈们来替你出气，接下来就看我的吧！”

此时大屏幕上显示出了第二局的对战名单，天启战队出战的是邱芷媛，角色战斧斗士“媛媛归矣”。

当看到对方的名字时，许一鸣有些出乎意料地挑了下眉，一边往台上走去，一边摩拳擦掌地作跃跃欲试状:“哎呀哎呀，对面是个美女呢！还真是有些不忍下手啊！”

许一辰在他路过跟前的时候瞥了他一眼，道：“输了今晚别想吃晚饭。”

许一鸣的嘴角不由一僵，叫唤道：“这是什么话！说能赢就能赢，等着瞧，我今天状态好得很，可是不会手下留情的！”

他喊的声音甚大，一抬头恰好看到邱芷媛朝这边扫来的凌厉视线，顿时一把捂住了嘴巴。

在《Zone》联盟中，其实有不少女选手，其中也不乏问鼎各职业顶尖水平的存在，但是像邱芷媛这样以毫无美感的战斧斗士作为职业的，却也实在是少数。

邱芷媛一头及肩的自然卷发，S 形的完美身材，烈焰红唇配上天使脸庞，丝毫不逊时下影视圈小花旦的绝美长相，一出场就引得宅男们疯狂呐喊，个个都恨不得冲上台去。

当年她刚进入联盟的时候，所有人都不明白为什么这样一个女选手偏偏要选择战斧斗士这么粗犷野蛮的职业，甚至有人质疑她的水平，但最终都在她无可挑剔的出场表现之下彻底被堵上了嘴。

作为一名备受瞩目的女选手，不论是外貌还是实力，邱芷媛都广受认可。

双方进入备战区后各自调试好设备，台上的比赛也正式开始了。

很多人都兴致勃勃地关注着美女选手的精彩表现，不料从一开始双方相遇后，一鸣见血就凭借着灵活诡变的走位，开启了风筝战术。

全场的胜负点本来就在于媛媛归矣能否找机会近一鸣见血的身，但是从眼下的情况来看，几乎是不可能的事。

枪弹扫射下，场面显得血腥暴力，奈何许一鸣并不像柳泽绅那样是个懂得怜香惜玉的人，一旦打得开心就什么都不顾了，走位顿时更加潇洒了起来，在场上的游走越发显得神出鬼没。

虽然媛媛归矣在后面终于找到了一次近身的机会，但因为前面已经被消耗掉了太多的气血，最终只对拼掉了一鸣见血三分之一的生命值，就献出了一血。

然而许一鸣这个时候已经完全放飞了自我，甚至没有半点停歇，居然看都不看媛媛归矣前一刻被击倒在地上的尸体，直奔对面复活点去了。

众人沉默：要不要这么狠啊……

选手席上的许一辰，微微勾起了嘴角，看了眼身边的秦磊，道："看来今天小鸣状态不错。"

许一鸣平日里的作战风格虽然狂放，但也没见过在战场上横行成这个样子。

秦磊目瞪口呆地看着场上一面倒的局势抽了抽嘴角，想到他临上场之前的话，果然是在帮他出气啊……

尤景看着在场上飞奔的一鸣见血，深邃的眸里有一层极浅的神色略微一晃。

个人赛第二局对战以许一鸣的完胜告终，双方战队比分 1 ∶ 1。

最后的比赛在两队的副队长之间展开，黑玫战队沈常与的召唤师"时节雨"对战天启战队宋澜的影剑客"澜影长剑"。

天启战队的正副队长一直是联盟中公认性格最迥异的两位，当年本以为阎独舟这样一丝不苟的队长应该会选择一位同样谨慎稳重的左右手，谁料一年前居然把刚入联盟的新秀宋澜提上了副队的位置。

这样的情景难免让人想起当初被老鬼一手提拔上来的沈常与，这时候经历如此相似的两位副队在赛场上相遇，格外引人关注。

作为目前联盟中手速最快的几位选手之一，宋澜几乎将影剑客敏捷如风的特质发挥得淋漓尽致，加上他刁钻古怪的行事风格，从一开局就给沈常与造成了不小的压力。

针对对方选手的这一特性，沈常与在对战的过程中，借助召唤师的职业优势，操作着时节雨故意加大了对澜影长剑的侧面骚扰。凭借他自身对地势犹如计算机般精密的掌控，将原本速战速决的个人赛，强行地从一开始的快节奏向宋澜并不擅长的持久战引领。

23 分钟 35 秒，在澜影长剑的最后一轮强势爆发之下，时节雨以仅剩 28 点血量的薄弱优势拿下了比赛的第三滴血，以 2 ：1 的一血之差险获胜利。

双方选手下场后握手致敬。

“我说，把对战拖那么长时间真的不觉得累啊？”宋澜一脸不服输地盯了沈常与半天，最后大度地摆手道，“算了算了，看在你们战队的积分危机上，这分就不跟你一般计较了。”

沈常与笑：“既然那么体谅我们，不如回去和你们队友说说，后面的 7 分也都给我们算了？”

宋澜惊得甩开了他的手：“欸，想得美啊你！”

随着双方副队长下台，个人赛自此结束，接下去将进行的是 3V3 的小队赛，大屏幕上此时已经打出了两队的出场阵容。其中，阎独舟与尤景两人的名字，显得格外惹人注目。

看着双方队员们从席位上站起来，全场的欢呼声高昂得险些要掀飞馆顶。

很多战队面对黑玫战队时，都会因为尤景的存在而特意调整战略，天启战队也是一样。眼下，阎独舟留在了小队赛出场，正是出于对尤景的顾忌，从出场阵容而言，他们应该针对治疗做过了针对性的部署。

现场的火药味很浓烈，接下来，显然将是一场激烈的角逐。

林肖没有看大屏幕，而是将视线落在了黑玫战队选手席上站起的那个人影身上，看着他一步步走上对战区，嬉笑的神色渐渐收敛了起来，思绪沉淀在眸底深处。

双方选手上台后逐一握手，陆续进入对战区。

调试机器完毕，小队赛正式开始。

2

中场时间过后，双方参赛角色在万众瞩目中登场。

黑玫战队的阵容是尤景的牧师“繁景缭乱”，柳泽绅的圣骑士“择木而栖”，以及许一辰的枪弹师“一触即发”。

天启战队出战的则是阎独舟的黑法师“暮落沉舟”，刑时翰的祭祀“冷寒风”，以及罗维的恶魔猎手“维度追缉”。

这场万众瞩目的对决，难免让人想起不久前网络上兴起的关于“矛盾之争”的激烈讨论。

作为国内联盟公认的高爆发输出选手，阎独舟的黑法师的武力值毋庸置疑，然而尤景作为国服第一神级治疗，在很多人眼里几乎是不会倒下的存在。偏偏这两人中，阎独舟在场上大多压轴个人赛，而尤景则是参加小队赛，导致除了团队赛，两人在小队赛对上的次数屈指可数。

谁都料想不到，到了季前赛的末期，阎独舟居然没有出战个人赛却是选择了小队赛。

不少人猜测天启战队是否为了故意留出空间来给其他选手在个人赛中获得更多的历练。然而更多的人则是认为，已经提前入围季后赛的天启战队，恐怕是有了新的三人阵容需要练手，这才有意选择了尤景所在的黑玫战队。

但不管怎么说，这样的“双王之争”足以让领域粉们拥有足够的期待。

随着比赛的开局，双方在地图上方正面碰上，直接将场内的氛围推向了一个高潮。

黑玫战队首先打出了漂亮的团队配合，一度在场上占有了绝佳的主动优势。然而柳泽绅与许一辰中途配合出现了一个小小的失误，让阎独舟敏锐地把握到了机会，借势一举击散了对方三人，使尤景的繁景缭乱与另外两位队员彻底脱节。

“尤队挺住，我马上就来支援！”许一辰在语音频道里说着，正准备疾速跟上，却听尤景道：“不用，你和柳泽绅一起去追击冷寒风。”

许一辰微愣：“那你呢？”

尤景道：“你们尽快击杀就行，我能拖住他们。”

拖住有阎独舟在内的两个人？恐怕是任何人都不敢多想的事。然而许一辰只是稍一静默，便毫无质疑地应道：“行！”

一触即发没有再回来支援，直接调转路线朝着冷寒风的方向奔去。

在阎独舟的黑法师与罗维的恶魔猎手双重夹击之下，繁景缭乱的血量始终以惊心动魄的速度上下起伏着，然而当所有人都在期待着另外两位队友前来营救的时候，却一直没等到支援。这时通过镜头，众人才发现另外两人非但没有朝着繁景缭乱的方向移动，甚至越走越远了。

解说台上，小舞忍不住发出惊叹：“黑玫战队的两位，这是都去追冷寒风了？看样子，我们的‘女王’是准备一拖二啊！”

毛豆咋舌：“眼下的情况来看，双方比拼抢杀治疗并不是不可行，但现在显然尤景的局势更要危难。刑时翰目前还在跟对方玩追击，虽说尤队的实力众所周知，可对手毕竟是阎王，真的能拖得住吗？”

一拖二，在团队赛中确实是很常见的战术，但往往会留一两个队友作策应，而且多是输出职业执行，像这样单独让牧师承受双重夹击的情况实不多见。更何况，对方阵营中的一人，还是站在联盟顶端的阎独舟。

大屏幕上滑过选手认真凝视着屏幕的侧颜，无一不显示着紧张的氛围。

解说小舞不由发出一阵唏嘘：“面对阎王还能做出这样果断的决定，只能说黑玫战队对尤景的个人操作，表现出了足够的信心。”

毛豆接话道：“眼下无疑是对牧师操作技术的最严峻考验，导播已经调出了 APM 值，不难看出，目前尤景的 APM 已经达到了今年季前赛中治疗职业的最高手速，甚至还在呈上升趋势。很显然，阎独舟做出的有效输出确实给他造成了极大的压力。”

大屏幕上显示的 APM 值随着场上队员们的操作上下波动着，原本坐在选手席的沈常与已经情不自禁地站了起来，看着依旧在飙升的数值，眼里担忧的神色越发浓郁了起来。

战队总教练李泊川坐在后侧不远的位置，脸上的神色也显得有些凝重：“太乱来了。”

其他队员并不知道发生了什么，但是看着两人脸上的表情，也仿佛感受到了事态的严重性。

比赛开始后的 26 分钟，许一辰终于在柳泽绅的协助下击杀了冷寒风，随即以最快的速度支援繁景缭乱。

在暮落沉舟与维度追缉的猛烈攻势下，繁景缭乱的血条频频险些见底。尤景屡爆手速，但在双重攻势下，疲态已经越来越明显，手上难耐的痛意隐隐传来，他凝视着屏幕的神色间却没透出半分动容。

眼见就要支撑不住，在仅剩 126 滴气血的千钧一发之际，一触即发的光束弹打断了暮落沉舟的吟唱，同时择木而栖的一记嘲讽打在了维度追缉的身上。

3V2 的局面正式构成，惊心动魄的悬念改写成了定局。

最终，黑玫战队惊险地拿下了小队赛的 2 分。

下场后，双方选手相互致敬。

阎独舟与尤景握手，神色略显复杂地瞥了眼他的左手，道："拼到这个地步，真的有必要吗？"

自紧绷的精神彻底松懈下之后，就有难忍的剧痛从手上传来，尤景闻言抬头对上对方的视线，勾起了嘴角："有必要。"

阎独舟沉默了一下，道："我在季后赛等你们。"

随着双方选手下场，全场在一刻寂静之后，霍然爆发出了雷鸣般的掌声。这不仅是给获胜的黑玫战队，亦是给惜败的天启战队，更是给每一位将精彩赛事呈现给大家的电竞选手们。

获胜而归的三人回到选手席，没有收到料想中的欣喜庆祝，而是感受到了沉重分明的氛围。

"手给我看看。"教练李泊川神色低沉地走过去。

尤景眉心蹙起，在左手被握上的一瞬，因感受到剧烈刺痛而不由一震，虽然竭力隐忍，但随着每一下的触碰，都仿佛有一把刀子割过骨骼，脸色略微失了几分血色。

李泊川看在眼里，语调一沉："集体去休息室。"

仿佛意识到了什么，所有人的视线落在尤景垂落在身侧的手上，脸上的神色也渐渐收敛了起来。

小队赛结束，黑玫战队因再次拿下 2 分，目前 4 ∶ 1 领先。

刚才的激烈战况将全场观众的情绪彻底燃到了一个顶点，观众们集体起立呐喊着“阎王”与“女王”的名号，回声经久不断地飘荡在场馆的上空，把每个人内心的热血都激了起来。

大屏幕上回放着前一场战斗的精彩镜头，解说也被场内的气氛带动，语气变得激情澎湃起来。

“今年的赛季开战以来，大家讨论最多的话题之一，恐怕就是认为老牌强队黑玫战队也已经出现了颓势。但是刚才的那场精彩对局，足够让我们相信，作为昔日王者，黑玫战队依旧是当之无愧的强队之一！”

“没错，面对天启战队这样的强大战队，黑玫战队已经明确地为我们展示了它的强势。虽然刚才的比赛中确实有不少的波折，但最后的胜利足够说明一切。双方都表现出了强大的实力，确实是让人热血沸腾的一场比赛！”

“尤其是最后精彩的比拼，尤景充分地用个人的精湛技术，向我们展示了什么才是真正的神级牧师！面对阎王这样强势的输出压制，还能同时顶住罗维的双重夹击，刚才的争端对战过程，实在是牧师这个职业堪称教科书般的经典示范！”

“哈哈哈，所以说，有‘女王’坐镇的团队赛，即使是阎王压阵也很难找到可乘之机吗？”

“要不然怎么说黑玫战队是目前联盟中团体赛最强的队伍呢？只不过，刚才黑玫战队确实是分毫之差下的险胜，不知道在接下来的团体赛里天启战队又会做出怎么样的安排呢？实在是让人有些迫不及待啊！”

热情的解说烘托着场内的氛围，然而在一片似火的热情中，林肖看着大屏幕上回放的画面，面上已经没了平时散漫的神色。

刚才的对战确实很精彩，但是总感觉不太对。许一辰和柳泽绅的表现可圈可点，但是整体节奏而言，全场的 MVP 无疑属于尤景。正是因为要支撑全场，但这样的节奏对选手而言未免显得有些残忍，更何况这个人还带着手伤。

此时全场统计的 APM 值已经出来了，作为一个治疗，尤景的数值无疑已经是接近了他的最佳巅峰。其中中期的数值达到了最高，下半段有一小段时间的下滑，最后重新达到了最高点并持续保持，恐怕这已经是在硬撑了。

虽然非常不想得到这个结果，但是现在不得不面对的情况是，这个男人手上的伤势，还是出现了问题。

林肖默默地叹了口气，心里不由嘟囔道："对战策略果然有够狠的啊！都已经稳进季后赛了，怎么还是这么不留情面啊，老阎也真是……"

萧励留意到他的出神，不由捅了他一下："怎么，战队赢了反而一脸不高兴的样子？"

林肖看了他一眼，没有回答，而是从席位上站了起来："没什么，我去下洗手间。"

3

在小队赛结束之后，团队赛开始之前拥有 15 分钟的休息时间，双方队员下场之后暂时先离开了选手席，回到馆内的休息室做最后的调整。

黑玫战队选手的休息室里，比起外面热情似火的场面，温度仿似低到了极点。

在一片寂静中，李泊川的语调格外低沉，看着尤景道："不管你同不同意，下一场团队赛我们必须弃赛。"

沈常与默不作声地填写着弃赛申请表，脸色也不太好看。

尤景坐在休息位上，外套半披在肩下，发线微垂下盖住了他的神色。旁人看不到他的表情，只有毫无起伏的声音淡淡传来："你们应该知道放弃这 5 分意味着什么。"

"意味着最后的两轮总计 20 分的比赛里，我们至少拿到 18 分以上才可以入围季后赛。"柳泽绅接下了他的话，视线落过桌上那张弃赛申请单，长长地叹了口气，"虽然我不得不承认眼下的局势对我们来说确实很糟糕，但是我想还是有必要先明确表态——这回我赞成李教练的提议。”

一直沉默的许一辰开口道：“没错。”

许一鸣从知道尤景手伤的事后就一脸怨气，此时彻底爆发了：“我也赞成李教练的提议。而且我现在实在是很生气，为什么手伤的事只让沈副队知道，偏偏要瞒着我们？我们看起来就真的那么不可靠吗！尤队你为了战队在努力，我们也是一样的啊！现在我真的是很生气！很！生！气！”

秦磊在旁边默默地点了点头，也表明了自己的态度。

“抱歉，我不希望因为个人原因导致战队出局。”尤景抬起头来看着室内的队友，“团队赛我还可以上，绝对不会拖团队后腿。”

许一鸣终于彻底失控了：“抱歉？拖后腿？这些都不是重点好吧！也不是弃赛就百分百出局啊！后面不还有两轮吗，到时候大家都尽全力不就好了？尤队，队伍是大家的，不是你一个人的，OK？”

“说得不错，队伍是大家的。”笑盈盈的声音从门外响起，把众人的视线顿时吸引了过去。当感受到四面八方落在他身上的注视时，林肖微微一笑，推门走了进来，视线扫了一圈，道：“我有话要和尤队说，介意把你们的队长借我一下吗？”

柳泽绅皱了下眉，下意识看向了身边面有倦意的沈常与，却见后者原本复杂的神色在看到林肖时，明显有略松一口气的感觉。

许一鸣刚想说什么，沈常与已经先一步开了口：“不介意，你请便。”

“谢谢。”林肖轻轻地拍了拍他的肩膀，径直走到尤景跟前，“那么尤队，借一步说话？”

尤景看了他一眼，并没有起身的打算：“这里不是你该来的地方，出去，现在是会议时间。”

“来都已经来了，哪有就这样回去的道理啊。”林肖感受到对方透着不悦的视线，径直伸手，一把抓住了对方的胳膊，力量一重，不再管尤景的态度，众目睽睽下就要这么强行带走。

尤景本想挣脱，然而稍一用力，就因为剧痛眉心一拧。怕再次触到伤处，他手上的力量不得不彻底松下。

其他人反应过来刚想阻拦，反而被沈常与挡了下来。虽然不懂怎么一回事，也只能一脸蒙地看着自家队长被这么“绑架”了出去。

到了走廊尽头，见对方终于松开了手，尤景脸色低沉地后退了一步，抬眸漠然地看着林肖：“到底什么事？”

这里没有什么人走动，周围一片清静，所有的喧嚣都被阻隔在了远处。

林肖修长的身子轻轻地靠在墙壁上，余光落过尤景的侧颜，最后在那垂落的左手上淡淡掠过。取了根烟叼在了嘴角，有些无奈地揉了揉散乱的头发，嘀咕道：“怎么说呢，你这人什么都好，就是太倔了点。电竞并不是一个人的游戏，不需要把什么事情都往自己身上扛……”

尤景的视线落在洒落的灯光上，带着些许的不耐烦：“这不是你需要操心的事。”

“怎么，许你操心就不许别人操心了？”林肖瞥了眼他的神色，嘴角勾了起来，“其实沈副队有过他自己的考虑，就算弃赛，情况也并没有你想象中的那么糟糕。至少，只要赢下之后的 20 分，一样可以轻松出线。”

只要赢下 20 分？话语间，仿佛要从下面的两支队伍身上获取大比分是轻而易举的事情一样。

“我知道我的话听起来像站着说话不腰疼，对你而言完全没有说服力。”林肖眉心微微挑起，不徐不疾地说道，“但是话说回来，如果可以保证战队能顺利进入季后赛的话，是不是就能同意眼下弃赛的安排了？”

尤景静静地看着他，没有表态。

林肖在这样的注视下，嘴角的笑意渐渐浓了几分。向前走了几步在尤景面前停下，看着他，嘴角的香烟随着话语有节奏地上下起落着：“你不相信我是应该的，只不过，就算不相信我的话，那么——你相信老鬼吗？”

尤景的姿势不易觉察地一滞，眸底有一股深邃的情绪霍然荡过，看着眼前这人嬉皮笑脸的模样，面上难得多了分清冷之外的其他神色：“什么意思？”

林肖轻笑：“啊，字面意思。”

尤景看着他没再说话，静静地等待后文。

这剧本，怎么感觉不太对？在此之前林肖设想过对方千百种反应，但是对上眼前这种“你说我听”的态度，他也难免沉默了一下。清了清嗓子，尽量淡定地说着之前准备好的台词：“是这样的，你一定不会想到老鬼曾经有个徒弟。”

依旧没有任何回应，周围的氛围显得有些尴尬。

林肖抬头偷偷瞥了一眼尤景的神色，却从那张脸上看不出太多其他情绪，只能耐着性子继续一本正经地瞎扯：“咳，其实我呢，就是老鬼唯一的徒弟。你知道的，我们两人的名字一样，当年就是因为这个原因引起了师父的注意，之后他发现我骨骼清奇、天赋极佳，一看就是电竞圈内不可多得的人才，就一拍板，把我收入了门下。”

这番描述声情并茂，奈何尤景依旧态度不明。

“后来因为年少轻狂，我为了一点鸡毛蒜皮的小事就跟师父吵翻出走了，那时候怎么也没想到啊，这一走居然成了永别。”林肖却是越说越投入，台词背到最后，神色间也透上了一股仿似追忆的感慨，“其实当我听说师父发生车祸的时候，内心是不愿接受的。要说起来，这人怎么就说出事就出事了呢，真的是，唉……”

说到这个时候，他的话忽然顿了顿，转而直直地看着尤景，语调格外慎重：“师父在我心中的地位无人可比，所以当时知道你接管了他的队长位置之后，我才会处心积虑地‘观察’你，甚至利用各种奇怪的方式来‘考验’你，想通过这些方式来确定你到底有没有带领黑玫战队的资格。”

为了让尤景接受“他”以前那些古怪行动实在是“事出有因”，林肖在说这番话的时候特意加重了其中几个关键词的音调，来强调自己的所作所为都是出于良苦用心。

尤景在他的深情凝视下终于开了口：“结果呢？”

“当然是确定尤队你很有资格了！不只操作犀利、指挥巧妙，甚至特别有作为队长的担当，有时候感觉简直连我师父都比不上！”林肖不动声色地奉承着，滔滔不绝，“也正是因为这样，我才会决定成为一位职业选手，来到师父一手创建的黑玫战队，与队友们一起去为冠军奖杯奋斗！毕竟，第二个世界冠军的奖杯，我们已经等太久了，不是吗？”

尤景的眸色略微一晃，看着跟前神情泰然的男人，再次陷入了沉默。

这个人，确实是有与当年老鬼叱咤联盟时如出一辙的出装思路，也有着足以匹配冷却缩减流超高 APM 的迅敏手速，甚至于偶尔有出乎意料的诡变战略，无一不透着昔日王者的影子。

但是，老鬼的徒弟？

从来没有听说过。

他的眉心微微拧起，开口问道：“怎么相信你？”

林肖见他终于问出这个让他期待很久的问题，才彻底松了口气，释然一笑，取出了手机：“很简单，我有证人。”

就这样当着尤景的面，他慢悠悠地拨通了电话：“喂，沈副队，有件事需要你做个证明。”

自从林肖强行将尤景带走之后，沈常与因为莫名其妙的举动，受到了队友们的质疑。一边在围攻之下绞尽脑汁地解释，一边看着时间一分一秒过去而有些心焦，这时候好不容易接到电话却是听到这么没头没脑的一句，不由一愣：“什么证明？”

林肖慢悠悠道：“当然是关于我和我师父关系的证明。”

林队以前有过师父？沈常与一头雾水。

“就我是老鬼徒弟这件事，你直接跟尤队说啊。”林肖这么说着已经算是提醒过了，随后就直接把手机递给了尤景，淡然一笑，“尤队，我想这件事，让作为师父一手提拔起来的‘知情人士’沈副队来回答，应该再合适不过了。”

尤景接过手机，静默片刻后，问道：“是真的吗？”

电话另一头，沈常与这才领会过来几天前林肖所谓的需要他帮忙到底是什么意思了。

然而，此时此刻唯一的感觉，就是好想直接把电话挂断。

老鬼的徒弟？到底是怎么想出来的毫无逻辑的破说辞啊？！

手微微一哆嗦，沈常与强作镇定才没有冲动到把手上的手机甩出去。

在听筒里的一片沉默中，他的嘴角隐隐一抽，尽量让语调听起来平静稳重一些："对。是……真的。"

另一头，尤景没有再说话，片刻后，只听"啪"的一声，电话被挂断了。

"刚好像听到说什么徒弟什么的事，都什么情况啊沈副队？那人到底找尤队什么事啊？"一直在旁边偷听的许一鸣一脸疑惑地凑过来问道。

沈常与淡淡地"哦"了声，面无表情地扫了眼周围的人，语调已经因为生无可恋而完全没了任何起伏，就像在说晚饭吃什么一般平淡自然："没什么，也就是林肖是当年林队徒弟的事。"

许一鸣不由惊呼出口："老鬼居然还有个徒弟？！"

众人的表情顿时格外精彩。

沈常与扫了他们一眼，默默转过身去，把弃赛申请表递到了李泊川面前："李经理，我想，应该可以签字了。"

林肖看着尤景挂上电话，淡淡地挑了挑眉："这下确认了吗？"

"确认了。"尤景说话的声音较平时显得有些紧，把手机递给林肖之后，道，"只要你有实力，回去后我会去找李经理略过训练营的所有流程。具体事项回俱乐部后再谈，现在我需要回去了，团队赛马上开始。"

林肖见他转身要走，伸手拦在了他的跟前，有些无语地挑了挑眉："冒这么大风险跟你挑明身份，你不会真认为只是为了让你给我走个后门的吧，尤队长？"

尤景依稀听到了出场的铃声，眉心拧起："让开。"

"我还就是不让。"林肖面上依旧是淡淡的笑意，心里却是被这样固执的态度激起了几分浮躁的情绪。

就在对方想要从他身边绕过的瞬间，林肖一把按住尤景的肩膀。

垂眸看着那张分明已经退去几分血色的俊脸，林肖的唇角极浅地勾了起来："我都说了，以我师父的名义起誓，一定会让黑玫战队入围季后赛的，你怎么就偏偏不听呢？”

尤景定定地看着他：“老鬼的名义，不是可以用来随便起誓的。要知道，你毕竟不是老鬼。”

“那又怎么样？闹了那么久，也该闹够了吧？”林肖的视线从他弧线好看的脸庞渐渐落下，淡淡地瞥过垂在身侧的手臂，“不可否认，队长确实承担着带领队伍走向胜利的重任，但这并不是全部。当年老鬼也一度认为，夺冠比任何事都要来得重要，但是后来却更加深切地明白，比起胜利而言，队友要更加重要。”

尤景的嘴角微微抿起。

想起曾经的一些事，林肖淡淡地叹了口气，嘴角的弧度渐渐带上了一层淡淡的无奈：“团队不是单个人的守护，而是每个人互相守护，才叫团队。不要做一些可能会让队友后悔的事。”

“请多相信自己的队友，尤队，今天到此为止。”依旧是平日的语调，却莫名透着一种不容置疑，林肖见尤景没有拒绝的意思，直接取出手机再次拨通了沈常与的电话，“沈副队，提交弃赛申请单吧。”

沈常与早就准备好了一切，终于等到了准确的回复，这才彻底松了口气：“好的，剩下的交给我就好。”

林肖“嗯”了一声：“辛苦了。”

除了通话的声音，周围再次陷入一片诡异的寂静。

直到电话挂上，尤景才再次开口：“现在可以让开了？”

林肖却依旧保持这样的姿势纹丝不动，一只手拿着手机看了眼上面的时间，笑盈盈地垂眸看着他，不紧不慢地说道：“时间不早了，还是赶紧去挂个急诊吧。啊对了，你之前的检查都是在哪个医院做的？”

尤景在他这样的注视下默了片刻，眼睫略略一垂：“H 市二院。”

林肖轻轻一笑，这才满意地后退了一步，做了个请的姿势：“那么，我陪你去。”

4

当组委会将黑玫战队弃赛一事公布出来，顿时在场馆内引起了一阵轩然大波。

没有人料想得到，在这轮的对战过程中居然会出现这种情况，以至于解说席在读完收到的通知后，也陷入了一片沉默。

前一刻被两队彻底点燃的激情仿佛一下子被浇下了一盆冷水，不只是黑玫战队的粉丝，甚至连天启战队的粉丝一时间也有些无法接受这种不战而胜的状况，一时间质疑声四起。

在一度有些失控的场面下，双方选手在保安的护送中离开了赛场。

赛后采访，黑玫战队弃赛的原因，自然成了各家媒体记者关注的重点。

在内厅的招待会现场，战队成员出场后，已经有人敏锐地发现了尤景的缺席，统一地将目标转向了代替队长坐在正中心位置的沈常与，以及随行的总教练李泊川。

面对诸多提问，沈常与的回答显得格外官方："因为战队内部的一些调动安排，导致临时决定放弃这场团队赛，我们对此也表示非常抱歉。"

在场的都是资深的老记者，哪里听不出话里的敷衍，当即有人提出了疑问："请问尤队为什么没有出席招待会？之前结束的小队赛实在让人印象深刻，现在的突然离开，是跟前一局对战有关吗？"

这个问题问到了所有人关注的重点，全场顿时安静了下来。

李泊川把话筒移到跟前，环视一周，回答得很平静："不可否认，与阎队的对决确实损耗了尤队的不少精力，这也是我们让他提前回去休息的原因。但是，临时放弃团队赛完全是出于战队的策略性安排，和尤队没有什么关系。"

既然已经说了是战队的策略性安排，潜台词也就隐含了"无可奉告"的意思。

记者们见半天没有挖出什么劲爆的消息来，显得有些不甘心，当即又扔出了一个问题来："众所周知，黑玫战队这个赛季以来的表现一直都不尽如人意，现在又主动放弃掉团队赛 5 分的争夺，从局势上看很可能会因此失去进入季后赛的资格。对于眼下不容乐观的局面，请问战队内部又是怎么看待的呢？"

这样的问题有些尖锐，甚至可以说得上是有些针对了。

许一鸣第一个感到不爽了，一把将话筒给抢了过来："怎么就不容乐观了？都等着看吧，季后赛，我们是一定会进去的！"

沈常与拍了拍他的肩示意他坐下，转身看着提问的那个记者，淡淡一笑："就像一鸣说的，我们季后赛见。"

虽然还是和平常一样的温和笑容，语调里却是透着一股分明的自信，仿佛势在必得。

场内的氛围变得古怪起来，然而从眼前的情况来看，想要从黑玫战队的口中挖出线索，显然已经是不可能的事了。

记者们只能眼睁睁地目送他们离开，等到接下来接受采访的天启战队入场之后，直接将话锋都对准了阎独舟："请问阎队，对于黑玫战队对弃赛做出的'战略性'解释，您怎么看？"

阎独舟依旧是万年不变的淡漠表情，闻言稍稍顿了顿，嘴角淡淡地勾了起来："我很期待他们接下来做出的安排。"

又是这种纯官方的回答，台下的记者们简直快要哭了，这一个两个的口风都这么紧，他们到底上哪里去挖有价值的报道内容啊！

不甘心归不甘心，记者们只能继续尝试性地追问："那么，对于黑玫战队表现出的确认能进季后赛的强大自信，阎队有什么其他的话要说的吗？"

阎独舟道："很期待在季后赛与他们再次交手。"

在这样毫无营养的回答下，现场不少的记者已经想把手上的笔记本摔在地上——想从这些选手口中听到有话题的话怎么就这么难呢？这工作简直没法再继续了！

H 市二院骨科。

林肖在走廊上等着尤景做检查出来，正百无聊赖，接到了萧励打来的电话："喂，萧老板。"

"喂什么喂啊！我说你上哪儿去了？我们战队弃赛了知不知道！这里现在都闹开锅了！"萧励显然还在现场，透过那边嘈杂的背景声，几乎可以想象一片混乱的场面。

林肖道："闹吧闹吧，我现在在医院，等会儿你先自己回去啊。"

萧励一愣："医院？不是去厕所吗，怎么到医院去了？"

林肖道："陪人来的，有什么话回去再说。"

没有再听萧励说什么，就径直挂上了电话。一抬头，恰好看到尤景走出来，随手把手上的队服披到了他身上，瞥了眼经过简单处理的手，问道："还疼不疼啊？"

尤景道："不疼。"

从林肖的角度看去，只见这人浓密的眼睫间，因为周身的清冷气息仿佛也凝着一层浅浅的水雾，盖着眸底的神色，叫人完全猜不透心里的情绪。只觉好笑，也就跟着他坐在旁边的椅子上等着。

检查报告出来，没等尤景反应，林肖已经一把抢过拿在了手上，转身一路陪同他回到了主治医生的诊室。直到把检查结果递交给医生，林肖的心里还是有些紧张。

"从报告上看，比之前的情况稍微恶化了一点，好在还没有伤到要害。但是这次回去如果还是继续不听劝告不好好休息的话，会是什么样的结果我可不能保证！"估计是把林肖当成了纵容尤景任性妄为的朋友，老医生在说这话的时候始终狠狠地瞪着他，一副嫌弃林肖照顾不好人的神色，"今天新配了一点药，一部分口服一部分外敷，回去一定要好好养着！"

"是是是，一定一定。"林肖嬉皮笑脸地应着，却又被瞪了两眼，这才摆出一张态度端正的严肃脸来，"这回我保证会好好看住他。"

尤景淡淡地瞥了他一眼。

老医生在这样神色真挚的保证下，稍显满意地放过了他。

等到从医院再回俱乐部基地，天色已经彻底暗下，也不知道为什么，在这个时间点上一路行来一个人都没有撞见。

林肖拎着大包小包的东西踱步跟在后面，就这样一路到了尤景宿舍门口。

刚要进去，尤景忽然停下了步子，转身拦在了门口："东西放下，你可以回去了。"

林肖在这样的注视下却是一步都没有动，反而是慢条斯理地偏身把东西搁在了门里，神色散漫地看着他："你确定要我回去？"

尤景道："确定。"

林肖笑道："忘记医生说什么了？"

尤景蹙眉："那是我的事。"

"哦，确实是你的事。"林肖瞥了眼袋子里的胶布，又瞥了眼他纤长好看的十指，"如果你自己能用一只手完成包扎敷药的话，我倒是没有什么意见。"

周围一片寂静，他的话显得格外平静："当然，你也可以找沈副队或者其他队员来帮忙，他们应该也不介意多了解一下你的病况。"

尤景抬头看来，冰凉的视线在对上跟前这副笑盈盈的表情时隐隐一晃，再没说什么，转身走进了房间，留下一扇敞开的房门。

林肖心情愉悦地把门口的东西拎了进去，一边慢条斯理地取出纱布和膏药，一边打量着屋里的陈列。

不得不说，作为一个男人的房间，可以说是格外整洁了。

所有东西都摆放得井井有条，虽然并没有任何名贵的装饰点缀，但是不论从哪个角落看过去，都透着一种说不出来的独特气质，就如主人本身给人的感觉一样。

一圈看过，无意中瞥到墙壁上的海报时，林肖的视线不由骤然一顿。

不论是海报上的人，或是周围的情境氛围，都是他格外熟悉的。

甚至，可以说是永世难忘。

Y 国万人场馆，GDL 世界总决赛现场，画面正中央的男人在万众瞩目中高高地举起冠军奖杯，嘴角是一抹极浅的笑，眼里是一种至高王者的傲然。

没有人会比他更熟悉画面中的一切，那是他当年夺下国内首个电竞赛事奖杯时，最为巅峰辉煌的一幕。

时隔多年，除了老一批的电竞爱好者们，现在联盟中的新领域粉们恐怕只从一些记录中听到过老鬼的存在。他不知道尤景是在什么时候，从什么地方获得这张海报的，心里顿时有些滋味莫名。

瞥了眼那副依旧不带太多情绪的侧颜，林肖心里默默有了打算——看样子，改天还是偷偷让沈副队捎个签名来留个纪念吧……

这样想着，林肖走到尤景跟前半蹲下身子，小心翼翼地拖起他的左手，上药的动作比任何时候都要显得轻柔。

尤景垂眸看着跟前这个满脸认真的男人，一时间略微有些恍神。

不得不说他包扎的动作很娴熟，甚至可以称得上专业，对很多人来说显得烦琐的事却是分分钟大功告成。

看着细长的手指被自己包成了几根大萝卜，林肖显得很是满意，收工后站了起来，还不忘叮嘱："小心点少碰水，明天晚上我再来帮你换一次药。"

尤景静静地看了他一会儿，没有回应他的话，而是问道："你以前，也做过这样的包扎吗？"

"做过啊，以前有段时间因为训练太久手也出现过问题，那时候可都是自己给自己包扎的呢！"林肖随口应着，在那清冷的注视下回过神来，霍然一顿，"呃……不只这样，后来我师父受伤的时候，我……咳，我也经常帮他敷药。"

随着他的话落，周围陷入了一片诡异的寂静中。

在这样的氛围里，林肖难得有一种紧张的局促感，全身因为骤然出现一股冷意而格外清醒。

"知道了。"正当他被看得直心虚的时候，尤景终于把视线收了回去，"手伤我自己会注意，具体情况不需要和其他人说太多。"

这些事情有他一个人知道就足够，本来就没准备要告诉沈副队他们。

林肖清了清嗓子，故作镇定地应道："没问题。"

5

毫无意外的，今天黑玫战队弃赛的消息，在电竞圈里传开之后，掀起了轩然大波。

虽然在赛后采访的过程中，不论是黑玫战队还是天启战队，都没有透露出太多的信息，但这一点都不影响各家媒体发挥想象的空间。各方的报道层出不穷，说法不一，成了几日来联赛中最热门的话题之一。

在众说纷纭的帖子中，这次弃赛的真正原因，成了各方的猜测里最为关键的内容。广大网友充分发挥了群众的想象力，从战队内部矛盾，到俱乐部高层变动的阴谋论，甚至有人猜中了尤景不利的个人状态。

在被无数次转发的微博以及论坛的跟帖中，诸位粉丝的态度也各不相同，有遗憾，有困惑，有失望，更不乏一些黑粉落井下石。

在这样混乱的局势中，黑魂俱乐部的公关绞尽脑汁，可谓是忙得焦头烂额。

面对这些乱七八糟的言论，萧励显得很是气愤，一天到晚抱着手机在训练大厅里刷着帖子，甚至还留言舌战群雄，始终一脸不爽至极的表情：“你说这些人怎么就那么喜欢没事找事呢？不都已经说了是战术上的布置安排了吗，怎么一个个还没完没了了啊！”

很显然，眼前这位仁兄是真的对俱乐部的公关说辞坚信不疑啊……

但是一想到那天，萧励甚至连自己随口编造的理由都轻而易举地信了，林肖也就见怪不怪了。

端起杯子喝了口水，他倒是不免有些为公关部门捏了一把冷汗。要知道，这回的风波甚大，还可能在之后有其他牵连。

“啊啊啊，赢了！晋级了！我们战队晋级一阶了！”旁边冷不丁爆发了一阵欢呼，林肖凑过去一看，只见邹亓官的五人战队在天梯关键的一战中获取了胜利。此时屏幕上弹出了成功晋级的徽章图样，闪耀夺目的翅膀展开在眼前，格外惹人注目。

看着那张因为喜悦而涨得微显绯红的脸，林肖忍不住随手捏了一把，笑道：“不错啊，越来越有职业选手的样子了。”

邹亓官乐呵呵地道：“职业选手什么的我还差远了，要不是林哥你的指点，我们战队也不会进步得这么快啊。”

“我说有就有，再怎么指点也需要你自己有天赋才行。”林肖看了眼界面上的治疗量统计数值，眼里满是自家小孩长大的欣慰。

其实当初他在发现对方良好的心理素质之后，也只是抱着试一试的想法在观察这位小少年，后来能有这样飞速的成长也实在有些预料之外。

不得不说，“胆小”这一属性确实是在邹亓官的身上发挥得淋漓尽致，然而也正是因为这样，在为他量身打造一种五人模式的新策略之后，从这个属性里面引领出的小心谨慎作风，在对局中起到了出人意料的作用。

可林肖毕竟不是专职的牧师选手，并不能做太有针对性的指导，只能告诉邹亓官一些方向性的东西。

这时候看到了小少年的可塑性，心里不由琢磨着找机会给他安排一位师父带领，想必未来一定能有更加出色的发挥。

林肖摸了摸下巴正考虑着这件事，忽然从大厅外走进一个人来，环顾一圈问道：“哪位是林肖？李经理让你去战队区办公室找他。”话落的时候，可以感受到一瞬间周围笼罩上来的诧异疑惑视线。

战队区办公室的李经理，只可能是兼任黑玫战队总教练的李泊川。

训练营新人突然被战队的大 BOSS 召唤，林肖格外能体会其他人的心思。

然而旁人无法猜测，他却明白这样突然找他去想必是入队的事有了着落，于是淡定地拍了拍萧励的肩膀，就在万众瞩目中懒散地走了出去。

走进办公室的时候，林肖才发现里面并不止李泊川一个人。

尤景坐在里面的沙发上，一眼看去可以清晰地看到缠绕在他手上的纱布。然而这样有些滑稽的包扎，丝毫没有影响到他安静坐在那表露出来的优雅。

听到门开的动静时他并没有抬头，而是淡淡地喝着茶，只留下半面依旧好看的侧颜。

沈常与看到林肖进来的时候，神色间显得有些复杂，一副欲言又止的样子。

然而，此时当着那么多人的面不便多说什么，林肖只能从那双满含怨念的眼里看出，对方显然还在为所谓的“老鬼徒弟”一事耿耿于怀。

林肖笑眯眯地移开视线，不动声色地拒绝了他无声的指控。

李泊川倒是开门见山道：“林肖对吧？你的情况两位队长都已经跟

我说了。综合考虑目前战队的情况，我们决定破例直接将你提为战队正选。这是登记表格和签约合同，如果有其他疑问可以直接提出来。”

林肖拿起合同随意翻了翻就合上了，速度快得可以让人确信他根本没看里面的内容。然而，他就这样笑眯眯地说了句“我没有问题”。

李泊川蹙了下眉正准备再说什么，林肖又开口问道：“关于破格录用的事，应该不止我一个人吧？沈副队难道没有提起过另外两人吗？”

李泊川闻言，转身看向沈常与，问：“怎么，还有别的人？”

沈常与在询问下有些微愣，则是看向了林肖。

林肖朝他淡淡地挑了下眉，提醒道：“沈副队，前两天你不是说需要填补一位个人赛选手以及一位牧师替补的吗？”

沈常与终于领会过来，轻咳了一声对李泊川说道：“确实，目前路人王笑苍穹也在这一届加入了我们训练营，以目前的情况来看，是一同提举上来的最佳时机。至于牧师的话……”

林肖接口道：“沈副队认为训练营的邹亓官进步很快，提升上来作为牧师的替补选手是格外有必要的，毕竟，依照现在尤队的情况来看，并不适合个人赛与团队赛同时上场。有句话怎么说来着,有备无患嘛！”

话落的时候，林肖可以清晰地感觉到一道凉飕飕的视线落到身上，他缩着脖子打个激灵，清了清嗓子当即摆出一副事不关己的表情，闭了嘴。

李泊川沉思了片刻，最后将拍板权递交给了尤景：“尤队，你怎么看？”

林肖也转身看向尤景，把希冀的心情毫无避讳地全写在了脸上。

尤景淡淡地扫他一眼，把杯子搁到了桌上，漫不经心地开了口：“既然是沈副队的意思，就照着办吧。”

李泊川点头：“那么，去把另外两位也请过来吧。”

先是找了林肖，后来又陆续带走了萧励和邹亓官，训练营的其他人几乎都是一脸蒙的状态。

别说那些不知情人士，当两人进办公室后得知找他们来的目的，震惊得直接僵在了原地。之后李泊川跟他们说的话完全没有听进耳朵，全程盯着桌子上的合同，脑子里飘荡的满满都是“正选”两个字，丝毫接收不到其他信息。

直到三个人抱着合同出来，一路走到了训练营基地跟前，还依稀有些没回过神来。

邹亓官再一次把已经被掐得红扑扑的脸伸到了林肖跟前，怂恿道:“林哥你再捏我一下看看，我真的成正选了？我真没有做梦？”

林肖没好气地把他的脸又推了回去，笑道：“真的，没做梦。”

萧励大有感慨：“不都说成为正选是很麻烦的一件事吗？林肖你到底用了什么法子，怎么一下子让我们把合同都签了呢？”

林肖无语地看着他：“要填充新人那也是俱乐部做的决定，我能有什么法子啊？我说你们能不能别想那么多了，赶紧回去收拾东西搬宿舍，留给我们的时间不多，还需要早日参训积极备战呢。”

回到宿舍的时候，训练营的训练已经结束，而三人不按流程直接被破格提拔的消息不胫而走，传遍了训练营的上下内外。

当他们回到宿舍收拾行李的时候，总有人远远近近地打量着，伴随着窃窃私语，投来的视线里有羡慕、有嫉妒、有猜疑，有些人落在林肖身上的视线里甚至有一种鄙夷。

林肖被这种态度搞得有些蒙，倒也没太在意，直到临出门时有句话传入耳里的时候，身子不由得一歪，差点一头栽倒在地上。

那个压低了的声音道：“看到没，就是那个林肖，昨晚听说有人看到他大晚上鬼鬼祟祟地从尤队房间出来。”

另外一人恍然大悟，甚至有点不明来由的小兴奋，仿似终于破案一样：“哦！难怪破格录用的都是 C 区的人了！”

讲道理好吧，他这么光明磊落的人什么时候鬼鬼祟祟了啊！

林肖把行李拖到了大门口。

有个工作人员遥遥跑来，把办理好的转住宿表发放到了三人手里，等发到林肖的时候突兀地停顿了一下，抬头把他打量了一番，才特意嘱咐道：“你的宿舍在尤队的旁边，A 栋 303 号房间，不要和他们一样搬到二楼去了。”

萧励闻言大感诧异："林肖，不错啊，特殊待遇啊！"

邹亓官也是两眼放光："林哥你真厉害，尤队看起来好像特别特别器重你！"

什么特殊待遇，什么特别器重啊！明明只是为了随时看好他，避免他到处乱说话吧？感受到四面八方落在自己身上的视线越来越多，林肖难得地愣在原地，半晌才生硬地扯起了嘴角："尤队对我还真是……太好了啊！哈哈，哈……"

林肖帮萧励和邹亓官把行李搬到了二楼之后，这才挥别两人，一个人搬着行李箱上了三楼。路过走廊时瞥了眼尤景的房门，紧闭着像是人并不在的样子，不由暗暗地松了口气，用领来的钥匙打开了隔壁自己的房门。

比起训练营的住宿环境，战队正式选手的宿舍明显要好上很多。

当然，这些楼也是近几年才刚建的，当年他带着老队伍的时候可没有这么好的待遇。

刚整理好东西把行李箱合上，身后突然响起一个平淡无波的声音来："收拾好了？"

猛然被吓了一跳，林肖背脊僵了片刻后转过身去，只见一个修长的人影慵懒地靠在门边。

背着光，看不到尤景脸上的表情，但依旧可以感觉到投落过来淡漠打量的视线。

这人什么时候来的？半点声音都没有……

林肖略感无语地应道："嗯……好了。"

尤景站直了身子，视线落在他的身上，语调平静地道："那么，来下我房里。"

林肖愣了下，回过神来的时候，对方早就已经离开了。他不得不把行李箱搁到旁边，出门右拐进了隔壁屋子。

尤景抱着水杯坐在桌子前，屋里只开了一盏台灯，从门口的角度看去，恰好可以看到衬衫微敞的领子间露出的线条分明的锁骨。

他的眉目就像是画笔勾勒出来的一样，让人只要看过第一眼，总会忍不住还想要继续多看两眼。明明是很清瘦的一个人，偏偏举手投足间总会给人一种莫名的压迫感，这样的气质与他整个人的形象充满了矛盾的冲击性，又莫名格外贴合。

听到关门声，尤景转过身来，看向林肖："还有十天就是和七星战队的比赛了，我想知道你是怎么考虑的。"

他的考虑？林肖不免有些无奈："怎么，还记挂着那天在场馆里的事呢？当时我是着急说服你才口不择言的，你就大人有大量，别跟我这个新人计较了呗！"

尤景问："口不择言？"

林肖点头，一脸真诚："我知错了。"

尤景看着他："那老鬼徒弟一事，也是'口不择言'吗？"

林肖一愣，反应过来后忙道："不不不，这事必须是真的！"

尤景嘴角扬起："还是说，会让战队入围季后赛的事，是'口不择言'？"

林肖干咳一声："当然不是，这件事说到做到，说到做到……"

尤景抬眸："既然都是真的，那么关于下一轮对战，必然有过应对的考量吧？"

关于战略的事，其实林肖本来琢磨着要私下和沈常与去商量的，没想到尤景居然会先找上门来。此时微微诧异下，心里倒也泰然了，本来还琢磨着要怎么让沈常与去说服尤景，现在既然有机会让他与之面对面商量，倒省了不少事。

这么一想顿时畅快了，林肖清了清嗓子，道："既然尤队问我了，那我也就直说了啊？"

尤景点头："说。"

蹙眉琢磨了一下，林肖道："下一轮对战七星战队的话，因为个人赛是对方的强项，如果要我提议，我会建议让沈副队打头阵，许一辰第二场，然后萧励第三场。"

留意到尤景隐约蹙起的眉心，他解释道："让萧励这个新人直接压轴个人赛，听起来确实有些不靠谱。但是按照七星战队的情况看，下一轮他们的个人赛第三位没意外的话，应该会是队长韦诚哲。萧励打别人未必可行，但如果是打以灵变著称的韦队，不敢打包票必胜，也绝对可以说是十拿九稳。”

尤景道：“继续说。”

“随后是小队赛和团队赛。”林肖见他没有异议，稍稍松了口气，往后说道，“这两场比赛的话，我的建议是这样的。小队赛三人分别是我，你，再加上一个柳泽绅。至于团队赛，则是由沈副队、二许、邹亓官，还有我上场。这样的阵容应该是眼下来说最好的。”

尤景的唇角抿了起来：“哦，这么说，团队赛就不用我出场了？”

其实要不是为了堵外面媒体的嘴，本来小队赛都不想让你上来着，甚至为此还把自己调到小队赛来做御用保镖了呢。瞥了眼尤景被纱布包扎着的左手，林肖心里嘟囔着，面上则是一脸严肃正直，说道：“最近有一套格外适合邹亓官的战术，几乎是百战百胜，这不想着如果放着不用未免有些太过浪费了。”

尤景没有直接拒绝，而是默了片刻后问：“这样的阵容，我怎么信你？”

只要没有当场否决，一切都好说啊。林肖乐呵呵地眯起了眼睛：“今天不是才刚签了合约吗？如果这一轮没有大满贯，结束后我愿意将刚签好的合同作废，怎么样？”

他这样说的时候，神色是淡淡的，甚至带着几分吊儿郎当的随意，就像只是在路边摊贩上扔了几个硬币赌个大小一样的简单。要是没有留意他因为自信而显得越发清亮的眸色，实在很难让人相信他先前做的其实是一番格外重要严肃的保证。

尤景在这一时间有那么片刻的失神，随即轻描淡写地收回了视线，勾起嘴角：“可以。但愿你不会让我失望。”

面对这样“好说话”的尤景，林肖实在是有些受宠若惊。

要知道，之前沈常与一直跟他吐槽自家尤队有多么固执难搞，以至于他心里难免会无法控制地产生一层阴影，加上那天在场馆里亲眼看见这位大人不把自己当回事的样子，更是内心忐忑。然而眼下这么顺风顺水的局面，突然让他有一种尤队温顺好说话的错觉。

因为临时变动阵容，留下来给战队正选备战的时间显得格外吃紧。

林肖熬夜制定完战略后，私下偷偷交给了沈常与，由他下发到每个队员的手里。

接下来的日子里，所有的战队队员几乎没日没夜地在训练室里训练，甚至还熬了好几个通宵，直到最后闭关出来的时候，几乎个个都成了熊猫眼。

在这些日子的接触中，最出乎林肖意外的是，对于他的加入，其他队员竟然并没有呈现太明显的反对态度。甚至在第一天来报到的时候，许一鸣还给了他一个大大的熊抱，满嘴“久仰久仰”，搞得他有些蒙。后来听沈常与说起，才知道他是把自己的“身份”直接公开了。

对此林肖的嘴角抽了又抽，却说不出反驳的话来。他很清楚，这绝对是“报复”……但是，谁叫自己自作孽呢？

很快的，与七星战队的比赛日子近在眼前，为了确保队员们的状态，战队提前两天放假休息。

最后一天假期林肖干脆直接窝在房间里睡昏了头，直到外面一片漆黑了才迷迷糊糊地从被窝里爬起来。

一看时间，已经晚上十一点了。

他揉了揉头发，洗漱后准备去楼下觅食。

刚走进走廊的时候，一抬头却见隔壁的房门不知道是忘了关还是没锁牢，半掩着，透着些许微弱的灯光。

怎么这么晚了还没睡啊？林肖皱了皱眉，推开房门看清里面情况后，刚张开的嘴又静默地闭上了。

房间里除了台灯的光线，只有笔记本电脑上浅薄的光色，桌子前的人大概是累了的缘故，不知道什么时候趴在桌子上睡着了。

窗帘被夜风轻轻地吹着，这样一片宁静的画面看起来有些过分美好，以至于林肖一时间看着这个单薄的背影，让前一刻还盘踞在脑海里的困意顿时消散得一干二净。

真是，也不怕着凉。林肖轻轻地推门进去，环顾一圈后，取了床上的毛毯轻轻盖在尤景身上，见并没有吵醒他才稍稍松了口气。

视线掠过，瞥见他压在身子下面字迹好看的笔记，不由笑了一下。

厉害啊，一个惯用左手的人，右手的字也能写这么好看……

林肖忍不住好奇，凑近了看看他都写了些什么，一字一字地瞄过，才发现所有的记录都是关于这几日各人训练过程中的统计分析，微微一愣下不由低头瞥了尤景一眼。

尤景的眼睫微微一晃，仿似薄弱的蝶翅轻轻一触，毫无预兆地缓缓睁开眼来。

林肖被突如其来的对视弄得愣在原地，直到感受到对方视线里的冷意越来越浓，这才冷不丁地跳了起来，当即往后退了几步："尤队，你……你醒了啊！"

尤景眼里因为初醒的混沌已经彻底退去，眼睛微微眯起，转身看向林肖，静了一会儿，道："出去。"

林肖看着对方的这个态度顿时苦了一张脸，二话不说一溜烟跑出了房间，但又有些不大放心，过了片刻后，突然又从门外探了半个身子进来，道："你也早点睡觉，明天的比赛别太操心了。那啥，晚安。"

尤景无语地看着房门再次关上，转身的时候这才看到自己身上的毛毯，沉默片刻后将桌上的笔记本收了起来，沉沉地靠在椅子上。

这几天虽然没有参与训练，但每个人的训练状况他都记录得很清楚，不管是训练模式还是那格外清晰的针对性训练，都不像是沈常与可以制定出来的。

看着外面的星空，半晌的寂静之后，他仿似自言自语地喃喃道："老鬼的，徒弟吗……"

CHAPTER 09

这就是电竞

1

经过多日的缓和，网络上对于黑玫战队的争议终于在时间的流逝中渐渐沉寂了下来。

然而，就在与七星战队比赛的当天早上，电竞论坛上出现了一篇名为《昔日豪门再度陨落——记黑玫战队弃赛背后》的贴子，再次把众人的关注点重新拉了回来。

发这篇贴子的人是近期格外受人追捧的新兴记者孔岩。在贴子中，他从各个角度入手，分析了黑玫战队与天启战队的那一轮对战。记述笔调老练且客观，用一种完全不带个人情绪色彩的行文对比赛进行了残酷的剖析，在给出“尤景状态出现问题”这一答案之后，进一步做出了黑玫战队恐怕将无缘季后赛的结论。

贴子发布之后，可谓是一石激起千层浪，使所有人的关注重心都集中在了当天的黑玫战队与七星战队的比赛阵容上。

关于黑玫战队，如果要随机抽取粉丝询问黑玫战队的核心是什么，几乎所有人都会毫不迟疑地回答出一个人的名字——尤景。

虽然作为一位牧师选手，尤景从来没有站在个人赛的舞台上，但只要有他在场，不论是小队赛还是团队赛，黑玫战队的阵容都可谓是固若金汤。

正因为尤景的存在，所有人都从未怀疑过黑玫这个老牌强队拥有不容小觑的整体实力。然而，如果没有了这位队长，这支战队到底可以在联赛中走多远，在此之前谁都不曾设想过……

当然，这样一篇毫无根据的贴子出来之后，很多人为了拿到更有力的证据去指责孔岩这种借热点搏眼球的小丑行径，一个个都睁大了眼睛关注着当天的比赛。

许一鸣作为喜欢在电竞论坛上看热闹的热心网友，一大早就看到了这长篇大论的贴子，顿时被气得够呛，在休息室里大呼小叫 ：“我说这些写字的心真是一个比一个脏，我记得我们战队从来没有得罪过那个孔岩吧？居然这么挑衅我们，他是不是想找事情！”

萧励刚才也瞥了两眼贴子，知道大致内容后的他脸色也并不怎么好看 ：“电竞论坛是哪家运营的？等我今天回去打个电话给老头子，找机会把它收购了，保管让他们吃不了兜着走。”

林肖本来正在打盹，闻言无奈地看向他 ：“大老板，你这么财大气粗真的很容易会没有朋友。”

李泊川这时推门走进休息室，没有理会几人的闹腾，沉声说 ：“该出场了。”

赛场中气氛高昂，当双方选手陆续进场之后，粉丝们原本就高涨的情绪顿时被渲染到了顶点。

这并不是林肖第一次感受这个竞技的舞台，却是他在成为现在的“林肖”之后，第一次以选手的身份重新站在这片炽热的灯光之下。仰头看到自赛场的天花板上洒下的犹如星辰般炫目的灯光，无意中瞥见走在前头的沈常与神色复杂地回头朝他看来，四目相对的时候，林肖嘴角的笑意不由得越发浓郁了。

双方选手在比赛之前先上场互相握手致敬，当看过对方的上场成员之后，七星战队的队长韦诚哲眼里闪过了一丝诧异，嘴角依旧保持着礼貌的微笑 ：“尤队，看起来战队里多了不少新面孔。”

新面孔之一的萧励，听到这话，比起新面孔之二的邹亓官那红着脸的羞涩模样，格外淡定地微微笑着。此时他一身黑色队服使原本修长的身材显得更加挺拔好看，衬着那张俊俏的脸庞，已经让不少黑玫战队的女粉丝关注了起来。至于新面孔之三的林肖，见前面已经寒暄上了，偷偷地打了个哈欠，一脸困顿的样子。

而面对韦诚哲的话，尤景淡淡地应了声，回应的态度格外官方："很期待今天的精彩对决。"

已经习惯了这位黑玫队长的淡漠态度，对此韦诚哲只是一笑而过。

双方选手下台后进入了各自的选手席，个人赛也在万众瞩目中正式打响。

第一场，黑玫战队沈常与的召唤师对阵七星战队唐谦的暗杀者。

开局时沈常与因为唐谦的激进作风一度陷入被动，然而之后利用地势中一个极刁钻的坡角，直接诱导对方的暗杀者暴露了身形。他敏锐地把握了这个转瞬即逝的机会，借势扭转了局势，继而一鼓作气地接连拿下两滴血，直接拿下了个人赛的第一局胜利。

黑玫战队 1 ： 0 领先。

仿佛受到了自家副队长的影响，黑玫战队之后上场的队员又陆续拿下了剩余两场个人赛的胜利。

比起许一辰以 2 ： 1 的比分险胜，第一次上场的萧励可谓是自始至终完全压着老牌选手韦诚哲在打，以至于当他以 2 ： 0 大比分拿下胜利的时候，比赛时间甚至还不到十分钟。

面对这样出人意料的结果，全场沸腾了。

如果说在此之前"笑苍穹"这个 ID 对很多人而言不过是"路人王"这个毫无温度的称号的话，那么此时此刻，在场的所有观众以及观看直播的所有领域粉们第一次真切地感受到了，为什么这个人可以常年霸占天梯积分榜的第一位。

萧励在对决的过程中并没有表现出什么战略章法，与其说他是在进行一场联盟中的职业选手对战，不如说像是游戏玩家在进行一场高端天梯对战直播。

从一开局，他就毫无战术走位地直奔到了地图正中的坐标位置，接下来就只是站在一片空旷的冰原之中，光明正大地等着韦诚哲的出现。

他选择的这个坐标周围毫无掩饰，这让韦诚哲不管从任何角度发动的偷袭都显得格外地朴实无华。然后，就是一场硬实力上的正面比拼。

韦诚哲作为七星战队的队长，并不是什么战术型选手，而是更擅长诡变的对战手法。如今面对一位第一次出场的新人，作为一名前辈，自然是没有畏缩警惕的理由。然而在对战的过程中，他很快发现，不论自己如何在猝不及防的时机中发动攻势，对方总能在第一时间应付下来并且发动反击。

更让韦诚哲感到有些无奈的是，这样敏锐的反应显然不是因为对手提前发觉了自己的预谋，而完全是出于一种近乎匪夷所思的直觉本能。即便后知后觉，也依旧足够在第一时间做出几乎是最佳的应对方式来。

韦诚哲输了，且输得心服口服，与萧励握手时显得格外感慨，却满是赞许：“你很有天赋。”

面对这样的认同，加上下场时获得的雷鸣般的掌声，萧励感到很是满意。几乎是全程哼着小调回到选手席的，见林肖慢悠悠地站了起来，一脸笑眯眯地拍着他的肩膀道：“好好加油啊。”

林肖看了他一眼，轻笑：“那是必须的。”

个人赛的接连失利，让七星战队的氛围很是消沉。

这时小队赛的上场名单展示在了正中央的大屏幕上，正准备上场的蒋时启心里正默默给自己打气，无意中扫过一眼大屏幕，刚站起身子的动作顿时又愣在了原地。

韦诚哲留意到他的异样，不由问：“怎么了？”

蒋时启缓缓地扯了下嘴角，道：“韦队，你还记得前几天我和唐谦跟你说起过的那个，很厉害的天梯路人鬼道士吗？”

韦诚哲点头：“记得，我已经准备让陈经理找机会去联系了。这种事情回去再说，你先好好比赛！”

“已经不需要联系了。”蒋时启回想起当时那满满几页的绿色胜利战绩，忽然对接下来的小队赛感到了深深的担忧，“他现在，在黑玫战队的名单里，就是那个鬼萌萌……”

韦诚哲闻言，诧异地将视线投向了场中央的大屏幕。

与此同时，在流云战队的训练基地中，与队友们一同围坐在电脑屏幕前面的雁凌江，在看到“林肖”两个字的时候只觉头脑一热，直到看到直播画面里出现了那个熟悉的人影时，终于身子一歪，一头栽倒在了地上，引得队友们一阵手忙脚乱。

而另一边的天启战队训练基地，各位队员的关注点本是尤景到底是不是真有受伤，然而当看到对战名单上的陌生 ID 之后，宋澜忍不住嘀咕道：“怎么回事，这么关键的比赛黑玫战队居然接连使用新人？笑苍穹也就算了，这鬼萌萌又是从哪里冒出来的？”

这样的吐槽赢得其他队员一阵点头赞成，正互相嬉笑调侃着，身后冷不丁响起了一道不闻喜怒的声音：“你们刚才说的是，鬼萌萌？”

天启战队前一刻还处在嗑瓜子闲聊状态的全体队员，在回头看到阎独舟的一瞬顿时条件反射般地站了起来，此时对上自家队长比平时更深沉的视线，顿觉呼吸一紧，除了下意识地点头之外，甚至忘了回答。

阎独舟的视线已经落到了直播赛事的电脑屏幕上。

如果说“鬼萌萌”这三个字只是带来了些许诧异的话，那么当“林肖”两个字落入阎独舟眼里的时候，眼眸最深处的那份惊诧，刹那化成了深深的震惊。

不管是现在还是过去，放眼整个联盟，只有阎独舟一人是早在老鬼成为职业选手之前就已经认识他的。那个时候的老鬼并不叫“老鬼”，用的是一个与自身气质完全不符的名字——鬼萌萌。

阎独舟在这一瞬略微有些失神。

当看到黑玫战队选手登场的画面时，他的视线掠过了尤景和柳泽绅，最后落在了走在最后面的那个完全陌生的男人身上。

这个用着林肖的名字，用着鬼萌萌账号的黑玫新选手，有和他记忆里完全不一样的一张脸。

阎独舟的眼睛微微眯了起来，看着画面上那张脸上有些熟悉的浅笑，思绪微散，莫名记起以前的一些事来。

放眼电竞圈，如果说有一个人可以被放到与他比肩的高度的话，那个人无疑就是“老鬼”林肖。

当时两人都可谓是站在领域的巅峰，无数人喜欢将他们摆在一起做比较，双方粉丝甚至每每可以在赛事现场，在观看直播的网吧里争吵起来。

这样的情况司空见惯，更别说唯恐天下不乱的记者们经常在赛后采访的时候有意挑唆，探着他们之间互相评价的口风。对此，阎独舟往往只是平静地回复一句“他很厉害”，至于林肖，则几次三番地严肃表示过“老阎是我最佩服的电竞选手，没有之一”。

散漫随性，是林肖给电竞圈的最直观印象，而不苟言笑，也是阎独舟留给所有粉丝的正面印象。

作为两个战队的队长，也同样是队伍的支柱，圈内所有人都知道两人虽然是最强劲的对手，但在双方的心目中对彼此却又都是格外地英雄相惜。然而有一点不为人知的是，他们两人的相识其实并不是在赛场上，而需要追溯到更早的网游年代中的天梯对战里。从那时起，他们就已经是劲敌。甚至就连当时进军职业圈，也是源于两人共同的“让我国电竞发扬光大”的约定，至于最后阴差阳错地居然没有同队而再次成了对手，都是后话了。

阎独舟收回了有些悠远的思绪，视线牢牢地定在那个陌生的新秀身上，陷入了沉思。

2

赛场上，坐在对战区的林肖莫名其妙地连打了几个喷嚏，吸了吸鼻子，把注意力集中在了即将开始的比赛上。

双方完成设备调试后进入预备阶段。

以往的小队赛，在第一顺位的尤景都是执掌着禁用地图的决定权，然而这一回，他并没有自己决定，而是透过语音频道问道：“禁哪个？”

林肖本来还在琢磨着谁在背后念叨他，直到接收到那冷冰冰的视线才反应过来是在问他，想都没想地答道：“先禁了‘极地冰原’吧。”

尤景点下了确认。

七星战队那边禁掉了“古墓惊魂”。

林肖：“禁‘大漠迷城’。”

七星战队禁掉了“熔岩地狱”。

林肖看着最后留下的“荒野森林”，略有些惊奇道：“不错啊，这地图我熟！”

尤景淡淡道：“既然熟，这局就你来指挥。”

没等林肖表达诧异，柳泽绅已经开口道：“尤队，这么重要的比赛，不大好吧？”

尤景道：“没事。”

林肖本来还想装模作样地客套一番，闻言也就不再客气了：“那就劳驾好好配合我啦。这样，等会儿进地图后就跟我走，都别到处乱跑啊。”

柳泽绅看着林肖毫不自谦的样子，无奈应道：“知道了。”

地图导入完毕，双方刷新在了各自的复活点。

在林肖的带领下，择木而栖与繁景缭乱跟着鬼萌萌的步伐开始移动了起来。

虽然之前故意大惊小怪地叫了一声，但其实早在禁用地图的过程中，林肖几乎也猜到了最终会在“熔岩炼狱”与“荒野森林”两幅地图之间做选择。以远程职业选手著称的七星战队，无疑会选择更利于远程发挥的“荒野森林”。只不过，鬼道士当然也算在远程之中，林肖对这个地图的喜爱实在是浓烈至极。

因为荒野森林有层层叠叠的植物作为掩护，实在是十分利于掩藏走位。

从观众角度看去，大屏幕上显示着双方的战略迂回路线，因为都太过小心谨慎，以至于绕的路线弧度格外的大，外加上心有灵犀地没选择同个方向，最后毫无悬念地彻底错开。

七星战队一路行进到了地图的顶端，显然也意识到了已经错过交锋，方向一转，开始重新往回移动。

至于另一面，林肖在眼见就要走到地图底端的时候忽然停下了步子，然后从旁边找了一片茂密的树丛，给队友们发了一个标记信号，招呼道：“来，都藏进去。”

当择木而栖与繁景缭乱彻底把身影藏进树丛中后，柳泽绅却发现鬼萌萌依旧站在原地一动不动，不由问：“怎么不进来？”

林肖“啧”了一声，道：“你们进去就够了，等会儿不管发生什么都记得别出来啊。”

柳泽绅沉默了一下：“……你该不会准备一挑三吧？”

林肖：“呵呵。等着瞧。”

说完，鬼萌萌大摇大摆地往前走了两步，毫不避讳地站在了从高耸的树木间落下的阳光之中。小红帽的斗篷随风微微摆动着，这样的动画细节看得围观群众不由赞叹《Zone》动画团队的精良品质。

“看这位新秀的样子，是想要拿自己做诱饵啊……”解说台上的小舞看清了这样一系列的举动之后，难免略感无语，“这种草丛里埋伏等敌人中计的情景，恐怕玩过多人赛低端局的观众们都不会陌生。把这种套路用到职业赛事当中，可不像是尤景的指挥风格啊。”

就在她说话的工夫，大屏幕上的战况骤然发生了改变，原本站在正中央的鬼萌萌忽然开始一个接一个地吟唱施法。

他手中的法杖上黑影浓郁，猩红的光束接连打在周围的植物上，植物一截截地断落在地上。不一会儿，原本周围视野遮蔽的区域经他的清场，已经一览无余。

“我该说什么好呢？应该说，嗯，这位新选手的手速不错，而且对法术值毫不吝啬，一点也不怕后期会紧缺的样子，看起来实在有些财大气粗啊！我说……”解说毛豆的吐槽在这个时候戛然而止，当画面上的人影出现在视野中时，他的嘴角略微一抽，“不得不承认，这位林肖选手的运气确实……好得很。”

林肖并不能听到外面解说的话语，在将周围清扫一空之后，瞥见几道匆匆闪过的人影，他嘴角的弧度扩大了几分。

鬼萌萌没有再站在原地，而是迅速往后一掠，藏进了后方并未清理的茂密丛林之中。

这个位置，恰好与繁景缭乱和择木而栖所在的藏身位置保持了一定的距离。

几乎在鬼萌萌抽身的同时，几声枪响遥遥地响起，凌乱的飞弹冲击着四面八方，将原本寂静的树林惊得一片躁动。很显然，是七星战队莫力的枪弹师“莫守陈规”率先发动了攻势，在借此机会试探黑玫战队众人的位置。

其中有好几颗流弹生生擦着他掠过，然而鬼萌萌却始终一动不动地在原地没有动弹，透过他的视野，可以从树叶间的缝隙中看到对方在谨慎地一步步逼近。虽然对方很显然已经在尽量避免暴露，然而在前方遮蔽物已被扫荡一空的情况下，实在很难完全不露痕迹地进行战略逼近。

当郎浩杰操作的恶魔猎手举弓射来一枚荧光箭时，一直在专注埋伏的鬼萌萌忽然迈开了脚步，开启幽灵疾步的同时，几乎毫无间隔地接一个飞跃步，火速往后方撤离。临跑前不忘在身后丢下一个虚空地刺，俨然一副生怕对方追击的跑路姿势。

眼见激出了一名敌方选手，七星战队凭借着自身的远程优势，一边保持着一定距离在后方追缉，一边谨慎地留意着另外两位对手的位置。

然而鬼萌萌一副慌不择路逃跑的样子，使得七星战队的选手开始怀疑对方是不是跟两位队友走散了。

作为战队的治疗选手，蒋时启在后方观察得尤为仔细，终于按捺不住，当机立断地道：“那小子就一个人，别错过这个机会，赶紧追！”

另外两人闻言迅猛地冲上去，一番技能轰炸，击掉了鬼萌萌三分之一的血量。

眼见对方迅敏地往后退去，就要脱离他们的攻击范围，枪弹师与恶魔猎手同时开启了幽灵疾步，飞速追了上去。

此时此地的赛场之外，原本显得格外英勇的冲锋举动却一点都激不起七星粉丝的热情。因为透过此时的大屏幕可以看到，就在他们队员后方不远的灌木丛中，择木而栖的长矛因为开启的技能“骑士精神”，已隐隐泛上了璀璨流动的金光。

很显然，七星战队已经彻底落入了对方的埋伏之中。

看着被敌方前后夹击的七星战队队员，目睹了全过程的解说小舞不得不发出了由衷的感慨：“刚才那套以假乱真的逃跑表演实在是演技一流！这位第一次在联盟赛事上露面的林肖选手，真是被评为影帝都不为过啊……”

没有让大家失望，当七星战队彻底落入双面夹击中时，鬼萌萌往后逃跑的去势忽然一顿，停下转身的同时，手上的法杖随着吟唱开始散发着幽幽的光色。

几乎是在吟唱开始的同时，林肖在语音频道里喊道：“就是现在！”

柳泽绅早就已经准备好，等的就是这句话了，顿时开启大招灵魂践踏向前冲去。

随着一阵马匹的嘶鸣声，七星战队的众人惊觉有异，还没来得及做出反应，骑在高头大马上的圣骑士已经披着一捧夺目的金光呼啸而至。

分解者因为追在最前面，离择木而栖距离最远，当即借用恶魔猎手的职业技能闪避突袭，及时向侧面翻滚而出，险险避开了被踩踏在脚下的危机。

然而，另外两人就没有那么好的运气了。

时空缝隙与莫守陈规躲闪不及，双双被踩踏在了圣骑士脚下。

就这么一瞬的工夫，鬼萌萌的大招万鬼虚空也已经吟唱完毕，四面八方笼上的黑暗彻底把两人包围在了中间，几乎剥夺了全部视野。

莫力顿时叫了起来：“这么快吟唱完了？不可能的吧！”

此时，场馆的大屏幕上毫无遗漏地展示了全部的过程，观众们大多业余因此并没有太大的感觉，但席上的两位解说却发现了这短得令人诧异的吟唱时间，当即要求导播调出了鬼萌萌的具体属性数值。

当看到那75%的冷却缩减之后，毛豆下意识地看了小舞一眼，从对方眼里看到了足够的震惊，轻了下嗓子才回神说道：“太让人吃惊了，鬼萌萌这个鬼道士的搭配竟然是极限冷却方向。75%，恐怕是目前联盟所有上场选手中，用过的最极端的冷却缩减数值了吧？”

小舞的语调显得有些复杂：“实在没有想到，居然还可以在这个舞台上看到这种出装风格的选手。不知道还有没有老粉丝记得，联盟史上也曾经有过这么一位极限冷却流的选手，黑玫战队的前队长老鬼，他使用的角色正好也是鬼道士。”

“老鬼”两个字，让场内隐隐有了一些躁动。

毛豆很是唏嘘地道："同样是极限冷却流，同样是鬼道士，不知道这样一位选手的出现是否意味着，黑玫战队有意要回到当年鼎盛时期的作战风格呢？又或者只是借此战术来打乱对方的阵脚？"

小舞接下去说道："但是从现在的情况来看，不管是出于什么原因，七星战队确实已经陷入了被动的局面。大家不难看出，黑玫战队的攻势显然并没有到此结束。可以看到，鬼萌萌又开始行动了。"

毛豆诧异："他的这个走位……"

画面中，鬼萌萌所在的位置本来就已经在施法范围之内，但是当林肖瞥了眼分解者的位置后，并没有着急继续吟唱其他技能，反倒是出人意料地往回退了数步。

与此同时，不忘在语音做出进一步的指示："控住祭祀。"

择木而栖几乎没有停顿，在时空缝隙眼看就要起身的瞬间，长矛一挑，朝着他打上了一记嘲讽。

蒋时启本就陷入在一片无边无际的黑暗中，还没来得及进行任何操作，透过暗淡一片的屏幕，依稀看到自己的角色用手上拿着的厚重魔法书一上一下地击打着一个模糊的高大轮廓。

蒋时启前一刻显现在脸上的笑意早已经彻底退去，在语音频道里严肃地说道："我被圣骑士盯上了，你们自己注意一些。"

郎浩杰说道："你们挺住，我先去干掉他们的鬼道士。"

分解者此时已经飞速地逼近了鬼萌萌的位置，进了攻击范围后，一枚血毒箭夺弓而出。

——直接命中。

瞬间去掉一小格气血的同时，鬼萌萌的血条也因为持续的血毒效果而持续减少着。

然而鬼萌萌仿似一点都没有察觉，手上的法杖光芒不断，技能一个接一个地吟唱而出，朝黑色帷幕中的莫守陈规身上落去。

从头到尾，分解者对他的攻击仿佛没被放在眼里一样，一副不把莫守陈规弄死就不罢休的样子，甚至连步子都没有再动一下。

要不是对方还在进行着技能吟唱，郎浩杰差点就要怀疑他是不是在对战过程中掉线了。

看了眼自己队友疾速下降的血槽，分解者的攻势也顿时更猛烈了，唯一的念头就是要赶在对方得手之前，先把鬼萌萌击杀。

这个时候万鬼虚空的效果已经结束，眼见一直在往后退的莫守陈规就要退出施法范围，分解者适时的一记恶魔审判，在同一时间把鬼萌萌往后送去。

就这么短暂的一瞬间，鬼萌萌在莫守陈规身上套了一个血鬼咒后，没有继续追击，而是把目标转向了分解者，一记寒冰咒，封锁了他接下来的动作。

血鬼咒，能在接下来的六秒时间内，每两秒生成一段气血伤害，前两段伤害较低，最后一段将产生较大流血效果。

七星战队的语音频道中，莫力皱了皱眉道："我中血鬼咒了。"

蒋时启被柳泽绅逼得已经有了一些火气，略显急躁地喊道："来我这。"

莫力看了眼气血值，道："已经脱离施法距离了，浩杰拦住那鬼道士就行，问题不大。他的法术伤害有点低，三段流血结束我一样死不了。"

蒋时启道："保险起见！"

就在这个时候，黑玫战队的语音频道中，林肖的嘴角轻轻浮起，不徐不疾地交代道："四秒后给祭祀甩'击破'技。"

说着，他看了一眼尤景的距离，鬼萌萌就再次展开了犹如小学生一般的站桩输出法，和分解者开始面对面地对拼起了技能。

因为之前被集中攻击，这个时候鬼萌萌的气血已经剩下40%不到，而面对血槽几乎100%满状态的分解者，这种以血换血的方式显得像是冲昏头脑一样地不明智。

没想到对方居然这么勇，郎浩杰当然也没有拒绝的道理，在发现对方刁钻的技能落点之后也放弃了浪费时间的走位，虽然心里总觉得有哪里不对，但也依旧直面对殴了起来。

这样的场面出现在联赛上难免显得有些滑稽，然而观众们却看得比当局者清楚多了，就在鬼萌萌做出这样出格的举动时，透过大屏幕大家可以清晰分明地看到繁景缭乱的位置。

恐怕任谁都无法想象，一直以来在场上备受注视的尤景，在这一局小队赛进行至今，反倒成了全场最不受重视的一个，这种情景无疑是史无前例的。

莫守陈规飞速地逼近时空缝隙，准备及时抬起血量，刚进施法距离的时候却见择木而栖恰好一个破击甩在祭祀的身上，顿时将他敲晕在了当场。

与此同时，莫守陈规身上闪过一个微不可识的暗红色光晕，当血毒咒最后一段流血效果触发之后，随着莫力面前屏幕的霍然暗下，地图上跳出了本局第一条系统信息。

【系统】鬼萌萌击杀了莫守陈规。

【系统】FIRST BLOOD！

死……死了？怎么可能？！那流血效果的伤害值明明不够才对！莫力一时间完全没有反应过来，然而随着他的死亡，语音频道也已经退了出去。在一片寂静中，他愣愣地把死亡记录调出来观看，在最后一段血鬼咒的伤害前面，他看到了一条本不该存在的记录。

几乎很少人会使用的牧师的初级技能——降魂，在一秒时间内提升角色自身受到的所有伤害。

他无意识地向后一靠，彻底躺倒在了椅子上。

一秒。怎么都不会想到居然会算漏这一秒。

或者说，在此之前谁都没有想过，鬼道士的血鬼咒，居然还能和牧师的降魂这样搭配使用。

莫力的死亡无疑给另外两位队员带来了沉重的压力，蒋时启只觉心头一沉，当即问道："怎么了？"

郎浩杰却是有苦难言，半天才憋出一句话来："……这局，输了。"

话落没几秒，系统连刷了三条消息。

【系统】鬼萌萌击杀了分解者。

【系统】DOUBLE KILL。

【系统】SECOND BLOOD。

蒋时启一愣，在两位输出同时阵亡的情况下，彻底放弃了挣扎。

自此，黑玫战队再次拿下小队赛的胜利，比分5：0。

下场的时候，透过大屏幕上的回放，可以清晰地看到前面发生的那一幕。

原来，莫守陈规死亡的同时，鬼萌萌的气血也已经几乎清零，然而就在最后千钧一发的刹那，一道治愈的白光落在了他的身上，瞬间将他的气血抬高了一大半。

当时繁景缭乱所站的位置，同时将莫守陈规与鬼萌萌囊括在了施法距离之内。他在往枪弹师身上扔下“降魂”之后,甚至不需要任何移动，原地吟唱治疗技能，直接将垂死边缘的鬼萌萌挽救了回来。

尤景的治疗时机一如既往地精准无误，太早足以让分解者产生警惕而控制距离，太晚又难免会导致鬼萌萌遭到击杀而让局势再次转变，加上前一刻一秒不差的“降魂”提升伤害，协助拿下莫守陈规的一血。

不论哪一段录像，都足以作为牧师把握时机的经典案例。

从场上下来，柳泽绅领会过来场上接二连三的变化后，努力回想着当时语音频道中的所有指挥过程，却完全不记得林肖有跟尤景交代过什么，不由疑惑地问：“你们之前已经定好战术了吗？”

林肖刚拆开一瓶水来，拧松了瓶盖，闻言笑了起来:“尤队那么厉害，哪里需要提前安排啊，临时变通什么的，必须是完美默契才对嘛！”

柳泽绅竟无言以对。

尤景接过林肖递过来的水，仰头喝了一口，不置可否。

3

上场的 MVP 选手 ID 显示在了大屏幕上——牧师，繁景缭乱。

就如之前解说所预测的，虽然尤景从头到尾看起来都像是在“划水”的样子，但却是实际意义上决定胜负的关键选手。就算仅仅只释放了加深伤害的辅助技能，和关键时刻挽回鬼萌萌气血底线的治疗技能，但在这区区几秒钟的操作间，就已经足够奠定当之无愧的 MVP 地位。

此时除了尤景，场内有很大一部分人的注意力开始投落在了林肖的身上。

虽然才经过一场小队赛，他却已经足够引起大家的重视。

林肖在对战过程中有意识进行的战术走位有目共睹，即便七星战队的几位当局者迷，但观众们作为旁观者却是看得一清二楚——很显然在这个人的心底，每一步都完全在他的算计当中。

当时，他之所以会在施展血毒咒之后就直接放弃莫守陈规，把目标转向分解者，显然是因为已经算清伤害值，确保最后一段流血伤害结束后，必然可以带走对方枪弹师的生命。这其中自然也包括对尤景的足够信心，确信他一定能够在最后一秒的时间内及时施展“降魂”，增强伤害助他完成收割。不仅如此，直到接下来在进到繁景缭乱的施法范围之后，有恃无恐地和恶魔猎手分解者进行站桩对拼，同样也是因为一种毫无怀疑的信任。

与尤景这样完美无缺的配合，如果出现在身为多年搭档的副队沈常与身上恐怕还能让人接受一点，甚至是和柳泽绅、二许这些其他正选，都不会让观众们萌生怀疑。然而，此时场上与尤景配合完成这场演出的，却只是黑玫战队一位第一次上场的新人而已。

莫非是压抑了一整个季前赛之后，黑玫战队终于开始推出秘密武器进行最后的反扑了？大家联想到前一场的弃赛风波，脑海中不由开始冒出这样的念头来。虽然说一直保留到倒数第二场的时候爆发，未免有些太晚了一点，但在此时此刻，却是完全想不出其他更合理的解释了。

带着这样的想法，所有人把关注点投落到了接下来至关重要的团队赛上。

休息时间结束之后，随着选手们从休息室归来，团队赛的名单展示在了大屏幕的中央。

首先是七星战队的出场阵容：队长韦诚哲的圣骑士“韦爵爷”、副队长方可的格斗家“立方体”、郎浩杰的恶魔猎手“分解者”、唐谦的暗杀者“谦谦君子”，以及蒋时启的祭祀“时空缝隙”。

全场的七星粉们发出了热烈的掌声，而接着，当黑玫战队的名单展示在众人眼前的时候，整个场馆内却是诡异地寂静了几秒。

黑玫战队出场阵容：副队长沈常与的召唤师“时节雨”、许一鸣的枪弹师“一鸣见血”、许一辰的枪弹师“一触即发”、林肖的鬼道士“鬼萌萌”，以及邹亓官的牧师“白色开关”。

阵容展示之后，选手们陆续从席位上站起来准备上场。

导播当即调出了黑玫战队选手席的机位。可以清楚地从投放在屏幕上的镜头中看到，自始至终，尤景都神色清冷地坐在席位上，身上的队服随意地披着，完全是一副旁观者的姿态。

陆续有人回过神来，揉揉眼睛再仔细地看了又看，整个场馆内终于彻底沸腾了。

这样至关重要的团队赛，作为黑玫支柱的尤景，居然没有上场？！

甚至在五人的阵容里，有两人都是第一次出现在赛场上的新选手！

如果说，林肖的实力刚刚确实已经被大家见识过了，那么，队伍后面一脸呆萌地顶着个咖啡色卷毛脑袋，像个泰迪一样的邹亓官又是谁？难道还能是比尤景的繁景缭乱更加强力的神级治疗不成？这样的想法，恐怕搁谁都不会信。

难道说今日报纸上所说的尤景受伤的消息是真的？要不然为什么在决定是否可以入围季后赛的生死局里，黑玫战队完全开启了新人训练营模式？又或者说，他们已经直接放弃在这赛季冲击季后赛了吗？

随着七星粉丝的各种喧闹声，黑玫粉丝们彻底陷入了沉默。

因为是第一次上场，邹亓官一路战战兢兢地跟在队友的后面，和对方选手握手之后，又浑浑噩噩地进了对战区，直到调试完毕，依旧因为胸前剧烈跳动的心脏而局促不已。

沈常与留意到了他的紧张，轻轻地拍了拍他的肩，安抚道：“和之前说的一样进行就行了，放轻松。当时秦磊也和你一样紧张，不要多想就好。”

邹亓官干巴巴地咧了咧嘴角，却依旧感觉整张脸都是僵硬的。

就在这个时候，忽然有股力量把他拉了过去，一个没站稳就被彻底拉进了旁边那人的怀里。

伸来的魔爪毫不留情地逮着嫩脸一顿乱搓，终于惹得他哀号了起来：“啊啊啊，痛痛痛！痛啊啊啊！”

然而林肖直到把他那整张脸彻底揉了个通红才放开，低头见这人委屈的样子，顿时笑道：“哎呀，怎么样，现在不紧张了吧？”

闻言，邹亓官原本到了嘴边的控诉顿时噎在了那里，愣了愣后，眼底的神色渐渐地亮了起来：“嗯！不紧张了！”

林肖一把将他丢回到了座位上：“那就好好发挥了！”

虽然事先已经说好由林肖指挥，但许一鸣心里依旧有些不安，戴上耳机进了语音房间后难得认真地问道：“我说林肖，你之前训练的时候一直都没跟我们说过准备用什么样的战术，现在到了节骨眼上了，总需要抓紧时间给我们说说了吧？”

林肖仿似才想起这事来，“啊”了一声之后想了一会儿，说道：“还不知道最后用哪张地图呢，感觉好像没什么好说的。”

许一鸣气结：“难道连整体思路都没有的吗！”

林肖笑:“哦，这个倒是有。就你来说的话，全场的关键就一句话。”

许一鸣问：“什么话？”

林肖：“随便打。”

这是一句话？这明明只有三个字吧？！许一鸣感觉自己的鼻子都已经要被气歪了：“随便打对吧？我打你行不行！”

林肖严肃地纠正他：“我们是队友，你打我并不能造成伤害。”

要不是正在比赛过程中，许一鸣实在有些保证不了自己会不会现场展开一场真人 PK。

果然是什么样的师父有什么样的徒弟，以前只听前辈们说起过当年老鬼就是个气死人不偿命的存在，现在他只感到眼前的林肖恐怕是有过之而无不及啊！

禁用地图环节，双方都进行得格外果断，最后留下了“古墓惊魂”作为对战地图。

林肖一边翻找着装备库做最后的选装操作，一边提醒道：“除了开关之外，都看看有没有‘魅影’系列属性的装备，有就全部用上啊。”

沈常与应道：“有。”

对于使用这么奇葩的装备，许一鸣本来还存有异议，但见自家副队居然这么温顺地听着这位新人后辈的指挥，张了张嘴，最后还是把疑问给咽了回去。

准备阶段完毕，在导入地图的时候，林肖切出己方队友的最终装备搭配看了一圈，满意地点头赞道：“不愧是职业的啊，就是完美！”

这人的嘲讽还是一如既往地敌友不分啊……沈常与终于也有些听不下去了，扶了扶额略显无语地道：“林……咳，林肖，进去后到底怎么打？还是赶紧说说吧。”

林肖笑道：“刚才不都说了吗？随便打。”

许一鸣忍无可忍，号叫道：“说人话！”

林肖道：“咳，等会儿除了沈副队跟开关一路慢点出发之外，我会标记三个坐标点，到时候进去就知道了。真是的，现在的年轻人啊，就是心急。”

许一鸣额前青筋一爆刚想开口，被许一辰赶在之前截下了他的话：“了解。”

邹亓官在这样微妙的氛围中，也弱弱地回道：“我也没问题……”

场馆中，所有人的注意力都停留在大屏幕中央展示出的双方出装搭配上。如果说七星战队的装备风格一如既往地谨慎稳健的话，黑玫战队那一溜烟的乌鸦色装备简直惹瞎了众人的眼。

魅影系的装备全部走的是黑色风格，因为品种繁多且不少部件的掉落方式简单，平日网游里的玩家对其并不陌生。而这个系列的装备除了统一的色系之外，还有一个共同拥有的属性，那就是——附带攻击和法术吸血值。

个人赛的时候可以用这些装备来实行拖延战术，但是在团队赛中，因为有治疗选手在场，外加那低得可怜的吸血百分比，类似装备几乎是常年被封锁在冷宫的存在。

然而此时此刻，黑玫战队的五位选手中却有四位一身漆黑的魅影系装备，就连时装都全部收了起来，一眼看去就像统一穿了黑玫的队服一样。

至于场上的那位牧师白色开关？在看清他的装备之后，解说毛豆刚想夸他还算是场上唯一的正常选手，结果话未出口，顿时难受地噎在了喉间，把脸给憋了个通红，差点就把心里吐槽的话直接给说了出来。

——这都是什么鬼！一个治疗穿了一身增加移速的装备？治疗量呢！吟唱时间缩减呢！你还管不管队友死活了，这是准备直接无限期地逃命吗？到底是有多怕死啊！

因为实在看不明白这样“奇特”出装风格背后的玄机，解说席上的两位在分析完七星战队的出装之后，忽然陷入了一阵沉默。

此时导入界面恰好结束，大屏幕上出现了双方离开复活点开始行进的画面。

当看清黑玫战队这边的举动时，解说们本就一脸麻木的表情终于彻底僵硬了。

相比起七星战队规律统一的齐头并进，黑玫战队几乎上演了第一次玩团队赛的新手局套路。除了时节雨和白色开关在不疾不缓地行进之外，另外的鬼萌萌、一鸣见血和一触即发三个角色，正在用最快的速度朝着三个完全不同的方向飞速移动着。

团队赛往往是哪边最先被打散队伍阵形，哪边就会先陷入劣势，但一开局就自己主动把阵形散了个一干二净的，还真是头一次见……

毛豆和小舞不由面面相觑：这让他们怎么去跟观众们解说？！

七星战队并不知道黑玫那边的动向，在行进的过程中，语音频道里的氛围因为接连的失利也显得有些沉重。

作为战队的副队长，方可首先打破了这份沉寂：“都先别想之前的战局了，韦队，赶紧确定下这局准备怎么打？”

队长韦诚哲寻思片刻后，道：“等会儿我们先找机会把对方阵容冲散。郎浩杰跟我一起去盯时节雨，方副队你尽量缠住那个鬼萌萌。对拼的时候，唐谦你多在外围游走，千万要小心别被卷进来，找机会在二许暴露行踪后，试试看能不能先暗杀一个。”

所有人接受完指令后并没有表示异议，稍许之后，唐谦才清了清嗓子开口道：“那啥……韦队，这局我们为什么不先杀牧师？”

韦诚哲不解：“杀什么牧师啊，你又不是不知道对面牧师可是……”

他的话戛然而止，顿了顿，语调里透出了几分恍然大悟，“对啊，为什么不先杀牧师？！”

打团先杀牧师，这本该是团队赛中最基础的策略，但是因为黑玫战队的牧师是尤景，以至于很多战队多次因为打法太过针对治疗，反而吃上一次又一次的大亏。久而久之，每每遇到黑玫战队的团队赛，更多队伍的重点不得不做出转移调整，有意绕开了牧师这个让他们无比心塞的点。

但是这一局，处在对面治疗席位上的并不是尤景的繁景缭乱，而是黑玫战队的新人选手邹亓官的白色开关啊！

韦诚哲反应过来后当机立断，及时调整了策略：“这局我们多留意，看有没有机会先把对方的治疗干掉！”

说话间，全体已经行进到了地图正中央的那片墓地上。

因为古墓惊魂的整个地图都沉浸在浓郁的夜色中，加上背景安排本身就是渺无人烟的荒郊野外，周围茂密的林木笼罩在一片黑暗中，昏暗的影子落下，有一种说不出的瘆人感，无处不透着诡异。

按常理而言，双方队伍都应该已经差不多到了这个位置，然而此时并没有看到黑玫战队的任何踪影，韦诚哲不由重复叮嘱道：“分散展开，小心埋伏。”

随着他的话落，七星战队的另外几人各往四面退散了些许。

其中，蒋时启的祭祀时空缝隙站在最后方的位置，确保可以随时掌握周围的变动，及时为队友们做出治疗辅助操作。

解说席上，小舞看了一眼黑玫战队几人的位置，好看的眉微微皱起：“现在一鸣见血和一触即发都已经出现在了地图上下两片的森林中，加上鬼萌萌在七星战队正前方不远的位置，从局势上看好像是把对方都给‘包围’在了里面。”

毛豆点头：“是这样没错，但是时节雨和白色开关的位置就有些太过脱节了，从目前相差的距离来看，如果发生战斗恐怕没办法第一时间加入战局。果然啊，在这样重要的团队赛里派两位新手出场，黑玫战队显然还是有些太过……”

他嘴边吐槽的话还没说完，地图上就发生了突变，原本埋伏在周围的三个人已经快速向正中央逼近，进入攻击范围后，突然朝着七星战队的队员们一通技能轰炸，正式点燃了团队赛的战火。

场上的氛围被这突如其来的攻势带动，顿时热烈了起来。

林肖一边操作鬼萌萌移动着，一边在飞速行进的过程中留意着视角尽头七星战队各人的阵形站位，瞅了眼地图上二许的大概位置，眼里锐利的神色骤然一闪而过，当机立断："就是现在，打！"

双胞胎本就等着他这句话，几乎在同一时间火力全开。顿时，漫天的火光闪动在漆黑一片的地图中，显得格外刺眼醒目。

在一片枪林弹雨之中，作为训练有素的正式战队，场中央七星战队的队形不仅没有散，反倒瞬间向中央收缩，彻底地凝聚在了一起。

这样的位置恰好避开了枪弹师的射程，除非二许离开林区暴露自己的行踪，否则不可能进行进一步的轰炸骚扰。

然而即使如此，七星战队的处境却依然显得格外难熬。

此时此刻他们已经意识到，之前进行的部署几乎毫无用处，因为对方根本不需要他们想办法去击散，而是从一开始就没有想过要进行团队赛。

一片寂静的语音频道，韦诚哲知道队员们在等他做决定，眉心紧紧地拧了起来，问："刚才有人看清对方的大概位置吗？"

"如果没有进行大范围移动的话，应该在（498，260）与（-338，189）附近，但是无法确定他们现在是否有做转移。"唐谦答道，语调显得有些凝重，"但那也只是二许的位置，沈常与和鬼萌萌都还没有暴露过行踪，也许正埋伏在哪个地方。"

韦诚哲沉默了片刻，沉声道："原地不动，等他们出下一拨攻击！"

黑攻战队那边，许一鸣见七星战队久久没有行动，不禁有些按捺不住了："小爷我打得正高兴，可对方怎么这么胆小啊？现在这样缩着要我们怎么打？"

林肖笑："那就需要我们沈副队的大招来开路了。"

这个时候，沈常与和邹亓官也已经进入了视野可见的区域。

林肖的话未落，他就已经在原地开始吟唱火龙诀。

几秒后，一条火焰巨龙出现在了地图中央，以呼啸之势径直杀入了七星战队的阵容之间。

这样的先手无异于自曝行踪。

暗夜猎手分解者第一时间融入黑暗之中，暗杀者谦谦君子也借由隐身之势开始了迂回走位。留下的格斗家立方体当机立断施展了一个巨功波，朝着冲撞而来的火龙迎面击去。

强大的撞击力带起一片滔天的火光，几乎在此同时，早就已经迫不及待的一鸣见血借着光线的干扰，从林区直冲而出。

凌乱的枪击声不断响起，转眼间又将场中央留下的三人各扫去一片血皮。

韦爵爷身上金光一闪，朝着巨龙身上直接打了个嘲讽后，高举圣盾抗在队友面前，顿时抵消了一大半的攻势。他随即长矛一甩，将巨龙眩晕在了面前，眼见祭祀吟唱后又抬高不少的防御值，转身又朝一鸣见血突去。

与此同时，立方体的一记虚空波也朝着一鸣见血迎面击去。

被震晕在原地的同时，许一鸣清楚地看到屏幕中央张牙舞爪地冲过来的圣骑士，顿时手速爆发地狂敲着键盘。眼见对方就要把自己践踏在脚下，当即往后打了个滚，衔接了一个飞跃步，“吱溜”一声钻进了后方树影弥漫的夜色里。

好不容易逼对方现行，怎么可能就此放过？韦爵爷几乎在同一时间开启了幽灵疾步，飞速直追而上。

原本立方体也紧随其后，然而后方忽然又一片疾速的连环弹射，直直地扫在了他的面前，阻断了去路。

得知后方遇到的情况后，韦诚哲当即做了决定：“蒋时启你和副队去追一触即发，一鸣见血交给我就行！”

立方体得令后没有继续追击，势头一转直接朝后方的一触即发迎面杀去。

一触即发在追逐中血条持续下滑，渐打渐退之中再次回到了地图下侧的树林里，并且往深处继续逃生。

立方体乘势紧追不放，一个飞跃步后紧接着一段格斗技，彻底把对方放倒在了地上。

缠斗之中因为几乎贴脸的射击，对方的伤害值也发挥到了极点，血条也同样在以肉眼可见的速度下滑着。

但是，对方的牧师白色开关此时已经陷入了分解者和谦谦君子两人的合力围剿之中，而自家的祭祀正跟在身后，这让立方体的攻击显得有恃无恐。

几次的气血回复之后，双方的血量差距越来越明显了起来。

林肖道："挺住，再往里面带一些。"

许一辰闻言，始终留在手上的飞跃步当即施放，在立方体一拳打空的瞬间往后又拉开了几个身位，同时开启了幽灵疾步飞速地往地图右上方的位置退去。

"不朝牧师的位置跑，居然还越跑越远，真是找死啊！"方可心里这样想着，片刻未停地也跟了上去。一路往深处正疾速移动着，却听到蒋时启忽然在语音频道里叫道："鬼萌萌在这埋伏！"

眼见一触即发只剩了一丝血皮，方可即便心里不甘，也不得不转头去营救自家治疗。

然而，这个时候对方却不乐意了。

前一刻还在逃窜的一触即发忽然调转枪头，一片混乱的扫射间夹杂着几枚烟幕弹，彻底阻住了他的退路。

这样的一小段时间里，蒋时启在语音频道里简直要喊疯了："啊啊啊！快救我！快来人，我要死了！我要死了！啊，我要……"

最后，他的声音彻底断隔在这里，随着突然的沉寂，同时沉到底部的还有七星战队队员的心。

很显然，突然没有的声音并不是因为蒋时启闭了嘴，而是因为死亡之后被强行退出了语音频道。

【系统】鬼萌萌击杀了时空缝隙。

【系统】FIRST BLOOD！

又是黑玫战队的一血，又是这个鬼萌萌拿到的一血！

场馆中的观众们可以清楚地看到鬼萌萌绕后截杀的一系列操作，无论是路线还是出手时机都犹如一场完美的演出，当他不负众望地拿下第一个人头之后，全场终于彻底地沸腾了。

这是一个新人所能做到的表现？

如果单论这一轮他在场上展示给观众们的能力，恐怕要说是一位全明星级的顶尖选手都不为过。

鬼萌萌？很多人都忍不住开始回想，不论是在网游中还是在平日联盟的报道中，却是怎么都没想起来曾经出现过这样的一位选手。

场馆中的沸腾并不能干扰到赛场上的选手，方可在得知时空缝隙阵亡之后，并没有因为痛失队友而有太多停顿，反而转身一冲直接出了烟幕弹的范围，迎面到了一触即发的跟前。

虽然前面的攻击使他损失了不少气血，但是在现在周围并没有对方治疗在场的情况下，面对已经只留血皮的一触即发，他依旧有希望拿下对方的一个人头。

这样的想法在脑海里一闪而过，当视野清晰后看到对方头顶上的血条，立方体的对战动作终于因为惊诧而不可避免地缓了缓。

一触即发前一刻还只有小半格的气血值，不知道什么时候起居然已经恢复到了足足三格有余……

只一愣，看着对方在进入地图之后换上的一身浅蓝色的时装，方可忽然明白了什么，嘴角不由得无奈地勾了起来。

许一辰并不是喜欢使用时装的人，现在之所以反常，恐怕是为了隐藏身上的特殊装备。

居然在团队赛中使用吸血装备，真是，完全想不到啊……

【系统】一触即发击杀了立方体。

【系统】SECOND BLOOD。

【系统】时节雨击杀了谦谦君子。

【系统】THIRD BLOOD。

随着接连两条击杀消息刷出在地图上，团队赛，胜负已定。

最后，在没有一个减员的情况下，胜利的图徽出现在了黑玫战队一方的屏幕上。

“有点丢人啊，居然一个人头都没拿到。”这样的结局难免让人产生挫败感，方可摘下耳机站了起来，无奈地叹了口气，把视线投向唐谦，“怎么会连你也没有成功暗杀对面那个新人牧师呢？本来还以为起码我们可以拿到一个人头的。”

唐谦闻言，满脸无奈：“我倒也想啊，但那牧师跑得比兔子还快，有本事你杀个试试……”

兔子？

4

比赛双方所有选手上台，相互握手致敬。

场中的观众依旧还沉浸在比赛的浓郁氛围中，这才反应过来今天的比赛居然已经全部结束，顿时给所有参赛的选手报以了热烈的掌声。

韦诚哲与尤景握手时，视线不禁瞥向他身后的几人，语调里充满了无奈，但也透着由衷的祝福：“尤队，恭喜离季后赛又近一步。你们的三位新选手都很优秀，希望在之后的比赛中，能代替我们继续赢下去。”

七星战队原本的排名也非常不理想，因为这一局 0 分的惨败，虽然还有最后一轮的比赛，但已经提前退出了季后赛名额的竞争。

尤景握着他的手上稍稍用力：“肯定。”

七星战队的其他队员们脸上也都是愁云惨雾，当走到林肖跟前的时候，蒋时启不由仔细地打量了他一番，琢磨了许久才有些哀怨地开口问道：“你还记得我吗？”

怎么的，还是个老熟人？林肖仔细地把跟前的人看了又看，偏偏又怎么都没有从脑海中寻找出相似的人影来，顿了下，散散地勾起嘴角热忱地笑了起来：“啊，记得，当然记得！”

这表情，明明是完全就没有印象吧！蒋时启无语了一下，没有再套什么近乎，一脸郁闷地继续与后面的队员一一握手。

在粉丝们的掌声中，七星战队在这一赛季的征程正式画上了句号。

赛后的记者招待会上，作为队长的韦诚哲，在众位记者面前彻头彻尾地剖析了本场失败的原因。然而，也正是因为讲得实在太过详细，整个现场都充满了笔记的沙沙声，少了平日里很多尖锐的提问。

不管是怎样实力的两支队伍，在联盟的职业舞台上，完败，都不是容易出现的情况。但是，今天 0 ∶ 10 的结局下，真的是因为七星战队本身打得一塌糊涂吗？并不是，甚至从比赛过程的很多微小的操作中，能发现很多让人眼前一亮的精彩瞬间。

七星战队输了，并不是因为整体太弱，而是因为对方太过莫测。

这一点，最直观地集中在了一个人的身上——黑玫战队的新队员，鬼道士“鬼萌萌”的操作者，林肖。

直到韦诚哲分析完毕，记者才终于抛出了在心里按捺了很久的问题：“请问韦队，对于今天黑玫战队上场的三位新人，你有什么看法？”

这样的问题在意料之中，韦诚哲回答得不慌不忙：“今天黑玫战队的发挥有目共睹，三位新选手的表现都可圈可点。萧励在网游中本就是路人王的存在，不论是手速还是反应判断，都十分地迅敏，是难得一见的 1V1 型选手。后来由邹亓官代替尤景出战团队赛，乍一看全程似乎始终处在奔走风筝的过程中，但实际上这是这场比赛中策略的关键点。至于林肖……”

说到这个名字，他微微蹙了蹙眉：“也许是因为同名同姓的关系，难免让我联想到黑玫战队当年的‘老鬼’林队。如果光是从今日的表现而言，这位林肖选手不管是手法还是战术走位都非常的老练狡诈，整体而言，他的确很强。”

也许是因为注定要离开比赛了，七星战队在这一轮采访中犹如打开了话匣，把内心的想法毫无避讳地完全吐露了出来。

全程下来，记者们记录的笔几乎没有片刻停顿过。

之后的黑玫战队记者招待会，所有人的关注重点，自然而然地落在了尤景真假莫测的受伤话题上。

刚到记者提问环节，就有人直白地抛出了问题：“请问尤队，今日电竞论坛上关于您受伤的消息到底是否属实？之所以没有在团队赛出场，是不是也和伤势有关呢？”

尤景平静地扫视一圈，答道：“与其关注这些无中生有的小道消息，不如好好关注比赛。我想，今天这场比赛的战绩，已经足够说明一切。”

小道消息？也就是说那篇贴子真的是捕风捉影了？提问的记者顿时噎在了那里，而会场中的其他人一阵议论纷纷，面上的表情却透着些幸灾乐祸。

虽说受伤问题确实是一个热门的爆点，但很多记者关注这件事的重点并不是因为这个——毕竟，尤景受伤的消息是电竞论坛最先发布出来的。

如果这篇贴子的描述是真实的，那么几乎可以说，是在其他所有反应迟钝的媒体的脸面上扇了一个响亮的大嘴巴子。但是现在，尤景的字里行间否认了这件事，面上难看的，自然而然就只有电竞论坛上发帖的那个记者。

很巧的是，写了这篇贴子的原作者孔岩也到了现场，周围的注视就格外精彩起来。

此时感受到周遭异样的氛围，孔岩的脸色顿时低沉了下来。毕竟年轻气盛，在咽不下这口怨气的情绪刺激之下，他忽然从椅子上站了起来，冷笑道："其实根本不需要多废话，到底有没有受伤，很简单就能知道！"

话未落，在大庭广众之下，他就这样径直冲到了台上，朝着尤景的左手就要抓去。

突如其来的举动让周围的保安们不由愣了几秒，完全来不及上去阻拦。

就在他将要握上的瞬间，尤景骤然从桌前站了起来，反应尤为迅速地将孔岩猛地一脚踹开。

然而因距离太近，对方往后倒去时，依旧狠狠地扯住了他的手腕。

隐约传来的痛觉让尤景的眉心骤地一拧，当着这么多人的面并没有发出吃痛的闷哼，却在这样巨大的连带力量下，避免不了地被扯着往前方一同栽去。

就在这个时候，有一只手从背后探出，精准地扶住了他的手臂，顺势将他一把给拉了回来，强行用自己的力气撑住了他的重心。

孔岩重重地摔在了地上，因没有把尤景也一同拉下去而感到有些意外。一抬头，只见前一刻隔在几个位置外的林肖，不知什么时候已经到了尤景的背后，此时正垂眸看着他。

在这样的注视中，他原本嘴边讥诮的话，莫名地竟是说不出来了。

林肖回头瞥了眼尤景额前因剧烈的疼痛而微渗出的冷汗，眉心拧了拧，似笑非笑地看向孔岩道："我说这位记者，为了强行证明自己发布消息的正确性，大庭广众地想下毒手恐怕不大好吧？捏一下就可以证明受伤了？要不你也让我'轻轻'地捏一下，看看你的手到底有没有残废怎么样？"

"少说歪理，别以为转移话题就可以掩盖真相！"孔岩在这一摔的吃痛下脸色有些难看，扬了扬下巴以求让自己看起来更有底气一些。奈何这时候保安们也早就反应了过来，把他团团围在了中间，使得孔岩的气焰弱了一截。

尤景面无表情地从林肖身后走出来，冷冰冰的视线落在孔岩身上，双眸微微眯起："孔岩对吧？我想，有一点你并没有搞清楚。"

孔岩被他看得背脊有些发凉，鬼使神差地顺着他的话脱口问道："什么没搞清楚？"

"作为一名记者，你应该用证据说话，而不是仅凭自己的想象去论坛发帖子博取关注。"尤景的唇角阴冷地抿起，一步步走到他的面前，语调里听不出太多情绪，"黑玫战队并不是只有我一个人，我想，今天的结果已经足够给你们答案了才对。所以我的手到底有没有受伤，并不影响战队的发挥，跟你们，更是没有任何关系。"

孔岩被一通说教气得够呛，下意识想要反击，却忽然发现，竟然不知道该从何反驳。

尤景扫了他一眼，转身看向旁边的男人："这个人应该怎么处置，赛委会应该会很清楚。"

"当然，当然。"一直在旁边插不上话的负责人当即跳出来赔笑道，转向保安们交代，"还愣着做什么，快拖出去，赶紧的！"

林肖目送孔岩在保安包围中被带走，垂眸看了眼尤景的背影，面向场中央，脸上已经又换上了笑盈盈的神情："好了好了，既然大家已经没有其他问题了，那么，今天的记者招待会就到此为止吧。"

尤景的脸上笼着一层阴寒的霜气，并没有任何多余的话，没有待旁人回应，径直离开了大厅。

黑玫战队的其他人也二话不说，陆续跟着走了出去。

在场的别家媒体的记者们本来正伸长脖子看着孔岩笑话呢，冷不丁听到这么一句，还没反应过来，就见黑玫战队的队员们当真毫无留恋地走了个一干二净。

面对跟前空荡荡的台子，虽然可以体谅他们因为队长经历了不合理对待而表示不满，但这完全不应该由他们来背锅啊！明明都是孔岩搞的鬼，为什么要让他们连一早准备好的满腔问题都没处提问啊？！

但是现在人都走光了，他们又能有什么办法呢？记者们只好抱着自己的笔记本也跟着退散了。好在，今天的整轮对局都充满了亮点，即便没有采访的爆料，也已经足以支撑他们度过接下去的一周了。

黑玫战队显然并不关注这些记者们的疾苦，李泊川早已在外面定好了包厢，准备为这次的胜利好好庆贺一番。

5

预定的饭店离赛场并不远，刚进大堂，就看到总教练熟悉的身影，显然是专程在等他们。

还不待开口，许一鸣就已经冲了上去，义愤填膺地把之前的事情噼里啪啦地从头到尾详细状告了一遍，甚至连最后把人拖走的细节都没有放过。

“确实是有些过分了。”李泊川没想到自己不在的时候居然发生了这种事，拧起了眉心，看向尤景道，“如果没记错的话，我记得尤先生在电竞论坛所属的报社似乎也拥有一些股份，要不要去交涉一下，让他们把这个孔岩封杀掉？”

他这样说的时候，其他人都是睁大了眼睛，一脸愕然地听着。

尤景的家境不错，他们都是知道的，但是却没有听他主动提起过拥有报社的股份。

大家不免有些心情愉悦地等着看那个姓孔的吃瘪的样子，然而尤景几乎没有任何犹豫，就直接否决了这个提议：“不用了，我的事情不需要和家里扯上关系。”

李泊川叹了口气，道：“也好。说到底也不是什么大事，还是以俱乐部的名义出面好了。”说完，招呼呆立在旁边的众人道：“人都在里面等着了，别杵在外面了，快进去吧。”

前段时间大家虽然没说，但也因为临时更替队员的关系，每个人都憋着那么一口气在，正是因为不能失败，心一直悬在那里。此时漂亮地以 10 ： 0 的分数顺利拿下了一轮，就足以证明现在调整过后的阵容有足够的发挥空间，一个个都稍微松了口气。

进包厢后，邹亓官很高兴地发现，刘瑾轩居然也坐在里面等着他们。

知道一手把他带出师的训练营总教练今天一定也在现场看了他的表现，他一边欢脱地跑到他旁边的位置坐下，一边惴惴地打量着他的神色，满心都是在回想有没有哪里做得不够好，给自家教练丢人。

刘瑾轩瞥一眼就知道了他的心思，习惯性地伸手揉了下他的脑袋，表扬道：“今天打得不错。”

邹亓官大喜，顿时满脸傻笑。

沈常与举着杯子站起来，道：“前段时间的加训让大家都辛苦了，今天发挥得很不错，希望在下一局对阵红叶战队的时候，也能拿到一样的成绩！我先敬大家一杯。”

众人也都跟着站了起来，举杯相碰，氛围格外活跃。

萧励本来只是个普通的路人玩家，头脑一热地跟着林肖进了黑玫战队，之后又莫名其妙地突然就成了正式选手，劲头完全还没有缓过来呢，现在却是在这样热烈的氛围中感到整个人彻底燃了，终于有了身负责任的感觉。

原来，这就是电竞啊！

正想着，身边飘过一个有些无奈的声音道：“唉，下一场为什么偏偏是要跟红叶战队对战呢？”

红叶战队作为 LPP 联赛里唯一的一支全女子战队，上从队长下到队员，每一位女选手都是各具特色的美。

也正是因为这点，直接导致了不管是哪支战队跟她们对决，也不管战局有多激烈，从现场到直播间里，所有的观战氛围永远是一种冒着粉红泡泡的诡异氛围。

萧励虽然有所听闻，但这时依旧有些嫌弃地翻了个白眼，一边吃菜，一边小声嘟囔道："现在还真装得一本正经呢。"

这样想着，他舀了口汤放进嘴里喝了口，无意中一抬头，恰好看到一双似笑非笑的眼睛正静静地看着他。他顿时一呛，差点给直接喷出来，最后虽然好不容易强行忍住了，却憋得一阵咳嗽。

柳泽绅饶有兴趣地看着这个样貌英俊的路人王的反应，唇角勾了起来，用只有两个人可以听到的声音，态度谦虚地问道："小励啊，其实在之前我就有个问题想问你。"

萧励刚止住了咳嗽声，咬牙切齿地纠正道："有什么问题就问，但是麻烦注意一下，我叫，萧！励！"

"哦好的，萧励。"柳泽绅一点都不纠结这个小细节，笑容显得很是温和，"我想问的是，我们以前认识吗？或者说，我是否在我所不知道的地方曾经得罪过你？为什么我从一开始就总感觉到，你对我好像有些意见呢？"

不是好像，是完全就对这种"斯文败类"毫无好感才对！萧励心里腹诽着，面上倒是客气了起来，端着以往谈商业合作时的态度，皮笑肉不笑地回道："没有这回事，是你想多了。"

柳泽绅点头，很真诚地道："我本来还想着，如果你还在介意训练营里虐杀你那次的不愉快的话，其实我可以为此道歉的。"

虐杀？萧励额前的青筋一抽，格外努力才保持住面部的笑容："我都说了，没有的事！"

柳泽绅儒雅一笑："哦，这样最好不过了。"

林肖在旁边一直默不作声地夹着菜，其实把他们的对话一字不漏地给听了个全，好不容易才忍住没有大笑出来。看着场内一片和乐融融的氛围，依稀让他回到当年和队友们携手并进的时候，心情愉悦下难免多喝了两杯。

然而几杯下肚之后，他又不由开始考虑起下一场的对战安排来。

毕竟，红叶战队和今天遇到的七星战队不同。如果说七星战队是一直在保级的边缘徘徊的二梯度战队的话，那么这一赛季的红叶战队则是已经百分百入围季后赛的一梯度战队。

这么一想，即使是他这种向来不惧任何挑战的性子，也难免感到有些头疼。

他叹了一口气，回头无意中一瞥，恰好对上一双清冷的眸子。举杯的姿势顿住，不由默默搁回了桌上，然后，下意识地摸了摸自己的脸，满心疑惑。

尴尬片刻，林肖不由清了清嗓子，露出一副人畜无害的笑容："尤队，喝果汁呢？哎呀，苹果口味的啊，看起来味道不错的样子。"

尤景："……"

因为手伤的关系，他确实没有参与不醉不归的众人狂欢行列，而是选择了苹果汁，对林肖的搭话装作不在意。

然而林肖倒兴致盎然地黏了上来："说起来，尤队你感觉今天我场上的表现怎么样啊？是不是没有让你失望呢？有没有看起来很帅的样子？"

尤景沉默了片刻后，算是给了一句回应："……不错。"

"就只顶得上一句'不错'？"林肖不满意地拧起了眉头，用右手支着脑袋，随即一脸坏笑地看着他，"尤队，这样别别扭扭的可没意思了啊。"

尤景瞥他一眼："喝醉了？"

林肖："没有。"

尤景在他的注视下又静了一会儿，道："很不错。"

林肖倒是听懂了他依旧是在回答上个问题，虽然只多了一个"很"字，但也足以称得上是质的飞跃了。他的嘴角越发上浮了几分，忽然凑到尤景的耳边语调愉悦地道："话说回来，尤队，等晚上回去，我去给你上药。"说完话就举起酒杯在苹果汁上轻轻地敲了敲，自己仰头一饮而尽。

当晚，所有人都喝得很尽兴。

林肖虽然有些微醺，倒是真的没有喝醉。结束的时候有意地走在最后面，趁人没注意的时候拉住了沈常与，道："再一轮季前赛就结束了，联系陈安琪的事你可千万别忘了。"

沈常与在晚上被灌了很多酒，但是如果不是那白净的脸上微透红晕，光从神色来看，根本看不出来像是刚结束了一场酒宴的样子。

此时闻言，他倒是想了起来，神色严肃地回道：“这事正准备跟你说。前几天我已经联系到陈安琪了。不过她的意思是说，等我们下一轮和红叶战队对战的时候会来现场观看，具体什么情况，等结束后详谈。”

“也就是说，如果我们输了，就可以直接不用谈咯？”林肖把握到了话里的含义，不由笑了起来，“不过话说回来，沈副队你还是一如既往地心大啊！好歹红叶战队也算是陈安琪原来一手带起的老队伍，你就确定，不会因为当天我们把妹子们虐太惨，这位大小姐一气之下，就直接拒绝了我们的邀请？”

沈常与的步子一顿，脸上的神色也微僵了一下：“我把这事给忘了……”

在回去的路上，林肖拿出手机来随便看了一眼，居然发现有七八个未接来电，诧异下点开来电显示，顿时又有些头大了起来。这样狂轰滥炸般找他的，不正是“他”的那位好友，流云战队的主力选手雁凌江吗？

很显然，今天的赛事直播，也受到了这位仁兄的关注。

面对这位大雁同学，其实林肖的内心是复杂的。毕竟自己这样莫名其妙代替“林肖”活下去，也实在是没有其他办法可以给他一个合理的交代。瞒着，似乎已经成了现在唯一的选择。

想起当时雁凌江找他进流云战队的情形，林肖抬头望了望天，心里格外地复杂。

然而也并没有犹豫太久，最后他还是选择了回拨电话。

“原来你还知道要回啊！”电话那头几乎是秒接，雁凌江的声音大得让林肖不由得把电话拿得离耳朵远了几分。隔了一会儿确定没有了其他的动静，才应道：“刚才在庆功宴上呢。”

“什么庆功宴，说得好像你们就已经进季后赛了一样。”雁凌江显然有些不爽，一阵嘟囔，滔滔不绝，“我说你到底怎么回事啊！这一声不吭的，居然真跑黑玫战队去了？而且还混成了正选？！你以前玩的明明是黑法师才对啊，那个鬼道士的账号是黑玫给你专门配的？”

问题有些多啊……为避免一些不必要的麻烦，林肖没有做任何反驳，一本正经地睁眼说瞎话道：“对啊，战队发现我玩鬼道士很有天赋，于是给我量身打造了一个角色。是不是看起来很厉害的样子？”

“少跟我贫嘴，现在的重点明明是，你为什么一声不吭地突然就跑黑玫战队去了！”

林肖很无所谓地笑道：“没告诉你当然是有原因的，一早就知道你一定会是现在这么大惊小怪的反应啊。”

雁凌江被噎了一下，半晌后才道：“嘚瑟个什么劲啊！回头别在场上让我碰到你，不然专门逮你，打哭你啊！”

“我们最后一轮的对手好像不是你们战队吧？”林肖倒是一副毫不在意的样子，忽然笑了起来，“不过这么说也没错啊。其实你也知道我们一定会进季后赛了对吧，要不怎么这么着急地就来跟我约战啊？”

雁凌江：“……”

成功地把大雁绕晕后打发了，林肖的心情莫名有些愉悦。又在外面随意地溜达了一会儿，感到酒意被夜风吹散不少后，才慢悠悠地绕回宿舍。

当上楼后看到尤景半掩着的房门时，林肖娴熟地推门而入，准备为他上药。

这个时候如果他回头看一眼，就可以看到转角口僵立着的三个人。

因为许一鸣和秦磊在散场后又嚷嚷着要出去吃夜宵，许一辰没办法之下只能陪着两个有些醉了的毛头小子们一起去，怎么也没想到，回来得晚了一些，居然就撞到了这画面诡异的一幕。

许一鸣下意识地侧头看去，对上秦磊同样惊掉下巴的神情，声音依稀透着几分颤抖：“你……你看到了没？林肖刚进去的，不是他自己的房间，而是尤队的房间吧？是尤队的房间吧！啊？”

秦磊无言以对，只能默默地点了点头，弱弱地猜测道：“是不是，尤队要对他做单独的个人辅导啊？”

“尤队给这个新人单独做个人辅导？！开玩笑，我都还没有过这种待遇呢！”许一鸣因为喝多了酒，此时整个人比平日里还要躁上很多，闻言顿时不乐意了，抡起袖子就气势汹汹地要去敲门。

“你是想明天我们集体被罚加训吗？”也不知道是不是心有灵犀的关系，许一辰没等他迈开第二步，就已经娴熟地抓住了他的衣领，一脸无语地直接把他往寝室拖去。面上虽然没太多表情，但经过尤景房间的时候仍意味深长地多看了一眼。

秦磊亦步亦趋地跟在两人后面，但不由得停下来凑到门口凝神听了听，然而并没有听到里面有任何动静，只好满脸失望地回了自己房间。

林肖压根不知道自己居然被人抓了个正着，此时正一门心思地给尤景小心地换着药。

拆开纱布后看了看，伤势倒是并没有因为今天那个记者的粗鲁行径而加重的样子，本来悬着的心顿时落了下来。

包扎完毕，他轻舒了口气，抬头看着尤景调侃道：“说起来，尤队你今天踹那记者的一脚够狠的啊，是不是以前有练过什么啊？”

尤景看了他一眼：“跆拳道，黑带。”

这样的回答其实是让林肖感到震惊的。

毕竟这个男人平日里看起来清瘦纤细的样子，实在很难让人往那方面联想。他不由想到了之前自己的种种行径，到现在还没有残疾恐怕实在得感谢尤景的慈悲心肠，不由暗暗在心里捏了把冷汗。

他的手前一刻还搁在尤景的手背上，顿时掩饰状地咳了咳，自觉地缩了回来。

周围一片安静，林肖等了半天没有等到对方再开口，在这样的氛围里难免也有些心情复杂了起来。

其实，他本来已经做好了关于今天的对战情况，接受对方严刑拷问的充足准备。在此之前，就连解释的台词都已经默背得差不多了。然而在眼前的这种情景下，尤景却始终是一副好像今天依旧是风平浪静的平凡一天一样。

偏偏这样的态度，却更加让人拿捏不定了起来。

直到回了自己屋里，这种莫名的古怪感觉依旧还在。

林肖躺在床上，看着天花板，满脑子开始回想今日在赛场上的层层画面，难得地失眠了。

虽说中间跳跃的五年对他不过是一睡一醒的概念，但是切身经历了一整场的赛事，确实让他依旧热血澎湃。他很清楚，当年的他对很多人而言,可以算得上是一名身经百战的老选手。然而只有他自己才更知道，不论经历多少场对战，每次站在战场上的他，依旧会忍不住地隐隐颤抖。

不是因为紧张，而是兴奋。

那个舞台不论大还是小，也无论是在什么时候，都能格外轻易地调动起他体内的每一根神经，从来不曾变过。

躺在床上盯了一会儿天花板，林肖干脆下床坐到了桌旁，打开了从萧励那借来的笔记本，随便浏览起来。一边看着关于今天赛事的网络咨询，一边随手登录了自己的号。然而，刚上线后还没来得及进行其他的操作，就被一连串疯狂弹出的好友申请消息给吓了一跳。

他忙关了允许加好友的系统选项，一条条地把蹦出的好友邀请关上，当一个 ID 跳入眼里的时候，已经移到“拒绝”上的鼠标霍然一顿，在点下的瞬间止住了。

ID：暮落沉舟。

林肖微微眯了眯眼，不由吐槽道：“看来今天关注比赛的人还真不少啊……”

话是这样说，手上倒是很实诚地点下了确认。

“鬼萌萌”这个 ID，是他在还没当职业选手时候用的。如果说沈常与会知道，是因为当时他经常带着这位小后辈去游戏里面虐菜的话，那么阎独舟会知道，则是因为本身就和他一同经历了在网游时候那段腥风血雨的光辉岁月。

如今带着这个账号回归联盟，往矫情了说是因为对自己第一个账号的情怀，往俗气一点说，多少也带了一些方便认亲的念头。

更何况，在阎独舟这个男人面前，林肖多少是有些愧疚的。

毕竟，当年老鬼在刚登顶辉煌之后就直接不负责任地“撒手人寰”了，让整个电竞圈的重担就这样毫无预兆地全部落在了阎独舟一个人身上，让他独自支撑着国内的电竞领域那么久。

而现在，林肖再次归来，即便他也清楚不该被太多人知道，但也依旧不打算在这位最好的对手、最好的朋友面前做什么隐瞒。

通过好友后，林肖干脆地发了一个微笑表情过去。

既然阎独舟已经看了今天的一整场比赛，有很多东西显然也已经失去了矫情的意义。

几乎在他发出的同一时间，对方也发来了三个字："你是谁？"

看来这人今天一整晚什么事都没做，就光蹲电脑前面守他了。

林肖挑了挑眉，发了个反问句过去："你说呢？"

阎独舟秒回："直说。"

林肖默然。

这个老阎果然还是一点幽默感都没有啊……

思考了一下，他最后半玩笑地回复道："如果我说我是林肖你信吗？"

阎独舟："信。"

虽然是同名同姓,但很显然现在指的"林肖"是那个"林肖"才对。可是对方这样回应，未免让人有些怀疑，对方到底是不是真的知道他说的"林肖"，到底是哪个"林肖"啊。

林肖猜想过对方太多种反应，然而当真收到他的回复的时候，很难得地被噎得差点吐出一口老血。沉默了一会儿,面无表情地故作严肃道:"哦,那我就是林肖。"

阎独舟："……"

见对方终于有了一些有意思的反应，林肖顿时饶有兴趣地主动问道："那么，现在有什么想问的吗？"

阎独舟："没有了。"

说好的诧异，然后狐疑求证，到最后经过他百般解释才勉为其难地接受他回来了，这种俗套得只有在小说里才可能看到的桥段呢?

很好，这很老阎!

看着对方淡定得甚至没有丝毫怀疑的态度，林肖嘴角的弧度却是越发分明了起来。

有的人，不管经过了多少年月，不管经历了怎样的变迁，不管你是否面目全非脱胎换骨，只需要简简单单的一眼，就依旧能这样不带任何迟疑地，不需要任何理由地认出你、接纳你。

其实，最了解你的人往往并不是你的队友，而是你最强劲的对手。

CHAPTER 10

不服就来战！

1

这么快就引起阎独舟的注意，确实是林肖不曾料想到的事，但这毕竟是早晚要发生的，现在也多少算是了却了一件心事。

之后的一周，各大电竞报纸、杂志争相报道了前一轮的赛事，更加地出乎意料。

虽然这些报道很大篇幅都与七星战队提前告别季后赛有关，但更多的内容重点则是落在了黑玫战队以10 ：0的巨大优势破敌的战术运用上，而这里面最为引人关注的，无疑就是第一次出现在众人视野中的林肖了。

也不知道是不是有意要弥补记者招待会上的冲动举动，电竞论坛特意设置了一整个头版版面来介绍黑玫战队的这场大胜之战。

在帖子中，除了介绍和分析黑玫战队本场做出的战术方针调整之外，还重点剖析了林肖这位选手与当年的林队老鬼尤为相似的作战手法。加上同名的关系，帖子十分明确地认为他是为继承老鬼当年战术核心位置而有意培养的新人。

这篇帖子阐述得格外详细，因为“疑似老鬼的新秀选手”这一具有传奇色彩的噱头，一度受到了各界的广泛关注。

虽然老鬼已经淡出大家视线很久，但依旧不乏有很多骨灰级的领域粉们将他视为信仰一样的存在。这样的报道一出来，顿时引起了巨大的反响，不少偏激的网友们不仅对电竞论坛展开了讨伐，甚至还将战火引到了林肖身上，从各方面进行了言论上的攻击。

其中，大致的内容如下：

网友 A：记者是眼瞎了吗？这么一个黄毛小子怎么可以和老鬼相提并论！

网友 B：现在真是什么人都可以来借林队炒热度了，还用一个和林队一模一样的名字，故意改的吧？林肖对吗，很好，你已经成功地引起了我的注意！

网友 C：开什么玩笑，现在随便打一场就可以说疑似老鬼的接班人了？真是写报道完全不需要负责任啊！

网友 D：林队一生推，拿林队来炒作的那什么鬼新人一生黑！

不只是电竞论坛的官方账号评论区如此，甚至连黑玫战队的官方账号评论区也没有幸免于难。对此，两家的公关团队则是不约而同地采取了同样的态度——视而不见。

然而，与以往的网络暴力所不同的是，随着当天赛事视频点击量成百上千万地增长，加入声讨联盟的网友群体不但没有减少的趋势，反而越来越壮大了起来。

于是不少媒体借着热度也开始参与进了这一次的“讨论”之中，争相分析着林肖与当年老鬼的相似点与不足之处，所发表的评论不可谓不客观专业，足以把任何旁观群众给唬得一愣一愣的。有的捧林肖是可造之才，有的说觉得林肖像老鬼就如老鬼粉丝所言不过是个炒作噱头。但不管怎么样，但凡参与到这个话题之中的媒体，都得到了广泛关注。

原本只是电竞论坛为了拍黑玫战队马屁而提到的捧新人的言论，就这样莫名其妙地变成了联盟里最热门的话题。

随着这样的诡异发展，作为无辜被舆论波及的“群众”，不管怎么说——林肖，火了。

因为这件事，沈常与自然也没少听公关部门跟他吐口水，看那边工作人员的态度，显然有些怀疑电竞论坛到底是真的诚心诚意以这篇贴子来致歉呢，还是根本就是挖了个更深的坑来埋他们。

对于公关部那边，表面上客套地安慰几句也就算了，倒是下一场赛事转眼就要开始了，他更担心战队里的队员有没有因此受到影响。

其中沈常与担心的重点对象，自然是林肖这位当事人了。

毕竟，自从进入联盟以来，老鬼都是受到万人追捧的存在，一路受到众多粉丝的追捧拥护，甚至连敌队的粉丝们也对他的实力无话可说。像眼下这种被人追着唾骂的情形，恐怕从来都没有经历过。

沈常与一边想着，一边走进了训练大厅，一眼就看到独自一人坐在角落里的林肖正聚精会神地盯着电脑，像是在浏览什么网页的样子。看神态，倒不像是有受什么影响。

果然还是他有些小题大做了。沈常与稍稍松了口气，走到林肖身后刚想说什么，一抬头看到电脑屏幕上显示着的评论区画面时，动作顿时僵硬在了那里。

林肖留意到有人走过来，回头看到沈常与，顿时一脸得意地笑了起来，一副炫耀的神色："你看我聪明吧，趁着现在的热度开了一个账号，一整晚就有五十万粉丝了！看我刚才新发了一条消息呢，这才几分钟，评论爆炸啊！"

沈常与的嘴角不由一抽，看着那满屏幕显然都是攻击性言论的评论，完全不知道该用什么样的话来表达自己的心情。

林肖则是跷着二郎腿，饶有兴趣地翻看着："看看，看看，骂得多欢啊。欸，你说我当年怎么没发现自己原来有那么多忠实粉丝呢？那么多年过去了啊，真没想到他们居然这么爱我，哎呀，果然魅力太大就是不一样。"

沈常与终于忍不住咳了两声打断了他的自恋，完全不明白他的心路历程，有意提醒道："现在被喷得好惨的也是你啊……"

林肖倒是一点都不在意："有什么关系，相爱相杀嘛！"

这话实在让人没法接！沈常与只能尝试转移话题，把注意力投到那两位数的关注名单上，问："开了账号，都关注了谁啊？"

林肖随手点开了详细名单，往下拖动着翻给他看："哪，也就自家战队的一些人和俱乐部的一些账号。哦对了，我还关注了老阎。"

沈常与看到阎独舟账号下面清晰分明的互关标志，诧异地睁大了眼睛："阎队居然回关你了？难道他已经……"

"昨天他就找我了，根本没有给我捂马甲的机会。"林肖好笑地看着沈常与一脸见鬼了的表情，耸肩，"别问我怎么跟他解释的。老阎那家伙，压根就没有问我要过解释。"

沈常与无言以对地噎了半天，最后只能发出了一声感慨："阎队还真是……"

"心大！"林肖格外默契地把他后面的话接了下去。

对林肖的声讨就这样持续了大半个月，然而不管是媒体还是俱乐部到最后都没有过明面上的表态。

至于林肖本人？每天在这片骂声中乐此不疲地当着时下最热门的网红，也没有做出任何的辩驳解释，每天发的微博更是一日三餐这种无聊到爆的话题。

众人吐槽：谁关心你每天几点吃饭几点睡觉，吃什么喝什么了？！

然而不管网络上闹得多沸沸扬扬，季前赛最后一轮赛事依旧如期到来了，以黑玫战队的积分来看，这场比赛无疑是他们能否进入季后赛的关键。

就在现场与网络上各路人士对这场比赛的格外关注之下，黑玫战队与红叶战队的一开局，就以个人赛黑玫战队的全胜打了个开门红，直接将 3 分收入了囊中。

红叶战队虽然称不上是顶尖一流的强队，但一直保持着每年都顺利进入季后赛的成绩，从来都不是一支可以让人小瞧并轻易击溃的队伍。

队长徐韵在小队赛选手上场相互握手致敬时，脸上带着一抹甜美可爱的笑容道："小队赛我们可是要报仇了哦！"

关于红叶战队这位年纪不大，看起来像洋娃娃一样的新晋队长，但凡交手过的人都知道，绝对不能被她这纯真无害的外表所迷惑，到了场上，可绝对是心狠手辣，格外适合她所操作的暗杀者职业。

双方进入对战区后开始做最后的准备。

此时天启战队的训练营里，所有成员都在阎独舟的要求下，端坐在会议大厅中。正中央偌大的投影仪上，播放的正是黑玫战队 VS 红叶战队的现场直播。

面对这样的安排，作为副队的宋澜很是不解地问道："阎队，这样的比赛到时候看录播就好了，用得着在放假的日子里把我们全部集合在这里吗？"

阎独舟的视线始终落在场上的那个人影身上，语调平静："到时候注意好鬼道士的行动，结束后我会提问细节。"

话一落，场内本来略显散漫的氛围顿时紧张了起来。

提问细节，是每次作战分析会上必备的一个环节，但凡答错的人都不可避免地要经历整整一周的晚间加训任务，简直是炼狱般的折磨方式。

在场的每个人都经历过这样的拷问，然而这一次一个个脸上却有些茫然。黑玫战队的鬼道士？不就是最近拿老鬼炒作得很火的那个林肖吗？今天搞这么大的阵仗，居然只是为了这么一个新人？

在这一轮比赛中，黑玫战队并没有选择对战七星战队时候一样的出场阵容，而是把柳泽绅调配到了个人赛中。因此，小队赛由沈常与的召唤师"时节雨"，替换了圣骑士"择木而栖"的位置，至于剩余的两个角色，依旧是尤景的"繁景缭乱"和林肖的"鬼萌萌"。

林肖上场的时候，可以分明感受到四面八方投落在他身上的注视，嘴角漫不经心地扬了扬，并没有多少惊讶。

坐在对战室内，侧身看了眼旁边那人好看的侧颜，心情颇好地调侃道："又是生死局欸，怎么样，紧张吗？"

尤景闻言手上的动作顿了下，回眸看他："你在问谁？"

林肖转口："我问沈副队。"

无辜的沈常与："……"

这一轮的小队赛中，红叶战队出场的成员分别是：队长徐韵的暗杀者"美人牛扒饭"，副队长丁婕的暗杀者"岁寒温酒"，以及欧馨欣的牧师"荔枝冰沙"。

全体女队员组成的红叶战队，一直以来非但没有在观众面前展示过柔弱的一面，相反的，使用的多是比很多男选手更为狠辣凌厉的角色。

眼下的这种“双暗杀”组合就是红叶战队的王牌搭配风格之一。

当然，统一与吃有关的角色 ID，也一样是红叶战队的最大特色。以至于很多时候，粉丝们更加乐于称他们所支持的红叶战队为“夜宵战队”，以表示对女神们的极致宠溺。

在双方完成装备调试后，比赛很快开始。

刚结束导入画面，红叶战队那边的暗杀者美人牛扒饭与岁寒温酒，就直接抛弃了她们的牧师荔枝冰沙，在地图上积极地移动起来。

这一局对战的地图是一片猩红的“熔岩炼狱”。

红色的火焰不断在地表上窜动起来，仿佛随时要吞噬一切。周围接连不断的洞窟四通八达，不知通往何处，这张地图的场景可以说是个曲折复杂的迷宫。

很多战队在与红叶战队对局的时候，往往都会禁掉这个非常适于埋伏暗杀的地图，谁料在这至关重要的一局里，黑玫战队偏偏就故意放出了这张地图，不得不让人怀疑这一举动是对红叶带着一些轻视的含义。

操作着小女孩造型的美人牛扒饭前进，徐韵尚带着一些婴儿肥的脸上却没有任何恼怒，依旧是一副笑眯眯的神色，乌黑明亮的眼里满是谨慎认真：“婕婕啊，你说现在该怎么办呢？我老感觉黑玫战队那边有鬼的样子。你看，那个鬼道士就不在这。”

丁婕透过余光已经瞄到了角色视野尽头的那两个人影，明艳的唇角悠悠勾起，充满磁性的声音使她说出的话听起来都带着几分性感：“有什么关系？只要杀了繁景缭乱，谁也救不了他们。”

徐韵闻言，顿时“咯咯”地笑了起来：“真是坏。”

话是这样说着，美人牛扒饭在她的操作下并没有着急朝着繁景缭乱行进，反而隐藏身形向反方向移动，片刻间，就又消失在了错综复杂的洞窟之中。

至于岁寒温酒，则是开启了暗杀者特有的疾速移动模式，往另外一个方向分头迂回。高挑修长的御姐造型，再加上女性暗杀者角色本就性感至极的服装，惹得观众纷纷瞩目。

这个时候，从黑玫战队的角色视野中看去，周围可谓是一片风平浪静，没有丝毫风吹草动。然而此时尤景却忽然在语音频道里开了口："快了。"

沈常与应了一声"了解"，落在屏幕上的神色越发地谨慎了起来。

场中的观众透过大屏幕，已经完全看清了场上此时的情形，顿时也明白了黑玫战队把这个地图放出来的最终目的。

在时节雨牺牲了半管蓝量后，经过召唤师的精心布置，附近每个洞口的位置都已经多了一个有如门神一样守着的召唤兽。

在没有主人操作的期间，召唤兽们都格外乖巧地一动不动地立在原地，偶尔东张西望地探看着，使整幅画面看起来格外可爱。

作为这轮比赛的首席解说，许擎笠在看清这样的布置后从专业角度做出了分析："黑玫战队显然是就怎么应对双暗杀阵容，为各个战队做出了一次教科书般的示范。召唤兽在有敌人进入攻击范围之后，会从等待状态自动进入攻击状态，这正好可以作为应对暗杀者接近的极好警报。同时也迫使暗杀者不得不提前进入影遁状态，无法第一时间不被察觉地近身敌人。"

他的语调中透着几分赞许："熔岩炼狱这个原本可以说得上是让红叶战队格外占优势的地图，通过现在这样的巧妙利用，反而让她们开始陷入了被动的尴尬局面。不得不说，黑玫战队的这手战术，玩得实在是高超得很。"

搭档陈小言看着场上那一个个跟门神一样的排兵布阵，也不由有些咋舌："不知道这么毒……呃，这么神奇的战术到底是谁想出来的，完全是没给红叶战队留任何后路啊！"

许擎笠笑了一声："也不能这么说。据我推测，在这种情况下，以红叶战队的两位正副队长的行事作风，估计会选择直接强攻。"

话未落，仿佛为了印证他的说法，前一刻还在场上进行迂回操作的美人牛扒饭和岁寒温酒，此时忽然提升了移动速度，飞速向黑玫战队的两人逼近。

几乎同时，两个角色身上皆是蓝光一闪，双双从画面中消失了。

暗杀者的潜伏技，隐遁。

都去哪里了？场中的观众不由得屏住了呼吸，在空无人影的地图上搜索着她们的身影。

“准备。”尤景的语调里依旧没有多余的情绪，说话间，繁景缭乱手中的法杖光芒腾起，在自己脚下画出一个治愈领域。

即便这时两个角色分明都是满血的状态，乍看上去像是空放了一个技能的样子，然而清楚红叶战队举动的围观者，却是被这样精确无误的预判给彻底折服。

从繁景缭乱的视野中，根本没有任何对方选手的影子出现过，但这人却仅仅凭借着自己敏锐的判断，已经在第一时间做出了预防举措。

不远处，随着美人牛扒饭的隐遁时间结束，她的身影刚出现，时节雨的火精灵就发起了猛烈的进攻。然而她在火球扫过的同时，一个精准的侧身滚翻干净利落地躲过，紧接着飞跃步后一下闪冲，直冲到了繁景缭乱的跟前。

另一面，岁寒温酒同样已经摆脱了冰冷树精的纠缠，冲出了召唤兽的范围之后，在疾速行进的过程中一个瞬闪到了时节雨跟前，毫无停顿地迎面打下一记眩晕。瞬间，她就又拉开了距离，在这片刻的僵持效果之中成功脱身。

很显然，丁婕的最终目标并不是时节雨，而是和徐韵一样，针对的是繁景缭乱。

就在召唤兽拖延的那瞬间，尤景已经及时地在身上叠上了几层增益BUFF，眼见两人逼近的同时释放出了一个时空之门——并不能避免近身，但足够使两人迎面冲来的势头一缓。

就这么片刻的工夫，掉落的大半格血槽，被尤景瞬间重新抬起。

时节雨身上的控制时间结束后，当即指挥着召唤兽也投身进了这一片混战之中。

奈何，徐韵与丁婕二人的配合格外默契，一边轮流应对着场上五个召唤兽的夹击，一边将火力持续地集中在了繁景缭乱身上。

画面中繁景缭乱大起大落的血条让观赛者的内心七上八下，然而在尤景精密无误的治疗技能释放下，始终没有见底的趋势，反倒是红叶战队两个暗杀者的气血在时节雨的攻势下，持续地降低着。

徐韵拧了下眉，在红叶战队的语音频道里道："那个鬼萌萌到现在还没出现，为防变故，我们必须速战速决。"

丁婕表示赞成，看了眼繁景缭乱的血量，沉声道："就在下次血量过半的时候执行。"

徐韵凝神盯着屏幕上的一切，眼里精光一闪，道："就现在！"

在话落的瞬间，美人牛扒饭和岁寒温酒身上的红光均是一闪，匕首上层层血色浓郁，朝着繁景缭乱的咽喉直割而去。

暗杀者的大招，"一击必杀"，舍弃自身当前血量的 90%，给目标造成巨大伤害。

很多时候在面对脆皮角色的时候，这个技能往往可以达到万军丛中以命换命的效果。

而眼下在双重夹击中，即便繁景缭乱当前的防御属性堆到极点，在缺失掉一半气血的前提下，面对两个"一击必杀"，血条也不可避免地被瞬间清空。

【系统】美人牛扒饭击杀了繁景缭乱。

【系统】FIRST BLOOD！

随着系统声音透过大屏幕传出，只留血皮的美人牛扒饭和岁寒温酒两个角色，再次消失在了画面中央。

失去了目标的召唤兽们顿时停止了攻击，屏幕画面瞬间安静下来。

在完成暗杀之后，两位女选手凭借精妙的操作，功成身退。

场馆中寂静了片刻，红叶战队的粉丝们顿时腾起了一片爆炸般的欢呼声。

而相反的，在失去至关重要的治疗角色之后，黑玫战队的支持者们则是陷入了一片茫然之中。看着屏幕上 1：0 的比分，仿佛有一层冷意从脚底一点一点地蔓延而上，最后通体冰凉。

难道，这一届的 LPP 联赛，真的就要这样结束了吗？

陈小言看着屏幕上繁景缭乱倒下的身影，语调显得有些唏嘘："不得不说，红叶战队正副队长的配合确实默契十足，即便是在这种被先逼出影遁技的情况下，还能做出这样完美的暗杀操作。”

许擎笠也颇是感慨地道：“面对这种瞬秒的爆发，除非出了系统BUG，要不然，即使是尤景这样的顶级高手也一样无能为力啊。”

陈小言叹了口气，道：“黑玫战队还是可惜了，这一局小队赛的失利对他们而言可以说是致命的，以目前的成绩而言恐怕就要……”

“到此为止了？不，还没有。”许擎笠的视线落在角落的地图上，意味深长地笑了起来，“我们好像漏了另外一个关键人物。”

忘记了一个人？

林肖！

经过解说的提醒，很多人的脑海里猛然闪过一个名字。

随着主播镜头飞速地切换，画面顿时换成了鬼萌萌的主视野，从这个角度看去，恰好看到寒冰咒炸开封锁了对方的所有动作。高举的法杖上黑色的火焰腾起，飞掠到了一个白衣翩翩的人影上，带走了对方血槽里最后的一丝血。

【系统】鬼萌萌击杀了荔枝冰沙。

【系统】SECOND BLOOD！

这就，死了？

前一刻欧馨欣还在语音频道里高呼支援，此时红叶战队的对战房间里却是一片沉寂。

成功暗杀繁景缭乱的喜悦还没来得及品尝，此时只剩下两个匆匆赶去拯救自家牧师的暗杀者，顶着10%不到的血槽，呆立在案发现场不远的位置。

这样的变化来得太快，甚至于如果两人可以早赶到一秒，都可能还会有一丝的转机。又或者说，如果荔枝冰沙可以稍微避开其中的一个技能，可能也就不需要死。

然而在林肖的操作下，鬼萌萌的所有攻势来得这么快，每一个技能的位置落点又是这样的精密刁钻，让欧馨欣根本没有办法闪避，就这样在还没来得及反应过来的情况下被带走了最后的血量。

然而，这样就结束了吗？

不，现在才刚刚开始。

2

林肖操作着鬼萌萌调转过视野，看着屏幕正中央两个遥遥相望的人影，嘴角浮起了几分意味深长的弧度。

【地图】鬼萌萌:用两个“一击必杀”来换我们牧师的命,很大手笔啊,妹子们。

【地图】美人牛扒饭：不要这么说嘛，战术需要。

【地图】岁寒温酒：看起来是想要替你家队长报仇啊，小弟弟？

一句“小弟弟”让林肖无语了一下,不过想一下以自己现在的年纪，倒确实没有丁婕这位性感御姐的年龄大，也就默认了。

【地图】鬼萌萌：是啊，所以前辈们要小心了哦！

【地图】岁寒温酒：那就看你的实力咯。

虽然是这样说着，丁婕心里却没有表面上这样的乐观，但也已经退无可退。在眼下这种同样没有治疗的局势下，她们只能冲了。

美人牛扒饭与岁寒温酒双手上的刀刃血光一闪，朝着鬼萌萌迎面冲了上去。

与此同时，鬼萌萌也早有准备，一边飞快地调整着站位，一边直接在冲过来的人影头顶上召唤出了一片火焰雨。

在密集的雨点击打下，两人原本只有10%不到的血槽开始再度下降。

这鬼道士的反应好快！徐韵心里诧异的情绪一闪而过，当即操作着美人牛扒饭就要后退，却见一片冰封在脚下绽开。紧随而来的是单体攻击技能“虚空燃烧”，随着火柱将角色彻底吞噬其中，最后的血条也宣告清空。

【系统】鬼萌萌击杀了美人牛扒饭。

连续的三个技能几乎是在同一时间发生的，现场的观众不由看得目瞪口呆，一时间连欢呼都忘了。

转眼间，居然又挂了一个？！

前一刻几乎被大家认为已经必胜了的红叶战队，就在片刻的时间里，只剩下了一个血槽差不多见底的岁寒温酒。

虽然这只是一场普通的季前赛，并不影响她们战队进入季后赛的步伐，但是在这个时候，丁婕感受到了一种巨大压迫。

从本能上来说，她想要后退，然而当她以最快的手速操作着角色撤离的时候，从天而降的技能已经阻断了所有的退路。

鬼道士的大招，“万鬼虚空”。

实在很难想象，经历了前面这么争分夺秒的紧密对战，这人的大招居然依旧牢牢地攥在手里，或许，只是为了确保能百分百地断她后路？

当这个念头闪过脑海的时候，丁婕握着鼠标的手一松，缓缓地摘下了耳机，放弃了最后挣扎的机会。

【系统】鬼萌萌击杀了岁寒温酒。

【系统】DOUBLE KILL。

VICTORY！

胜利的字样出现在了黑玫战队的屏幕中央，全场黑玫战队的粉丝们愣了几秒后终于回过神来，场内响起了一片嘶吼呐喊的声音，彻底宣示了他们内心的激动。

甚至始终在选手席紧张关注着比赛的其他队员们，在这一刻也都已经从座位上站了起来。

黑玫战队 VS 红叶战队，5 ∶ 0。

虽然仅仅是一场小队赛，每个人却犹如夺取最后胜利一样热血澎湃，他们比谁都知道，这一局的胜利意味着什么——离季后赛，将只剩下最后一步。

对战室内，刚摘下耳机的林肖转过身来，一脸得意地笑道：“怎么样，尤队，我就说能赢吧？”

尤景正在收拾自己的设备，一抬头恰好看到他简单利索地扯下连接线的举动，视线在他鼠标键盘上那醒目的“大霸王”LOGO 上扫了一圈。

因为时间紧凑没能来得及试选出合手感的设备，虽然林肖本人觉得这款大霸王很适合临时顶替，但放在赛场上还真是……有种微妙的不和谐感。

不过尤景也就看了一眼就收回了视线，平静地道：“打得不错，确实很有老鬼的风范。”

林肖闻言，脸上微笑的表情略微一僵，干咳了两声，偏头揉了揉头发道：“咳……倒也不用这么夸我。”

尤景的嘴角极浅地扬了起来。

这样的表情很淡，从林肖的角度看去，尤景微侧的面容，眸色甚至有些宛如琉璃的透明色泽。

林肖无意中抬头一瞥，不免有些看呆，随即涌上一种受宠若惊的情绪。

这估计是尤景在他面前，第一次有这么“友好”的态度吧？

回到选手席的时候，许一鸣直接跳了起来，径直越过了沈常与，激动地扑到了林肖的身上：“看不出来啊！确实有两把刷子啊！”

“快下来，你很重！”依稀间仿佛听到咯噔一下的骨头摩擦声，林肖好不容易把挂身上的小子给扒拉了下来。松了下筋骨后，他回头看向尤景，再次确认道：“团队赛确定没问题吧？”

其他人顿时也朝这边看了过来。

“确定。”尤景在众人瞩目中，把矿泉水搁到了椅子上，道，“胜利，是我们的。”

仿佛受到了这种毋庸置疑的语调的影响，所有队员的眼中，漫上了一种蓄势待发的浓烈战意。

休息结束之后，团队赛正式开始。

当双方的出场阵容展示在观众眼前时，尤景的二度出战，彻底打消了很多人对于他手伤的猜测。

黑玫战队出战的成员为：尤景的牧师“繁景缭乱”、沈常与的召唤师“时节雨”、柳泽绅的圣骑士“择木而栖”、萧励的魔剑士“笑苍穹”，以及林肖的鬼道士“鬼萌萌”。

这样的组成中，有治疗、有肉盾、有爆发输出、有远程控场，可谓是非常正规完整的团战阵容。然而，就是因为阵容实在太过正规，反而让人总觉得有哪里不对。

这样的疑惑一直持续到了团战爆发。

当看到辛辛苦苦迂回走位的红叶战队最后被全部揪出来打成一团之后，不只是场中观众哑口无言，就连号称联盟中最专业解说的许擎笠都有些无言以对了。

通过前几场的比斗，本以为黑玫战队会继续保持这种变化莫测的策略风格，谁料，当红叶战队真的开始讲策略比战术的时候，黑玫战队偏偏展开了简单粗暴的团战模式？！

眼花缭乱的技能光效遍布了整个屏幕，就这样在完全混乱一片的对战之后，最后硝烟中留下了繁景缭乱与鬼萌萌两个屹立不倒的人影。

季前赛最后一轮的对决，黑玫战队以 10 ：0 的完美战绩拿下红叶战队，获得进入季后赛的第八个名额。

虽然这本是黑玫战队的支持者们所期待的，但当真的得到这个结果的时候，很多在场的粉丝们终于忍不住喜极而泣。

“我们赢了。”大屏幕上还显示着繁景缭乱和鬼萌萌两个身影的特写，林肖长舒了一口气，抬头正好对上尤景投来的视线，笑着张开了手臂，“要不要来抱一个？”

原本他已经做好了被一脚踹飞的准备，谁料尤景却当真走了出来，给了他一个拥抱，拍了拍他的背，道：“谢谢。”

这两个字有着非常深远的含义，林肖的嘴角忍不住微扬了起来，紧紧地回抱了他一下：“不客气。”

“喂喂喂，也跟我庆祝庆祝啊！”萧励在团队赛中遭了对方的毒手第一个阵亡，难免有些憋气。

柳泽绅正好收拾好了设备，闻言凑到他跟前笑道：“来吧，兄弟，要不我勉为其难跟你抱个？”

萧励没好气地飞起一脚。

柳泽绅身手敏捷地后退两步避开了他的突袭，拍了拍裤脚上的灰，笑而不语。

当推门走出对战室的时候，迎面而来的热情欢呼声顿时将他们吞噬其中。

解说台上许擎笠的声音传遍整个场馆：“恭喜黑玫战队，以 10 ：0

的大比分战胜了红叶战队，他们将获得最后一个进入季后赛的名额！恭喜黑玫！”

这一场的胜利，使黑玫战队有惊无险地进入了接下来的季后赛之中。而红叶战队的粉丝虽然有些失望，但本来就已经锁定在了八强战队之中，这样的结果可以说得上是皆大欢喜。

离开的时候，黑玫战队的众人在侧面的通道门口遇到了红叶战队的队员们。晚上黑玫本就准备去 KTV 唱歌庆祝，此时随口打了招呼后，沈常与顺便向妹子们发出了一起去的邀请。

徐韵嘴上叼着一根棒棒糖，圆润的眼睛瞪了起来：“沈副队，你们是去庆祝胜利，找我们去又是做什么，嘲笑我们完败吗？”

林肖的视线早在红叶战队的妹子们身上溜达了一圈，闻言凑了过来，笑嘻嘻地说：“胜败乃兵家常事，冤家宜解不宜结，前辈这么计较就没意思了嘛！”

丁婕饶有兴趣地打量着他，风情万种地笑了起来：“今晚确实没什么事，一起去倒也不错的样子。就是这位林肖弟弟比赛的时候下手那么狠，等晚上是不是应该好好‘赔罪赔罪’呢？”

林肖咳了一下，正色道：“那是必须的。”

“怎么，这是准备去 KTV 谈事？”冷不丁一个声音传来，就连黑玫战队的其他队员也不由停止了窃窃私语，下意识地朝声音传来的方向看去。

黑色的发带将长发高高地束成了两条马尾，垂落而下及至腰身，一身简单的纯黑色连衣短裙配上黑皮长靴，白皙的皮肤衬得眸子越发深邃。

陈安琪空灵至极的视线就这样随意地掠过，所有人只觉得身上莫名渗上一层凉意来。

丁婕本还在调侃林肖，见到来人后不由有些诧异：“安琪，你怎么来了？”

“跟沈副队有约，顺便来看看你们的比赛。”陈安琪的话还没落，只见眼前有一团花枝招展的东西迎面朝她扑了过来，感受到身上沉重的压力，眉心顿时拧了起来："徐韵，说了多少次了，当队长要有队长的样子。"

徐韵依旧往她身上挂去，满脸欣喜的神色，完全没有留意到怀里那人越来越低沉的气压："师父你都多久没回队里看看了啊！想死我了！师父你晚上是不是也要和他们去 KTV 玩啊？一起去啊，我们一起去！"

眼见陈安琪就要发作，丁婕先一步把徐韵拎了回来，戳了戳她的额头，道："比赛打成这样还去招惹你家师父，找罪受吗？"

徐韵反应过来，顿时安静了。

丁婕见她终于安分了，妩媚的唇角透出一抹宠溺的笑来，这才抬头看向陈安琪，问道："是上次说过的那事？所以现在算是终于决定了吗？"

"应该吧。"陈安琪眸里神色一闪，默默答了句。她转身看向沈常与："所以，沈副队，你是怎么安排的？"

沈常与被她这么一瞥，气焰顿时弱到了极点："是这样的……"

"具体的事情，我们找间咖啡馆详谈。"尤景打断了沈常与的话，随手扣紧了衬衫领口的纽扣，将队服披在了身上，走到陈安琪的跟前，优雅地伸手做了个请的动作。

林肖愣了下，不由喊道："尤队，你不跟我们一起吗？"

尤景的步子一顿，回头看了他一眼："不了，你们玩得开心。"

欸？还以为可以听到这位"冰山女王"唱歌呢……

林肖看着两个人渐行渐远的背影，心里不由略感失望。正想着，衣领忽然被丁婕细长的指尖一挑，径直勾起，强行拖着走去，语调旖旎："林肖小弟，发什么呆啊？走了走了，姐姐还等着你赔罪呢！"

林肖踉跄地后退了两步，好不容易转过身来，无奈下只好由她这样拖着走。

至于丁婕，显然一点都没有考虑他走姿怪异的问题。

一只手高高挑着他的衣领，另一只手则是挽着徐韵的肩膀制止了她想要向陈安琪跑去的步伐，俨然一副左拥右抱的样子。

KTV 大包厢里，众人依次落座之后，红叶战队的女选手们一个接一个地轮流点了歌，很快全场几乎成了女子组的音乐巡演。悠扬婉转的乐律回荡在不大的空间里，醉人心扉。

柳泽绅倒了一杯红酒抿了一口，微微笑着眯了眯眼："整个联盟里最漂亮的妹子，应该差不多都在红叶战队里了吧？"

萧励默默瞥了他一眼，心里念道："就知道妹子妹子，真是流氓！"

丁婕刚唱完一首，见黑玫战队众人都没什么动静的样子，干脆直接点名道："林肖，先上呗。"

"千万别……"沈常与刚听这提议的时候，脸色顿时难看了起来，然而没来得及阻止，林肖就被一群妹子们哄笑着推到了点歌台面前，根本拉都拉不住。

林肖倒是一点也不矫情，三两下点好了歌，笑眯眯地接过话筒"喂"了两声，笑道："那我就不客气了啊。"

在周围一片闹腾的掌声中，沈常与不由默默捂上了耳朵。

伴奏音乐从音响中涌出，前奏结束，进入正曲："她……是悠悠一抹斜阳……"

柳泽绅的手一哆嗦，握在手里的酒杯差点摔在地上，好在他猛然回神一把握住。然而一抬头，恰见萧励刚喝进嘴里的一口啤酒顿时"噗"的一声迎面喷在了他的脸上。

邹亓官被刚吃进嘴里的一口绿豆糕给噎了个半死，许一辰刚把旁边的水递给他，就已经被笑疯了的许一鸣给直接推倒在了沙发上。

至于红叶战队的几位队员们，几乎已经呈全身僵硬的石化状态，彻底愣在了原地。

"我就知道……"沈常与有些无力地扶了扶额。

如果说林肖的电竞天赋值是十点全满状态的话，音乐天赋估计可以说完全是负数。本来还抱有侥幸，也许现在他还可以稍微靠谱一些，然而现在的实际情况已经证明——完全没有半点长进！

如果说人家唱歌是动人，那么，他唱歌简直就是杀人！

然而林肖完全没有留意到周围其他人快要崩溃的情绪，完全沉浸在了自己的音乐世界中无法自拔，眼看到了高潮，顿时深吸了一口气，将麦更加拉近了几分："来啊……快活啊……反正有……大把时光……"

"救命啊！"徐韵终于受不了了，以迅雷不及掩耳之势冲到了音响面前，抬手一把就扯掉了话筒的插头。

KTV 内顿时只剩下了伴奏的背景音乐声，落在众人耳里，简直像是劫后余生的天籁之音。

林肖茫然地看了看自己被拔掉的话筒，无奈地耸了耸肩："不喜欢这首歌就早说嘛，我还会其他的，比如……"

"不用了！"萧励没等他说完，马上打断了他的话，在他有换一首歌的想法之前，提议道，"唱了那么久大家都累了，玩会儿游戏吧！"

"好好好！最好不过了！"许一鸣举双脚双手赞成。

成功阻止了魔音的徐韵精疲力竭地回到了沙发上，开始往嘴巴里塞东西，有气无力地说道："你们玩吧，我想静静。"

林肖倒是很无所谓地放下了话筒，看着其他人开始忙碌地准备游戏道具，坐到沈常与旁边倒了杯啤酒喝了口。瞥见他那生无可恋的表情，安慰性地拍了拍他的肩膀，道："沈副队，你还是一如既往的不懂得欣赏艺术啊……"

沈常与的嘴角隐隐抽了一下，最后一言不发地转过了身去。

当天晚上大家一直玩到凌晨才散伙，林肖回到宿舍后几乎是倒头就睡。

因为后来所有人都莫名其妙一致拒绝再让他接触话筒，林肖没事可做之下，倒是喝了不少酒。以至于直到第二天被闹钟吵醒之后，依旧因为宿醉而感到一阵头疼。

林肖本是准备关了闹钟继续睡觉的，然而当看到手机上收到的短信后，顿时睡意全消，当即就以迅雷不及掩耳之势洗漱完毕出了门。

——差点就忘了要去医院做复查这事！

三

黑魂俱乐部的大门口，晨曦落在尤景的身上，为他镀上了一层浅淡的光晕。

在林肖走到跟前时，自然至极地将病例档案递到了对方手上，感受到那层依旧笼罩在身边的淡淡酒味，他的眼睫略微一垂，道："看来，昨晚和红叶战队玩得不错。”

林肖愣了下，随口答道：“啊，是还不错。”

尤景挑起右手食指上挂着的钥匙，晃了晃，问：“会开车吗？”

林肖很坦白地道：“不会。”

尤景看了他一眼，伸手在路边拦了辆出租车，径自坐了进去：“市二医院。”

林肖看着他的背影不由默了一下。刚才那个表情，怎么看都像是在嫌弃他吧？

一边腹诽着，他一抬腿，也一并坐上了出租车，心里则是不由开始琢磨是时候要去考一张驾照了。

尤景做完了所有该做的检查，将检查报告交到了主治医生手中。

当听到已经好转很多的结论之后，林肖终于彻彻底底地松了一口气。至于需要一段时间好好休养这种话，就更加不用放在心上了。

现在离季后赛还有一段日子，时间充裕得很。

从医院出来，林肖本以为可以回俱乐部好好补个回笼觉，谁料尤景却是让司机师傅开去了电脑城。虽然难免有些想发牢骚，但是看了看那张面无表情的侧脸，又默默把话咽了回去。

尤景轻车熟路地到了电脑城的三楼，走进一家店铺后，回头看向林肖，问道：“平时习惯用什么牌子？”

林肖正东张西望，被这么一问有些没反应过来：“什么？”

尤景拧眉：“之前让你换设备，一直说没时间去挑选，难道你准备用那种网吧设备打季后赛吗？”

林肖本来确实没太在意设备方面的事情，正想敷衍几句，忽然不知道想到了什么，笑嘻嘻地看了过去：“你要陪我选吗？”

尤景眸色未改地微微抬了下眉梢，看着他没有说话。

林肖语调一转：“我习惯用‘金甲虫’系列的鼠标，和‘异度幽灵’的键盘。具体哪款手感合适，还是要试一下才知道。”

尤景转身看向老板，修长的指尖敲了敲桌面：“把这两个系列的最新款都拿出来看看。”

转眼间，共计十余款的顶级设备就铺满了桌面。

连上电脑后逐一试过，虽然型号众多，但林肖丝毫没有挑花眼，简单感受过后当即就选定了金甲虫 GX Ⅲ系列的 302G 款鼠标，以及异度幽灵的 S6 系列 9006A 型号的最新款键盘，合计五千元整。

看着尤景面不改色地完成了刷卡结账的一系列操作，林肖心满意足地抱着梦寐以求的设备站在旁边，难免有感而发："尤队你对我真是太好了……"

尤景看了他一眼："战队为选手的投资而已。"

林肖的嘴角浮了起来，满是诚意地夸道："战队好眼光，这绝对是一笔回报率 100% 的完美投资。"

"哦，希望如此。"尤景敷衍地应着，从老板手中取回卡后想了片刻，问，"要不要再准备一套备用？"

有钱可真是好！林肖虽然心动，但还是守住了自己最后的良知："这就不用了……"

最后尤景给自己也配了一副设备后，两人才回了俱乐部。

林肖拎着大包小包一路上受到了不少瞩目，回到宿舍后一仰头就倒在了床上，因为宿醉实在是头疼得厉害，抱着新入手的键盘就这样睡了过去。

也不知道是不是因为太过兴奋，这一觉并没有睡太久，一睁开眼，也才刚过中午一点，摸摸肚子，倒是有些饿了。

直到从床上伸着懒腰爬起来，他这才迷迷糊糊地发现，自己居然把尤景的设备也一起给带了回来。

那人倒也没记得来提醒他……思索了一会儿后，林肖准备起床去物归原主。

拎着设备出了房门，一转身就是尤景的宿舍，倒确实很是方便。

他本想敲门，但见尤景的房门半掩着没有关，就先透过缝隙往里面偷偷打量了一眼，诧异地发现尤景居然又趴在桌子上睡着了。

这样趴着睡可不是什么好习惯啊。林肖心里嘀咕着，也就放弃了敲门的念头，轻手轻脚地走进房去把设备搁到了他的床边。

正准备离开，视线无意中瞥过那张睡颜，随着一个念头闪过，动作不由骤然一顿。

放轻脚步走了过去，他的视线微微一滞，掏出手机，摆正了位置……

“咔嚓——”随着快门的响声，所有好心情顿时一扫而空，林肖整个人僵硬在了原地。

忘记静音了！

就在他恍神的刹那，对方前一刻还紧闭的双眸此时已经缓缓睁开。只见那片琉璃般的氤氲渐渐散去，眸底的情绪陡然化为了狂风暴雨，迎面而来的压迫感让林肖下意识往后退了两步，慌忙心虚地拉开了一大段的距离。

“你在做什么？”尤景冰冷的声音比以往更加没有温度。

话未落，随着他起身间骤然的一下用力，右手搭上林肖肩膀的同时，猛地往后一推。

随着紧接而来的冲力，林肖在感到一片天旋地转之后，尤景的手臂已经牢牢地锢在了他的喉间，而他则是一动不动地被禁锢在了墙边。

一阵窒息使他不由咳了几声，终于见尤景稍微松开了点力，缓过口气后才由衷地发表了最真挚的夸赞：“黑带，咳，果然厉害！”

尤景眸底的神色更深了几分。

林肖被这样的注视扫得全身寒气直冒，但是又因为面前尤景的压制，完全避无可避，只能直视上他的视线，唇角不自然地浮了浮：“啊，尤队你听我说。其实吧，我只是想跟你合张影而已……”

尤景微微转头，瞥了一眼掉在地上的手机屏幕上清晰分明的照片，嘴角毫无温度地抿起：“哦，合影？”

“对，合影……”

在这样的解释下，尤景面无表情地看着他。

林肖见他至少没有进一步的“报复”举动了，不由恢复了平日里满脸笑意的样子：“尤队，你要相信，我是真的崇拜你才想要跟你合影的。”

话落过耳，尤景终于有了反应，起身抬起一脚，直接把林肖给踹到了一边。

林肖无防备下摔了个四仰八叉，刚想说什么，只听到尤景低沉的声音从头顶上传来："今天买的那些设备，全部收回。"

怎么也没想到居然会变成这种局面，林肖刚勾起的嘴角顿时僵硬在了那里，不可置信地抬头看去："尤队，你可不像是这种出尔反尔的人啊！"

尤景坐在床上，衣衫因为刚才的动作而有些微微散乱，闻言懒洋洋地抬了下眼睫，似笑非笑地看着他，语调无波："我不介意。"

但他介意啊！林肖猛地站了起来，俯身一把按住了尤景的肩膀，语调真诚："尤队，请千万不要为了一时冲动，而放弃我这个一劳永逸的投资项目！"

尤景眼底潋滟的眸色一闪，刚想开口说什么，只听房门被人推开了，刚进来就一片吵吵嚷嚷："尤队，你有没有听说H服那边的事情？现在整个电竞圈都炸……了……"

蜂拥而至的一群人，随着许一鸣滔滔不绝的话语戛然停止，所有的视线都落在室内两个人身上。

柳泽绅此时靠在门边，拇指缓缓地抚过下颌，意味深长地笑道："尤队，在切磋呢？"

尤景没有回应这分明调侃的提问，视线冷冰冰地落到林肖搭在他双肩的手上："放开。"

饶是林肖脸皮再厚，都感到有些尴尬。放开尤景后站了起来，整理了下显得有些凌乱的衣衫，他又满脸正经地说："其实，刚才我只是单纯地想要拍张……"

忽然，迎面飞来一个不明物体打断了他后面的话，下意识地扬手接过才发现是他那屏幕已经暗下的手机。

"好好收着，别乱放。"尤景的声音毫无起伏地响起，林肖对上他投来的视线，本想说出的解释，下意识地全部吞了回去。

前面的那场闹剧仿佛丝毫没有影响到他的情绪，尤景抬眸看向沈常与，问道："这时候来找我，是有什么事？"

"是这样的。"虽然话风转得突兀，沈常与却非常自然地说回了正题，"H服那边出了些影响不大好的事，现在整个国服都已经炸开锅了。"

林肖刚偷偷地把手机退出了相册，闻言不由抬头看去："H服怎么了？”

说到这件事，许一鸣满腔愤怒地接口道：“那些H国人自以为拿了两届国际联赛冠军就看贬我们，直接在赛事现场的采访里嘲讽我们国内选手没水准，真是气死人！”

沈常与拍了拍他的肩膀以示冷静，把来龙去脉仔仔细细地说了一遍。

原来，H国的职业联赛前两天也刚刚结束季前赛，在最后一场比赛结束后，主持人按照惯例采访了获取MVP的MTG战队选手姜民俊，在提及他与作战风格相似的Z国选手阎独舟孰强孰弱的问题时，对方面对镜头做了如下发言：

“我一直非常敬佩阎独舟前辈一直以来的坚持，但要说我与他的风格相似，这点我并不认同。毕竟前辈作为老一辈的电竞选手，随着手速的退化，他的作战风格已经没有往日那么犀利了。虽然目前Z国存在因电竞水平整体偏低而使老选手无法退役的这种现状，但我依旧认为电竞应该是属于年轻选手的一个对战舞台，阎独舟前辈已经老了，以他目前的状况，并不足以跟新一代的年轻选手比肩。至少，现在的我有足够的信心认为，我比他强。”

因为并不是所有人都懂H国语言，所以当天看直播比赛的粉丝们因为不清楚采访的内容而没有太大的反应，直到有人把带字幕的版本转发到了网上，所有围观的网友顿时哗然了。

虽然阎独舟确实没有带领战队获取过奖杯，但是他在国内所有电竞拥护者的心目中，地位至高无上。然而，现在这个毛都还没长齐的臭小子都说了些什么？！

阎独舟老了，状态下滑应该退役？

作为目前国内电竞领域的领军人物，居然还不配和他这么一位新选手相并而论，甚至大言不惭地说没有他强？

随着视频被上万上亿次地传播，网友们的怒火被点得越来越旺，其中的关键导火索，依旧是这位狂妄的姜民俊，因为他在事后面对国民的怒火，非但没有出面道歉，反而在一大早又发布了一条自称曾经在

H服完虐阎独舟的博文。其中，甚至还列举出了很多国服高玩在H服天梯中被完虐的视频，字里行间再次蔑视了国服电竞水平的低端。

这条博文一经发布，很多网友就发起了反击，纷纷在网上贴出了H国电竞选手在国服被虐的视频。奈何，H国人好像通好气了一样，全都沉浸在自己最强的世界中，完全无视了其他人手上的视频证据。

真是见过无耻的，但没有见过这么无耻的!

自此，国内的电竞圈终于炸锅了。

还不只是这些，毕竟H国也并不是所有职业选手都像姜民俊这样嚣张跋扈，不少老选手依旧对阎独舟这些神级选手抱有足够的敬意，也有站出来试图调解的。奈何，联盟职业圈内部的事还没平定，H国论坛里的一个帖子就被Z国网友原封不动地转移了出来。

帖子出自一位H服天梯一阶的路人玩家，基本上通篇都是对Z国选手的嘲讽，最后还含沙射影地要求所有在H服玩的Z国玩家统统滚出去。在帖子后面的楼层，更是一层接一层的耀武扬威的嘲笑，充满着对国服玩家的蔑视。

如果说以前H国的不少选手与玩家本就对Z国选手抱有一定轻蔑情绪的话，那么现在这种蔑视可谓直接被摆到了台面上，毫无遮掩地展示在了国服玩家们的面前。

一时间，随着整个国服的轰动，各大战队的账号和话题下，几乎全是这一事件相关的讨论帖与评论，统一都是对H国人的声讨。随着国服一阶、二阶的顶尖高手陆续进入H服，评论区放眼看去都是要求战队职业选手共同扫荡H服的请愿。

说我们国内职业选手水平低端?

说作为国内联盟最巅峰大神的阎独舟实力退化?

说Z国电竞现在日趋没落?

让你们看看，国服到底还有没有人来好好治治你们!

真以为拿了两届世界联赛冠军就尾巴翘到天上去了?就等国服几亿玩家扫荡H服天梯拿下H服第一名来给你们打脸吧!

哦不，这时候已经称不上打脸了，应该叫踩脸才对!

林肖听沈常与介绍完来龙去脉之后，倒没有像许一鸣那样怒火冲天，唯一的感觉是 H 国那些人蹦跶得未免有些太欢了，看上去更像是一个笑话。

当年他还在联盟的时候，最初始的电竞联赛制霸的是 M 国战队，直到老鬼带领黑玫战队拿下冠军，才算打破了一家独霸的局面。这次回归后，虽然也听说过之前的两届冠军被 H 国战队收入囊中，但怎么也没想到对方居然已经嚣张到了这个地步。

这样想着，他的嘴角不由微微地扬起了几分。

自傲是竞技项目的天敌，这样自以为是的心态恐怕迟早要让他们摔得更疼。

毕竟，从天堂直坠地狱的感觉，并不是每个人都可以承受得来的。

“那些人实在是太嚣张了！接下来离季后赛还有一段时间，反正哪里训练不是练，尤队我们就向教练申请一下集体进 H 服屠榜吧！看着那些人嚣张的嘴脸真让人受不了啊！”

尤景闻言并没有反对：“我会去和李经理商量的。”

得到了准确的答复，众人就心满意足地离开了。

CHAPTER 11

争夺H服第一

1

队员们自发请愿的提议虽然已经提上去了，但是在目前这么紧张的局势下，H 服天梯二阶以上的账号并不是那么容易搞到的。除了几位以前就在 H 服打过天梯的老队员之外，像萧励、邹亓官、林肖这三人，就只能巴巴地等着俱乐部帮忙搞账号了。

这一回几乎称得上是国服玩家总动员，不管什么段位，甚至不管以前有没有打过天梯，反正全都要跑到 H 服去凑一脚，以彰显要把 H 国人的气焰打灭的决心，以至于 H 服服务器接连几天都人满为患，连登录都需要排上至少半小时的队。

这样一来，以前热闹异常的国服，反倒显得有些冷清了。

当林肖在国服账号的好友列表里看到暮落沉舟的时候，愣了一下，当即发去了慰问："老阎啊，怎么回事啊，全国总动员去 H 服给你找场子了，你怎么反倒自己跑回国服来了？不厚道啊！"

过了一会儿，阎独舟回道："累了。"

这样的答复倒真是有些在林肖的意料之外。

印象里，老阎这样不论做什么事都全力以赴的男人，好像从来没有从他口中听到过“累”这个词。对他而言，不管多难实现的目标，也都会用自己的方式去尽力达成。

但此时此刻，当看到“累”这个字从对方口中说出的时候，林肖也很清楚，他指的并不仅仅是目前万众瞩目的 H 服事件，而是包含了很多的其他东西。

沉默了一会，他回道："累就休息一下。"

阎独舟："现在还不是休息的时候。"

林肖无奈："我说老阎同学，我想你是不是在巅峰站久了，担责任给担习惯了啊？不管怎么样，你毕竟只是一名职业选手，Z 国的电竞，可不会因为你一个人的松懈就彻底垮掉的。"

阎独舟："我知道，所以我在等你。"

看着屏幕上的那行字，林肖放在键盘上的手微微一顿，无奈地勾起嘴角，摇了摇头非常坦白地回道："老阎，你这样我压力很大啊。"

阎独舟："这些压力本来就应该是你的。"

前一刻还觉得老阎是个根正苗红的五好青年，为了国家的大名大义而兢兢业业地奋斗在电竞联盟战斗的最前线呢，转头就把责任推了个一干二净！

林肖威胁道："再这样我可不去 H 服帮你撑场子了啊！"

阎独舟很快就抓住了重点："黑玫战队也准备去 H 服练兵了？"

林肖同样听出了话中的含义："果然你们天启战队也在？"

阎独舟："欢迎。"

林肖："……"

虽然不知道这些年老阎到底经历了什么，但是眼前这种心眼越来越脏的错觉，又到底是怎么回事？

等阎独舟下线之后，林肖随手翻看起了网站上的帖子，不出所料，大多还是那些硝烟弥漫的引战帖。

这两天里，因为各路高玩涌入 H 服，H 服可谓战火四起。

国内很多战队的选手们都披着马甲纷纷上阵，甚至不乏像天启、黑玫这样组团刷天梯的职业战队。

H 国那边的职业选手自然也都不甘示弱，加上本土作战的账号先天优势，在天梯中难免占了一定的优势，就格外嚣张。

看着各方混战，林肖不由有些感慨："这阵仗真是不闹大不罢休啊！也不知道 Devin 那几个爱好和平的人士看到眼下这种局势有什么感想，估计也已经整个头都大了吧……"

天启战队训练大厅中，阎独舟下线后并没有关电脑，社交软件的好友对话框打开在桌面上，屏幕亮起的薄光使资料上的头像显得格外突兀。

好友的昵称是 Devin。

只要是稍微关注一些 H 国电竞的人，恐怕都不会不知道这个人的存在。

H 国 ACE 战队的前队长秋成勋，带领 H 国电竞拿下了第一个国际联赛奖杯。从某方面来说，他对于 H 国电竞的影响力恐怕比阎独舟之于 Z 国电竞更要深远得多。真要追溯起来，可以说与林肖拿下冠军奖杯一样意义重大，更何况他带领的战队还实现了 H 国的二连霸。

阎独舟当时认识 Devin 也是在某年的国际联赛上。这位不论是长相还是技术都称得上是全明星级别的 H 国顶尖选手，因为与其能力并不相符的格外谦逊的态度，在第一年亮相之后，就吸引了一大批忠实粉丝。

也许是因为惺惺相惜，Devin 在当年就与林肖的关系格外要好，虽然语言不同，但凭借磕磕巴巴的交流就足以让他们称兄道弟。当时在国际联赛期间，阎独舟就经常看他们以一种"虽然不知道对方在说什么，但是一定是在夸我帅"的态度热忱相处。

对于这位实力与品格并存的选手，阎独舟一直也抱着一种敬重的态度。

这一回，Z 国与 H 国电竞圈的矛盾纠纷闹得确实有些不愉快，但对阎独舟本人而言，其实并不如广大义愤填膺的领域粉们这么愤慨。

在他的观念中，能让对方说出这样的言论，自己做得不够好也必然是其中一个不可否认的原因。与其去追究对方的冒犯，不如在自己身上找原因，这更符合他的性格。所以，当看到 Devin 特意登录常年不用的社交账号来对他致歉时，他确实感到有些惊讶。

“姜民俊并不能代表所有的 H 国选手，对于网民借这件事挑起的争端，我们 ACE 的所有选手都感到非常抱歉。”Devin 用国际通用语言表达了自己的歉意，同时也很无奈地说明了眼下 H 国其他电竞选手为难的立场，“但因为事情已经牵连到 H 服的天梯排名，目前国内选手不得不出面维护自己国家的颜面，也希望你可以体谅。”

不管是多么过分偏激的言论，当上升到国家实力问题时，必然都要以后者为重，对于这点，阎独舟表示理解：“不用太过在意，这些我都明白。”

Devin：“等这次的风波过去，我们 H 国电竞联盟一定会让姜民俊给 Z 国联盟一个交代。”

阎独舟回道：“比起这个，我更关心你是不是也会加入这次的 H 服混战里。”

Devin：“你希望我加入吗？”

阎独舟：“当然，我们 H 服见。”

当看到对话框里的这句话，远在 H 国首都的某公寓楼中，一个棕色碎发的英俊青年看着电脑屏幕勾起了一抹笑来，修长的指尖在键盘上敲击着：“我很期待。”

两天后，林肖与萧励几人终于收到了李泊川借助手上的渠道弄到手的 H 服账号。这批新号目前都是二阶的段位，虽然离一阶还需要一段距离，难免会消耗一些时间，但在目前这种紧张的局势下，已经可以说是很不容易了。

用新账号登录 H 国服务器之后，林肖看着满屏眼花缭乱的 H 文有些头疼，好在游戏大厅的整体游戏构架都差不多，基本文字内容根据记忆都可以反应得过来，至于装备库里的装备，就基本上只能借助对外观的记忆来分辨了。

“H 服的地图顺序与我们国服不同，如果看不懂 H 文就点进去看下地图详情，你刚禁掉的是熔岩炼狱。”

林肖刚开启一局天梯个人对战，冷不丁听身后响起一个声音，不由吓了一跳："尤队，你什么时候来的……"

尤景看了他一眼："前几天有些太松散了，今天开始加训一周，我会看着你。"

本来还以为那件事后真的已经放过他了，敢情是在这里等着呢？林肖无语道："尤队你这样公报私仇是不对的。"

尤景："两周。"

林肖："就这样我没意见！"

尤景随手拉了条椅子在他身后坐下。

看这样子是要准备贴身监督？林肖默默地往训练大厅的周围环视一圈，只见其他队员一个个眼观鼻鼻观心地作目不斜视状，但又有若有若无的视线总往这个方向飘来，顿觉好笑。

想八卦又不敢光明正大地看，可把他们给出息的！

他眼里眸色一闪，待进入导入界面时，将电脑椅慢悠悠地一转，故意俯身凑到尤景跟前，压低了声音道："尤队，关于那套电脑设备的事，我想我们需要好好谈谈。"

相较而言，尤景则淡定得多。在他这样分明别有用意的举动下抬眸看去，给了个明确的答复："想要拿回设备，很简单，拿下H服第一。"

对于这种显然是故意刁难的要求，林肖只能无奈地耸了耸肩道："行行行，你说怎么样就怎么样。"

李泊川拿来的账号都已经经过了改名处理。林肖手上的账号ID叫LovelyGhost，刚登录的时候确实被这简单的直译给无语到了。

从H服天梯二阶晋级到一阶，对谁而言都不是一件轻松的事，毕竟现在H服的玩家不管是路人高玩或是职业选手，水平确实都是顶尖的。

林肖第一局排到的是一个恶魔猎手玩家。

开局一分钟后双方在地图右下方的位置相遇，恶魔猎手试图利用风筝战术来消磨鬼道士的气血。这是平时路人局经常使用的战略，毕竟作为持续性输出伤害职业，与法系职业正面碰输出爆发是不明智的选择。

林肖对此倒并不太着急，一边不紧不慢地操作着角色进行走位，一边时刻留意着对方的一举一动。就在对方一个走位失误的瞬间，鬼萌萌的法杖上光色一闪，一点黑紫色的幽魂之火往前方掠出，透过障碍物中间狭隘的缝隙，不偏不倚地落在了恶魔猎手身上。

随着火苗在脚底下瞬间窜开一片燎原之势，寒冰之杖的被动技能“减速”触发，一层浅蓝色的冰状效果也如波浪一样随着火焰在恶魔猎手脚下荡开。

被减速的恶魔猎手就有如一个缓慢移动的活靶子，林肖双手的操作猛然加速，一阵技能连发，干脆利落地取下了第一滴血。

“怎么样，厉害吧？”林肖笑眯眯地回过头去，谁料看到尤景抱着一个平板坐在椅子上，压根没有看到他刚才精彩操作的样子，不由严肃地说道，“尤队，你坐我后面又不欣赏我的表演，你知道有多浪费吗？”

尤景将视线从平板电脑移到了屏幕显示的对战时长上，开口道：“15分钟还没结束，确实浪费。”

林肖：“……你等着。”

尤景看他：“哦。”

林肖在收割恶魔猎手的第二个人头时，明显要比第一滴血的时候来得干脆利落很多。

第一局结束之后，马上又进入了第二局。

在这一次的准备阶段中，林肖没有再用以控制为主的咒鬼加点方式，而是选择了主输出的血鬼流。因为高伤害加上完全可以媲美枪弹师的集中爆发，从对战开始到结束，仅仅用了10分钟。

从心态而言，林肖说得上是好到爆。毕竟不管是国服路人高玩还是职业选手，从H国天梯二阶向上爬的过程中，因为随时随地可能会碰到隐藏的高手，向来都是小心翼翼的。像他这样完全凭手速和无脑输出来进行直接压制的，恐怕全区还真找不出几个来。

失败会掉天梯积分的念头一点都没有束缚到放飞自我的林肖。

在结束第二局对战后，他瞥了眼依旧没有关注战况的尤景，当即又进入了排队队列中。

12 分钟后，结束了第三局。

然后是第四局。

第五局……

林肖越打越顺，直到临近天梯一阶的待晋阶领域时，才稍微慢下速度。从这个阶段开始就很容易排到一阶的真正高手了，即便是他，也不能掉以轻心。

不知不觉间天色已经暗下，训练大厅里灯火通明，其他人都已经结束训练回去了，放眼看去周围显得有些冷清，只留下这边角落里的两个身影，以及拂过身上感觉微凉的夜风。

尤景靠在椅子上，不知道什么时候睡了过去。

林肖走到窗边把夜风关在了外面，走近尤景后瞥了一眼平板上依旧亮着的屏幕，只见是目前 H 服的天梯排名情况。文档中有一部分 ID 被标红了，虽然不认识其他角色的归属，但是从阎独舟的 ID 不难看出，这些应该都是国服高手眼下在 H 服所使用的 ID。

这人，还真是在什么地方都可以睡着啊……

林肖脱下身上的外套轻手轻脚地披到尤景身上，他重重地伸了个懒腰，重新坐回了电脑面前。

此时 LovelyGhost 的战绩信息页面里，满满都是绿色的连胜战绩。

从下午三点半接手这个号调试完毕后开始天梯对战，一直到晚上九点二十，除去晚饭时间一共十五局，全胜。

这样的战绩要是给其他人看到，恐怕都能让人完全傻眼。

要知道，这并不是什么三阶四阶的普通对局，H 服二阶的天梯水平要放在国服中至少能有一阶尾端的水平，是无可置疑的高端对局。

然而，眼前一系列的胜利对战，从排队匹配时间，到准备阶段，再加上完整的对战过程，每一场都控制在半小时之内。

换句话说，这一路下来的个人战，他都是以完全碾压的优势获取的胜利。

不过，这样连续不断的对战强度确实让人感到有些累。林肖靠在电脑椅上下意识摸了摸裤袋，回头瞥了眼身后熟睡的人影，终于还是把掏了一半的香烟又塞了回去。

随手关上了对战记录，瞥了眼目前的积分，他心里不由有些嘀咕：“那啥，本来还想着李经理真是渠道广泛来着，谁知道这弄来的二阶账号居然是需要补分的……这也太坑了吧！”

在天梯对战中，连胜可以使账号拥有很多的隐藏分，每局对战增长的分数将更高，相反的，连败自然也会降低隐藏分，等降到当前实际段位以下时，最直观的表现，就是在每局对战胜利获得的天梯积分将低于平均水平。

至于目前林肖手上的 LovelyGhost 账号，就完全是属于隐藏分低到惨绝人寰的那种。要是按照正常账号，连胜十场怎么也能从二阶 0 分直接晋级一阶了，然而现在在十五连胜的情况下，这账号才堪堪到了待晋级阶段。

段位还在其次，关键天梯排位的匹配对手都是按照隐藏分来的，以现在这个账号所需补分的程度而言，要想排到那些高技术的 H 国职业选手，恐怕至少还需要保持一段时间的连胜才行。

之前听说这些账号都是尤景分配的，应该，不至于是故意的吧……林肖脑海中忽然冒出一个诡异的念头来，越想越可疑，无意中一抬头，恰好看到挂在屏幕旁边的聊天头像亮了起来。

林肖其实也不是个容易记得头像的人，但实在是那个蠢萌的大脑袋猴子太过让人一眼难忘，不用点开就知道是那个做解说的小猴爷。

自从在电竞比赛上亮相过后，小猴爷确实也有绕着他聒噪好久，大体是说什么“终于有了一个做职业选手的朋友”“感觉自己得到了升华”等毫无营养的话题，所以这时候对方忽然又来找他，实在是让人提不起半点期待来。

点开消息，小猴爷开门见山地说：“萌鬼萌鬼，这回动静闹得这么大，你们俱乐部有没有动员去‘参战’啊？”

林肖强调了自己严谨的口风：“你找错人了，我并不是一个喜欢和人八卦的人。”

小猴爷对他的态度表示不满：“别这么说嘛，我好歹是来给你指财路的。”

看到财路两字，林肖顿时有了兴趣，偷瞄了眼身后的尤景，确定他没醒后，回头问道："我们战队都在 H 服呢，有什么指教啊，帅猴爷？"

小猴爷严肃道："是这样的，阿行那边准备做一个虐 H 服选手视频大合辑，你有兴趣的话趁着这个机会也录一些高端对战视频下来呗。到时候如果录用了，酬劳会比上次起码翻三倍，这么好的机会一般人我可不告诉他！"

林肖警惕："ID 应该也是和之前那样不会暴露的吧？"

小猴爷道："那当然，阿行可是专业的，绝对不会泄露视频来源！如果有其他队员的视频也可以来一些啊！比如沈副队、柳泽绅、二许他们的，打包一起来啊！"

林肖没好气地回了个打脸的表情："你以为搞市场批发呢，还打包！有我一个就够了，绝对保质保量！"

和小猴爷说定了再次合作的这桩生意，林肖在金钱的刺激下当即精神抖擞地又进入了排队队列。

与此同时，H 国某电竞节目直播中，作为嘉宾的姜民俊一边给现场和电脑前的观众朋友们讲解着黑法师的操作要领，一边登录节目组事先安排好的游戏账号也进入了队列，准备进行实战演示。

姜民俊作为 H 国这一届联赛中当之无愧的新秀王，加上这一回采访事件带来的影响，成了眼下最受人关注的电竞选手之一，不过他本人倒是格外地享受这个现状。

一般的电竞直播中，节目组并不会进行这种连线的对战，但因为姜民俊想要当着那么多粉丝的面进行一场个人秀，在他的强烈要求下，节目组也只能特地安排了这一环节。此时他一边挑选着装备库中的装备，一边面朝镜头微笑着："前面讲解的都是理论性的知识，下面我们进入天梯二阶的高端局对战实战，来让大家更直观地领略一下黑法师的操作精髓。"

准备阶段结束，在跳转导入界面之前，他瞄了一眼对方的 ID，不由皱了皱眉。

LovelyGhost。

H 国玩家很少会用这种句式古怪的英文名，这 ID 以前也没有印象，难道是最近涌入 H 服的 Z 国人？

2

“Are you CN？”当导入界面结束的时候，在地图聊天频道里忽然蹦出了这么一句话来。

林肖不由有些诧异。

实在没想到对面这个拥有 H 文 ID 的黑法师居然会跟他打招呼，毕竟之前一路上来都是见面就打，哪里还有和对面聊天的心思。

此时看对方用外语提问加上里面的内容，没想到还真猜出了自己的国籍，秉着大国的礼仪，他也意思意思地回了一句：“Yes，I am. And you？”

姜民俊对于林肖的坦然承认感到很满意，但没好气地回道：“Wait for me. I'll lick you till you can't stand up.”

字里行间带着一些威胁的意味，然而这次，并没有再收到对方的任何回应。

林肖瞥了一眼屏幕下方对话框里的字母，操作着鬼道士满脸淡定地移动着。

眼下这种情况如果换成其他人，肯定大多都会因为这句嚣张至极的话而多少萌生一些怒火，然而林肖不会。毕竟，对他而言，外文永远是一项软肋。

换句话说，就是看不懂。

然而林肖这种冷处理的态度，总让人感到一种浅浅的蔑视感。比起反唇相讥，反而更加让姜民俊的怒气值上升，恨不得直接把对面的鬼道士逮出来，朝他脸上甩上一整套技能连招直接带走。

尚存的一丝理智让姜民俊想起自己正在一档直播节目上，面对镜头依旧保持了足够绅士的微笑。当视线掠过对方 ID 的时候转念一想，他马上可以逮住电脑屏幕那头一个不知道从哪里冒出来的 Z 国人，当着上万 H 国观众的面秀操作打爽脸，顿时感到心情格外舒畅，也就不再计较对方的蔑视之罪了。

那些喜欢找虐的 Z 国玩家，居然真的因为他的那句话而跑进 H 服来上蹿下跳，简直是不知道天高地厚。

要知道如今 H 国电竞就是强盛，实力可不是那些 Z 国选手可以比得了的。

今天，就好好让你们见识见识双方实力的差距。

这样想着，姜民俊颇为愉快地勾起了嘴角，操作着黑法师开始在地图上积极地游走起来。

很快，双方都发现了对方的踪影。

林肖打得并没有像以前那样随意，而是一边迂回走位一边关注着黑法师的动向。

地图是荒野森林，视野因为太多的遮蔽物而显得有些模糊不清。在林肖长时间的走位过程中，姜民俊在万众瞩目下终于先按捺不住了，就在鬼道士身影刚掠过的瞬间，一套风系法术迎面打了过去。

林肖本来就在等着他先动手，眼见他一套技能袭来，当机立断开了幽灵疾步，加速的瞬间通过几个灵活的走位完美避开了所有的伤害。

借着技能冷却的间隙，他用加速拉近了双方距离，在黑法师身上套了个虚空燃烧后，又召唤了一大片的火焰雨从天而降，拍打着整片雨林。

姜民俊几乎没有迟疑，在火雨灼烧整片地面之前，瞬间用一个飞跃步闪出了这个群伤技能的伤害范围，避开了后续的所有伤害。

“哦，意识不错嘛。”林肖不咸不淡地嘀咕了一句，手上操作没断，转眼间又一个幽魂之火从法杖上落去，落点恰好是黑法师飞跃步后的落脚位置，逼得对方不得不又开启了幽灵疾步避开下一轮的攻势。

见对方的双招全交，林肖笑了笑，鬼道士转身埋进了郁郁葱葱的茂林之中。

比起这边的淡定，姜民俊整张脸可是黑得彻底。

虽然今年才刚开始登上电竞大赛的舞台，但是作为 H 国眼下最炙手可热的新人王，他确实已经很久没有过这种被彻头彻尾压着打的感觉了。

这滋味就像是有个人拿着刀子架在他脖子上，在逼着他进行着每一步操作一样，总有一种自己的下一步举动完全被窥视的不爽感。

而眼下，并不仅仅如此。

此时因为身处摄像镜头中央，姜民俊可以分明地感受到现场观众们看他的目光，显然都已经有些变了。

那满脸迷茫和僵硬的表情落入他的眼里，足够让他感到脸上红一阵白一阵地难受。

他狠狠地一咬牙，锁定鬼道士所处的位置后，凝神屏息，在抓住对方一个微小漏洞的瞬间，手速爆发，发起了猛烈的攻势。

黑法师是《Zone》的法系职业中唯一的纯输出职业，又因为拥有冰、火、风、土四大派系的技能，可以让操作者时刻切换技能属性来造成几乎无冷却的极限输出方式。在之前的电竞联盟中，阎独舟作为黑法师的顶尖暴力输出代表，一直备受各国领域粉们的拥护。

姜民俊因为也喜欢这种对战的同时可以切换派系的风格，自在众人面前崭露头角之时起，不可避免地就一直被拿来与阎独舟做比较。这样的情况，难免会让心高气傲的他隐隐不服气，因此才有了赛事采访的那一幕。

然而，姜民俊确实是一个手速极快的爆发型选手，这时因为急于在观众们面前证明自己，更是用技能硬生生地打出了一种电影特效的华丽感觉。

这样猛烈的攻势足够压制 H 服天梯二阶的任意一个玩家，但是让他感到有些无力的是——对面鬼道士的走位实在是太好了！甚至在他的技能选定落点的瞬间，对方就已经提早移动步伐完美避开了自己的攻势。

正是因为这样超前的意识，像是洞察他脑海里所有的想法，以至于姜民俊在无法控制地爆发之后，发现自己不知不觉间居然用空了法术条。

愣神间，他莫名产生一种错觉——或许并不是对方太快了，而是自己太慢了？

就这么一恍神的工夫，攻势结束后来不及退避的黑法师，就已经彻底陷入了鬼道士技能的笼罩之中。

姜民俊回神后下意识地操作着角色进行躲闪。

此时双方的处境仿佛就是前一刻的翻版，只是在此时完全颠倒了过来。

然而，与之前的对战所不同的是，黑法师并没能像鬼道士那样有条不紊地避开所有的输出伤害。

每一个技能的命中就好似一个沉重的巴掌，当着上万观众的面狠狠地打在姜民俊的脸上，留下满脸的巴掌印。

【系统】FIRST BLOOD！

当暗淡的屏幕随着复活回城的操作重新亮起，姜民俊捧着自己已经痛到麻木的脸，在地图频道又敲出一句话来："Who are you？ Are you Yan？"

虽然对方用的是鬼道士而不是黑法师，但是刚才那种无缝衔接的技能操作，除了天启战队的阎独舟之外，姜民俊实在想不出Z国还有过这样作战风格的选手或是路人玩家。

最主要的是，如果对方真的是阎独舟，他丢的脸恐怕还可以稍微挽回一些。

林肖这回倒是看懂了这简单对话的含义，心情不错地调侃上了："No. He's too old！ I am a young man！"

这句话乍看上去，难免让人联想到姜民俊在采访时说阎独舟已经老了的话，但是这时候从对面的Z国人口中说出，怎么听都带着一种嘲讽的味道。

姜民俊咬牙切齿地问道："Who are you？"

"I'm a ghost. I just want to give you some color to see see." 林肖一边非常满意地为自己暴涨的英语水平而默默点赞，一边搜刮自己的词汇库进行着非常有威慑力的威胁。

见对面在接收到了他的威胁信号后再没了反应，林肖刚准备开始走位，只听身后有个慵懒的声音响了起来："以前倒不知道你的外语水平那么好。"

林肖回头看去，对上尤景那双依旧带着几分睡意的狭长的眼，淡淡挑了挑眉，笑道："Oh，so easy！"

另外那端，姜民俊从复活点重新出发后没再和对方打嘴炮，而是一门心思地开始搜索那个气死人不偿命的鬼道士。

终于，最后在一片灌木丛中依稀见到了那个让人恨不得一顿胖揍的人影。

他正小心翼翼地迂回逼近，但见对方一动不动地站在原地的样子，眼里的神色不禁一亮。

对方的样子看起来像是，掉线了？

因为直坐起身，之前披在尤景身上的外套微微向下滑了几分，这种随意的样子反而更透着一种慵懒的气质，使人感到有些凉薄的冰山气息略微得到了中和，更让人有些移不开眼去。

林肖朝那张脸上多瞄了两眼，勾起嘴角露出一抹自以为英俊迷人的笑来："尤队，睡醒了啊？"

尤景的视线依旧落在他的电脑屏幕上，淡淡地应了声，道："哦，你快死了。"

林肖闻言猛然一回头，果然看到自己的角色在一片密集而至的狂轰滥炸下只剩了一层血皮。反应过来后，骤然爆发手速，用一个飞跃步脱离了黑法师的攻击范围，终于保住了这条命。

林肖默默地擦了把冷汗，心里不由臭骂。

——对面这H国人不厚道啊，趁人不注意就搞偷袭，差点让他在尤景面前丢人！

这样想着，心里就更加不高兴了。

真是欠教训！

吸了吸鼻子，他落在电脑屏幕上的视线顿时锐利了起来。

尤景懒洋洋地靠在椅子上，半支着手臂托着前额，潋滟的眸色落在跟前那男人侧颜的弧度上。看着与平日那吊儿郎当的样子截然相反的认真神色，嘴角也微不可识地浮了浮。

这个人在投入到对战时的神情，像是换了个人一样。

远在H国的直播间里，姜民俊本以为可以手刃仇敌的满腔热情，在这么突如其来的一个飞跃步下顿时烟消云散。

他的脸一瞬间黑到了极点——那掉线的Z国人又回来了？

面对这只需要两三下技能就可以轻松收割的人头，姜民俊只感到心有不甘，当即也开启了幽灵疾步飞速追上，大有不灭仇敌誓不罢休的气势。

此时，整个直播间现场只留下了清脆作响的键盘声，所有的观众们一片寂静，脸上的表情已经从一开始的震惊、愕然，化为了此时的一脸木讷。

谁都看得出来，对方的鬼道士刚才那样一动不动，分明是在离开或者掉线状态。

如果只是一场网游里普通的天梯对战，不可否认会有很多人做出和姜民俊一样的举动来。但是，现在并不是一局普通的游戏。

在红色方操作着黑法师的，也并不是一个普通玩家。

他是今年H国电竞联盟中炙手可热的新人王姜民俊，是一位代表着H国电竞水平的职业选手，也是注定要成为下一代电竞的领军人物的选手之一。

然而，他却是在这样处于劣势的局势下，当出现不公平对战的意外状况时，在上万H国粉丝的关注下选择了这种践踏职业精神的做法。

如果说前一刻还有人因为对方是Z国人而对姜民俊充满了期待的话，那么此时此刻，再没有人可以喊得出那句“加油”的话来了。

这并不是他们期待中电竞选手该有的样子。

失望的情绪仿佛病毒般透过网络飞速地蔓延，本还疯狂地在屏幕上刷着礼物的粉丝们停下了动作，只剩下了一片与现场如出一辙的寂静，再没有弹幕，直播频道里的聊天框中一片空白。

就在这个时候，前一刻刚刚逃窜开的鬼道士，已经再次进入了黑法师的视野中，然而出乎人预料的是，面对来势汹汹依旧满血状态的敌人，他非但没有开启幽灵疾步逃生，反而直接举起了自己的法杖。

这个已经只留一层血皮的鬼道士，是准备迎战？用最后一格气血对战姜民俊满血满状态的黑法师，可能吗？

当怀疑开始盘踞在众人的脑海中时，林肖就已经用自己的操作回答了这个问题。

在一顿比之前更加密集紧凑，然而依旧发出了近乎百分百命中率的预判攻势之后，黑法师甚至没有再摸到过他的鬼道士一下，就含恨而终了。

【系统】SECOND BLOOD！

看着屏幕上弹出的胜利字样，林肖懒洋洋地伸了个懒腰，瞅了眼对方那看不懂的 H 文 ID，不屑地撇了撇嘴。

要说刚开始趁着他和尤景搭话的时候偷袭，已经让人开始有些不爽的话，那么后面都已经跑开了，居然还非要开着幽灵疾步继续追，那就更加让他不爽了。

这算什么，小瞧人？打哭你啊！

林肖当然是不知道在此之前，对面的姜民俊就已经离被他打哭差不了多少了，也更加不知道对方居然是在做一场直播节目，要不然，也不会像现在这样从头到尾地压着他打。

要是他知道的话，绝对会把对方当儿子一样教育，教对方在他面前连头都不敢抬才对嘛！

把别人的脸打得惨不忍睹什么的，他最喜欢了！

眼见离一阶又进了一步，林肖心满意足地看了眼电脑屏幕下方的时间，随手点了关机后，松了松筋骨站了起来，转身看向尤景，厚颜无耻地笑道：“时间不早了，走吧，尤队，我送你回去！”

明明两人的房间也就几步的差距，也就只有他脸皮厚得可以把话说得这么面不改色心不跳了。

尤景看了他一眼：“那还真是感谢。”

第二天再次登录 H 服的时候，林肖诧异地发现自己居然莫名收到了一大堆的好友申请，使他不得不咨询尤景：“H 服拒绝加好友的选项在哪里啊？”

尤景指给他看之后，提起手中的平板举在了面前，道：“恭喜，你火了。”

林肖看着这满屏幕的外语报道顿感头大，但是看着上面的配图依稀觉得眼熟，没一会儿就想了起来："这不是昨晚的最后那把吗？怎么回事，对面录像了？"

尤景道："对面那个黑法师是姜民俊。"

林肖恍然："难怪总感觉那个作战风格有些熟悉呢，原来是那个和老，咳，和阎队很类似的H国嚣张小子啊！欸不对啊，我怎么就火了呢？昨天他好像没出什么风头啊，这H国媒体拿这事报道什么，难道连他们都觉得我的操作帅爆了？"

尤景看着最上方清晰地写着《电竞选手参加直播节目，上演偷袭失败大戏》的标题，轻描淡写地答道："你的外语火了。"

林肖摸了摸下巴，接受了这个理由："不奇怪，国内像我外语说得那么好的，确实不多了。"

尤景放到嘴边的水杯顿了顿，没喝一口地再次放回到了一旁的桌上，缓声道："可以开始今天的训练了。"

林肖很是欣赏他这样难得噎到的表情，微微一笑，麻溜地开始了新的H服天梯征途。

这一天虽然段位得到了提升，但比起前一天，却是顺利了很多。

林肖在成功晋级一阶之后又是几场连胜，终于在夜深人静结束下机的时候，在H服一阶天梯排行榜吊车尾的位置看到了LovelyGhost这个ID。

比起林肖的悠闲淡定，天启战队的训练大厅中，电脑屏幕前的阎独舟看着视频中黑法师已经暗淡下的第一视角，陷入了久久的沉默。

最小化的聊天对话框中，依旧停留着Devin的最后一句问话："这个鬼道士是Z国人，阎，你知不知道他是谁？"

画面随着黑法师的复活而再次亮起，接下来是面对一个显然并不在电脑前的角色的狂轰滥炸，随着一个脱离视野的飞跃步短暂地中断，接下来千辛万苦寻觅到对方之后没有如愿以偿击杀，反而迎来的是噩梦般的凶猛反噬。

屏幕再次随着角色的死亡化为黑暗，对战结束。

虽然这个黑法师是对他出言不逊的姜民俊，但阎独舟并没有因为他的惨烈死状而感到愉悦，此刻的他，再次把视频拖回对战的地方重新观看，视线牢牢地锁定在视野中的鬼道士身上，眼里沉静的光色渐渐盛了起来。

虽然之前在 LPP 季前赛的最后两场对决中，林肖的表现无疑是最抢眼的一位，但在阎独舟看来，他的实力并不应该只是这样而已。

之前也曾担心过，在林肖身上发生的那些匪夷所思的事，是否带来了一些不可预料的负面影响，然而此时此刻看到他那咄咄逼人的精妙操作后，这些担忧顿时荡然无存。

虽然未达到最顶峰的状态，但能将姜民俊压制到这个地步，已经足够让人满意。

林肖，依旧还是那个值得让他全力以赴的对手。

而今年的黑玫战队，因为几位新队员的加入，很有可能将会是与天启战队一同进入世界联赛的两支队伍之一。

终于可以不再是他辛苦支撑奋斗，这个人，马上也会再次赶上他的步伐。

这样，很好。

阎独舟的嘴角在微微牵扯下上扬成了一个极浅的弧度，感受到体内仿似有一层斗志在悄无声息地慢慢涌起，一时间，仿佛又回到了当年与他亦敌亦友的伙伴一起，共同为 Z 国电竞所奋斗的燃情岁月当中。

打开对话框，他回复了 Devin 的问题 ：“我知道，他会是你们 H 国战队的一个强敌。”

3

随着两国电竞对抗如火如荼地展开，为了紧随潮流，《Zone》贴吧里的 H 服天梯排行榜也在随时进行着更新。其中备受关注的，无疑是这几日的激战之后，以阎独舟为首的几位职业选手的实时排名情况。

前几日，阎独舟的黑法师 BlackBoat 在几位 H 国职业选手的联合狙击下,一度从第八位被强行打退到了第九位。但是经过这几日的努力，他当前已经再次回升至了第六位的名次，也是目前国服选手中，离登顶 H 服最近的一位。

紧随阎独舟后面的，是流光俱乐部旗下流云战队的队长温树清。作为一位经常混迹 H 服的选手，他的排名一直都位于排行榜前列，但因为前段时间的长时间消失，使得账号影剑客直接掉到了三十四位。

在这次季前赛期间的比赛中，流云战队一直由副队长章封煜带领参赛，从头到尾都没有看到过温树清的出现，众人也一度猜测过，这位体弱多病的温队是否身体又出了什么问题。然而这回两国电竞的战火引燃之后，他又再次出现在了众人的视野中，甚至仅用短短几天的工夫就一举冲回到了 H 服第十六位，给了所有支持者们一个有力且直白的答复。

至于其他有名次的国内职业选手，截至当前，黑玫战队的沈常与排在第三十位，柳泽绅排在第七十六位；天启战队的宋澜排在第二十二位，陈日发排在第八十九位；流云战队的章封煜排在第二十五位，雁凌江排在第四十二位；红叶战队的徐韵排在第四十八位，丁婕排在第六十九位；以及其他战队的诸多选手也不乏前八十的名次，然而比较大的一部分主要集中在百位上下徘徊。

由于接连几日排名频繁更新，除了那些职业选手已知账号的排名情况之外，有一个全新的 ID 也引起了不少人的注意。短短几天内，他在排行榜上的排名像坐火箭般地一路高升，从最初的一阶排名吊车尾开始，势如破竹地疯狂冲分，转眼就已经到了第五十三位，并还在以惊人的速度继续攀升着。

很多人对这个突然出现的陌生 ID 感到错愕，帖子中有部分奔走在各大平台的玩家却是已经先沸腾了起来，纷纷跟帖表示，这人就是近期很火的打脸视频的主角之一，并有人在后方的跟帖中附上了观看视频的链接地址。

这单播放量上千万的视频，正是当时林肖委托小猴爷卖给陆行的。

通过剪辑之后，整个视频把对方打脸的凶残状况表现得格外淋漓尽致。虽然过程中确实如约定隐去了对战双方的 ID，但是由于姜民俊那场直播在 H 国实在闹得太大了，以至于就连不少 Z 国网友也对其进行了关注，稍一对比，很容易地就对号入座了。

这个神秘 ID 的背后是位国服高手的消息不胫而走，看过帖子的所有国服玩家都激动了起来。更有人手痒下一查该角色的对战记录，顿时被清一色的绿色胜绩震惊，截图发帖后，再次让所有围观群众都惊呆了。

单从几天内的情况来看，这样的战绩接近100%，也正好从侧面解释了为什么这个账号的排名可以这么稳定地一路飙升。

这样万众瞩目的关注整整持续了一周，当看到这个账号非但没有被挤出去，反而一路直接晋升到了天梯第十位之后，整个国服终于彻底沸腾了！

到此时为止，国服选手中进入H服前十的总共两人，一个是位列第四位的阎独舟，一个是刚晋升第六的温树清。这样一来，如果这个突然出现的新ID真的也是Z国人，那么就将成为第三位H服前十的国服玩家。

LovelyGhost。

到底是何方神圣？

不仅在国内论坛传得沸沸扬扬，LovelyGhost的战绩同样也引起了H国方面的注意，从某个角度来说，托姜民俊的福，H国方面对这个新面孔的关注恐怕还要早很多。不少职业战队的队员都已经被引起了警惕，甚至有人已经开始准备在游戏里展开狙击行动。

就在两国电竞领域都暗涛汹涌地步步为营的时候，林肖正饶与兴趣地抱着双手，看着电脑屏幕上一片眼花缭乱的技能画面。

随着胜利的图徽弹出，尤景摘下耳机回头看他："想来一场？"

林肖叼在嘴角的烟上下摇了摇，看着对战结束后的各项数据统计，瞄了眼那"惨绝人寰"的治疗量，毫不犹豫地拒绝道："绝对不要。"

尤景："哦，那很可惜。"

林肖默默挑了挑眉，不置可否。

虽然他对自己的水平很有信心，但这并不表示他就喜欢自虐。

暴牧这一流派一直以来之所以备受争议，正是因为其不高的伤害以及同样不高的治疗量所造成的尴尬地位。但是这样的问题，对尤景而言显然是完全不需要考虑的。

平常的团队赛对决中，他走纯治疗路线足够完美地看好整个五人团队的血量，而此时在 1V1 对战中他需要顾及的只有自己一个，这样的治疗量绰绰有余。换句话说，如果普通对战的时候需要造成约一万的伤害值的话，那么面对尤景的牧师，至少需要打出十万的伤害来。

要想打赢一局，起码要有类似于十局的输出爆发。只要稍微这么想想，就绝对不会有人愿意来感受一下的。林肖觉得，他还是安静地做一个观众比较好。

当尤景又开启了下一局的时候，萧励举着手机走了过来，一边看着屏幕中的帖子，一边像看怪物一样瞅着林肖："我说，你是什么时候爬进前十的啊？这也太夸张了吧！我才刚爬到第二十一位而已啊！"

林肖笑道："加训是有效果的，要是不服气的话你可以通宵来追我咯？"

"美得你！"萧励没好气地翻了个白眼，神色一萎，顿时显得有些郁闷，"再说了，这天梯排位又不是谁花的时间多谁就能往前进的，我昨天一整天就在二十一位到二十五位之间上下晃了。"

林肖回头继续看着尤景飞速操作着的好看的指尖，有些敷衍地答道："这就表示，你需要拥有一路排位都匹配到菜鸟的完美运气。"

萧励无语，一把把林肖强行拽到了旁边的电脑前面，落在肩膀上的双手一用力，就把他按在了椅子上。

没等林肖反应，他已经打开了 H 服客户端，一阵催促："少跟我说些有的没的，上游戏，进队列，也让我好好看看 H 服前十高手的水平过过瘾！"

林肖乐滋滋地笑道："既然你这么崇拜我，那哥就好好让你见识见识真正的实力！"

萧励没好气地踹了一脚他的椅子腿："少叽叽歪歪，赶紧的。"

本应该在对战中的尤景忽然转身，视线落在林肖正准备去掏打火机的手上，语调无波地开口道："训练期间禁止吸烟。"

林肖的动作一顿，自然至极地随手把打火机搁在了桌子上，摆出了一副嬉皮笑脸的表情来："别紧张别紧张，我只是觉得放裤袋里太扎腿，所以想拿出来而已。"

萧励面无表情地看着两人的互动，一回头看向尤景屏幕左下角系统提示的击杀信息，又瞥了眼5分钟的进行时间，面无表情地收回了视线，嘴角微不可识地一抽。

就说尤队刚刚分明还在对战，怎么突然就有精力来关注别人有没有吸烟了呢。一个牧师居然用了5分钟不到的时间就完成击杀了？对面的玩家以后估计会产生心理阴影了吧？

正在这么想着，眼前屏幕上排列了许久的队列终于进入了。

本是心不在焉地一瞥，但当看到敌对方的ID时，萧励一直努力营造的毫无表情的冷峻形象终于彻底崩塌了。

因为太过震惊，他下意识地往后退了两步，就连撞上一个人的胸膛都没任何反应，直到身后响起柳泽绅似笑非笑的声音："怎么回事呢，小励，这么一惊一乍的可不太好哦。"

萧励这才回过神来，难得地没有顶撞回去，讷讷地问道："BlackBoat，那是……阎队吧？"

比起他的诧异，林肖倒是显得淡定得多，在接连禁掉两个地图之后，看着对方ID的眸底隐隐闪过一丝不易觉察的深邃。他把叼在嘴角没点燃的烟取下来放到旁边，用几乎只有自己一个人可以听到的声音喃喃道："哎呀，这可有些不大好办了啊……"

话是这么说的，但是双眸却因为抑制不住的笑意微微眯了起来。

此时屏幕的另一头，远在天启战队训练基地的阎独舟显然也没想到，他们居然会在这种情况中对上。

眼里的战意隐隐一闪，本就严肃的神色显得越发凝重了起来。

宋澜正哼着小曲端着水杯路过，无意中留意到自家队长这样的神色，忍不住好奇地凑过来看了一眼，当瞥到对方的ID时，脚步顿时一停就再也没有走开的意思了。

LovelyGhost？不就是最近风头正盛的那位国服神秘高手吗？

如果是平时遇到，林肖一定借着这个机会好好调侃调侃阎独舟。但现在偏偏不止他一个人，不只萧励和柳泽绅在身后牢牢看着他，刚刚结束手中对战的尤景也已经不动声色地在静静观战了。

读条画面刚结束，林肖就在地图频道发了条信息过去："阎队，求手下留情，求放水！"

萧励本来还在旁边愣愣地没有回神，待看到这句话后终于忍不住吐槽了："我说林肖，咱能出息点不？虽然输定了，但好歹也跪得有尊严一点啊……"

林肖回头瞅他："你懂什么，麻木敌人放松警惕才能一击破敌，怎么就输定了呢，说不定策略用得好我就一不小心赢了呢？"

萧励："得了吧，人家阎队知道你是谁啊！"

林肖："万一知道呢？好歹我现在也是名人一个啊！"

萧励："……赶紧把你摇得欢脱的大尾巴给收回去！"

林肖摇了摇头："年轻人啊，看来有必要让你认清现实。"

仿佛为了印证他的话，这个时候，地图频道上跳出了阎独舟的回应："可以考虑。"

萧励还想反驳林肖的话，在看到这四个字的时候顿时一噎，当即给呛得脸红脖子粗地一阵咳嗽。

可以考虑？！考虑什么，考虑手下留情？还是考虑放水啊？

好歹是H服天梯的顶尖对决，这样恐怕不大好吧……

林肖没有再借机调侃萧励，难得地也有些无语。从这样的回答来看，阎独舟显然也已经猜到他现在不方便跟他相认的境况，只不过这样模棱两可的话也未免太……

他干咳了两声，低了低头，避开了尤景的视线，将注意力牢牢地锁定在了电脑屏幕上，随着眸底的神色越来越凝重，脸上的嬉皮笑脸也渐渐地开始退去。

其实就林肖的本意而言，他从没想过会这么快地和阎独舟对上，以他的预期，季后赛准备转去个人赛出战的他，只可能在团队赛中才有机会遇上阎独舟。结果现在，所有的预期都被打破了。

然而，此时他的心里，在意外的情绪消散之后，只留下了一种隐隐的兴奋。哪怕他并不认为以自己目前的状况可以百分百赢过阎独舟，但却是打从心里期待着接下来的这场对决，甚至有些急不可待。

鬼道士在林肖的操作下，以从未有过的积极态度在古墓惊魂的地图中飞速地穿梭着。然而从行动路线来看，他的绕行弧度非常大，几乎是贴着地图最外侧的边缘在行动，很显然，是想要避开可能造成的迎面相遇的第一拨交锋。

也不知道到底是不是因为他有意所为，还是因为其他什么原因，开局后整整三分钟时间，别说爆发战斗，双方就连彼此的人影都没有看到过。这种情况别说是在普通的游戏对战中，就连在职业比赛里，都是极少见的。

萧励忍不住低声嘀咕道："阎队该不会真的在放水了吧……"

柳泽绅毫不留情地否定道："你想多了，阎队可不是这样的人。"

萧励咬牙："那你倒是解释给我听听？"

尤景忽然开口道："注意林肖的位置移动，这些都不是随意的，而是他根据对对方移动路线的猜测，人为地进行了规避。"

"猜测，阎队的行进路线？"萧励咋舌，"这可能吗？"

"任何一个人的操作都拥有一定的不可复制性，也必然有一定的规律可循。"尤景这样说着，视线锁在屏幕上始终没有移开，"对对手的足够了解，加上相当的经验积累，没有什么是不可能做到的。"

话到了这里戛然而止，他狭长的眼缓缓眯了起来，盖下了深处潋滟的眸色。

萧励虽然得到了林肖是借由揣测阎独舟的行动路径而有意避开的解释，但是依然有些迷茫："所以尤队，这样避开开战，又有什么用？《Zone》的对战可没有到了时间就评判为平局的设定啊！"

尤景神色淡然地回复道："作战准备。"

作战准备？萧励在这样的答案下感到更加茫然。不就是游戏里的一局个人天梯吗，打就是了，还要什么作战准备啊？

就在这个时候，林肖手上的操作忽然加快，屏幕中央的鬼道士方向一转，没再继续进行迂回操作，而是径直往地图中央的主墓地移去，一边移动一边还继续转动着视野，最后在某个坐标停了下来。

这个位置位于一片凌乱的坟堆中央，东侧就是主坟的墓碑，偌大的十字架格外地显眼；南侧是茂密凌乱的灌木丛，因为光线，这个位置可以清楚地观察到伏击出现的位置；西侧是一片广阔的空地，几乎没有任何潜伏的可能；北侧有一些乱坟，不时闪过几缕鬼火，但想要彻底藏身施法而不被察觉，也是完全不可能的事。

看似简单的一个坐标，却是充满了林肖的深思熟虑。

黑法师的身影在视野中央一闪而过，紧随而来的是头顶骤然密布的乌云，片刻间成片的冰雹铺天盖地，密集得仿佛要将鬼道士所站的地方彻底笼罩。

然而林肖就像是正等着这一幕出现一样，鬼道士在法术刚施展的瞬间一个飞跃步脱身出了技能范围，朝着视野里那个人影的方向直冲而去。

然而不及近身，对方就已经消失在了视野中。

就如林肖没有给阎独舟先手的机会一样，阎独舟也同样没有给林肖半分反攻的可乘之机。从出现到消失仅仅这么一瞬的工夫，仿佛早已判定自己刚才的一击绝对无法得手一样。

林肖没有因为错失了机会而浮躁，倒是不由有些唏嘘。

老阎这家伙，还是一如既往地严谨得让人很不痛快啊！不，或者说现在的他，比当年而言，更加冷静得可怕。

他从来没有指望在面对这个老对手的时候，可以凭借选位陷阱而占到便宜，所以面对这一次还没有开始就已经结束的伏击，只是勾了勾嘴角，继续开始了下一步谋划。

失去了目标后，鬼道士并没有停下动作，朝着灌木的方向投下一缕幽魂之火后，突然选择变向，朝着另一个方向飞奔了起来。

不管是宿命的邂逅还是注定的偶遇，双方角色就这样在飞速行进中毫无预兆地迎面遇上。

一瞬间，随着地狱烈焰再次在黑法师周围的地面上烧开一片熊熊的黑色火焰，一片如花开般绽放的冰柱也同时在鬼道士身边拔地而起。

紧接着，双方都开启了幽灵疾步飞速移动，法杖上一黑一蓝的亮泽幽光仿佛成了屏幕上最引人瞩目的亮点。

绚烂夺目的技能在地图上碰撞四溢，震荡轰鸣，原本一片昏暗的地图在这一瞬间也因为密集释放的法术而被彻底染上了一层绚烂的光幕，猛烈的输出交缠在一起，硬生生打出了5V5对战时候才会有的视觉效果。

然而在一片让人感到眩晕的光效中，依稀可以看到两个人的身影依旧在飞速地移动着。

这样的情景下，萧励在旁边已经彻底看呆了。

他一直都知道林肖的手速很快，但从没有想过，居然可以这么快。他也一直都知道林肖是个很厉害的选手，但也从没有想过，居然可以厉害到在阎王这样全开的火力之下，依旧可以与之平分秋色……

如果说一开始他并不认为林肖会有半点胜算的话，那么这个时候莫名开始有些期待林肖真的打败阎独舟时候的情景了。然而，从此时双方的血量来看，鬼道士的气血值下降的速度，显然比黑法师要快得多。

林肖这个时候也是有苦难言。

以往的那些对局倒还好，但真像现在这样遇到了顶级的高手，手上这套网吧设备实在是拖足了后腿。

这场对决本来比拼的就是双方的应变速度，但是因为设备按键太过僵硬，不论是技能频率还是操作速度都根本无法跟上他的节奏，反倒加重了手指的疲劳程度。

从双方照面的那刻起，就已经被阎独舟占了上风，再到后面，表面上看起来的激烈战斗，其实只不过是他在掩护防御罢了。

眼看血条就要清空，他再次抬高了手速，正准备进行最后一拨反攻，却骤然只听“啪嗒”一声，随着显示器的暗下，电脑画面也彻底陷入了一片黑暗中。

“我去！”萧励正看得兴奋，顿时整个人都要崩溃了。

“不是吧，断电了？”林肖摘下了耳机，有些疑惑地向周围看了一圈。

“不好意思，脚滑，踩到了插线板电源。”尤景说着，搁在电源上的脚又轻轻一踩，瞥了眼再次亮起的电源指示灯，道，“既然关机了，今天的加训就到此为止。”

“啊，尤队脚滑得很是时候啊！”林肖无视了萧励肉痛的表情，揉了揉有些酸楚的十指，笑眯眯地夸奖道。

正说着，一抬头见尤景不知道从哪里拎出一大袋东西，搁到了他的桌面上："训练期间，暂借你用。没实现训练目标的话，全部收回。"

萧励好奇："你们还有训练目标，那是什么？"

尤景："和你无关。"

林肖："秘密。"

萧励："……"

柳泽绅认真地想了想，提议道："或许，我们也可以去定个目标？"

"好主意！"萧励朝着林肖不屑地挑了挑眉，拉起柳泽绅就往自己的电脑桌前走去，"有目标了不起啊，我们也定！啧！"

4

电脑屏幕中央，前一刻还在进行中的激烈对战忽然停了下来。

黑法师法杖所释放的密集技能骤然停顿，只留下仅剩四分之一血条的鬼道士一动不动地站在原地，与刚才的紧张场面相比，显得格外突兀。

宋澜抱着杯子在阎独舟的电脑后面看了一整局的比赛，正觉热血沸腾，突然就遇到了这样瞬间静止的情景，顿时有些回不过神来了。盯着如石像一样站在那的鬼道士看了半天，就见身上光线一闪，屏幕上就弹出了胜利的字样，不由有些无语："不是吧，掉线了？"

《Zone》的天梯个人对战中，如果掉线超过 5 分钟，就会被视为投降。眼前这副情形，显然在此之列。

退出对战地图后，阎独舟看了一眼自己又上升了一位的排名，却没有显出半点高兴的情绪。

他没有选择继续进入队列，而是直接退出游戏，关机。

宋澜见阎独舟站起来往外走去，也跟在了他身后，一边还有些感慨："阎队，确实是好久没看到这么厉害的鬼道士了啊！那个 LoveGhost，真的像他们说的那样，是国服的选手？"

阎独舟应道："嗯。"

"阎队你认识他？"宋澜从这个答复中嗅出了一些其他的味道，不由更加好奇了起来，"这人到底是谁啊，感觉蛮厉害的，有没有可能拉进我们战队来？"

阎独舟几乎想都没有多想："他不会来的。"

“那好吧。”宋澜本来就只是随便说说，对这个回答并没有太多失望，反而笑了起来，“反正不管怎么样都没有阎队你厉害，也不差他一个。虽然刚才对面不知道什么原因掉线了，但是按照这个局面下去，前面气血的差距那么大，也一样是他输定了。”

走在前面的阎独舟忽然停下了步子。

宋澜一个没注意差点撞上，顿时手忙脚乱地稳了稳茶杯，不由叫道：“哎哟，阎队你也小心着点！”

阎独舟垂眸看了他一会儿，没有理会他的大呼小叫：“之前教过你们的，都忘记了吗？”

“没有忘！”在这样的注视下，宋澜的神色也渐渐严肃了起来，“阎队，我错了！我不该有这种轻敌的念头，刚才是我太过想当然了！”

阎独舟这才满意地收回视线，回想起刚才对战的一幕幕，缓缓地陈述道：“永远记住，面对任何人、任何对战，只要还没有最后结束，就不能有任何松懈。特别是，面对那些值得尊敬的强劲对手的时候。”

宋澜一脸认真地点头：“我记住了。”

“你是未来天启战队的队长，很多事情，是时候开始学会独自承担了。”说完这句话之后，阎独舟一步步地走到了走廊尽头，一个转角过后，身影消失，自始至终也没有再回头多看一眼。

宋澜呆呆地站在原地，因为最后那句话带来的冲击，甚至忘记了要迈开步子去追上那个男人。

前几天他也曾听人说起过阎队和傅经理的谈话内容，据说是有了退役的念头，然而对这样的流言他根本没有放在心上。因为，他太了解这位一手将自己提拔起来的队长了，太了解电竞对这个男人而言是怎样的重要。也正是因为了解，所以即使知道阎独舟早就已经过了退役的年纪，但他依旧相信，足以让任何人闻风丧胆的“阎王”是绝对不会放弃战队、放弃电竞的。

然而刚才那句话，却让宋澜脑子里一片混沌，甚至不知道该怎么去思考。

所以，阎队他这一回难道，真的要准备退役了吗……

H 服排名帖在实时更新着，随着新一局对战的结束，当大家发现阎独舟 BlackBoat 的账号排名上升到了第五位时，无不是一阵欢欣雀跃。

然而很快也有人发现，一直处于上升阶段的 LovelyGhost 却是在同一时间后退了一位。

难道进了前十位之后，真的开始产生颓势了吗？

有好奇之人去查询了一下对战记录，不查不知道，一查吓一跳，当看到对阵列表中对方黑法师的 ID 后，跟帖的议论顿时叠起了高高的楼层。

LovelyGhost VS BlackBoat ？这不是自家人打自家人吗？

但是，从这局的对战的结果而言，是不是也意味着，虽然 LovelyGhost 之前的战绩很夸张，但在面对国内第一人阎独舟的时候，依旧不可避免地要被 2 ： 0 横扫呢？

国服的玩家们在对阎独舟实力崇拜的同时，也难免感到了有些失落，毕竟有很大一部分人寄希望于这位神秘高手夺下 H 服第一的位置，而眼前的情况，则无疑是在告诉他们——LovelyGhost 或许并没有他们想象中那样强。

但是，这样的小情绪并没有太过影响国服玩家们的期待，毕竟 LovelyGhost 输的人是阎独舟，而不是 H 国选手，在他们的心目中，依旧不自觉地做着一些振奋人心的设想。

即使登顶不了 H 服第一，LovelyGhost 也许可以尝试着冲刺一下第二位或者第三位的位置？如果可以把前三位占去两个名额甚至更多，无疑是在那些叫嚣的 H 国人脸上留上两个醒目的巴掌印。

这样想着，围观的国服玩家们再次振作起了精神，开始对之后的天梯排位情况充满了期待。

然而他们所不知道的是，这场比赛并不只是引起了国服玩家的关注，还吸引到了远在 H 国的 ACE 战队的注意。

Devin 本来正在带领队员做对抗赛，恰好看到阎独舟上线，临时就把训练内容改成了个人赛的对战分析。

本来在他预想中，目前位列天梯第六位的阎独舟，不论在高端局中遇到哪位 H 国选手，都是极好的分析素材。但让他没有想到的是，不知是对方运气太好，还是他的运气太好，这一局居然遇到了最近风头正盛的 LovelyGhost，让他同时有了考察两人的机会。

虽然对局只有前面一小半段，最后在 LovelyGhost 掉线下如同闹剧般结束，但双方的对战走位和应对的细节操作，无一不透露着这是一局高端对决。

给队员们做完对战分析后，让他们各自去进行训练，Devin 关掉了观战录像，靠在椅背上闭目养神。

对战中的一幅幅画面犹如电影回放般从他的脑海掠过，甚至每一个精妙的细节点都清晰得仿佛就在眼前。

他最敬重的选手之一——阎独舟，即便处在一个早就已经该退役的年纪，也依旧表现出了足够的强势，一如既往地让人感到叹服。

然而，在这一局的对战中，真正吸引他注意的，却是那个神秘高手 LovelyGhost。

从一开始的迂回走位，到选位的精准判断以及操作手法，再到后面双方针锋相对时的敏捷爆发，总让他想起记忆深处另一个已经不可能出现的人。

但也仅仅只是相似。

如果只从这一局短暂的发挥而言，他的那位老朋友的操作，可是比这个 LovelyGhost 要更精准狠辣得多。

一个个地回想着 Z 国各大职业战队中的鬼道士选手，Devin 始终想不起来，曾经出现过这样一个角色。

“他会是你们 H 国战队的一个强敌。”

阎独舟的话仿佛还在耳边回响，Devin 的目光饶有兴趣地落在了屏幕上的那个 ID 上：“哦，强敌吗？”

如果说之前只认为是炒作而没太注意的话，那么此时此刻，他倒确实对这个神秘高手有所期待了。

谁让他们正巧都是鬼道士这个职业的顶尖玩家呢！

他随手掏出手机，拨通了一个号码：“喂，我是 Devin。帮我考察一下 LovelyGhost 的上线规律。对，没错，下次上线记得通知我。啊，是的，我想玩次狙击……”

通完电话，脚尖轻轻地点了点地，椅子缓缓地转向了窗口，落入的阳光洒在他的面容间，让嘴角的弧度更加浓郁了起来：“林，好久没有出现像你那么有趣的人了。”

“阿嚏，阿嚏，阿嚏——”林肖强行敲诈了萧励一顿下午茶之后刚回到宿舍，还没进门，就被接连的喷嚏给崩得差点一头栽到地上。他揉了揉鼻尖，有些狐疑地看了眼门外还没走远的人：“萧老板，你没在刚才的下午茶里下药吧？”

萧励嘴角一抽，忍不住抬起脚就朝他踹去。

林肖眼疾手快地闪进房间，扬手甩上了房门，只听一阵沉重的声响之后是一声吃痛的号叫，紧接着是隐约可以听到的话语：“啊，尤队，不是的，我没损坏公物……是，我赔！一定赔！”

过了片刻，手机铃声响起，打开看后，只见是萧励发来的短信，言简意赅：你给我等着！

林肖心情甚好地笑了起来，随手把手机放到了桌子上，一仰头舒舒服服地躺倒在了床上。

这些天的加训，真的是好累啊！

小猴爷：喂喂喂，在吗在吗？

林肖休息了一天后刚打开聊天软件，就收到了一阵狂轰滥炸，不由无语地回道：“在，怎么？又有视频需求了？”

小猴爷：呸呸呸，视频那都是小东西而已，能不能出息点！你什么时候准备开始打天梯啊，加个好友，让我以旁观者的身份直播下呗！那啥，价钱好商量。

话说到这份上，林肖当然也明白了过来，回了个微笑的表情回去：“想趁着我名气起来发一笔小财呢？”

小猴爷：这叫一起发小财！

林肖：其实要直播也可以，按照收入二八分成，我八你二。

小猴爷：你开玩笑的吧！

林肖：哎呀，被你发现了。

小猴爷：……

林肖：其实是三七分，嗯，我七你三。

小猴爷：……撑死你啊！

林肖：我不介意太撑一点。今天我可是准备冲刺H服第一的啊，你要是觉得吃亏的话，那我去找别人合作了哦？

昨天才刚掉到第十一位，如果想冲刺H服第一的话，至少要保证差不多二十连胜吧？小猴爷的嘴角顿时抽了抽，最后权衡之下，还是肉疼地输入了两个字："成交。"

即使是30%的提成，以现在LovelyGhost的名气，也绝对是一笔不菲的收入，运气好的话，甚至可能可以一举奠定他平台一哥的地位。

深吸了一口气，他半点也不耽搁，着急地催促着林肖登录游戏账号后加上了好友，将直播室名字改成了"LovelyGhost登顶H服天梯过程直播"，同时在屏幕上播放出了画面。

几乎在改好房间名的瞬间，成批的国服观众玩家就涌入了直播室，在线人数以让人眼花的速度一路攀升。

小猴爷格外激动的声音充斥着整个直播间："欢迎大家来到小猴爷的直播间！今天给大家直播的是传说中的新生高手LovelyGhost冲刺H服第一的全过程实录，现在已经开放了有奖竞猜活动，大家可以针对我们的LovelyGhost能不能在今天达成这个目标下注，先来先下，下满为止啊！"

话音刚落，整个屏幕上顿时挤满了弹幕，无数欢呼呐喊声夹杂着一些不和谐言论，如一艘艘火箭般飞掠而过，充满了所有人的视野。

就在这个时候，好友列表里LovelyGhost头像前面的指示灯变成了黄色，开启了今天的第一把个人天梯战。

因为隐藏分过高，目前处于第十一位的林肖显然并不像之前那么好排到对手，过了将近二十分钟，才进入到对战界面。

瞥了眼对面的职业后，他随手禁掉了两个地图，搭配好装备就利索地进入了导入界面。

从第十一位冲刺到第一位，看似只有十个位置的差距，所需的精力却是超乎想象的。所以当听到这句话的时候，小猴爷其实完全是当成了一个玩笑，至于房间标题也不过是为了吸引人的噱头而已。

但是就这个问题，如果要问林肖是不是认真的话，那么他的回答必然会是：“啊，当然是认真的。”

要知道，当时尤景给他的特训时间已经结束了，从某方面来说，他并没有在规定时间内完成既定的任务。

答应别人的事情一定要做到，这是林肖一贯以来的原则之一！更何况，现在还是拿人家手短的情况呢！

林肖笑容满面地抚摸着键盘，感受着指尖上传来的触觉，在导入界面结束之后，就飞速地操作着鬼道士走位移动。

游戏时间 36 秒，对战双方在地图右上角的位置相遇。鬼道士通过精妙的走位避开了影剑客迎面的突击，并借助周围的地势掩藏身形，预判对方行踪后先行打压下了三分之一的气血。

2 分 15 秒，影剑客遭遇鬼道士的伏击，双方飞跃步交错而过之后，影剑客刚要追击鬼道士，却被虚空地刺命中造成减速，因被控制而再次失去对方踪影。

5 分钟刚出头，鬼道士故技重施，埋伏蹲点，干脆利落地收走了影剑客最后的一格气血，获取第一滴血。

6 分 15 秒，重新复活的影剑客开始隐藏身形迂回走位，结果在逼近鬼道士的瞬间，却迎面撞上了对方的大招万鬼虚空，没有获得任何挣扎的机会，直接被对方一套几乎毫无间隔的连招一波带走。

7 分 05 秒，拿下第二滴血，获得胜利。

LovelyGhost 取得当天首胜，天梯积分再次回到第十位。

“赢了！简直无懈可击！”直播间里，小猴爷万分激动地从椅子上跳了起来，与此同时，整个屏幕上被一大串的“666”所霸占。

透过虚拟的网络，甚至可以感受到屏幕另一头无数国服玩家的欢呼喝彩。

大多数的玩家都曾经看过 LovelyGhost 对阵姜民俊的那场视频，一样是 H 服天梯顶尖的高手，此时的对手虽然不是什么职业选手，刚才也是如出一辙的一场屠杀，但是大家总有一种莫名的错觉，感觉透过直播所看到的鬼道士，似乎比自己曾经想象中的要更加强得恐怖。

“恭喜 LovelyGhost 拿下第一局的开门红，下面让我们继续下注下注，猜猜下一场到底哪方会获胜！”小猴爷看着在线观看人数几乎以翻倍的速度在直线上涨着，心情愉快得一双眼睛都已经笑成了一条缝。

而林肖那边，已经又开始了新的一局。

对他而言，能分多少钱，有多少人在直播间里观战，那都是后话了。此时此刻他唯一需要考虑的，是怎么样才可以尽快地实现 H 服第一的承诺。面对这套昂贵的电竞设备，这是他唯一能给的回礼。

刚刚结束的，只是一个简单的热身开始而已。

饕餮盛宴，屠杀的修罗场才刚刚开启大门。

林肖的嘴角微微浮起，心情显得格外愉快。

——所以，你经历过绝望吗？

第二局对战，就这样在万众瞩目中开始，又在万人狂欢中结束。这场所用的时间甚至比前一局更短，仅 6 分 30 秒就已经结束。

紧接着，第三局遇到了 H 国 GOD 战队的队员，但也同样在 12 分钟内轻松赢得了胜利。

到此为止三连胜，就连 H 国职业选手也被斩落马下，LovelyGhost 的排名一举进入第九位。

所有观战的玩家都为之疯狂了，贴吧里有人创建了对战记录帖，沿用了小猴爷直播间的名字，吸引了更多的人加入观看。自此，观看直播的人数直接突破了千万人。

在看着 LovelyGhost 这样势如破竹地一路获胜之后，如果说之前还有人因为阎独舟的那场对局，对这个神秘高手的能力有着质疑的话，那么此时此刻，每个人的心中都不由得萌生出了这么一个念头——或许，这个人真的可以实现登顶 H 服的壮举！

满屏幕的弹幕，从一开始的夸赞，变成了统一整齐的口号：登顶 H 服，制霸天梯！

直到当天中午，林肖已经获得了八连胜，位列第六位。

这样霸道的让人难以置信的上分速度，不只让 Z 国玩家，就连关注到排名变动的 H 国玩家都已经彻底疯了。不断获胜、不断上分、不断攀爬排名，就像是在 H 服中横行无忌一样。这样的势头，强盛得俨然就要一路畅通无阻地冲破榜首。

如果说 LovelyGhost 在之前只是吸引了 H 服玩家注意的话，那么此时此刻，其威慑力俨然已经超越了阎独舟。

H 服众人震惊的同时，位于天梯顶级梯队的职业选手们也纷纷登录了游戏，为捍卫最后的尊严，开始进行铺天盖地的狙击攻势。

然而，在接连排到四位 H 国职业选手之后，林肖的胜势依旧没有半点被阻碍的趋势，几位顶尖的选手在先后遇上他后，皆被斩落下马。

直到晚上 7 点，实现十八连胜，位居第二位。

离登顶，只剩最后一步。

所有 H 国玩家最后的希望，不由落在了目前 H 服第一位的 H 服神话——Devin 身上。

再次完成匹配进入对局，当看清楚双方的 ID 之后，不论是国服还是 H 服的玩家，终于都彻底地疯狂了。

LovelyGhost VS Devin。

如今 LovelyGhost 的天梯积分是 3488 分，而 Devin 的天梯积分则是 3600 分，因双方隐藏分都很高，这场对决的胜者将获得 100 分，而败者将扣除相应的 100 分。

换句话说，原本如果 LovelyGhost 想要超越第一位的 Devin 登顶 H 服的话，还需要 2 场对局，那么如今这场对战，则提前成了 H 服第一的争夺战。

看着对面那个熟悉的 ID，林肖深邃的眼微微眯起，露出了一抹饶有兴趣的笑来。

这是，什么人都给炸出来了？真的是很有意思啊……

上册完

图书在版编目（CIP）数据

乖，大神别闹 / 青梅酱 著. —武汉：长江出版社，
2023.1
ISBN 978-7-5492-8588-4
Ⅰ. ①乖… Ⅱ. ①青… Ⅲ. ①长篇小说—中国— 当代
Ⅳ. ①I247.5
中国版本图书馆CIP数据核字(2022)第214298号

乖，大神别闹 / 青梅酱 著

出　　版	长江出版社 （武汉市解放大道1863号　邮政编码：430010）		
选题策划	漫娱图书　张项杰		
产品经理	巴　旖		
市场发行	长江出版社发行部		
网　　址	http://www.cjpress.com.cn		
责任编辑	李　恒		
特约编辑	许斐然		
总 策 划	重塑工作室	开　　本	635mm×940mm　1/16
装帧设计	吴　琪　徐昱冉	印　　张	21
印　　刷	恒美印务（广州）有限公司	字　　数	330千
版　　次	2023年1月第1版	书　　号	ISBN 978-7-5492-8588-4
印　　次	2023年3月第2次印刷	定　　价	48.00元

电话：027-82926557(总编室)　027-82926806（市场营销部）